KB058898

녹나무의 파수꾼

THE
CAMPHORWOOD
CUSTODIAN

© Keigo Higashino 2020

First published in Japan in 2020 by Jitsugyo no Nihon Sha, Ltd.

Korean translation rights reserved by Somy Media, Inc.

Under the license from Jitsugyo no Nihon Sha, Ltd.

KEIGO
HIGASHINO
히가시노 게이고
양윤옥 옮김

THE
CAMPHORWOOD
CUSTODIAN

녹나무의 파수꾼

소미미디어
Somy Media

목차

The Camphorwood Custodian

1

절그렁절그렁, 낡은 방울에 걸맞은 탁한 소리가 들려왔다. 레이토는 게임을 멈추고 스마트폰 액정 화면 귀퉁이로 시선을 옮겼다. 거기 적힌 시각은 오후 10시를 5분쯤 지난 참이었다.

게임을 종료하고 스마트폰은 작무의* 품속에 밀어 넣고 천천히 목을 돌렸다. 두두둑 마른 소리가 났다. 시간이 남아 잠깐 심심풀이로 시작했던 게 그새 20분 넘게 몰입해버렸다. 역시 게임은 무섭다.

자리에서 일어나 바로 옆 창문의 커튼을 조금만 젖혔다. 틈새로 바깥을 내다보니 은은한 불이 켜진 석등롱 옆에 점퍼 차

---

* 作務衣. 사찰이나 신사에서 사원 유지를 위해 일상적인 농작업이나 청소 등을 할 때 입는 옷.

림의 체격 좋은 남자가 혼자 서 있었다. 짧은 머리에 험상궂은 얼굴이다. 나이는 50대 중반 정도일까.

레이토는 토방에서 운동화를 신고, 준비해둔 작은 종이봉투를 집어들고 미닫이문을 열며 종무소(宗務所)를 나섰다.

밖에 서 있던 남자는 레이토의 얼굴을 보자 엇, 하는 표정을 보였다.

"사지 도시아키 님이십니까?" 레이토가 물었다.

"그렇긴 한데……."

레이토는 머리를 숙였다. "안녕하십니까? 오시느라 수고하셨습니다."

사지는 품평이라도 하는 듯한 눈빛으로 레이토를 보았다. "아, 새로 온 사람?"

"그렇습니다. 이번 달부터 녹나무 파수를 하게 된 나오이라고 합니다. 잘 부탁드립니다."

"야나기사와 씨에게서 얘기는 들었어. 한집안 사람이라던데."

"조카예요."

"그렇군. 아, 이름을 다시 한번."

"나오이. 나오이 레이토라고 합니다."

"나오이……. 기억해두지."

레이토를 지그시 바라보는 사지의 눈에는 호기심이 담겨 있었다. 아직 젊은 놈이 무슨 사정이 있어서 이런 일을 물려받게 되었는지 궁금했던 것이리라. 얘기해도 상관없지만 일단 시작하면 상당히 길어질 것이다.

사지 님, 이라고 레이토는 종이봉투를 내밀며 형식에 따른 말투로 설명했다.

"여기 이게 밀초입니다. 2시간용입니다만, 그걸로 괜찮으시겠습니까?"

"응, 자정쯤에는 끝날 거니까. 항상 그랬어."

"성냥은 갖고 계십니까?"

"그렇지, 갖고 왔어."

"그러시면 촛불을 켜고 끄실 때, 부디 불 단속에 유념해주십시오."

"알아, 하도 많이 들어서."

"죄송합니다. 밤길에 발밑 조심해서 잘 다녀오십시오. 사지 님의 염원이 녹나무에 전해지기를 진심으로 기원합니다."

처음 한동안은 자칫 혀를 깨물 것 같았던 안내 인사도 이제는 부드럽게 말할 수 있게 되었다.

"고맙네."

사지는 들고 있던 손전등의 스위치를 켰다. 레이토에게 등을 내보이며 천천히 걸음을 옮겼다. 그 발걸음은 경내 오른편 구석에 있는 덤불숲으로 향하고 있었다. 이쪽에서는 컴컴해서 잘 안 보이지만 조금만 더 들어가면 '녹나무 기념(祈念) 입구'라고 적힌 간판이 눈에 들어올 터였다. 그 안쪽에 초목으로 둘러싸인 좁은 길이 있는 것이다.

레이토는 종무소로 돌아와 손전등을 챙겨 들고, 벽에 기대 세워둔 파이프의자는 옆구리에 끼고 다시 밖으로 나왔다.

입구 앞에 의자를 놓고 앉으려는 순간, 시야 끝에서 뭔가 움직였다. 흠칫해서 그쪽으로 시선을 던졌다. 경내 가장자리의 덤불 사이로 회색의 뭔가가 움직이고 있었다. 떠돌이 고양이 같은 건 아니고 그보다 훨씬 더 크다. 명백히 사람 그림자 같았다. 희끗희끗 불빛이 함께 움직이는 걸 보면 펜라이트인지 뭔지로 발밑을 비추면서 이동하는 모양이다. 이런 시간에 대체 누굴까. 설마 좀도둑일 리는 없다. 경내에 돈이 될 만한 물건이라고는 하나도 없다. 신사라고는 해도 그저 명색뿐, 새전함조차 내놓지 않은 것이다.

레이토는 손전등 스위치는 켜지 않고 발소리가 나지 않게 조심조심 다가갔다.

사람 그림자는 사지가 자취를 감춘 근처, 즉 녹나무 기념 입구 바로 앞에서 안쪽의 상황을 살펴보듯이 발을 멈추고 있었다. 희끄무레한 파카를 입은 뒷모습은 몸집이 자그마했다. 등 뒤를 경계하는 기색은 전혀 없었다.

"거기, 뭡니까?" 레이토는 말을 건네면서 손전등의 스위치를 켰다.

자그마한 몸집의 사람 그림자가 헉 소리를 흘리며 움찔 몸을 젖혔다.

머뭇머뭇 돌아본 사람은 젊은 여자였다. 작은 얼굴이지만 큼직한 눈이 인상적이다. 손전등 불빛에 눈이 부신 듯 손바닥을 얼굴 앞에 대고 있었다.

"누구야?" 레이토는 손전등 불빛의 방향을 조금 내렸다. "거기서 뭐 하고 있어?"

젊은 여자는 뭔가 말하려는 듯 흐읍 숨을 들이쉬었다. 하지만 말은 나오지 않았다.

"사지 씨와 아는 사람?" 레이토가 재차 물었다.

여자는 얼어붙은 듯 우뚝 선 채였다.

"이 시간에 그 안쪽은 마음대로 들어가면 안 돼요. 기념을 할 거라면 사전에 예약을……."

레이토가 거기까지 말했을 때 그녀는 아무 말 없이 도망치듯 종종걸음을 쳤다. 스마트폰에서 나온 빛이 발밑을 비추고 있었다. 손전등 대신 그걸 쓴 모양이다.

명백히 수상쩍었지만 굳이 뒤를 쫓아가 캐묻는 건 너무 지나친 듯한 생각이 들었다. 상대가 젊은 여자인 만큼 괜히 떠들고 나서면 일이 귀찮아진다.

레이도는 원래 자리로 돌아와 다시 의자에 앉았다. 품속에서 스마트폰을 꺼내 SF영화를 보기 시작했다. 이따금 화면에서 얼굴을 들고 경내를 살펴봤지만 그 밖에 수상한 자가 나타나는 기적은 없었다. 조금 전의 젊은 여자도 돌아간 모양이다.

자정 조금 전에 사지 도시아키가 덤불숲 안쪽에서 나타났다. 레이토는 의자에서 일어나 그에게로 다가갔다.

"끝났어." 사지가 말했다.

"수고하셨습니다."

"내일도 예약을 했는데, 잘 부탁해."

"네, 준비하고 기다리겠습니다. 조심해서 돌아가십시오."

조금 전의 젊은 여자에 대한 얘기를 해야 하나 말아야 하나 망설였지만, 결국 말하지 않기로 했다.

잘 자요, 라는 인사를 남기고 사지는 돌아갔다.

레이토는 손전등으로 발밑을 비추면서 녹나무 기념 입구를 지나 안쪽으로 들어갔다. 좌우의 초목 때문에 길이 좁아져서 두 사람이 겨우 지나갈 정도의 폭밖에 안 된다.

덤불숲을 빠져나가면 문득 시야가 툭 트이고 그 앞쪽에 거대한 괴물이 나타난다.

정체는 녹나무다. 지름이 5미터는 되겠다 싶은 거목으로, 높이도 20미터는 넘을 것이다. 굵직굵직한 나뭇가지 여러 줄기가 구불구불 물결치며 위쪽으로 뻗어나간 모습은 큰 뱀이 뒤엉켜 있는 것 같다. 처음 봤을 때는 완전히 압도되어 아무 말도 나오지 않았다.

땅바닥으로 힘차게 뻗어나간 뿌리줄기도 굵고 복잡하게 불룩불룩 이어졌다. 거기에 걸려 넘어지지 않게 발밑을 조심하면서 레이토는 나무 기둥 주위를 왼편으로 돌아들어갔다.

거목의 옆구리에는 거대한 구멍이 나 있다. 그 크기는 어른이라도 조금만 몸을 숙이면 너끈히 드나들 수 있을 정도다. 레이토는 신중하게 발을 들이밀었다. 나무 기둥 안쪽에는 동굴 같은 공간이 있고 그 넓이가 한 평 반쯤이나 된다.

나무 벽 일부가 움푹 파여 폭 50센티미터쯤의 선반처럼 되어 있다. 저절로 생긴 것이 아니라 사람이 깎아낸 것 같았지만 누가 한 것인지는 확실하지 않다고 했다.

그 선반 위에 밀초가 놓여 있었다. 사지가 도착하기 전에 레이토가 미리 준비해 건네준 것이다. 촛대에 꽂힌 밀초는 1센티미터쯤으로 짤막해졌고 불은 꺼져 있었다.

촛대 앞쪽에 '밀초 값'이라고 적힌 흰 봉투가 놓여 있었다. 안을 확인해보니 1만 엔 지폐 한 장이 들어 있었다. 이런 일에 잘도 1만 엔씩이나 내는구나 싶었지만 이것도 그럴 만한 가치가 있다는 얘기인가. 사람마다 가치관도 제각각이라고 새삼 생각했다.

봉투를 품속에 챙겨 넣고 촛대를 손에 들고 주위에 별다른 이상이 없는 것을 확인한 뒤에 밖으로 나왔다. 무심코 하늘을 올려다보니 동그란 달이 떠 있었다. 어젯밤보다 한층 더 깨끗한 원형이다. 드디어 내일은 보름달이 될 모양이다.

종무소로 돌아와 뒷정리를 했다. 한바탕 일이 끝나자 저절로 작은 냉장고 쪽으로 눈길이 갔다. 하지만 그 안의 차가운

츄하이*캔을 꺼내오는 건 꾹 참았다. 내일도 새벽같이 일어나야 한다.

거실의 작은 싱크대에서 이를 닦고 얼굴을 씻은 다음 불을 끄고 이불 속으로 기어들어갔다. 기나긴 하루가 마침내 끝이 났다. 눈꺼풀을 감으면 금세 잠 속으로 떨어질 것 같다.

머릿속 사고가 멍하니 흐려지는 가운데, 이게 정말 현실인가, 하는 소박한 의문이 떠올랐다. 내일 아침에 눈을 뜨면 전혀 다른 장소에 누워 있는 나를 발견하게 되는 건 아닐까. 어쨌든 바로 한 달 전만 해도 지금과는 완전히 다른 장소에 있었던 것이다. 그곳의 잠자리는 이곳보다 더 형편없었다. 당연하다. 다름 아닌 경찰서 유치장이었으니까.

---

* 소주에 탄산수와 과일즙을 더한 술. 도수는 3도에서 5도로 순하고 가격도 저렴해서 인기를 끌고 있다.

2

　죄목은 주거 침입, 기물 파손, 절도 미수였다.

　레이토가 몰래 침입한 곳은 '도요다 공작기계', 주로 중고
품 공작기계를 취급하는 재활용업체의 창고였다. 실은 그 회
사에서 레이토 자신도 1년여를 근무했다. 그만둔 것은 그 두
달 전이지만, 정확하게는 그만둔 게 아니라 잘린 것이었다.
판매할 예정이던 방전가공기(放電加工機)에 결함이 있다는
것을 손님에게 슬쩍 알려줬다, 라는 것이 그 이유였다. 손님
이 결함을 지적하고 나서는 바람에 사장은 가격 인하에 응하
지 않을 수 없었다고 한다. 레이토의 오산은 고객이 아주 솔
직하게 "결함이 있다는 얘기는 당신 직원한테서 들었다"라고
불어버렸다는 것이었다. 격노한 사장은 당장 그날 안으로 레
이토에게 해고를 선언했다.

"상품에 대해 정직하게 얘기한 게 뭐가 잘못입니까? 결함이 있는 걸 뻔히 알면서 손님에게 말하지 않다니, 그건 사기잖아요. 나는 성실한 장사를 하려고 했던 것뿐이에요."

레이토는 항의했지만 사장 도요이는 이를 드러내며 노려보았다.

"웃기지 마. 성실은 무슨 성실? 네놈이 뒷돈 받고 기계 결함을 손님에게 알려준 거, 내가 모를 줄 알아?"

레이토는 말문이 턱 막혔다. 맞는 얘기였기 때문이다.

"넌 해고야. 당장 나가!" 도요이가 고함을 쳤다.

레이토는 혀를 찼다. "알았어요. 그럼 퇴직금이나 주세요."

"뭐야?"

"그건 받을 권리가 있잖아요. 그리고 아직 못 받은 월급도 주세요. 안 주면 소송 들어갈 겁니다."

"무슨 얼빠진 소리야? 내가 그런 돈을 왜 줘? 일도 제대로 못하는 반편이 주제에 기숙사에서 재워가며 지금까지 일하게 해준 것만도 고마운 줄 알아야지. 허참, 오히려 내가 돈을 받아야 할 판이야. 뭐야, 그 얼굴은? 불만 있으면 소송이든 뭐든 해봐!" 도요이가 고함을 지르면서 큼직한 스패너를 휘둘렀기 때문에 레이토는 도망치듯이 사무실을 뛰쳐나왔다.

결국 그길로 직장을 잃었다. 사원 기숙사라고 해봤자 두 평 반짜리 단칸방이지만 거기서도 나오지 않으면 안 되었다. 저축해둔 돈 따위 있을 리가 없어서 그 즉시 생활이 힘들어졌다. PC방을 전전하며 친구들이 소개해준 단기 아르바이트 등으로 겨우겨우 먹고살았지만 휴대전화 요금을 내기도 빠듯해서 결국 끼니도 제대로 챙길 수 없게 되었다.

이러다가는 길바닥에서 죽겠다고 초조해하던 참에 '도요다 공작기계'의 후배에게서 귀가 솔깃한 얘기를 들었다. 도요이 사장이 최근에 폐업한 공장에서 기계 하나를 사들였다는 것이다. 레이더 변위계라는 기계인데 신품이라면 2백만 엔이 넘는 물건이다. 하지만 이 기계를 판 사람이 갑작스레 사망한 사장의 부인으로, 중고기계 시세에 깜깜한 아마추어였다. 아무튼 팔아치울 수만 있으면 다행이라는 식이어서 그 약점을 잡고 도요이가 무려 단돈 2만 엔에 인수했다는 것이다.

"고장이 났네 어쩌네, 살살 거짓말을 치면서 팍팍 깎은 거예요. 욕심 사나운 너구리 영감이 항상 써먹는 수법이죠." 후배는 콧등에 주름을 잡으며 내뱉듯이 말했다.

얘기를 들어보니 그 레이더 변위계는 혼자서도 들고 나올 수 있는 크기이고, 물론 고장 따위는 없어서 그대로 업자에게 가져가기만 해도 백만 엔 이상은 받는다는 것이었다.

마침 잘됐다. 그걸 퇴직금 대신 째벼오자, 라고 레이토는 생각했다.

실은 '도요다 공작기계'에 몰래 들어간다는 건 그 전에도 몇 번 생각했었다. 남의 물건에 손을 대서 좋을 리가 없다는 건 잘 알지만, 상대가 '도요다 공작기계'라면 용서받을 수 있을 것 같았다. 이번의 레이더 변위계 건뿐만 아니라 여태껏 주로 악덕 매매만 해온 곳이다. 우선 '도요다 공작기계'라는 회사 이름부터가 수상쩍기 짝이 없다. 사장 이름이 도요이라서 원래는 '도요이 공작기계'여야 맞다. 굳이 도요다로 한 것은 대기업 자동차회사 도요타의 관련 기업이라고 거래처에서 착각해주면 수지맞는 장사, 라는 꿍꿍이 때문이었던 게 틀림없다. 사기꾼이나 마찬가지인 이런 회사를 상대로 하는 절도라면 죄책감 따위 눈곱만큼도 없다. 어쨌든 이쪽은 부당 해고를 당한 몸이다. 원래 받아야 할 것을 못 받았으니 내 식대로 훔쳐오는 수밖에 없다.

하지만 회사에 들어가봤자 돈이 될 만한 것을 손에 넣을 수 있다는 보장이 없었다. 사무실 금고는 열쇠가 채워졌고 설령 그걸 여는 데 성공하더라도 반드시 현금이 들어 있다고는 할 수 없다. 그나마 값어치가 있는 건 창고에 보관 중인 공작기계 상품이지만 죄다 몇 톤씩 나가는 물건들이다. 그런 걸 혼자 훔쳐낼 수 있을 리 없었다.

그런데 이번에는 상황이 다르다. 급매물로 후려쳐 팔아도 백만 엔 이상 받을 수 있고 운반하기도 용이한 레이저 변위계가 창고에서 잠자고 있는 것이다.

쳐들어갈 거라면 빠른 편이 좋다. 도요이가 다른 곳에 팔아치우면 더 이상 손을 쓸 수 없다.

그렇게 되어서 그다음 토요일에 결행했다. 1년씩이나 일했던 곳이라 방범카메라의 위치 등은 파악하고 있었다. 애초에 보안이 엉망인 곳이다. 점찍어둔 레이더 변위계가 창고의 어느 위치에 보관되었는지 후배에게서 미리 정보를 얻었기 때문에 꺼내오는 것까지는 간단히 성공했다.

하지만 나오는 참에 뜻밖의 사고가 발생했다. 창고를 드나드는 데는 후배가 빌려준 여벌 열쇠를 사용했지만 범인이 창문으로 침입한 것처럼 하기 위해 유리창을 깨놓기로 했다. 그런데 망치로 유리창을 내리친 순간, 경보음이 요란하게 울리기 시작한 것이다. 저 자린고비 사장이 그런 것을 달아뒀을 줄은 생각도 못했다. 귀가 찢어질 듯 큰 소리가 울리는 바람에 허둥지둥 자전거를 타고 도망쳤다. 너무 서두르다 짐칸에 실었던 레이더 변위계가 바닥에 떨어졌지만 그걸 다시 주워올 여유는 없었다.

죽도록 고생만 하고 얻은 건 하나도 없는 밤이 되어버렸지만 체포될 일은 없을 거라고 안심하고 있었다. 장갑도 꼈고 방범 카메라에도 찍히지 않았다는 자신감이 있었다. 그런데 다음 날 아침, 둥지로 삼고 있던 PC방을 나서자마자 형사들이 둘러싸고 임의동행을 요구했다.

후배가 실토했다, 라는 말을 듣고는 일찌감치 포기했다.

속이려고 해봤자 쓸데없다는 생각에 취조실에서는 모든 것을 솔직하게 털어놓았다. 말도 안 되는 이유로 회사에서 잘린 데다 밀린 월급과 퇴직금도 받지 못했기 때문에 내내 원망을 품고 있었다는 것 등을 구구절절이 설명했다.

취조관은 다소 딱하게 생각해주었다. 하지만 진술 조서에 참작해줄 정도는 아니었던 모양이다. 신속하게 검찰로 넘어가고 기소를 기다리는 처지가 되었다.

이제 끝났구나, 이대로 교도소행이구나, 하지만 어차피 살 곳도 없고 마침 잘된 건가, 라고 체념하려던 참에 생각지도 못한 일이 일어났다. 변호사라는 인물이 접견을 하러 온 것이다. 레이토 할머니의 의뢰를 받았다, 라고 말한 모양이었다.

아닌 게 아니라 레이토에게는 후미라는 할머니가 있다. 경찰을 따라오기 전에 전화를 걸어 체포될 것 같다고 간단히 알려주었던 것이다. 고등학교 졸업 때까지 함께 살았던 유일한 혈육으로, 갑작스럽게 연락이 안 되면 걱정할 것 같아서 연락했었다. 다만 후미가 도와줄 거라는 생각은 털끝만큼도 하지 않았다. 일흔여덟 살의 할머니는 에도가와 구의 헐어빠진 단독주택에서 혼자 근근이 살아가고 있다. 세상 물정에도 어두워서 보이스 피싱 같은 것에 걸렸다가는 단박에 넘어가버릴 만큼 착한 성품이다. 레이토가 전화했을 때도 체포라는 말만 듣고도 전화기 너머에서 어쩔 줄을 모르고 있었다. 그런 할머니가 변호사에게 의뢰를 할 만큼의 지혜나 인맥이 있다고는 생각되지 않았다.

접견실 아크릴판 너머에서 기다리는 사람은 갸름한 얼굴

에 검은 테 안경을 쓴 남자였다. 백발 머리라는 것만으로 레이토에게는 상당한 노인으로 보였지만 실제 나이가 어떤지는 분명치 않았다. 몸에 걸친 정장 양복이 꽤 고급품이라는 건 옷감의 광택으로 알았다.

"나오이 레이토인가?" 남자가 의자에서 일어나 한 걸음 다가왔다.

"네, 그런데요."

"인사드리지. 나는 이런 사람이야." 그렇게 말하면서 명함을 내보였다. 변호사라는 직함 아래 '이와모토 요시노리'라고 이름이 찍혀 있었다.

"우리 할머니 부탁으로 오신 거예요?" 레이토가 물었다.

"응, 일단 그런 걸로 해뒀어. 그러는 게 자네도 당황스럽지 않을 것 같아서." 이와모토는 뒤로 물러나 다시 파이프의자에 앉았다.

"실제로는 누가 부탁했는데요?"

"그건 말할 수 없어." 백발의 변호사가 다리를 꼬아 얹으며 말했다. "의뢰인과의 약속에 따라 지금 이 시점에서는 밝히지 못해. 내 입으로는 말할 수 없다, 라고 하는 게 좋을까."

레이토는 미간에 주름을 잡았다. "뭡니까, 그게? 무슨 말이에요?"

"그게 의뢰인의 희망이야. 변호사는 의뢰인의 지시에 따르지 않으면 안 돼. 머지않아 알게 될 날이 오겠지만 그때까지는 비밀로 해두라는 얘기였어."

레이토는 생각을 굴렸다. 대체 누가 이 변호사에게 의뢰한 것인가. 아는 이들의 얼굴을 몇 명 떠올려봤지만 이런 일을 해줄 만한 사람은 하나도 없었다.

"의뢰인이 자네에게 전해달라는 말이 있어." 이와모토는 들고 있던 노트를 펼쳤다. "잘 들어, 읽어줄 테니까. '나오이 레이토에게. 만일 자유의 몸이 되기를 원한다면 모든 것을 이와모토 변호사에게 맡겨라. 이와모토 변호사에게 맡기면 분명 일이 잘 풀릴 것이다. 그리고 무사히 석방되었을 때는 신속히 나를 찾아오도록 하라. 너에게 명할 것이 있다. 그 지시에 따르겠다면 이번 건의 변호사 비용은 전액 지불하겠다. 의뢰인.'" 노 변호사는 노트에서 얼굴을 들었다. "의뢰인의 전언은 이상이야."

레이토는 무릎에 얹은 두 손이 주먹으로 변해 있었다.

"대체 뭡니까, 의뢰인이 나에게 명하겠다는 게?"

"그건 물어보지 않았어." 이와모토는 퉁명스럽게 말했다. "나는 의뢰인에게서 메시지를 받아왔을 뿐이야. 어떻게 할 건가, 나에게 대응을 맡기겠나? 맡겨준다면 의뢰인이 여기에 적어준 것처럼 자네가 석방될 수 있도록 힘을 써보겠네만."

레이토는 당황스러워서 한참을 망설였다. 아무리 생각해도 이건 뭔가 으스스한 얘기다. 의뢰인이 정체불명이라는 것만으로도 충분히 수상한데 변호사 비용과 맞바꿔 그쪽의 명에 따르지 않으면 안 된다니, 그야말로 위험한 냄새를 풍풍 풍기는 얘기다.

하지만 이 제의에 응하지 않으면 어떻게 되는가. 기소된다면 거의 틀림없이 유죄판결이 나올 것이고 거기에 집행유예가 붙는다는 보장은 아무것도 없다. 교도소에 들어간다면 몇 년 정도나 살게 될까.

의뢰인이 레이토에게 명하겠다는 것은 대체 뭔가. 범죄와 관련된 것일까. 누군가를 살해해라, 라는 식의 얘기라면 어떻게 해야 하는가. 좀도둑 죄목을 삭제하기 위해 살인범이 되다니, 이렇게 수지가 안 맞는 얘기도 없을 것이다.

어떻게 하겠느냐고 변호사가 다시 물었다. "가능하면 빨리 대답을 듣고 싶네만."

"아, 저기⋯⋯." 레이토는 손끝으로 관자놀이를 긁었다. "제가 직접 선생님께 변호를 부탁할 경우, 그 비용은 어느 정도나 돼요?"

이와모토는 스윽 턱을 치켜들었다. "이 의뢰인에게 기대지 않고 자네가 직접 변호사 비용을 내겠다고?"

"그런 방법도 있지 않나 해서요."

"없어."

"예?"

"그런 방법은 없어. 나 역시 상대를 고를 권리가 있으니까. 변호사 비용을 회수할 전망이 없는 일을 받을 생각은 없어."

그렇게 나오시겠다는 건가. 하지만 자신이 이와모토의 입장이라도 똑같이 대답했을 거라고 레이토는 생각했다.

"이제 슬슬 결단을 내려주는 게 어떨까. 나도 바쁜 몸이라서." 이와모토가 재촉했다.

"동전 있어요?" 레이토가 물었다.

"동전?"

"어떤 것이든 좋아요. 십 엔짜리든 백 엔짜리든. 아니면 그냥 일 엔짜리라도."

이와모토는 품속에서 가죽 지갑을 꺼냈다. 동전 포켓을 들여다보더니 백 엔 동전을 집어냈다. "이걸로 어떻게 하려고?"

"위로 휙 던져서⋯⋯." 레이토는 던지는 시늉을 하고 "이렇게 두 손으로 받아주세요"라면서 오른손을 아래로 하고 두 손바닥을 맞댔다.

"아, 동전 던지기?"

"망설여질 때는 항상 그렇게 하거든요."

"그걸로 잘 풀릴 확률은?"

레이토는 고개를 갸우뚱했다. "반반?"

이와모토는 소리를 내지 않고 웃는 얼굴을 지었다. "지극히 수학적인 결과로군."

"그래도 포기가 되니까요. 이게 운명이다, 하고."

"그런가."

"네, 그러니까 부탁드립니다."

"알았어."

이와모토는 백 엔짜리 동전을 던져 올리고 두 손으로 잡았다. 오른손을 아래로 하고 그 위를 왼손으로 덮었다.

자아, 어느 쪽인가. 노 변호사의 손등을 레이토는 빤히 지켜보았다. 육체노동과는 인연이 없을 듯한 아름다운 손이었다.

침을 꿀꺽 삼킨 뒤에 "앞면"이라고 레이토는 말했다.

이와모토는 천천히 왼손을 들더니 그대로 오른손을 앞으로 내밀었다. '100'이라는 큼직한 숫자가 눈에 들어왔다.

"엇, 맞췄네, 앞면이다!" 레이토는 손가락을 튕겼다. "좋아요, 결심했습니다. 선생님께서 맡아주세요. 잘 부탁드립니다." 자리에서 일어나 머리를 숙였다.

이와모토는 고개를 끄덕이고, 한 손을 양복 안쪽에 넣었다. 꺼낸 것은 스마트폰이었다. 능숙하게 터치해 귀에 댔다. 어딘가에 전화를 거는 모양이었다.

"여보세요, 이와모토입니다. ……네, 지금 피의자와 접견 중입니다. ……네, 전달했습니다. 조건을 받아들이고 제게 일을 맡기겠다고 합니다. ……네, 일겠습니다." 통화를 끝내고 이와모토는 레이토 쪽을 보며 고개를 끄덕였다. "의뢰인에게 보고했어. 협상 성립이야. 지금 이 순간부터 자네가 석방될 수 있도록 움직일 거야. 이 결정은 되돌릴 수 없어. 그걸로, 괜찮겠나?"

물론이죠, 라고 레이토는 대답했다. "한 입으로 두 말은 안

합니다."

"좋아. 그런데 한 가지, 확인 차 얘기해둘까." 이와모토는 조금 전 백 엔짜리 동전의 '100'이라는 숫자가 새겨진 쪽을 레이토에게 내보였다. "이 '100' 아래쪽에 뭐라고 새겨져 있지?"

레이토는 아크릴판으로 바짝 다가가 시선을 집중했다. "2018년이라고 되어 있는데요."

"잘 기억해둬. 동전은 제조년도가 표시된 쪽이 뒷면이야."

반신반의했는데 잠시 뒤에 정말로 석방되었다. 유치장에서 나오라고 하더니 맡겨둔 스마트폰이며 전 재산을 쑤셔 넣었던 백팩을 돌려주고 서류에 몇 가지 서명을 한 뒤에 그걸로 그냥 무죄방면이었다. 경찰서 안 통로를 지나 출구로 향했지만 주위의 경찰관 누구도 레이토에게는 눈도 돌리지 않았다. 마치 여우에게 홀린 듯한 기분이었다.

경찰서 밖으로 나서자 변호사 이와모토가 다가왔다. "고생했어."

"와아, 대박인데요?" 레이토는 말했다. "이렇게 빨리 나올 줄은 생각도 못했어요. 대체 어떤 필살기를 쓰신 거예요?"

"그건 차 안에서 설명하지. 자아, 갈까." 이와모토가 주차장을 향해 걸음을 뗐다.

"가다니, 어디로요?"

"따라와보면 알아."

주차장에는 큼직한 세단 타입의 차가 서 있었다. 차종 따위는 잘 알지 못한다. 분명 고급 외제차일 것이다. 이와모토가 문을 슬쩍 만지기만 해도 록이 해제되었다.

"필살기 같은 건 쓰지 않았어." 차가 출발하자 이와모토가 말했다. "피해자와 화해가 성립된 것뿐이야."

"그 짠돌이 사장이? 그럴 리가요."

"금전적으로 철저한 인물이기 때문에 더욱더 협상에 응한 거야. 자네가 교도소에서 몇 년을 썩든 그쪽에는 아무 이익도 없어. 거래에 응하는 게 더 이득이라고 생각하는 게 일반적이지."

레이토는 운전석 쪽으로 몸을 틀었다. "돈을 물어줬어요?"

"당연하지."

"얼마나?"

"알고 싶나?"

"관심은 있죠."

변호사는 앞을 향한 채 스윽 코를 치켜들었다.

"자네는 현장에서 도주할 때, 훔친 레이더 변위계를 내던졌어. 그 바람에 기계가 파손된 모양이야. 그 수리비만 해도 50만 엔이 넘어. 협상금에는 그것도 포함되었어."

"수리비만으로 50만 엔……."

"그래도 궁금하다면 좀 더 알려줄 수 있는데, 어때?"

"아뇨, 됐습니다. 관두죠."

경찰서를 나와 30분쯤 지났을 무렵, 이와모토가 서서히 차의 속도를 줄였다. 이윽고 들어간 곳은 고급 호텔 앞이었다.

"자, 다 왔어."

"엇, 여기예요?"

정면 현관 바로 앞에 차를 세우더니 이와모토는 엔진을 끄지 않은 채 양복 안주머니에서 메모지를 꺼냈다. "여기 적힌 방을 찾아가도록 해. 의뢰인이 기다리실 테니까."

레이토는 메모지를 받아들었다. 손 글씨로 '2016'이라고 적혀 있었다.

"이와모토 선생님은?"

"내가 의뢰받은 것은 여기까지야. 이제부터는 자신의 의사에 따라서 행동하면 돼."

"······알겠습니다." 레이토는 안전벨트를 풀고, 발밑에 내려둔 백팩을 껴안은 채 조수석 쪽 문을 열고 왼발을 밖으로 내디뎠다.

"협상이 성립된 뒤에 도요이 사장이 말했어." 이와모토가 입을 열었다. "결함 있는 기계는 아무리 수리해도 또 고장이 난다, 그 녀석도 마찬가지여서 어차피 결함품, 언젠가 훨씬 더 나쁜 짓을 저질러서 교도소에 들어갈 것이다, 라고."

레이토는 입술을 깨물었다. 뭐라고 대답해야 좋을지 알 수 없었다.

부디, 라고 변호사는 뒤를 이었다. "앞으로 살아가면서 그 예언이 잘못되었다는 것을 증명하도록 해."

레이토는 이와모토의 눈을 지그시 바라보았다. "어떻게 살아가면 되는데요?"

"그에 대한 답이 그 방에서 자네를 기다리고 있지 않을까?" 이와모토는 레이토가 들고 있는 메모지를 가리켰다. "하지만 한 가지만 말하지. 중요한 일을 결정할 때, 다음부터는 자신의 머리로 생각하고 분명한 자기 의사에 따라 답을 내는 게 좋아. 동전 던지기 따위에 기대지 말고." 안경 너머 이와모토의 눈에는 냉철한 빛이 깃들어 있었다.

레이토는 가슴에 가벼운 통증이 내달리는 것을 느꼈다. 몇 번인가 호흡을 거듭한 뒤 가까스로 "기억해두겠습니다"라는 말을 할 수 있었다.

차 문을 닫고 운전석의 이와모토를 향해 깊숙이 머리를 숙였다. 이와모토는 한 차례 고개를 끄덕이고 차를 출발시켰다.

달려가는 차의 뒷모습을 지켜본 뒤, 레이토는 호텔 쪽으로 몸을 돌렸다. 백팩을 등에 메고 메모를 꾹 움켜쥔 채 천천히 걸음을 뗐다.

고급 호텔에 들어와본 건 난생처음이다. 넓은 로비 안을 오가는 사람들이 하나같이 세련된 것처럼 보였다. 레이토는 티셔츠와 청바지에 점퍼 차림이지만, 체포될 때 그대로 전혀 갈아입지 못한 것이다. 허름한 옷차림과 냄새 때문에 쫓겨나는 건 아닌지 내심 조마조마했다.

모자를 쓴 젊은 남자 직원이 빠른 걸음으로 다가왔다. 역시 한 소리 하려는 건가, 바짝 긴장하고 있었더니 "숙박 고객님이십니까? 짐을 옮겨드릴까요?"라고 말했다.

"아뇨, 숙박하는 거 아닌데요." 당황해서 손을 내저었다.

"그러십니까. 실례했습니다." 직원은 상냥한 웃음을 지으며 머리를 숙이고 자리를 떴다.

그 뒤로는 누군가 불러 세우는 일도 없이 무사히 엘리베이터에 탈 수 있었다. 2016호실이라면 20층일 것이다. 버튼을 누르고 심호흡을 거듭했다. 이런 특이한 공간에서 자신을 기다리는 의뢰인은 누구인가. 대체 어떤 일을 명하려는 것인가.

엘리베이터가 20층에 도착했다. 레이토는 양쪽으로 방이 줄줄이 이어진 복도를 걸어가면서 헛기침을 두 차례 했다. 고급 호텔은 바닥 소재도 좋은지 발소리가 전혀 나지 않았다.

이윽고 2016호실 앞에 섰다. 짙은 갈색 문은 어딘가 또 다른 세계로 연결된 입구처럼 보였다. 레이토는 침을 꿀꺽 삼키고 문 옆에 달린 차임벨 버튼을 눌렀다.

몇 초 뒤, 달깍 하고 잠금이 풀리는 소리가 나면서 천천히 문이 열렸다. 레이토는 숨을 멈췄다.

나타난 사람은 여자였다. 나이는 예순을 조금 넘긴 정도일까. 키는 그 나이대치고는 큰 편인지도 모른다. 하얀 블라우스 위에 회색 겉옷을 걸치고 있었다. 쇼트커트의 머리는 밤색이다.

어디선가 만난 적이 있는 듯한 느낌이 들었지만 잘 생각나지 않았다. 약간 끝이 치켜 올라간 눈으로 지그시 레이토의 얼굴을 노려보았다. 뭐라 말할 수 없는 위압감이 있어서 주춤 뒤로 물러설 뻔했다.

"들어와요." 여자는 약간 허스키한 목소리로 말했다. 말투가 부드럽고 희미하게나마 입가에 웃음이 감도는 것 같아 레이토는 아주 조금 마음이 놓였다.

그녀가 권하는 대로 레이토는 머뭇머뭇 안으로 들어갔다. 그곳에는 가죽 소파와 반짝반짝 잘 닦인 테이블을 배치한 응접용 공간이 있었다. 침대는 눈에 띄지 않았다. 문이 있는 걸 보면 침실은 그쪽에 있는지도 모른다.

"거기 앉아요."

소파 하나를 권해서 레이토는 백팩을 발밑에 내려놓고 자리에 앉았다. 여자도 앉아서 새삼 그의 얼굴을 빤히 들여다보았다.

"표정을 보니 내가 누군지 기억나지 않는 모양이군요."

역시 전에 만났던 사람인 모양이다. 레이토는 미리를 긁적였다. "어디선가 만났던가요?"

여자는 오른손 검지와 중지를 세웠다.

"두 번 만났어요. 하긴 처음에는 그쪽이 태어난 지 얼마 안 됐을 때였고 두 번째도 벌써 15년 전이니까 초등학생이었죠. 생각나지 않는 것도 당연하지."

레이토는 기억을 더듬어봤지만 마음속에 짚이는 것이 없었다.

여자는 곁의 가방에서 명함을 꺼냈다. "이 이름, 짐작 가는 게 있나요?"

레이토는 명함을 받아들었다. 그곳에는 '야나쓰 코퍼레이션 고문 야나기사와 치후네'라고 적혀 있었다.

"야나기사와 씨……. 아뇨, 들은 적이 없는데요."

"그래, 역시."

"아, 저기." 레이토는 명함과 여자를 번갈아 바라보았다. "이 야나기사와 씨라는 게 아줌마 이름이에요?"

"아줌마?" 여자의 오른편 눈썹이 꿈틀 움직였다.

"아, 아뇨, 죄송합니다. 저기, 그러니까 아주머님……의 이름입니까?"

상대를 '아주머님'이라는 식으로 불러본 건 아마 태어나서 처음일 것이다.

그녀는 쓴웃음을 짓듯이 흐흥 하고 코를 울렸다.

"괜찮아요, 아줌마라고 해도. 할머니라고 해도 좋을 정도니까. 그래요, 내 이름이에요. 야나기사와 치후네."

치후네 씨, 라고 레이토는 입 속에서 중얼거렸다. 뭔가 특이하지만 아주 좋은 이름이라고 생각했다. 요즘 유행하는 이름에서는 찾아볼 수 없는 기품이 느껴졌다.

치후네는 다시 가방에 손을 넣었다. 다음에 꺼낸 것은 봉투였다. 그것을 레이토 앞에 놓았다. "안에 든 것을 꺼내봐요."

"뭔데요?"

"보면 알아요."

레이토는 봉투에 손을 내밀었다. 안에 든 것은 오래된 사진 한 장이었다. 네 명의 인물이 찍혀 있다. 뒤쪽에 키가 큰 노인이 서 있고 그 앞에 초등학생쯤의 소녀와 그 양쪽으로 두 명의 여자가 서 있었다. 왼편의 여자를 보고 흠칫했다. 나이는 20대 초반 정도인가.

레이토는 시선을 사진에서 치후네의 얼굴로 옮겼다.

"알아보겠어요?" 치후네가 물었다.

"여기 왼편의 여자분이 야나기사와 씨지요?"

그래요, 라고 그녀는 고개를 끄덕였다. "용케 알아봤네요."

"왜냐면 별로 변하지 않으셨으니까요." 레이토는 솔직히 말했다.

"고마워요. 공치사도 할 줄 아는군요."

레이토는 당황스러웠다. 그런 게 아니라고 반론을 하려고 했지만 그 전에 "오른쪽 여자는? 누군지 알겠어요?"라는 질문이 날아왔다.

레이토는 사진으로 시선을 되돌렸다. 오른쪽 여자는 기모노 차림이고 치후네보다 좀 더 나이가 들었다. 그래봤자 30대 중반쯤인가. 이목구비가 또렷해서 상당한 미인이라고 생각했지만, 찬찬히 들여다보는 사이에 퍼뜩 깨달았다. 앗

하는 소리를 흘렸다.

"이제야 알아본 모양이지요?"

"우리 할머니…… 아니에요?"

"맞아요, 후미 씨예요."

역시, 라고 말하고 다시금 사진을 보았다. "깜짝이야. 할머니가 옛날에는 이렇게 날씬했었구나." 현재의 할머니의 펑퍼짐한 몸매가 머릿속에 떠올랐다.

어쨌든 이건 40여 년 전의 사진인 모양이다.

"그러면 이 여자애는?" 치후네가 물었다.

레이토는 사진 속의 소녀를 들여다보았다. 3학년 정도일까. 흰 블라우스에 감색 치마라는 차림새다. 짧은 머리에 승부욕이 강한 듯한 눈빛으로 똑바로 카메라를 보고 있었다.

이 소녀의 얼굴 모습을 가진 여자가 생각났다. 레이토가 잘 아는 인물이다.

"……어머니네요. 우리 어머니."

"그렇지요, 미치에 씨예요. 그리고 그 뒤에 서 있는 사람은 그쪽의 할아버님 나오이 소이치 씨."

"우리 할아버지? 우와……."

레이토가 철이 들었을 때쯤에는 할아버지는 세상을 떠나고 없었다. 어떤 인물이었는지 거의 아무 얘기도 듣지 못했다. 소이치라는 이름도 지금 처음 들은 것이다. 그런 얘기를 했더니 한자로 '宗一'이라고 쓴다고 치후네가 알려주었다.

"소이치 씨는 나의 아버님이시기도 합니다."

그녀의 말에 레이토는 엇 하는 소리를 올렸다.

"아버님이라니……. 그, 그럼 어떻게 되는 거예요?"

"비유도 농담도 아니에요. 말 그대로의 의미지요. 소이치 씨는 내 어머님과 결혼해 함께 살았던 시기가 있었고, 그 두 사람 사이에 태어난 게 나예요. 당시 소이치 씨는 야나기사와 성을 썼습니다. 데릴사위였으니까요. 병으로 어머님이 돌아가신 뒤에도 한참 동안은 그대로 혼자 사셨는데 이윽고 제자와 사랑에 빠져 재혼하기로 했어요. 소이치 씨가 고등학교 국어 교사였다는 얘기는 들었나요?"

"아뇨, 처음 들었어요. 와아, 그랬구나. 고등학교 선생님……." 별로 실감나지 않는 얘기였지만, 방금 들은 치후네의 말을 되새겨보다가 멈칫했다. "제자와 사랑에 빠져서 재혼을? 혹시 그 제자가 우리 할머니?"

"맞아요. 두 사람의 나이 차이는 스물두 살."

레이토는 사진 속의 후미를 찬찬히 들여다보았다. "오, 제법이었네, 우리 할머니."

"후미 씨와 재혼할 때, 소이치 씨는 성을 원래의 나오이로 다시 바꾸셨어요."

"그런 거였구나. 엇, 그렇다면……." 레이토는 크게 숨을 들이쉬고 치후네의 얼굴을 새삼스럽게 빤히 바라보았다.

그렇죠, 라고 노부인은 온화한 웃음을 띠며 등을 꼿꼿이 세우고 턱을 끄덕였다.

"나는 그쪽의 어머님 미치에 씨의 언니예요. 이복 자매지만. 아까 나한테 아줌마라고 했는데, 실은 그쪽의 손위 이모입니다."

레이토는 멈추고 있던 숨을 토해냈다. 사진을 테이블에 내려놓고 방금 들은 이야기를 머릿속에서 정리했다.

"어머니한테 그런 얘기는 전혀 듣지 못했는데요."

치후네는 차가운 얼굴이 되어 고개를 몇 번 작게 끄덕였다.

"역시 그렇군요. 네, 그랬을 수도 있습니다. 다른 평범한 자매 같은 관계였느냐고 한다면 그렇지 않았다고 할 수밖에 없으니까요. 우선 단 한 번도 함께 살았던 적이 없습니다."

레이토는 미간을 좁혔다. "왜요?"

"얘기하면 길어지니까 그런 쪽의 사정은 두고두고 설명하도록 하지요. 일단 내가 그쪽의 이모라는 건 이해가 되었나요? 만일 의심스럽다면 구청에 가서 미치에 씨나 나오이 소이치 씨의 호적을 속 시원할 때까지 알아보도록 하세요."

치후네의 의연한 태도는 그녀의 말에 거짓이 없다는 것을 충분히 보장하는 것이었다. 게다가 그녀의 말대로 이게 거짓이라면 금세 탄로가 날 것이다.

알겠습니다, 라고 레이토는 말했다.

"야나기사와 씨가 내 이모님이라는 건 믿을게요. 하지만 좀 이해가 안 돼요. 왜 이제야 그런 걸 밝히시는 거죠?"

치후네는 양쪽 눈썹을 치켜 올리고 뜻밖의 얘기라도 들은 것처럼 눈이 둥그레졌다.

"왜냐고요? 그야 당연히 그쪽 때문이지요."

"나 때문에?"

"후미 씨에게서 연락이 왔습니다. 손자가 경찰에 체포되었다고."

"할머니가 왜 그런 연락을?"

"그러기로 약속이 되어 있었으니까요. 야나기사와 가의 명성에 흠집이 나지 않도록 일가친척 중 누군가가 불상사를 일으켰을 경우에는 당주(當主)인 나에게 알려야 한다는 게 규칙입니다. 후미 씨는 그 규칙에 따른 것뿐이지요. 연락을 받고 나는 잘 아는 변호사와 상의해 상황을 알아보기로 했어요. 이와모토 변호사는 내 학생 시절의 친구예요. 다행히 합의 처리가 그리 어렵지는 않겠다고 하더군요. 한편으로 나는 후미 씨에게 최근의 손자의 상황에 대해 물어보았습니다. 아무래도 그리 칭찬받을 만하게 살지는 않은 것 같더군요."

뭔 참견이냐고 한마디 쏘아붙이고 싶었지만 아무 말도 하지 않았다. 어찌됐든 상대는 레이토를 자유의 몸으로 만들어 준 은인인 것이다.

"그래서 생각해낸 게 있었어요." 치후네는 뒤를 이었다. "이와모토 변호사에게서 내 전언은 들었겠지요?"

네, 라고 레이토는 턱을 슬쩍 내밀었다.

"석방된 뒤 의뢰인의 명에 따르겠다면 변호사 비용은 다 대 주겠다, 라는 얘기라면 들었는데요."

"그쪽은 그 조건을 받아들였고 그래서 이렇게 무사히 유치 장에서 나올 수 있었어요. 그 의사에 변경은 없다고 생각해도 되나요? 만일 마음이 바뀌었다면 그 약속을 무효로 하는 대 신 변호사 비용 전액을 그쪽이 지불한다, 라는 길도 있는데?"

레이토는 어깨를 움츠리며 양팔을 펼쳤다.

"그거야 뭐, 뻔히 다 아시잖아요? 내가 지금 변호사 비용 을 어떻게 냅니까. 근데요, 나는 별다른 특기도 없고, 할 수 있는 일이라야 기껏 거기서 거기예요."

치후네는 냉랭한 얼굴로 눈을 가느스름하게 떴다.

"그간의 경력을 들어봤는데, 고등학교 졸업한 뒤에 대학에 는 가지 않았다고 하더군요."

"가지 않은 게 아니라 못 간 거예요. 그럴 돈도 없었고."

"마음만 먹는다면 어떻게든 갈 수 있었을 테지만, 좋아요, 그건 됐습니다. 장래의 꿈은 무엇이지요?"

"꿈?"

"전망이라도 좋아요. 뭐가 되고 싶다든가, 어떤 식으로 살 고 싶다든가, 생각하고 있는 게 있나요?"

"전망이라……." 레이토는 치후네에게서 시선을 돌리며 목 뒤를 긁었다. "딱히 없는데요. 어떤 식이든 상관없으니까 아 무튼 살아갈 수만 있으면 된다는 느낌이랄까."

치후네는 후우 숨을 내쉬고, 뭔가를 이해했다는 듯 고개를 끄덕였다.

"알겠어요. 그렇다면 더욱더 내 지시에 따르도록 할 수밖에 없겠군요. 이건 다른 누구도 아닌 그쪽만 할 수 있는 일이기도 하니까요."

"나만 할 수 있는 일? 그게 뭔데요?"

그러자 치후네는 중요한 선고를 할 테니 한 마디도 놓치지 말라는 듯이 등을 곧추세우고 가슴을 들먹이며 심호흡을 한 뒤에야 입을 열었다.

"그쪽이 해야 할 일……. 그건 녹나무 파수꾼입니다."

3

다음 날 아침에도 하늘은 맑게 개어 있었다. 오전 6시에 일어나 간단한 아침 식사를 하고 나면 그때부터는 계속 경내 청소다. 레이토는 대빗자루와 쓰레받기를 들고 종무소에서 바깥을 내다보며 한숨을 내쉬었다. 오늘도 어제와 똑같이 온통 낙엽 천지다. 아직 초가을인데도 이러니 본격적으로 겨울이 다가오면 어떻게 되는 건가, 하고 벌써부터 맥이 빠졌다.

경내가 그리 넓은 것도 아닌데 빗자루로 쓸어내도 쓸어내도 바람이 불 때마다 낙엽이 우수수 떨어진다. 쓸데없는 수고인 듯한 허탈함이 덮쳐들었지만 낮에 할 일은 거의 대부분이 청소라는 얘기는 처음에 치후네에게서 들었다.

석방되고 고급 호텔 방에서 치후네를 만난 그다음 날, 레이토는 그녀를 따라 이곳에 들어왔던 것이다. 도쿄에서 1시간 가까이 전차에 흔들린 끝에 도착한 곳은 레이토가 한 번도 와본 적이 없는 작은 역이었다. 그 역 앞에서 버스를 타고 20여 분을 더 달렸지만 정류장에 도착했다고 끝난 게 아니었다. 거기서 또 한참을 걸어야 했다. 게다가 오르막길이다. 험한 산길까지는 아니지만 웬만한 하이킹 코스라고 해도 될 만큼 비탈이 가파른 길이었다. 중간부터는 계단으로 바뀌었다. 한 단 한 단 철도의 침목을 활용하고 있었다.

너무 지쳐서 잠깐 쉬고 싶다고 했다가 아직 젊은 사람이 물러빠졌다, 라고 치후네에게 혼이 났다.

"평소에 만판 게으름을 피우니까 그 꼴이지요. 이곳에 온 이상, 우는소리는 허락하지 않을 테니 그리 알아요. 단단히 각오하도록 하세요." 그리고 다시 발을 옮기는 것이었다. 그 걸음걸이가 여간 짱짱한 게 아니었다. 뭐야, 이 할매, 라고 레이토는 뒤를 쫓아가며 속으로 투덜거렸다.

계단을 다 올라서자 낡은 도리이*가 서 있고 그 안쪽은 평평하게 닦여 있었다. 그게 이곳, 현재 레이토가 청소를 하고 있는 월향신사(月郷神社) 경내다.

이 신사의 유래는 아직 밝혀지지 않았다고 치후네는 말했다.

"언제 누가 어떤 목적으로 세웠는지, 기록은 전혀 남아 있지 않아요. 다만 야나기사와 가의 부지 안에 자리잡고 있기 때문에 우리가 관리하는 것이지요. 주지는 다른 곳에 소속된

---

* 신사 입구의 기둥문.

분이 겸무해주시고 있지만, 명목뿐이고 딱히 행사를 치르는 일은 없습니다."

경내 안쪽에 작은 신전(神殿)도 있었지만 치후네에 의하면 모양새뿐이라고 한다. 당연히 새전함도 내놓지 않는다.

신전에서 조금 떨어진 곳에 작은 건물이 있었다. 일단 종무소라는 것인 모양이다. 단 부적류는 취급하지 않고 주인* 도 찍어주지 않는다. 길흉 제비조차 비치해두지 않는다고 했다. 하지만 치후네의 안내로 종무소 안에 들어가보니 한가운데 테이블이 있고 벽 쪽에는 사무 책상과 줄줄이 파일이 꽂힌 캐비닛이 있었다. 그 옆에 좁기는 해도 다다미방을 들였고 싱크대와 화장실도 딸려 있었다. 에어컨은 오래됐지만 별 문제 없이 작동한다고 했다.

"명칭은 종무소지만 이곳은 실질적으로는 경내의 관리인 실이에요." 그렇게 말하고 치후네는 실내를 둘러보았다. "그리고 여기서 대기하는 사람이 관리해야 하는 것은 경내뿐이 아닙니다. 아니, 오히려 경내는 그다음이지요. 관리해야 할 가장 첫 번째 대상은 저쪽에 있는 녹나무예요."

그리고 그 뒤에 치후네는 경내 오른편의 덤불숲 안으로 데려갔던 것이다. 먼 옛날부터 그곳에 자리잡은 녹나무의 장엄함과 박력에 압도되어 레이토는 어떤 감상의 말도 하지 못한 채 한참이나 멍하니 서 있을 수밖에 없었다.

---

* 朱印. 사찰이나 신사에서 참배자를 대상으로 찍어주는 고유한 인장(印章).

오전 8시를 지날 때쯤부터 띄엄띄엄 사람들이 찾아온다. 대개는 근처의 노인들이다. 비탈진 언덕길이 꽤 길어서 산책보다는 약간 더 힘이 드는, 괜찮은 운동거리가 되는 모양이다. 조깅 코스에 이곳을 끼워 넣었는지 트레이닝복 차림으로 나타나 숨을 헉헉거리며 신전 앞에서 합장하는 사람도 이따금 눈에 띄었다.

구경이 목적인 사람들이 나타나는 것은 오전 10시를 지난 다음이다. 하지만 주말이 아니고서는 1시간에 서너 명이나 찾아오면 많은 편이라고 할까. 물론 그런 손님들의 목적은 녹나무다. 모양새뿐이라 복을 받기는 틀린 듯한 신전은 돌아보지도 않고 대부분의 사람들이 초목으로 둘러싸인 좁은 통로로 들어간다. 밤 시간과는 달리 낮에는 출입이 자유로운 것이다. 그런 만큼 못된 장난질 등에 주의를 기울일 필요가 있어서 레이토는 경내 청소를 하는 틈틈이 자주 순찰을 해야 한다. 그러다 카메라 셔터를 눌러달라는 부탁을 받는 일도 많았다. 그럴 때는 친절하게 응해주라는 치후네의 지시가 있었다. 그것도 업무 중 하나인 모양이나.

정오가 되기 조금 전, 레이토가 신전 앞을 빗자루로 쓸고 있는데 누군가 실례합니다, 라고 말을 건네왔다. 얼굴을 들자 둥근 테 안경을 쓴 젊은 여자가 다가오는 참이었다. 두툼한 파카에 청바지라는, 산길을 걷기에 적합한 차림새였다. 조금 떨어진 곳에 또래로 보이는 여자 두 명이 서 있었다.

10여 분 전에 그녀들이 경내에 들어온 것은 레이토도 알고 있었다.

"기원을 드리는 방식이 정해져 있어요?" 여자가 물었다.

"기원요?"

"저기 녹나무." 그렇게 말하고 그녀는 덤불숲 안쪽을 가리켰다.

아아, 하고 레이토는 고개를 끄덕였다.

"안이 동굴이라서 나무 옆으로 돌아가면 들어갈 수 있어요. 한 분씩 차례대로 해주세요."

"방법은요?"

레이토는 고개를 갸우뚱했다. "딱히 정해진 방식은 없는 것 같은데요."

"그래요?" 여자가 눈을 껌뻑거렸다.

"다들 알아서 적당히 하십니다."

"적당히?" 여자가 의아한 듯 미간을 좁혔다.

네에, 라고 대답하고 레이토는 다시 청소를 시작했다.

여자는 일행이 있는 곳으로 돌아갔다. 적당히 해도 된대, 라는 말에 에이, 그런 거야, 라고 실망감 섞인 반응이 돌아왔다.

기대에 어긋난 건 미안하지만 내 탓이 아니네요, 라고 마음속으로 중얼거리며 레이토는 작업을 계속했다.

거의 날마다 그런 질문들을 하는 것이다. 녹나무에 소원을 빌면 이루어진다고 하던데 구체적으로는 어떻게 하면 됩니까. 사람에 따라 말투는 다르지만 대략 질문의 의미는 그런 것이었다. 며칠 전에는 뭘 어떻게 착각했는지 "축원(祝願)을 올렸으면 하는데 비용이 얼마나 들까요?"라고 물어보는 여자도 있었다.

그런 전설이 언제쯤 생겼는지는 알지 못한다, 라고 치후네는 말했다. 월향신사의 녹나무에 소원을 빌면 이윽고 이루어진다, 라는 것이다. 예전에는 이 지역 사람들만의 구전(口傳)이었지만 인터넷이 보급되면서 영험한 파워스폿으로 널리 알려지게 되었다. 덕분에 별 볼거리도 없는 변두리 시골인데도 휴일이면 찾아오는 사람이 부쩍 많아졌다는 얘기였다.

"찾아오는 사람이 많아지면 당연히 그중에는 이상한 사람도 있게 마련이지요. 그 좋은 예가 바로 낙서입니다. 녹나무 기둥에 소원을 써넣으면 꿈이 이루어진다는 헛소문이 퍼졌을 때는 정말로 힘들었어요. 잠깐만 눈을 떼면 여기저기에 낙서를 해요. 주의하라는 벽보도 붙이고 간판도 세워봤지만 효과가 없어서 어쩔 수 없이 임시로 경비원을 고용했을 정도예요. 지울 수 있는 낙서는 그나마 낫지만, 조각도로 나무 기둥을 파내려는 사람까지 있었어요. 천만다행으로 미연에 막았지만, 그때는 경찰서에 연락해서 잡아가라고 했습니다."

그래서 관리인을 상주시킬 필요가 있는 것이라고 치후네는 말했다.

"그동안 낮 시간의 관리는 정년퇴직한 지인 분께 부탁했었는데 체력적으로 너무 힘겹다고 석 달 전쯤에 사퇴하셨어요. 별수 없이 내가 직접 맡았지만 이제는 나이도 있고 밤낮으로 일하는 건 몸이 당해내지를 못합니다. 누군가 대신 맡아줄 사람을 찾아야겠다고 걱정하던 참에 마침 그쪽 얘기를 듣게 된 것이지요."

한마디로 레이토에게 이곳에서 관리인으로 일하라는 얘기였다. 거기까지는 이해할 만했지만 치후네의 설명 중에 마음에 걸리는 것이 있었다. 그 지인에게는 낮 시간의 관리를 맡겼다고 했다. 그리고 그 사람이 사퇴한 뒤로는 치후네가 낮이고 밤이고 일했다는 것이다. 레이토가 그 점을 물어보자 마침 좋은 질문이라는 듯 치후네는 크게 고개를 위아래로 끄덕였다.

"중요한 건 바로 그 점이에요. 그쪽에게는 단순히 관리인의 일만 부탁하려는 게 아니에요. 그건 둘째지요. 그쪽에게 명하려는 것은 밤 시간의 일이에요. 오히려 그것이 녹나무 파수꾼의 참된 임무입니다."

신전 청소를 마치고 종무소로 돌아가려던 참에 레이토는 발을 멈췄다. 어떤 여자가 석등롱 옆에 서 있었기 때문이다. 자그마한 얼굴에 큼직한 눈, 어젯밤에 본 그 여자가 틀림없었다. 희끄무레하다고 생각했던 파카는 실제로는 옅은 핑크색이었다.

그녀는 약간 긴장한 얼굴로 레이토에게 다가왔다. "이곳 관계자 분이죠?"

관계자, 라는 말을 레이토는 머릿속에서 곱씹었다. 자신의 위치를 그런 식으로 인식한 적은 없었지만 듣고 보니 그게 딱 적합한 말이라는 것을 깨달았다.

"네, 뭐 그렇긴 한데…… 무슨 일입니까?"

"어젯밤 늦게 여기에 어떤 아저씨가 왔었죠?"

"예에……."

사지 얘기인 것이리라. 굳이 감출 것도 없다는 생각에 애매하게 고개를 끄덕였다.

"그 사람, 여기서 뭘 한 거예요?"

"뭘 했냐니, 그게……." 레이토는 경내 안쪽을 쳐다보고 다시 여자에게로 얼굴을 돌렸다. "그야 기념을 했겠지요."

여자가 미간을 좁혔다. "그런 밤늦은 시간에?"

"어젯밤에도 말했던 것 같은데 야간 기념이라는 것도 있어요. 예약제로 하는 거."

"그, 낮에 하는 것과 무슨 차이가 있죠?"

"그건 나도 잘 모르는데요."

여자의 미간에 주름이 깊어졌다. "여기 관계자라면서요?"

"그렇긴 한데 채용된 지 한 달밖에 안 된 견습생 같은 거라서."

그녀는 의아한 표정으로 레이토의 작무의 차림을 훑어보았다. "그 사람은 뭘 빌었어요?"

"그 사람이라뇨?"

"그러니까 어젯밤의 그 아저씨."

"사지 씨 말입니까?"

맞아요, 라고 여자는 부루퉁한 얼굴로 턱을 당겼다.

"그건 나도 모르죠. 어떤 소원을 빌든 그 사람 마음대로니까." 그렇게 대답하고 레이토는 다시 여자를 쳐다보았다. "아니, 그보다 누구세요? 사지 씨하고 아는 사이에요?"

그녀는 시선을 돌리며 크게 숨을 들이쉬었다. 대답을 해야 할지 말지 고민하는 것처럼 보였다.

뭔가 귀찮은 일에 휘말리겠구나, 라고 레이토는 직감했다. 괜히 끼어들지 않는 편이 좋을 것 같았다. 그렇게 판단하고 슬쩍 인사를 건네며 자리를 뜨려고 하자 여자가 "딸이에요"라고 불쑥 말했다. "나, 그 아저씨의……, 사지 도시아키 씨의 딸이에요."

레이토는 눈을 끔뻑거리며 새삼 여자의 얼굴을 보았다. 그녀는 이쪽을 똑바로 마주 보고 있었다. 기가 센 인상이지만 상당한 미인이기는 하다.

"별로 닮지 않은 것 같은데요?" 솔직하게 말해보았다.

그녀는 청바지 주머니에서 지갑을 꺼냈다. 거기서 카드 한 장을 빼내 레이토 쪽으로 다가와 "확인해보시든지"라고 말하며 쓱 내보였다.

그건 어딘가의 회원증이었다. '사지 유미'라는 서명이 있었다.

"사지 유미 씨?"

네, 라고 그녀는 고개를 끄덕였다. "이제 믿으시겠어요?"

"뭐, 믿어드리는 거야 괜찮지만……."

"그렇다면 얘기해봐요. 우리 아빠가 여기서 뭘 한 거예요?"

"글쎄 기념을 했다니까요? 벌써 몇 번이나 얘기했는데."
레이토는 얼굴을 찌푸리며 말했다. 꼬박꼬박 대답해줘야 하
는 게 여간 성가신 게 아니다.

"어떤 소원을 빌었던 거냐고요."

"모른다니까요? 나는 그냥 준비만 해주는 것뿐이고, 기념
내용에 대해서는 터치하지 않기로 정해져 있어요. 뭘 빌었는
지 알고 싶으면 댁이 직접 아버지에게 물어보면 되잖아요."

사지 유미라는 여자는 뭔가 더 얘기하려다 말고 답답함을
꾹 참는 듯 입술을 깨물더니 휙 발길을 돌려 가버렸다. 아빠
한테 물어볼 수 있다면 내가 왜 이 고생을 하겠냐—. 가녀린
등짝이 그렇게 투덜거리는 것처럼 보였다.

4

어젯밤과 거의 같은 시각에 절그렁절그렁 방울 소리가 울렸다. 바깥에 사지가 서 있는 것을 확인한 뒤에 레이토는 종무소를 나섰다.

"아주 근사한 보름달이야." 사지가 하늘을 올려다보며 말했다.

덩달아 레이토도 하늘을 우러러보았다. 하얀 달빛의 광채가 평소보다 힘차게 느껴졌다. 정말 그렇군요, 라고 동의했다.

"어쩐지 좋은 예감이 들어." 사지는 험상궂은 얼굴에 웃음을 띠었다.

"그렇습니까? 다행입니다."

딸에게서 뭔가 질문을 받았던 걸까. 확인해보고 싶었지만 어떤 식으로 물어봐야 좋을지 몰라 말을 꺼내지 못했다.

"응? 왜 그래?" 사지가 의아한 듯 물었다.

아무것도 아닙니다, 라고 레이토는 고개를 젓고 종이봉투를 내밀었다. 연소 시간 약 2시간의 밀초가 들어 있다.

"준비는 다 해두었습니다. 사지 님의 염원이 녹나무에게 전해지기를 진심으로 기원합니다."

고마워, 라고 말하고 사지는 종이봉투를 들고 녹나무 기념 입구를 향해 걸음을 옮겼다.

그 뒷모습을 배웅한 뒤, 레이토는 종무소로 들어갔다. 평소 같으면 바깥에서 사지가 돌아올 때까지 기다렸을 테지만 오늘 밤은 생각한 게 있어서 안으로 들어갔다. 방의 불을 끄고 커튼 틈새로 바깥의 상황을 살펴보았다.

잠시 뒤, 레이토가 예상했던 일이 일어났다. 경내에는 필요 최소한의 불만 켜두기 때문에 구석 쪽은 컴컴하다. 하지만 그 어둠에 섞여들듯이 이동하는 사람 그림자를 확인할 수 있었다. 지그시 어둠을 응시한 덕분에 알아봤지만 평소 같으면 분명 못 보고 놓쳤을 것이다.

레이토는 종무소 문을 열고 밖으로 나왔다. 손전등을 들고 왔지만 물론 스위치는 켜지 않았다.

사람 그림자는 녹나무 기념 입구를 지나 안으로 들어가고 있었다. 레이토는 발소리가 나지 않게 조심하면서 잰걸음으로 그쪽으로 다가갔다. 비록 한 달밖에 안 되었지만 내내 여기서 지내왔기 때문에 어디에 무엇이 있는지는 대략 파악하고 있다. 어둠 속에서도 별다른 불편 없이 움직일 수 있었다. 순식간에 수상한 자의 등 뒤까지 따라붙었다.

어디쯤에서 말을 건넬까, 하고 레이토는 생각했다. 파수꾼이라는 역할로 보자면 당장이라도 말을 해서 되돌아가게 해야 한다. 하지만 일이 어떻게 흘러가는지 보고 싶다는 구경꾼 같은 호기심이 발동했다. 대체 어떻게 할 작정인 걸까.

이윽고 덤불숲을 빠져나가 녹나무 앞으로 나섰다. 달빛을 가려주던 것도 없어지면서 수상한 자의 모습이 또렷이 떠올랐다.

그 정체는 레이토가 예상했던 대로 사지 유미였다. 조금이라도 눈에 띄지 않게 할 심산인지 오늘 밤은 핑크색 파카가 아니라 거무스레한 재킷을 입고 있었다.

유미는 녹나무 왼편으로 돌아들어갔다. 달빛이 있다고 해도 발밑은 어둡다. 걸음걸이가 신중했다. 레이토가 2미터 거리쯤까지 접근했지만 그녀는 전혀 눈치채지 못한 것 같았다. 등 뒤까지는 신경쓸 여유가 없는 것이리라.

어떤 타이밍에 말을 건넬까, 하고 레이토가 망설이고 있는데 갑자기 유미의 몸이 휘청했다. 바닥에 튀어나온 뿌리줄기에 발이 걸린 모양이다. 균형을 잃고 아차 뒤로 넘어지려고 했다.

레이토는 급히 다가가 두 팔로 유미의 몸을 받쳤다. 그녀는 움찔 굳어버린 채 돌아보았다. 그 얼굴이 공포와 놀람으로 일그러진 것이 옅은 어둠 속에서도 뚜렷하게 보였다. 비명조차 올리지 못한 것은 충격이 너무 컸기 때문일까.

레이토는 자신의 입에 둘째 손가락을 대면서 녹나무 쪽을 쳐다보았다.

나무 기둥의 동굴에서 밀초 불빛이 새어나왔다. 아무래도 사지는 이쪽의 상황을 알아차리지 못했는지 밖으로 나오는 기척은 없었다.

레이토는 유미를 일으켜준 뒤에 그녀의 얼굴을 들여다보고 천천히 고개를 저으며 온 길을 가리켰다. 빨리 돌아가라는 몸짓을 해본 것이다.

그 의도는 전해진 모양이었지만 그녀는 순순히 따르지 않았다. 못 본 척해달라는 듯이 얼굴 앞에서 두 손을 맞댔다.

레이토는 망설였다. 이런 한밤중에 아버지를 미행해온 것을 보면 뭔가 긴한 사정이 있는 것이리라. 아무래도 사지의 기념을 방해할 생각은 없고 뭘 하는지 살짝 들여다보려는 것뿐인 모양이다. 그런 정도라면 못 본 척해줘도 괜찮지 않을까 하고 얼핏 생각했다. 히지만 혹시라도 사지에게 들키면 일이 커진다. 파수꾼의 역할이 뭐냐, 라고 책임 추궁을 당할 수 있다. 그걸로 끝난다면 다행이지만 치후네에게 말이 건너가기라도 하면 그야말로 큰 문제다.

그렇게 레이토가 고민에 빠져 있을 때였다.

"흠흠흐응 흐흠 흐응……." 억양을 붙인 기묘한 소리가 녹나무 안에서 들려왔다.

레이토는 유미와 얼굴을 마주 보았다. 그녀도 놀랐는지 동그랗게 뜬 눈을 몇 번이나 끔뻑거렸다.

그대로 둘이 딱 굳어 있는 참에 다시 "흐응 흠흠흠 흠흐응……"이라는 소리가 들려왔다. 분명 사지의 목소리다. 독경 같은 게 아니었다. 그러기는커녕 멜로디가 붙은 소리다. 즉 명백히 콧노래인 것이다. 사지는 콧노래를 섞어가며 기념을 하는 걸까. 그 험상궂은 얼굴을 생각하면 상상도 못할 일이었다.

유미가 맞대고 있던 두 손을 내리고 몸을 녹나무 쪽으로 향했다. 본격적으로 접근하려는 것을 깨닫고 레이토는 그녀의 팔 위쪽을 잡았다.

유미는 비어 있던 쪽 손을 얼굴 앞에 내밀고 꾸벅꾸벅 절하는 시늉을 했다. 게다가 진짜로 잠깐만, 이라는 듯이 엄지와 검지로 2센티미터 정도의 간격을 만들어보였다.

"흐흐응흐응 흐응흐응……." 다시금 기묘한 콧노래 소리가 들려왔다. 어떤 노래인지는 전혀 알 수 없었다.

레이토는 유미의 팔을 놓아주었다. 그걸로 허락을 받았다고 생각했는지 그녀는 녹나무의 동굴로 다가갔다. 제발 발소리는 내지 말아줘, 라고 마음속으로 빌면서 레이토도 그 뒤를 따라갔다. 파수꾼으로서의 사명감보다 호기심이 앞섰다.

유미가 동굴 입구에 멈춰 서서 살그머니 안의 기척을 살펴보기 시작했다. 레이토도 그 등 뒤로 다가가 목을 길게 뺐다.

밀초 불빛에 비친 사지의 모습을 확인할 수 있었다. 레이토와 유미가 서 있는 위치에서는 비스듬히 등 뒤쪽이 보인다. 사지는 손에 뭔가 들고 있는 것 같았지만 어두워서 무엇인지는 알 수 없었다. 빛을 내지 않는 걸 보면 스마트폰은 아니다.

"흐응흐흐응, 흐흐응흐응…….''

콧노래 소리가 울린 뒤 사지는 고개를 갸웃거리며 답답하다는 듯 머리를 긁적였다. 크게 한숨을 내쉰다는 것을 등의 움직임으로 알았다.

레이토는 유미의 어깨를 슬쩍 쳤다. 이제 이 정도면 되지 않았느냐, 라는 뜻이었다. 의도가 전해졌는지 유미는 동굴 앞에서 물러섰다.

손전등으로 발밑을 비추며 온 길을 되돌아 나왔다. 둘 다 아무 말도 하지 않았다.

경내로 돌아온 다음에야 레이토는 "이제 됐어?"라고 물었다.

유미는 불만스러운 표정으로 고개를 크게 가로저었다.

"전혀. 저게 뭐지? 점점 더 뭐가 뭔지 모르겠네. 한밤중의 축원은 원래 저런 식으로 하는 거야?"

"나도 그런 얘기는 못 들었어. 기념하는 모습을 본 것 자체도 처음이고.''

"그 콧노래는 뭐지? 진짜 으스스하던데.''

"글쎄 나도 모른다니까. 그보다, 넌 대체 뭐야? 밤에는 마음대로 들어가면 안 된다고 내가 말했었잖아."

유미가 눈을 슬쩍 치켜뜨며 이쪽을 노려보았다. "자기도 뒤에서 들여다봤으면서."

"그거야……." 억울했지만 대꾸할 말이 없었다. 얼버무리려고 헛기침을 했다. "대체 무슨 사정인 거야? 우선 그 얘기부터 들어보자."

"얘기하면 도와줄 거야?"

"내용에 따라 다르지."

"얘기가 좀 길어질 텐데?"

"그래? 뭐, 하긴 그렇겠네." 레이토는 종무소 쪽을 턱으로 가리켰다. "여기는 추워. 안으로 들어가자고. 코코아라도 마시면서 무슨 얘긴지 들어볼 테니까."

"아, 코코아, 나 진짜 좋아하는데." 유미가 반색을 하며 손을 마주쳤다. 어느새 둘 다 말투가 반말이 된 것을 레이토는 깨달았다.

"후우, 맛있다. 몸이 따뜻해졌어."

코코아를 한 모금 마신 뒤, 머그컵 손잡이를 오른손으로 들고 왼손을 녹이려는 듯 컵에 댄 자세로 유미는 이야기를 시작했다.

그녀에 의하면 사지 가는 여기서 차로 약 30분 거리에 있다고 한다. 사지 도시아키는 부친의 대를 이어 건축사무소를 경영하고 있어서 부잣집이라고까지 할 수 있는지 어떤지는 모르지만 외동딸 유미로서는 어렸을 때부터 경제적인 면에서는 어려움을 느낀 적이 없었다고 한다. 경제적인 면에서는, 이라는 단서를 둔 것은 사지 가에는 다른 문제가 있었기 때문이다. 함께 사는 할머니의 병간호로 온 가족이 몹시 힘들었다는 것이다.

"단순히 거동이 불편한 것뿐이라면 그나마 괜찮을 텐데 우리 할머니는 치매가 점점 심해져가는 데다 몸 쪽은 너무 멀쩡했어. 밥 먹이기도 힘들고 약은 다 토해내고 링거 바늘은 뽑아버리는 통에 한시도 눈을 뗄 수가 없는 거야. 나도 나름대로 거들어줬지만 가장 힘든 건 역시 엄마여서 항상 지칠 대로 지쳐 있었어."

하지만 그런 힘겨움도 이번 봄에 끝이 났다. 증세가 악화된 탓에 몸을 움직이지 못하게 됐고 그 덕분에 환자를 받아주겠다는 요양원을 찾았기 때문이다. 유미도 이따금 병문안을 가지만 할머니의 치매는 더욱 심해져서 손녀딸이라고 인식하지 못하는 때도 많았다. 이제는 가족 모두가 이별의 때가 그리 멀지 않았다고 생각하고 있다.

"근데 솔직히 말하면, 긴장이 탁 풀리면서 마음이 편안해졌어. 드디어 평범한 일상으로 돌아갈 수 있잖아. 엄마도 자신을 위한 시간을 가질 수 있고 나도 집에 신경 쓸 것 없이 아르바이트도 할 수 있어. 실제로 그렇게 되긴 했는데…….”

거기까지 말한 참에 유미는 목소리 톤을 낮추면서 “또 다른 걱정거리가 생겼지 뭐야”라고 투덜거리듯이 말했다. 아버지 도시아키의 수상한 행동이 그것이라고 한다.

“내가 알게 된 게 석 달 전쯤인가? 아빠가 어쩐지 수상한 행동을 하는 거야.”

“수상한 행동?” 레이토는 입가로 가져가려던 머그컵을 다시 테이블에 내려놓았다.

“오래 전부터 우리 건축사무소에서 일하던 직원 중에 야마다 씨라는 분이 있는데 바로 그 아저씨가 얘기해준 거야. 최근에 사장님이 어딘가 훌쩍 나가는 일이 많다고. 게다가 행선지가 어딘지 알 수가 없대. 외출할 때는 다들 목적지를 게시판에 써두는데, 언젠가 아빠가 휴대전화를 받지 않아서 게시판에 적힌 곳에 연락해봤더니 오늘은 사지 씨가 오지 않았다, 라고 했다는 거야. 나중에 본인에게 물어보니까 다른 볼일이 생겨 예정을 변경했다고 둘러대더래. 그런 일이 여러 번 있었던 모양이야. 야마다 아저씨의 감으로는 2주에 한 번 꼴이었대.”

“거, 뭔가 좀 수상하네. 어머니도 그런 걸 알고 있어?”

“아니, 엄마는 모르지. 나도 얘기를 안 했고, 야마다 아저씨도 그런 얘기는 차마 못했다고 했어.”

“근데 그 야마다 씨는 왜 너한테는 얘기했어?”

"그건 나도 잘 모르지만, 아마 누군가에게는 미리 얘기해 두는 게 좋겠다고 생각한 것 같아."

레이토는 고개를 끄덕였다. 야마다 씨라는 이의 심정도 어쩐지 이해가 되었다.

"그래서 어떻게 했어? 혹시 탐정에게 뒷조사를 의뢰했다거나?"

레이토는 반쯤 농담으로 말했지만, 유미는 진지한 얼굴로 고개를 끄덕였다.

"그러고 싶었지. 근데 비용을 댈 돈이 없었어. 그래서 내가 직접 알아보기로 한 거야. 대학이 여름 방학이라 시간도 넉넉했으니까."

유미는 현역 대학생인 모양이다.

"알아보다니, 어떻게?"

"우선 우리 차에 몰래 GPS 발신기를 달았어."

"발신기?" 레이토는 눈이 둥그레졌다. "완전 본격적이네."

부모 쪽에서 아이가 간 곳을 파악한다거나 배회하는 치매 노인을 지켜보기 위해 요즘에는 GPS 발신기를 흔히 활용한다는 얘기는 레이토도 알고 있었다. 하지만 실제로 사용한 사람의 얘기를 듣는 건 처음이었다.

"왜냐면 나로서는 진짜 심각하거든."

유미에 의하면 그녀가 사용한 것은 실시간으로 스마트폰을 통해 장소 이동을 확인할 수 있는 발신기로, 조건에 따라 다르지만 위치의 오차는 최대 50미터 정도라고 한다.

"세상 참 편리해졌네. 그나저나 왜 그걸 차에?"

"우리 집하고 건축사무소가 바로 옆이라 주차장을 함께 쓰고 있어. 야마다 아저씨에 의하면 아빠가 수상한 외출을 할 때는 업무용 차량이 아니라 우리 차를 타고 간다고 했어. 그러니까 차에 발신기를 몰래 달아두면 어디로 가는지 대략 알 수 있지. 한 번 충전으로 배터리는 24시간은 충분해."

"오, 대단하다. 그래서 알아내긴 했어?"

유미는 머그컵을 탁자에 내려놓고 손가락으로 V자를 그렸다.

"발신기를 달고 첫 번째 금요일에 수상쩍은 움직임이 있었어. 업무 중에 건축사무소를 나와 우리 차로 외출한 거야. 야마다 아저씨가 말했던 그 패턴이지. 움직임을 추적해보니까 기치죠지 역 근처의 무인 주차장에 차를 세운 거였어. 주차는 1시간쯤 했고 거기서 나온 뒤에 곧바로 우리 사무소로 돌아왔어."

"그럼 문제는 무인 주차장에 차를 세워놓고 어디에 갔느냐는 거네."

바로 그거야, 라고 유미는 레이토 쪽을 가리켰다.

"아빠 옷에 발신기를 달면 가장 좋을 텐데 그건 아무래도 들킬 위험성이 너무 커. 그래서 내가 직접 미행하는 수밖에 없었어. 하지만 그러려면 아빠보다 먼저 문제의 무인 주차장에 가 있어야 하는 거야. 별수 없이 기치죠지 역 근처의 커피점에 가서 대기하기로 했어."

"대기한다고? 날마다?"

"아냐, 날마다 그럴 수는 없으니까 매주 목요일과 금요일에만 가기로 정했어. 분명 둘 중 하루일 거라고 딱 감이 왔거든."

여자의 육감이라는 것인 모양이다.

"그래서 결과는 어떻게 나왔어?"

"발신기를 달고 두 번째 주의 금요일이었어. 오늘도 허탕인가 하고 스마트폰을 체크해봤는데 움직임이 포착된 거야."

유미는 검은 눈동자를 굴려가며 그날 일을 이야기하기 시작했다.

사지 가에서 기치죠지까지는 차로 약 30분, 유미가 대기하던 커피점에서 무인 주차장까지는 도보로 약 10분이다. 발신기의 움직임을 스마트폰으로 추적해 도시아키가 틀림없이 기치죠지로 향했다는 것을 확인한 유미는 커피점을 나왔다. 무인 주차장으로 가는 중에 마스크를 쓰고 카스케트 모자도 눈까지 깊숙이 눌러썼다. 도시아키에게 들키지 않기 위한 변장이다. 키스케트 모지도 그러기 위해 일부러 구입했다.

건물 뒤 그늘에 숨어 주차장을 지켜보고 있자 잠시 뒤에 도시아키가 운전하는 차가 나타났다. 망설임 없이 주차 게이트를 통과하는 것을 보고, 역시 한두 번 드나든 게 아니구나, 라고 실감했다.

차에서 내린 도시아키가 걸음을 옮겼다. 그 걸음걸이에 망설임이 없는 것을 봐도 목적지까지 가는 길이 이미 머릿속에 들어 있다고 짐작할 수 있었다.

몇 분 뒤, 도시아키는 크림색 신축 맨션으로 들어갔다. 높이를 보면 5층 건물 정도일까. 도시아키가 입구에서 인터폰을 통해 뭔가 얘기하자 오토록 문이 열렸다.

바로 근처에 옛날식 찻집이 있어서 유미는 그곳에 진을 치고 스마트폰으로 도시아키가 들어간 맨션을 검색했다. 부동산 정보를 보니 대부분 원룸이었다. 하지만 모두 전유면적 40제곱미터 이상이고 게다가 지은 지 5년밖에 안 된 맨션이다. 역에서 도보로 5분 거리여서 임대료는 15만 엔이 넘었다.

1시간쯤 지났을 무렵, 유미는 맨션 앞으로 돌아와 조금 떨어진 곳에서 입구를 지켜보았다. 야마다가 해준 얘기와 지난번 미행의 경험을 통해 이제 슬슬 나올 때쯤이라고 예상한 것이다. 일이 잘되면 맨션에 사는 사람도 모습을 드러내줄지 모른다고 기대했다.

예상대로 잠시 뒤에 도시아키가 나왔지만 함께 나온 사람은 없었다. 도시아키의 표정은 유미의 눈에는 어딘지 환해진 것처럼 보였다.

"진짜 수상하다." 거기까지 이야기를 듣고 레이토는 손가락을 튕기며 말했다. "분명 여자야. 애인이 생긴 거라고. 틀림없어. 업무 중에 빠져나와 밀회를 하다니, 여간 대담한 게 아니네."

"무슨 큰 발견을 한 것처럼 얘기하지 말아줄래? 그 정도는 나도 처음부터 예상했어." 유미가 못마땅하다는 듯 미간을 찌푸렸다. "목요일과 금요일, 둘 중 하루로 정했다고 했지? 실은 양쪽 다 엄마가 외출하는 날이야. 목요일은 요가, 금요일은 꽃꽂이. 우리 차로 외출하는 걸 엄마에게 들키지 않으려면 바로 그날이라고 내가 딱 감을 잡은 거야."

"그런 거였어? 그나저나 요가에 꽃꽂이라니, 아주 우아하게 사시네."

"할머니 돌봐주느라 그렇게 오래도록 고생했는데, 그 정도 호사는 봐줘야지."

"아니, 내가 그걸 나무라자는 건 아니고. 아무튼 그런 얘기라면 이미 결론이 난 거 아냐? 안타깝지만, 바람을 피우는 거야. 그 밖에 다른 건 생각할 수 없잖아."

"물론 나도 그럴 가능성이 높다고 생각해. 그래서 더더욱 엄마에게는 차마 말을 못하겠어. 그리고 그런 거라면 엄마가 눈치채기 전에 얼른 증거를 잡아서 아빠를 다잡아야 해. 그 여자와 당장 헤어지라고 할 거야."

유미의 다부진 말투에 레이토는 저절로 눈이 둥그레졌다. 자그마하고 단정한 얼굴과 가녀린 체격으로 봐서는 상상하기도 어렵지만, 역시 콧대가 상당히 센 모양이다.

유미는 머그컵을 들어 코코아를 한 모금 마신 뒤에 고개를 갸우뚱했다.

"근데 여벌 열쇠를 갖고 있지 않은 게 아무래도 이상해."

"여벌 열쇠?"

"오토록을 열어달라고 입구 인터폰에 대고 얘기하고 있었어. 즉 아빠는 여벌 열쇠를 갖고 있지 않다는 얘기야. 사귀는 여자의 집이라면 보통 그런 경우는 없는 거 아닌가?"

"그건 그렇지. 아, 아직 여벌 열쇠를 건네줄 만큼 깊은 사이는 아닌 건가?"

레이토의 말에 유미는 머그컵을 탁자에 내려놓으면서 흥하고 코웃음을 쳤다.

"뭔 소리야, 그럴 리가 없잖아."

"왜?"

"만일 사귀는 여자라면 그 맨션 임대료를 내주는 게 누구겠어? 당연히 우리 아빠지. 돈을 대주는데 여벌 열쇠를 안 주다니, 그건 말이 안 되잖아."

"아니, 꼭 사지 씨가 임대료를 내준다고는 할 수 없잖아."

유미는 어이없다는 듯 고개를 저으며 천장을 올려다보더니 다시 레이토에게로 시선을 돌렸다.

"당연히 아빠가 내겠지. 임대료뿐만이 아니야. 분명 생활비도 내줄걸? 그러지 않고서야 어떤 여자가 그런 나이 든 아저씨를 만나주겠어?" 단호하게 내뱉었다.

돈 때문이 아니라 순수한 사랑으로 맺어진 사이인지도 모른다, 라는 반론을 레이토는 생각했지만, 그런 말을 하면 더욱더 바보 취급을 당할 것 같았다. 어쩔 수 없이 그건 그런 가, 라고 한발 물러섰다.

"하지만 일부러 여벌 열쇠를 안 갖고 다닐 가능성도 있잖아. 유미나 어머니에게 들키면 큰일이니까."

"드디어 그럴싸한 추리를 하시네." 유미가 한숨을 섞어 말했다. "그래, 그건 그럴 수도 있어. 하지만 여자를 숨겨둔 남자라면 분명 독점욕도 강하고 질투심도 강할 게 틀림없어. 여자가 자기 외에 다른 남자를 그 집에 들이지 못하게 항상 여벌 열쇠를 갖고 다닐 게 뻔해."

지나치게 단정적인 말이라고 레이토는 생각했지만, 어딘가 일리가 있다는 느낌도 들었다.

"그럼 유미는 아버지가 만나는 상대가 여자가 아닐지도 모른다고 생각하는 거야?"

"아직 단언할 수는 없어. 일반적으로 보면, 불륜일 가능성이 가장 높아. 근데 방금 말했던 것처럼 여벌 열쇠 문제를 생각하면 그런 게 아닐지 모른다는 느낌도 든다는 거야."

"여자가 아니라면 대체 뭘까."

"그걸 모르겠으니까 추적하고 있는 거지. 그리고 아빠의 행동에서 마음에 걸리는 게 또 한 가지가 있었어. 아빠가 원래 회식이나 접대로 밤에 나가는 일이 많은데 그런 때는 대부분 술에 취해서 돌아와. 당연히 차는 집에 놓고 가지. 근데 요즘 한 달에 한두 번 꼴로 차를 갖고 외출하는 거야. 게다가 돌아와서도 술 냄새를 풍기지 않아. 술을 못 마시는 거래처 사람을 만났다고 얘기하는데 그 상대의 이름은 분명하게 말하지 못했어. 뭔가 이상해서 매번 하던 대로 GPS 발신기로 행선지를 추적해봤어. 그랬더니 어디에 다녀온 줄 알아? 우선은 라면집. 그리고 그다음은 영화관이었어."

"엇, 그게 뭐야? 라면집에서 끼니를 때우고 혼자 영화를 보러 간 것뿐이었어?"

"그런 거 아냐. 아직 그다음이 있어. 영화관을 나온 건 오후 9시 반쯤이야. 그리고 그 뒤에 다시 간 곳이 있었어. 나는 전혀 예상도 못했던 곳이야."

그녀가 무슨 말을 하려는지 퍼뜩 깨달았다. 레이토는 손끝으로 바닥을 가리켰다.

"혹시 그 행선지가 거대한 녹나무가 있는 한적한 신사?"

유미는 크게 고개를 끄덕였다.

"라면집과 영화관은 단순한 시간 때우기였던 것 같아. 한밤중에 집을 나오면 엄마나 내가 수상해할 테니까 좀 앞당겨서 저녁 때 나온 거야. 인터넷으로 검색해봤더니 월향신사는 일부 심령(心靈) 마니아들에게 꽤 인기 있는 파워스폿이었어. 정확하게는 경내의 거대한 녹나무. 나무 안에 들어가 소원을 빌면 이루어진다나? 하지만 아빠가 왜 이런 곳에 드나드는지 도통 알 수가 없는 거야. 딱히 신앙심이 깊은 사람도 아닌데. 게다가 이런 한밤중에."

"그래서 뭘 하는지 알아보려고 아버지 뒤를 밟아 여기까지 오게 됐다, 라는 거야?"

"그렇지." 유미는 고개를 위아래로 끄덕였다. "미행을 해서라도 몰래 들여다보려고 했던 내 기분, 이제 알겠지?"

"그런 거라면 뭐, 이해할 만하다고 할까."

"근데 전혀 문제가 해결되지 않았어. 대체 뭘까, 그게? 그 으스스한 콧노래 말이야."

글쎄, 라고 레이토는 어깨를 움츠렸다. "나도 모르지. 아까도 말했지만 이 일을 맡은 지가 아직 얼마 안 돼서……."

아니, 잠깐, 이라면서 레이토는 탁자 옆 캐비닛에서 파일 한 권을 꺼내왔다. 야간 기념의 일정표를 정리해둔 파일이다. 그곳에는 예약자의 이름과 방문 시각, 기념 시간 등이 적혀 있다.

"이 기록에 의하면 사지 씨는 반년 전부터 기념을 했어. 한 달에 한 번일 때도 있고, 이번처럼 이틀 연달아 온 경우도 있어."

"반년 전이라면 할머니가 요양원에 들어간 무렵이야. 그 일과 뭔가 관계가 있는 건가." 유미는 쌀쌍을 끼고 좁은 실내를 둘러보더니 저기, 라고 조심스럽게 물었다. "어차피 미신이지? 녹나무가 소원을 이루어준다는 그 얘기."

레이토는 선뜻 대답할 수 없었다. 본심을 말하자면 완전히 그녀와 동감이었지만 자신의 입장상, 그런 말을 하면 안 될 듯한 마음이 들었기 때문이다.

"어때? 실제로는 어떤 거야?" 유미가 재우쳐 물었다.

"그게……." 레이토는 파일을 캐비닛에 다시 꽂아 넣고 목 뒤를 긁적였다. "나도 인터넷을 검색해봤는데 여기 녹나무에 소원을 빌고 대학에 합격했다든가 병이 나았다든가, 그런 체험기를 올리는 사람은 꽤 많은 것 같아."

"그건 나도 알지. 하지만 그 사람들도 실제로는 공부를 열심히 한 결과였거나 운이 좋았거나, 분명 그런 걸 거야. 근데 그건 별로 재미가 없으니까 뭔가 영적인 소재를 엮어서 글을 올렸겠지. 어때, 그렇잖아?"

"뭐, 그럴 수도 있지. 하지만 꼭 어느 쪽이라고 단정하기는 어려워."

레이토의 대답에 뭔가 미진함을 느꼈는지 유미는 입을 시옷자로 하고 있었다.

"그렇다면 이건 얘기해줄 수 있지? 낮 시간에는 누구든 거기에 자유롭게 드나들 수 있다, 근데 밤에는 예약제라서 다른 사람은 녹나무 근처에도 가면 안 된다, 라고 했잖아. 그건 왜 그런 거야?"

"왜냐니, 그건…… 원래 규칙이 그렇다고 할 수밖에 없어."

유미는 답답한 듯 고개를 가로저었다.

"왜 그런 규칙이 생겼는지를 묻는 거잖아. 혹시 밤에 하는 게 효과가 있기 때문인가? 한밤중에 소원을 빌면 정말로 이루어져?" 몰아붙이듯이 질문을 던졌다.

"나는 잘 모른다니까. 몇 번이나 말했지만 나는 채용된 지 얼마 안 됐어. 그냥 정식 기념은 한밤중에 하는 것이라는 얘기를 들었을 뿐이야."

"역시 그런 거였네. 그럼 아빠는 밤중에 해야 효과가 있다는 걸 다 알고 이 시간에 이런 곳에 와 있는 거야. 하지만 대체 뭘 비는 거야. 그런 이상한 콧노래까지 불러가면서……." 유미의 의문은 중간부터 혼잣말로 바뀌었다.

"아까 낮에도 말했지만 아버지에게 직접 물어보는 건 어때? 그게 가장 빠른 방법이잖아."

레이토의 질문에, 말도 안 된다는 듯이 유미는 큰 한숨을 내쉬었다.

"물어봐서 선뜻 대답해줄 일이면 애초에 아빠도 몰래몰래 이러고 다니지 않지. 분명 엄마와 나한테는 비밀로 해야 하는 뭔가가 있어. 근데 내가 섣부르게 캐물으면 사실대로 털어놓지 않을 뿐만 아니라 경계심만 더 강해질 거라고."

그것도 그렇다, 라고 생각하면서 레이토는 끄응 신음하는 수밖에 없었다.

문득 시계를 보고는 흠칫 놀랐다. 벌써 시간이 상당히 지났다. 이제 슬슬 사지가 돌아올 때쯤이다. 그런 얘기를 하자 유미는 부루퉁한 얼굴로 자리에서 일어났다.

"이렇게까지 다 얘기했으니까 도와줄 거지?"

"뭐, 도와주는 거야 괜찮지만 나한테 뭘 하라고? 미리 말해두겠는데 기념 내용에 대해서는 물어보면 안 된다는 게 규칙이야."

유미는 미간을 좁히며 시선을 떨구었다. "뭘 부탁할지, 지금은 생각이 안 나니까 집에 가서 고민해볼게."

"알았어."

"그리고 한 가지만 더 물어봐도 돼?" 유미가 검지를 바짝 세우면서 말했다.

"뭔데?"

"아까부터 계속 마음에 걸렸는데, 왜 기념(祈念)이라고 하지? 소원을 비는 거라면 보통은 기원(祈願)이라고 하잖아."

글쎄, 라고 레이토는 고개를 외로 꼬았다. "그건 어느 쪽이든 상관없지 않나? 기원이든 기념이든. 말뜻은 별 차이도 없잖아. 여기서는 기념이라고 한다고 해서 나도 그대로 따라했을 뿐이야."

"그래?" 유미는 뭔가 석연치 않은 기색이었지만 "뭐, 그건 됐어"라고 얘기를 마무리했다.

서로 연락처를 주고받은 뒤, 나란히 종무소를 나섰다. 유미는 건축사무소 소형 트럭을 직접 운전해서 이곳까지 온 모양이었다. 그녀가 경내를 떠나고 몇 분 만에 사지가 덤불숲 사이로 나타났다.

수고하셨습니다, 라고 레이토는 머리를 숙였다. "기념은 잘하셨습니까?"

"응, 그럭저럭." 사지는 만족스러운 웃음을 지었다.

그 콧노래는 대체 뭐였는지 너무 궁금했지만 그걸 물어볼 수는 없었다. 기념 중에 녹나무 근처에 접근하는 것 자체가 금제(禁制)인 것이다.

"다음 달에도 예약을 했는데." 사지가 말했다.

"네, 준비하고 기다리겠습니다."

그럼 잘 자요, 라는 인사를 남기고 사지는 걸음을 옮겼다. 그 뒷모습을 지켜보며 레이토는 아까 들은 콧노래를 떠올렸다. 어쩐지 귓속에서 계속 맴도는 것이다.

유미는 으스스한 콧노래라고 말했지만, 멜로디는 의외로 나쁘지 않다고 레이토는 생각했다.

5

다음 날 아침, 스마트폰을 들여다보니 할머니 후미의 문자 메시지가 들어와 있었다. 어젯밤 늦게 보낸 모양인데 미처 확인하지 못했다. 스팸 문자가 너무 많아서 요즘에는 제대로 확인도 하지 않는다. 후미가 SNS를 할 줄 알면 좋겠는데 여든이 다 된 나이를 생각하면 메시지를 보낼 수 있다는 것만 해도 대단하다고 해야 할까.

도착한 메시지는 다음과 같은 내용이었다.

'안녕. 잘 지내니.

치후네 씨와는 잘 지내는지 걱정이다.

한참이나 연락이 없어 메시지 보낸다.

힘든 일이 있으면 말해라. 할머니'

간결한 문장이지만 이것도 노안경을 쓰고 끙끙거리며 한

자 한 자 눌렀을 게 틀림없다.

레이토는 잠시 생각해본 뒤에 답신을 썼다.

'할머니, 잘 잤어? 메시지 봤어.

딱히 힘든 건 없어. 그럭저럭 잘 지내고 있어.

치후네 씨와도 잘 지내는 거 같아.

할머니도 건강에 유의하세요. 레이토'

메시지가 무사히 송신된 것을 확인하고 스마트폰을 작무의 호주머니에 넣었다.

날마다 하던 대로 청소 도구를 챙겨들고 종무소를 나섰다. 오늘도 낙엽 쓸기로 하루가 시작되는 것이다.

대빗자루로 낙엽을 쓸어 모으면서 이런 모습을 할머니가 본다면 깜짝 놀라겠구나, 라고 후미의 얼굴을 머릿속에 떠올렸다.

후미와는 경찰서에서 석방된 날 밤에 만났다. 치후네와 호텔에서 얼굴을 마주한 뒤, 레이토 쪽에서 연락을 했던 것이다. 석방되었다는 얘기를 하자 무척 기뻐하면서 지금 당장 얼굴을 보고 싶다고 하길래 만나러 갔다.

에도가와 구에 있는 후미의 집은 지은 지 50년이 넘은 낡은 목조주택이다. 할아버지가 남겨준 얼마 안 되는 재산 중 하나로, 레이토도 고등학교 졸업할 때까지 거기서 살았다.

후미의 얘기로는, 레이토에게서 체포된 경위를 제대로 듣지 못했기 때문에 앞으로 어떻게 되려는지 알 수 없어서 안

절부절못하던 끝에 일단 치후네에게 소식을 알려야겠다는 생각에 정신없이 연락을 했다고 한다. 치후네의 얘기로는, 야나기사와 가의 일가친척이 불상사를 일으켰을 경우에는 당주인 그녀에게 알린다, 라는 규칙을 후미가 따른 것이라고 했었지만 실제로는 후미에게는 그런 판단을 할 여유도 없었고, 단순히 따로 상의할 곳이 없기 때문이었던 모양이다.

그런 이모님이 있다는 건 처음 알았다, 라고 레이토는 말했다.

"미치에가 세상을 떠났을 때 만나기는 했는데, 정식으로 얘기를 안 했으니까 그럴 만도 하지." 후미는 미안하다는 듯한 얼굴을 했다.

"왜 알려주지 않았어?"

그래도 그게, 라고 일단 말을 어물거리더니 후미는 뒤를 이었다.

"이래저래 사정이 있었어. 애초에 치후네 씨하고는 성이 다르잖아. 너도 얘기를 들었겠지만, 할아버지는 야나기사와 가를 버리고 나하고 결혼했어. 치후네 씨는 야나기사와 가에 그대로 남았고. 그 시점에 이미 인연이 멀어져버린 거야. 집 안에 행사가 있을 때 어쩌다 만나기는 했지만 결국 한 가족이 되지 못했어. 치후네 씨와 미치에는 나이가 스무 살이나 차이가 났으니까 배다른 자매라고 해도 서로 간에 선뜻 친해지기가 어려웠겠지."

레이토는 치후네에게서 기묘한 일거리를 받았다는 것도 얘기했다. 하지만 후미는 녹나무 파수꾼이라는 말을 알지 못했다.

"네가 경찰서에 잡혀간 것을 치후네 씨에게 알려주고 이틀 뒤에 그쪽에서 전화가 왔어. 이래저래 알아보니 자기 쪽에 맡겨주면 교도소에는 가지 않아도 될 것 같다, 라는 거야. 그래서 내가 어쨌든지 잘 부탁한다고 했지. 그랬더니만 치후네 씨가 그 대신 조건이 있다고 했어. 석방되는 대로 너를 자기네한테 맡겨주었으면 하는데 그래도 괜찮겠느냐고. 물론 본인의 의향은 확인한다는 얘기였어. 무슨 말이냐고 내가 물어봤는데, 그건 지금은 말할 수 없다는 대답만 하더라. 그래도 너한테 절대로 나쁘게는 안 할 거라고 하길래 그렇다면 그쪽에 맡기겠습니다, 라고 했지. 너한테 어떤 일을 시키려는지 마음에 걸리기는 했는데, 녹나무 파수꾼이라니……. 대체 어떻게 된 건지 나도 모르겠다."

그렇게 후미와 얘기한 다음 날, 레이토는 치후네를 따라 이곳에 들어온 것이다. 그날 저녁에 후미에게 전화를 걸어 사정을 설명했다.

"신사 경내와 녹나무를 관리한다고? 치후네 씨는 왜 그런 일을 너한테 맡겼다니?" 후미는 이상하다는 듯이 되물었다.

"그걸 나한테 물어봤자 난들 알 리가 있나. 아무튼 하라는 대로 할 수밖에 없어."

레이토가 말하자 한숨을 쉬는 기척이 전해져왔다.

"그건 그렇다. 일부러 너한테 그런 일을 맡긴 걸 보면 분명 뭔가 의미가 있는 모양이지. 치후네 씨가 하라는 대로 정신 바짝 차리고 잘해봐."

알았어, 라고 말하고 전화를 끊었다. 대화를 나눈 건 그게 마지막이었다. 그 뒤로는 이따금 생각난 듯 문자메시지가 들어올 뿐이다.

아마 후미는 정말로 녹나무 파수꾼에 대해서는 아무것도 모르는 것이리라. 하지만 치후네의 존재를 지금까지 말하지 않았던 데는 분명 이래저래 깊은 사연이 있고 그건 지금도 감추고 있다, 라는 확신이 들었다. 그 사연이라는 건 나의 출생과 관계있는 건 아닐까, 라고 레이토는 막연하게나마 감지하고 있었다.

레이토가 철이 들었을 때, 아버지는 이미 없었다. 가족은 어머니 미치에와 할머니 후미뿐이었다. 아버지는 레이토가 어렸을 때 세상을 떠났다고 들었다.

집안 경제를 도맡은 것은 미치에였다. 오후가 되면 화장을 하기 시작해서 저녁 먹기 전에 집을 나갔다. 돌아오는 건 언제나 한밤중이었다. 아침에 레이토가 깨어보면 옆에서 죽은 듯이 자고 있었다. 분명 지칠 대로 지친 상태였을 텐데 레이토는 그런 건 생각도 않고 엄마를 흔들어 깨우곤 했다. 미치에는 가늘게 눈을 뜨고 "잘 잤니?"라고 미소를 지었다. 때로는 레이토를 꽉 안아주기도 했다.

미치에가 세상을 떠난 것은 레이토가 초등학교 저학년 때였다. 아름답고 건강하던 어머니가 언제부터인지 부쩍 여위면서 입원과 퇴원을 거듭하더니 이윽고 숨을 거두었다. 어떤 타이밍이었는지는 분명하지 않지만, 엄마는 이제 곧 죽는구나, 라고 각오를 다졌던 것만은 또렷하게 기억하고 있다. 초등학교 교실 옥상에서 훌쩍훌쩍 울었다. 어머니와 외할머니 앞에서는 울면 안 된다고 왜 그런지 스스로를 다잡고 있었다.

그때는 어떤 병인지 얘기를 듣지 못했지만, 유방암이었다는 건 나중에 후미가 알려주었다. 이른 단계에 발견하면 치료될 가능성이 높다는데 미치에의 경우, 거기에는 해당되지 않았던 것이리라.

미치에가 세상을 떠난 뒤에는 후미와 단둘이 살았다. 그 전까지는 경제적으로 그다지 힘들었던 기억이 없는데, 갑작스레 밥상에 차려지는 게 달라지고 후미가 이웃에서 얻어온 옷을 입히는 것을 보면서 아무래도 우리 집은 가난해진 것 같나, 라고 어린 마음에도 짐작했었다. 한밤중에 술을 마시고 돌아오던 엄마를 떠올리면서, 술 취한 얼굴은 보고 싶지 않다고 징징댔던 것을 조금 반성했다.

아버지는 죽은 게 아니라 애초에 정식 아버지가 없었다는 것을 알게 된 건 중학교 3학년 때였다. 고교 입시를 위해 구청에 호적등본을 떼러 갔다가 아버지 항목이 빈칸인 것이 이상해서 후미에게 물어본 것이다.

언젠가는 말하려고 했다, 라면서 후미는 사정을 설명해주었다. 레이토의 아버지는 미치에가 일하던 클럽에 자주 오던 손님이었지만, 처자식이 있는 사람이라서 정식으로 결혼할 수 없었다, 하지만 먹고사는 건 돌봐주었다, 안타깝게도 레이토가 아직 어릴 때 교통사고로 세상을 떠나버렸다, 라는 것 등을 알려주었다.

아버지에 대해 좀 더 자세한 것, 이름이 무엇인지 어디서 무슨 일을 하던 인물인지 알고 싶었다. 하지만 후미는 가르쳐주지 않았다. 이제 새삼 알아봤자 별 볼일도 없고 나도 자세한 얘기는 듣지 못했다, 라는 것이었다.

"아이를 가졌다는 얘기를 처음 미치에에게서 들었을 때, 나는 낳지 않는 게 좋다고 말렸어. 미치에 얘기를 들어보니 상대 남자가 자식으로 인지해줄 수는 없지만 경제적인 도움은 주겠다고 했다는데, 그런 소리는 믿을 만한 게 못 되거든. 하지만 미치에는 그 사람은 그런 무책임한 사람이 아니라면서 제 뜻을 굽히지 않았어. 혹시 사정이 생겨 도움을 못 받게 된다면 그것도 어쩔 수 없다, 나 혼자서라도 아이를 잘 키워내겠다, 라고 했어. 어떻게든 낳고 싶다, 이 아이를 지우다니, 그런 건 생각할 수도 없다면서. 그렇게까지 얘기하니 나도 반대할 수가 없었지."

미치에가 분별없이 싱글맘의 길을 선택한 게 아니다, 라는 애기를 후미는 하고 싶은 것 같았다.

하지만 레이토는 받아들일 수 없었다. 그렇다면 좀 더 오래오래 살아서 행복한 가정을 꾸렸어야 하지 않은가. 하나뿐인 아들을 빈궁한 처지에 던져놓고 자기만 냉큼 저세상으로 가버리다니, 너무 무책임하지 않은가.

물론 말도 안 되는 불만이라는 건 알고 있다. 미치에도 스스로 원해서 유방암에 걸린 것은 아닐 것이다. 그런 건 충분히 잘 알면서도 불만을 품지 않을 수 없었다.

나는 고아다, 라고 생각하기로 했다. 태어날 때부터 나는 혼자였다. 기댈 사람이라고는 하나도 없다. 나 혼자 살아가는 수밖에 없다.

중학교 졸업 후에는 지역 공립 공업고등학교에 들어갔다. 뭐든 기술을 배우기 위해서였다. 졸업 후에 취직한 곳은 치바 현에 있는 식품제조회사였다. 요리나 식품에 흥미가 있었던 게 아니라 사원 기숙사 대신 싸구려 아파트를 알선해준다는 점이 회사를 선택한 결정타였다. 후미를 더 이상 고생시키고 싶지 않아서 어떤 일이 됐든 한시바삐 자립해야 한다고 마음이 급했었다.

레이토가 배속된 곳은 시설부였다. 생산 라인에서 사용하는 식품 기계의 보수 점검이 주된 업무였다. 오래된 기계가 많아서 번번이 고장이 나곤 했다. 게다가 식품은 제조 납기가 있어서 반드시 거기에 맞춰야 한다. 자신들만으로는 감당할 수 없을 경우에는 기계회사의 기술자를 불렀지만 그런 때도 옆에서 지켜보지 않으면 안 되었다. 밤샘으로 기계를 수리하고 그다음 날은 기계가 틀림없이 작동하는지 온종일 선 채로 지켜보는 건 흔한 일이었다.

하지만 나름대로 일하는 보람이 있었다. 근무가 끝나면 선배들과 우르르 술을 마시러 나갔다. 레이토는 미성년자였지만 아무도 그런 건 신경쓰지 않았다.

입사한 지 2년째 되던 해, 이물질 혼입 사고가 일어났다. 포장용 비닐 한 조각이 식품 안에 섞여 들어간 것이다. 반드시 센서로 체크가 되었어야 하는, 일어나서는 안 되는 사례였다.

기계의 정비 불량과 점검 실수를 지적당했다. 담당은 레이토였다.

납득할 수 없었다. 원인은 그것 말고도 다른 여러 가지를 생각해볼 수 있었기 때문이다. 가장 가능성이 높은 것은 생산라인의 작업자가 의도적으로 센서를 껐다는 것이었다. 업무 효율을 높이려고 베테랑 종업원이 가끔 그렇게 한다는 건 모두가 알고 있었다. 하지만 그런 얘기를 어느 누구도 꺼내지 않았다. 레이토는 상사에게 항의했지만, 증거도 없이 섣부른 소리는 하지 말라는 호통이 돌아왔다.

그리고 얼마 뒤에 담당 부서가 바뀌었다. 새로 주어진 일은 공조 시설이나 공업 수도 시설의 운전관리, 필터와 관구

교환, 공장 전체의 청소 같은 업무였다. 그런 일이 이전보다 못한 일이라고는 생각하지 않는다. 하지만 너에게는 식품 기계를 맡길 수 없다, 라는 말을 들은 것만 같아서 억울했다. 일을 날림으로 한 기억 따위는 없는데.

그런 때에 고교 시절에 같은 반 친구였던 사사키를 만났다. 동네를 걸어가는 참에 갑작스레 말을 건네온 것이다. 놀랍게도 정장 양복을 빼입고 고급 외제차를 운전하고 있었다.

사사키는 고교 졸업 후 운송회사에 취직했지만 일이 적성에 맞지 않아 일찌감치 때려치우고 지금은 후나바시의 클럽에서 웨이터로 일하고 있다고 했다. 차는 클럽 사장의 것으로 사사키는 이따금 운전기사 역할을 하는 모양이었다.

레이토가 직장에서의 불만을 털어놓자 사사키는 "그렇다면 사표를 내버려, 그딴 회사"라고 말했다. "일할 곳은 널려 있어. 굳이 꾹꾹 참으면서 그런 곳에 붙어 있을 필요는 없어."

그리고 사사키는 자신이 일하는 클럽에서 종업원을 모집하고 있으니 소개해주겠다는 것이었다. 얘기를 들어보니 사사키의 월수입은 레이토의 두 배가 넘었다.

일단 생각해보겠다고 말하고 헤어졌지만 시간이 갈수록 점점 더 마음에 걸렸다. 클럽 일이라는 게 어떤 것인지 궁금하기도 했다. 어머니 미치에가 그 일로 돈을 벌었다는 건 알고 있지만 구체적으로 어떤 일을 했는지는 전혀 알지 못했기 때문이다.

한편 직장에서의 냉대는 여전히 달라진 게 없었다. 이물질 혼입 사고는 전적으로 보수 담당자, 즉 레이토의 실수라는 걸로 처리되었다. 회사 공식 사이트에도 그런 취지의 사과문이 게재되었다.

회사에 가도 아무도 레이토와 눈을 맞추려 하지 않았다. 괜히 한 묶음으로 엮여서 회사 눈 밖에 나면 손해라고 생각했기 때문일 것이다. 내 편이라고 믿었던 자들이 차례차례 멀어져갔다. 어이가 없어서 화도 나지 않았다.

레이토는 사사키에게 정말로 채용이 가능하냐고 문의해보았다. 그 즉시 돌아온 메시지에는, 일단 면접 받으러 와라, 라고 적혀 있었다.

면접을 받아본 바, 즉시 채용이 결정되고 그날 밤부터 수습으로 일하게 되었다. 검은 양복은 사사키에게서 빌렸다. 일이 너무 빠르게 전개되는 바람에 머리가 미처 따라가지 못할 정도였다. 하라는 일을 처리하는 것만으로도 힘에 부쳤다.

처음 접한 밤의 세계는 화려하고 활기가 넘치는 것처럼 보였다. 생존 경쟁이 극심한, 가혹한 일터라는 것도 금세 알았다. 아름답게 치장한 여자들이 장사용 얼굴과 원래 얼굴을 순식간에 바꿔가며 사용하는 기술에도 압도되었다.

클럽에서 사흘쯤 일해본 뒤, 식품회사에는 사표를 제출했다. 상사의 입에서 만류하는 말은 나오지 않았다. 일할 데는 정해졌느냐고 물어서 음식점입니다, 라고 대답했다. 상사는 흥 하고 코웃음을 쳤을 뿐이다.

본격적으로 웨이터로 일하는 하루하루가 시작되었다. 하는 일은 다양했다. 플로어 청소, 화장실 청소, 재료 구매…….클럽 문을 열기 전부터 해야 할 일이 산더미 같았다. 영업이 시작되면 전쟁이다. 테이블 정리, 주류 준비, 고객 안내, 짐 관리, 심부름, 고객 배웅, 더러워진 바닥 청소, 설거지 등등. 잽싸게 움직이지 않으면 즉각 고함이 날아왔다. 가게에서 가장 높은 사람은 물론 고객님이다. 그다음이 마담과 호스티스. 점장이라고 해봤자 그 한참 아래다. 웨이터라고 하면 그야말로 최하층이라서 턱짓으로 부리는 건 당연한 일이었다.

하지만 웨이터의 고생 따위, 호스티스의 그것과는 비교도 되지 않는다고 생각했다. 그녀들의 불꽃 튀는 진검승부에는 옆에 가는 것조차 멈칫 망설여졌다.

그녀들은 이른바 개인 사업자다. 클럽 테이블을 빌려 자신의 고객을 접대해 수익을 올리는 것이다. 한 가게 안에서 여러 명의 동업자가 서로 경쟁하는 상태다.

어머니 미치에도 이런 속에서 치열하게 경쟁했는가, 라고 생각하면 레이토는 복잡한 심경이 되곤 했다. 여자라는 것을 무기 삼아 남자들에게 유사 연애를 부여해주는 대가로 돈을 벌고 그걸로 생활을 꾸렸던 것이다. 자신도 그렇게 해서 키워졌다고 생각하니 이 업계의 머슴 같은 일이 마침 적합한지도 모른다는 마음이 들었다.

하지만 똑같은 호스티스라도 다양한 인간이 있다. 개중에는 프로 의식이 결여된 자도 있었다. 그중 한 사람에게 레이토는 걸려들고 말았다. 부탁을 받고 집까지 데려다줬더니 안으로 끌어들인 것이다. 갑작스럽게 키스를 하는 바람에 깜짝 놀랐다.

"사사키에게서 얘기 들었어. 아직 여자랑 자본 적이 없다면서?"

직설적인 질문에 어쩔 줄 모르고 허둥거렸다. 그 반응에 상대는 크게 만족한 모양이었다.

하자, 이것저것 알려줄게, 라고 했다.

놀랍고 당황스러웠다. 호스티스와의 관계는 절대 금지라는 건 채용 때 여러 번 주의를 받았다. 그 얘기를 하며 도망치려고 했다.

"그건 표면적인 원칙일 뿐이니까 괜찮아. 우리가 말 안 하면 아무도 모르지. 들킬 리가 있어? 아, 아니면 나하고는 하고 싶지 않은 거야?" 육감적인 몸을 기대며 입술이 맞닿을 만큼 얼굴을 바짝 들이댔다.

산전수전을 겪은 호스티스의 뇌쇄적인 공격에 여성 경험이 부족한 젊은이가 끝까지 버틸 수 있을 리 없다. 섹스에 대한 흥미도 강했다. 그 결과, 간단히 함락되어버렸다.

아찔한 경험이기는 했다. 그 뒤 며칠 동안이나 꿈꾸는 듯한 기분이었다. 문득 깨닫고 보니 가게에서는 항상 그녀를 눈으로 쫓고 있었다.

하지만 곧바로 함정이었다는 것을 깨달아야 했다.

어느 날, 사사키의 호출이 떨어졌다. 커피점에서 얼굴을 마주하고 깜짝 놀랐다. 사사키가 머리를 빡빡 밀어버린 모습이었기 때문이다.

너 때문이야, 라고 원망에 찬 얼굴로 사사키는 말했다. "나나 씨한테 손을 댔지?"

레이토는 말문이 턱 막혔다. 어떻게 그걸 알고 있는가.

호스티스를 믿어서는 안 된다고 사사키는 말했다.

"들켜봤자 그쪽은 전혀 잃을 게 없어. 쫓겨나는 건 남자 쪽이라고."

사사키에 의하면 호스티스 나나는 SNS를 하고 있어서 '오랜만에 햇것을 먹었어. 역시 씹히는 맛이 다르더라'라는 글을 올렸다고 한다. 그녀에 대해 잘 아는 자들은 동정과의 섹스라고 금세 눈치를 챘다. 당연히 상대가 누구냐는 얘기가 나왔다.

"어떻게 나라는 게 알려졌어?"

레이토의 의문에 사사키는 어이없다는 듯 고개를 저었다.

"가게 안에서 네 꼴을 보면 아무리 둔감한 사람이라도 금세 알지. 나나 씨를 보는 눈이 확 달라졌잖아. 점장이 나나 씨에게 은근슬쩍 떠보니까 확실하게는 인정하지 않았지만 부정도 하지 않았다더라. 그걸로 결론이 났어. 넌 아웃이야."

레이토는 두 손으로 머리를 쥐어뜯었다.

"딱 한 번뿐이었어. 앞으로는 절대 어떤 유혹에도 넘어가지 않도록 할게."

사사키는 고개를 저었다.

"술장사 같은 거, 가벼운 일거리라고 생각했지? 근데 말이다, 이 세계를 만만하게 보면 안 돼. 너는 이 업계에서는 신뢰할 수 없다는 판단이 이미 내려졌어. 원래는 나도 연대책임으로 해고될 참이었어."

머리를 빡빡 미는 것으로 겨우 그것만은 면했다고 한다.

미안하다, 라고 레이토는 사과했다.

"네가 사과할 상대는 내가 아니야." 사사키는 말했다. "세상 어디에 자기가 집어먹은 요리를 내놓는 레스토랑이 있겠냐. 네가 배신한 상대는 고객이야."

대꾸할 말이 없어서 레이토는 입을 꾹 다물었다.

사사키는 한숨을 내쉬고 "여기 커피 값은 내가 낼게. 하지만 아직 못 받은 급료는 잊어버려. 원래는 벌금을 물렸어야 할 판이니까." 그렇게 말하고 계산서를 손에 들고 자리에서 일어섰다.

한참 동안 충격에서 헤어나지 못했다. 해고된 것에 충격을 받은 게 아니었다. 사사키의 지적이 너무도 적확해서 아무 대꾸도 할 수 없었던 자신이 너무 한심했던 것이다.

밤업소 일을 만만하게 생각한 적은 없었다. 하지만 마음속 어딘가에서 비하한 구석이 분명 있었다. 어차피 이런 일이니까, 라는 마음이 프로 의식의 결여를 불렀다. 만일 그런 게 아니라면 나나의 유혹에는 넘어가지 않았을 터였다.

그로부터 두 달여를 아무것도 하지 않고 빈둥빈둥 보냈다. 얼마 안 되는 저금은 금세 바닥을 보였다. 방 임대료를 내지 못해 집 주인에게서 당장 나가달라는 말을 들었다. 그때까지도 몇 번 밀린 적이 있었기 때문에 둘러댈 말이 없었다.

무거운 몸을 일으켜 다시 일을 찾아 나섰다. 그렇게 들어간 곳이 '도요다 공작기계'였다. 사원 기숙사가 있다는 점이 고마웠다. 실제로 살아보니 끔찍할 만큼 좁아터진 방이었지만.

하지만 결국 그 회사에서도 해고되었다. 악덕 경영자 밑에서 일하는 것이 너무 지긋지긋했었기 때문에 후회는 없었지만 장래가 한층 더 불안해진 건 사실이었다.

변호사 이와모토의 말이 귓가에 남아 있었다.

"도요이 사장이 말했어. 결함 있는 기계는 아무리 수리해도 또 고장이 난다, 그 녀석도 미친기지여시 이차피 결함품, 언젠가 훨씬 더 나쁜 짓을 저질러서 교도소에 들어갈 것이다, 라고."

나아가 변호사는 뒤를 이어 말했다.

"앞으로 살아가면서 그 예언이 잘못되었다는 것을 증명하도록 해."

그 말에 대해 레이토는 "어떻게 살아가면 되는데요?"라고 혼잣말처럼 중얼거렸었다. 그때도, 그리고 지금도, 여전히 답은 찾지 못한 채였다.

6

정오 조금 전에 야나기사와 치후네가 나타났다. 작은 숄더
백을 어깨에 비스듬히 걸고 게다가 양손에 짐까지 들고 있었
다. 검은 비즈니스백과 종이가방이다.

"점심을 함께하면 어떨까 하고."

치후네가 내민 종이가방에는 장어 덮밥 찬합이 들어 있었
다. 그런 건 몇 년째 먹어본 적이 없다.

"네, 좋죠." 종이가방을 손에 들고 레이토는 춤추듯이 종무
소로 향했다.

작은 테이블을 끼고 치후네와 마주 앉아 장어 덮밥을 먹었
다. 너무 맛있어서 눈물이 날 뻔했다. 다 먹기가 아까울 정도
였지만 젓가락과 입을 멈출 수 없었다. 눈 깜짝할 사이에 싹
비워버렸다.

그러자 치후네가 "괜찮으면 이것도"라면서 자신의 도시락을 밀어주었다. 들여다보니 반이 넘게 남아 있었다.

"정말요?"

"할머니라서 그렇게 많이는 못 먹어요."

"그럼 잘 먹겠습니다." 도시락을 끌어당겨 다시금 젓가락을 손에 들었다.

한 입 먹으려는 참에 치후네가 "그 젓가락"이라고 말했다. 예, 하고 레이토는 얼굴을 들었다.

"젓가락 쓰는 법." 치후네는 레이토의 오른손을 빤히 쳐다보고 있었다. "이상하게 쥐고 먹는군요."

"아, 이거요?" 레이토는 젓가락을 교차시키듯이 움직여보였다. "그런 얘기, 가끔 들어요. 이상한 젓가락질인데도 아주 능숙하게 잘 먹는다고."

"능숙하기는커녕 보기 흉합니다. 고치도록 하세요."

"이제 와서 새삼스럽게……."

"그렇게 이상하게 잡는데도 미치에는 아무 말도 안 했나요?"

"어머니요? 아뇨, 그런 얘기는 들은 기억이 없는데요. 그보다 함께 밥을 먹은 적이 거의 없었어요. 일단 날마다 일을 나갔으니까."

"후미 씨는?"

"할머니는 내가 하는 건 뭐든 오냐오냐 해주니까 젓가락질 같은 걸로 혼내지 않죠."

"응석받이로 컸군요."

"응석받이? 흠, 글쎄요."

"아무튼 됐어요. 한시바삐 고치도록 하세요." 그렇게 말하더니 치후네는 조금 전까지 자신이 쓰던 젓가락을 들고 레이토 쪽으로 팔을 내밀었다. "잘 봐요, 이렇게 하면 됩니다."

"어떻게든 상관없잖아요, 젓가락은? 나는 전혀 불편하지 않은데요."

"겉보기가 중요한 거예요. 언제 어디서 사람들 앞에서 젓가락을 써야 할지 모르지요. 됐으니까 얼른 고치도록 하세요." 자아 자아, 라고 젓가락을 든 손을 위아래로 흔들었다.

레이토는 한숨을 내쉬며 젓가락을 바로 쥐었다. 올바른 젓가락질을 모르는 건 아니다.

"거봐, 하면 잘하잖아요."

"그래도 좀 불편해요."

"익숙해지면 아무렇지도 않아요. 앞으로 젓가락을 이상하게 잡으면 두 번 다시 장어 덮밥은 못 먹을 줄 알아요."

"네에, 네에."

"'네'는 한 번만."

"……네."

레이토는 서툰 젓가락질로 다시 장어 덮밥을 먹기 시작했다.

치후네는 숄더백에서 노란색 표지의 수첩을 꺼냈다. 그것을 펴서 흘끗 들여다보고 레이토 쪽을 향했다. "일은 좀 익숙해졌나요?"

입 안에 든 것을 꿀꺽 삼키고 뭐, 그럭저럭, 이라고 레이토는 대답했다.

"낙엽을 쓰는 건 역시 상당히 힘들지만요."

"낮 시간이 아니라 밤 파수 때 얘기예요. 그쪽이 혼자 도맡은 지 2주일쯤 됐는데, 어떻습니까?"

처음 1주일 동안, 레이토는 치후네와 둘이 밤 파수에 나섰다. 먼저 치후네가 기념하러 온 사람들을 응대하는 것을 옆에서 보면서 배웠다. 어느 정도 절차를 익힌 뒤, 그녀가 지켜보는 가운데 레이토가 직접 나섰다. 혼자서 파수를 시작한 것은 치후네의 말대로 2주일 전쯤부터다.

"네, 그것도 그럭저럭. 녹나무 파수꾼이 바뀌었다고 당황하는 사람도 있었지만, 친척이라고 하면 금세 받아주셨어요."

"그래요?"

"아참, 잊어버리기 전에……." 레이토는 젓가락을 내려놓고 책상 서랍을 열었다. '밀초 값'이 든 봉투 다발을 꺼내 "이거요"라고 치후네 앞에 내려놓았다.

하지만 그녀는 손을 내밀지 않았다.

"그건 그쪽이 보관해두도록 해요."

"내가요?"

"녹나무 파수를 하다보면 생각지 못한 지출도 생길 거예요. 그쪽의 식비며 생활비도 필요하겠지요. 그런 것에 쓰도록 하세요."

"엇, 내 마음대로 써도 돼요?"

"써도 됩니다. 그 대신 부족해져도 도와주지는 않습니다."

레이토는 당황해서 대답하는 게 잠깐 늦어졌다. 이게 좋은 얘기인지 어떤지, 선뜻 판단이 되지 않았기 때문이다. 우선은, 알겠습니다, 라고 말하고 봉투를 서랍에 넣었다.

다시 장어 덮밥을 먹기 시작했다. 맞은편에서 치후네가 페트병에 든 일본차를 마시고 있었다. 어쩐지 마음이 들썩거려서 레이토는 남은 것을 서둘러 입에 몰아넣었다. "잘 먹었습니다."

하지만 치후네는 반응을 보이지 않았다. 뭔가 깊은 생각에 잠겼는지 시선이 허공을 떠돌고 있었다.

잘 먹었습니다, 라고 레이토는 다시 한번 말했다.

치후네가 퍼뜩 놀란 듯 눈을 깜빡이며 얼굴을 이쪽으로 돌렸다. 시선을 좌우로 굴리더니 조금 전 옆에 놓은 수첩을 손에 들었다. 그것을 펼쳐 찬찬히 들여다본 뒤에 다시 레이도 쪽을 보았다.

"컴퓨터는 할 수 있나요?"

"컴퓨터요? 물건에 따라 다르죠. 써본 적이 없는 소프트라면 익숙해질 때까지 약간 시간이 걸릴 수도 있어요."

치후네는 바닥에 놓인 검은 비즈니스백을 테이블에 올렸

다. 안에서 꺼낸 것은 노트북이었다.

"예전부터 손 글씨로 기록해왔지만 역시 그래서는 관리하기가 어렵겠지요. 데이터로 저장해두면 검색도 할 수 있고 정리도 간단해진다고 해서 컴퓨터에 다시 입력하기로 했어요. 하지만 일이 바빠서 좀체 진척이 안 되고 있군요. 그래서 그쪽에 부탁해볼까 하고."

레이토는 노트북을 끌어당겨 열어보았다. 바탕화면에 '녹나무 기념 기록'이라는 파일이 있고 그 안에 텍스트 파일인 듯한 것이 몇 개 들어 있었다. 그중 하나를 열어보니 줄줄이 이름이 나왔다. 그 옆에는 방문한 날짜와 연락처 등이 적혀 있었다.

레이토는 벽의 캐비닛을 올려다보았다. 그곳에는 오래된 파일들이 잔뜩 꽂혀 있다. 각각의 라벨에는 '녹나무 기념 기록'이라고 적혔고 아래쪽에 연도가 표시되어 있었다. 1년분씩 한 권에 담아둔 것이다.

"저걸 전부 다 컴퓨터에 입력하려고요?"

"그렇습니다. 어때요?"

"입력하는 것 자체는 그리 어렵지 않아요. 단지……." 다시 한번 캐비닛을 올려다보았다. "양이 너무 많은데요."

"저것도 전부 다가 아니에요. 집에는 더 오래된 것들이 보관되어 있어요, 몇십 년 분량이. 우선 최근 10년의 기록부터 입력해주면 됩니다. 딱히 기한이 정해진 건 아니에요. 어때요, 할 수 있겠어요?"

"알겠습니다. 해볼게요." 레이토는 대답한 뒤, 노트북 화면을 보았다. "아, 잠깐 물어볼 게 있는데요."

"뭐지요?"

"밤에 하는 기념, 일정한 기간에 예약이 몰리는 것 같더라고요. 대략 2주일 간격으로 바짝 몰려들고 그사이에는 거의 예약이 없었어요. 여기의 과거 기록들도 똑같이 그런 식이네요?"

"그렇죠. 왜 그런지 알겠어요?"

"혹시, 라고 짐작한 건 있어요."

"들어볼까요?"

"혹시 달과 관계된 거 아닌가요? 어젯밤에 기념하러 온 사지 씨가 달을 올려다보면서 좋은 예감이 든다고 얘기했어요. 어젯밤은 보름달이었죠. 그래서 기록을 들춰봤더니 다달이 보름날 전후로 예약이 몰렸던데요. 사지 씨가 오시는 날도 보름날 밤이나 그 전후예요."

"드디어 알아냈나요?" 치후네가 시험해보는 듯한 눈빛으로 레이토를 보며 말했다. "하지만 보름날은 한 달에 한 번뿐입니다. 그런데 예약이 2주일 간격으로 몰린다고 방금 그쪽이 말했지요? 어딘가 아귀가 안 맞는 얘기군요."

"네, 맞아요. 그래서 또 한 번 예약이 몰리는 기간에는 어떤 달이 뜨는지 알아봤죠. 그랬더니 달이 없는 날, 즉 그믐날 밤이었어요. 어때요, 딱 맞혔죠?"

치후네는 만족스러운 듯 고개를 위아래로 끄덕였다.

"맞아요. 그믐날과 보름날 밤이 기념을 하기에 가장 적합한 날입니다. 다들 그것을 잘 아시기 때문에 그 날짜를 중심으로 예약을 하시는 것이지요."

"적합하다니, 그건 무슨 얘기죠?"

"말 그대로의 의미예요. 기념의 효험이 있다는 뜻입니다."

"효험⋯⋯. 소원이 이루어진다는 거예요?"

치후네는 한 호흡을 멈췄다가 이윽고 고개를 끄덕였다. "그런 식으로 파악하는 것도 가능하겠지요."

레이토는 낮게 신음 소리를 내며 팔짱을 꼈다.

"그 사람들, 진짜로 믿는 건가요? 그러니까 그거, 녹나무에 기념을 하면 소원이 이루어진다는 거."

치후네는 등을 꼿꼿이 세우고 천천히 심호흡을 한 뒤에 입을 열었다.

"그 말하는 투를 보니 그쪽은 믿지 않는 것 같군요."

레이토는 어떻게 대답해야 할지 잠시 망설였지만, 공연히 말을 빙빙 돌릴 것도 없었다.

"당연하죠. 그건 미신이라고 할까 반쯤 사기라고 할까, 분명히 말해서 나는 전혀 믿지 않습니다. 아니, 그럴 리가 없잖아요. 아무리 신목(神木)이라지만 어차피 그냥 큰 나무일 뿐인데 소원을 빌면 들어주다니, 그건 아니죠, 상식적으로." 치후네의 표정이 험해진 것을 알면서도 레이토는 말을 이어갔다. "그야 뭐, 종교라는 게 원래 그런 거겠죠. 믿는 사람은 구원을 받는다는 거. 나도 새해 첫 참배를 한 적이 있고 새전함에 동전을 던지고 합장하면서 소원을 빌어본 적도 있어요. 하지만 그게 진짜로 이뤄질 거라는 생각은 요만큼도 안 했어요. 근데 그 사람들, 녹나무에 기념하러 오는 그 사람들은 그런 분위기가 아닌 것 같아요. 너무 진지하다고 할까 빠져들었다고 할까, 아무튼 보통 진지한 게 아니더라고요. 안내를 맡은 내가 이런 말을 하면 안 되겠지만, 나도 모르게 이건 뭔가 위험하다, 으스스하다, 라는 생각이 들 때가 있어요. 그래서 물어본 거예요, 그 사람들은 진짜로 믿는 건지."

레이토의 이야기를 듣고 치후네는 의자 등받이에 몸을 맡기더니 시선을 위로 향했다. 표정은 다시 온화해졌지만 눈에는 진지한 빛이 담겨 있었다. 뭔가 결심을 할지 말지 망설이고 있는 것처럼 보였다.

이윽고 그녀는 레이토에게로 시선을 돌렸다. "왜 두 번인지 알고 있나요?"

"두 번이라뇨?"

"녹나무에 기념을 하는 시기 말이에요. 그쪽이 알아낸 것처럼 그믐날과 보름날, 두 번이에요. 그게 어떻게 다른지, 알고 있나요?"

레이토는 고개를 저었다. "그건 모르겠는데요. 아, 그보다 양쪽에 차이가 있어요?"

"있습니다."

"어떻게 다른데요? 양쪽 다 그냥 녹나무에 소원을 비는 것뿐이잖아요."

"그런 단순한 것이 아닙니다."

"그러면 그 사람들은 뭘 하는 건데요?"

치후네는 가슴을 조금 뒤로 젖히고 코끝을 쓰윽 올렸다. "기념을 합니다."

레이토는 어깨를 털썩 떨어뜨리는 몸짓을 해보였다.

"그러니까 그 기념이란 게 뭐냐는 거예요. 구체적으로 뭘 하는 건지 알고 싶은데요."

"내가 아무리 말로 얘기해봤자 쓸데없는 짓이 될 것 같군요. 지금은 분명 내 말을 믿지 못할 테니까. 하지만 녹나무 파수를 계속하다 보면 언젠가 깨닫는 날이 올 거예요."

오늘은 여기까지만 하지요, 라면서 치후네는 의자에서 일어나 들고 있던 수첩을 숄더백에 챙겨 넣으려고 했다. 하지만 문득 마음이 바뀐 듯 그 손을 멈추고 다시 수첩을 펼쳤다. "오늘 밤에도 기념을 하러 오시는 분이 있지요?"

"네, 오늘 오시는 분은……." 레이토는 캐비닛에서 최신 파일을 빼내 펼쳐들고 예약표를 확인했다. "오바 소키라는 사람이네요."

"오바 씨라면 야나기사와 가와 오래 전부터 관계를 맺어온 집안입니다. 화과자회사 '다쿠미야'를 알고 있나요?"

"아, 어디선가 들은 적이 있어요. 대표 상품이…… 크림 도라야키였나."

"그 회사를 경영하는 집안이 오바 가예요."

"네에……."

"석 달 전쯤에 최고 책임자였던 회장님이 타계하셨어요. 그분도 1년에 몇 번은 기념을 하러 오셨습니다. 스스로를 재점검하고 싶으시다면서. 오늘 밤 오시는 건 그분의 가족이에요. 행여 실례되는 일이 없도록 정신 바짝 차리세요."

"네, 열심히 하겠습니다."

치후네는 써늘한 눈빛을 던졌다. 이 녀석에게 맡겨도 정말 괜찮을까, 라는 의문이 얼굴에 스며 있었지만, 수첩을 숄더백에 챙겨 넣고 "그럼 부탁해요"라면서 걸음을 뗐다.

"저기, 콧노래를 부르기도 해요?"

레이토의 말에 출구로 향하려던 치후네가 발을 멈췄다. "콧노래라니, 무슨 말이지요?"

"어제, 녹나무 안에서 들리더라고요. 이상한 콧노래 소리가. 그래서 기념을 할 때 콧노래를 부르기도 하는가 해서요."

저런, 이라고 혀를 차며 치후네가 레이토 쪽으로 몸을 돌렸다. "기념하는 모습을 훔쳐봤습니까?"

"아뇨, 실은 그게 그럴 만한 사정이……."

"처음에 분명하게 얘기했을 텐데요? 기념하는 동안에는 녹나무 근처에 결코 다른 사람을 가게 해서도 안 되고 본인도 가까이 가면 안 된다고. 그걸 잊었습니까?"

"잊은 건 아니에요. 잘 알고 있습니다. 하지만 그게 그러니까, 그럴 만한 사정이."

"어떤 사정이지요? 설명해보세요."

그건, 이라고 유미에 대한 얘기를 하려다가 레이토는 입을 다물었다. 사실대로 털어놓는 게 얘기가 빠르겠지만, 자세한 사정을 알게 되면 치후네는 분명 레이토가 유미를 도와주는 것을 반대할 것이다. 그것만은 어떻게든 피하고 싶다는 마음이 있었다.

"사람 그림자가 눈에 띄었어요." 생각 끝에 레이토는 말했다. "사지 씨가 기념을 할 때, 녹나무 쪽으로 가는 것 같은 사람 그림자가 보였어요. 그래서 못 가게 해야 한다는 생각에 급하게 뒤를 쫓아갔던 건데……."

그래서요, 라고 치후네가 의아한 듯이 물었다. "어떻게 됐지요?"

"아무도…… 없었어요." 입술을 핥으며 말을 이어갔다. "혹시 녹나무 안에 들어갔을까봐서, 그래서 잠깐 들여다봤죠. 하지만 안에는 사지 씨뿐이었어요. 내 눈이 뭘 착각했던 모양이에요. 아무튼 그때 사지 씨가 콧노래 같은 소리를 내고 있어서, 네, 그래서 그게 뭔가 하고 궁금했던 거예요."

"사지 씨에게 들킨 건 아니겠지요?"

"아, 그건 아니에요. 살금살금 다시 나왔으니까."

후우, 하고 치후네는 작게 숨을 토해냈다.

"그 얘기, 정말인가요? 실은 새빨간 거짓말이고, 어떤 식으로 기념을 하는지 호기심이 나서 들여다보았다, 라는 건 아니지요?"

"아뇨, 아뇨, 절대 그런 거 아니에요." 레이토는 열심히 두 손을 내저었다.

치후네는 이쪽을 쓰윽 노려보았다. 그 눈에서 의심의 빛은 사라지지 않았다. 그래도 그녀는 체념한 듯한 얼굴로 고개를 끄덕였다.

"알았어요. 이번만은 믿도록 하지요. 하지만 앞으로는 특히 조심하도록 하세요. 이 일은 신뢰가 무엇보다 중요합니다. 기념을 하는 동안 파수꾼이 몰래 들여다봤다는 불만이 들어오면 더 이상 그쪽에는 파수 일을 맡길 수 없습니다. 그렇게 되면 물론 나도 난감해지지만 그쪽도 곤란해질 거예요. 잊어버렸는지도 모르겠는데, 경찰에서 석방시켜주려고 나는 돈을 썼습니다. 그 돈을 다시 갚아야 할 테니 그리 아세요."

"네, 일고 있습니다. 잊지 않았어요." 꾸벅꾸벅 몇 번이고 머리를 숙였다.

애초에, 라고 치후네는 말했다.

"그런 눈의 착각이 일어난 것도 그쪽이 녹나무 파수꾼이라는 임무에 집중하지 않았기 때문이에요. 혹시 게임에 정신이 팔려 있었던 거 아닌가요?" 레이토 옆에 있는 스마트폰을 가리쳤다.

"아뇨, 아니, 아, 그랬었나……." 레이토는 머리를 긁적였다. 오해였지만 그걸로 자신의 말을 믿어준다면 그게 낫다고 생각했다.

저런저런, 이라고 치후네는 어이없다는 듯 입가가 삐뚜름해졌다. 그리고 다시 다짐하듯이 "그럼 부탁했습니다?"라고 말했다.

"네, 잘하겠습니다. 저기, 한 가지만 더 물어봐도 될까요?"

"뭐지요?"

"어째서 기념이라고 해요? 기원이나 축원이 아니고."

"왜요, 마음에 안 듭니까?"

"아뇨, 그럴 리가요. 그냥 왜 그런지 궁금해서……. 딱히 별 의미가 없는 거라면 그야 뭐, 상관없지만."

"의미가 있습니다." 치후네가 즉각 답했다. "다만 그것도 지금은 얘기하지 않는 게 좋을 것 같군요. 스스로 답을 찾아낼 수 있다면 그게 가장 좋을 테니까요."

"아, 네에, 그렇습니까."

"정신 바짝 차리도록 하세요." 그런 말을 남기고 치후네는 종무소를 나섰다.

7

　밤 10시, 레이토가 종무소 앞에서 기다리고 있으려니 경내 입구 쪽에서 두 개의 불빛이 다가왔다. 기념을 하려고 누군가와 함께 찾아온 것은 유미가 무단으로 아버지를 미행해왔을 때를 빼고는 레이토가 아는 한, 처음이었다.

　레이토 앞에 모습을 드러낸 것은 두 명의 남자였다. 한 사람은 코트를 걸친 자그마한 노인이고, 또 한 명은 머리를 노랗게 염색한 젊은이다. 나이는 스무 살 정도일까. 레이토와 같거나 혹은 약간 어린지도 모른다.

　"오바 님······이십니까?" 레이토는 두 사람을 번갈아 바라보며 물었다.

　네, 라고 노인 쪽이 답했다.

　레이토는 스마트폰으로 메모를 확인했다.

"기념하실 분은 성함이 오바 소키 님이라고 들었습니다만, 두 분 중 어느 분이……."

금발의 젊은이가 심드렁하게 오른손을 슬쩍 들었다. 시선이 아래로 향한 채 레이토 쪽을 쳐다보려고 하지 않았다. 어딘지 부루퉁한 기색인 것 같았다.

"아, 나는 회사 사람이에요." 노인이 말했다. "밤늦은 시간인 데다 본인이 아직 미성년자라서 모셔왔습니다."

그는 명함을 내밀었다. '다쿠미야 본점 상무이사 후쿠다 모리오'라고 인쇄되어 있었다.

"근데 가능하면……." 후쿠다가 억지웃음을 지으며 말했다. "나도 기념하는 데 함께 들어가고 싶은데, 어떨까요?"

명함을 손에 들고 레이토는 고개를 저었다.

"그건 어렵습니다. 예약을 신청하실 때, 그런 얘기를 못 들으셨습니까?"

"얘기는 들었는데, 어떻게 좀 해주시면 안 될까요? 어쨌든 본인이 아직 미성년자잖습니까."

"그런 건 관계없습니다. 안 되는 건 안 됩니다."

치후네가 기념을 위해 녹나무에 들어가는 건 단 한 사람뿐, 예외는 없다, 라고 엄격하게 못을 박았었다.

"그렇게 빡빡하게 굴지 말고 부탁 좀 합시다. 본인도 혼자는 불안하다고 하고 있어요. 녹나무 안에 들어가는 게 안 된다면 나는 그냥 그 앞에서 기다릴 테니까요. 밀초 값도……."

후쿠다는 코트 안주머니에서 봉투 두 개를 꺼냈다. "이렇게 두 사람 분을 준비해왔어요."

한순간 마음이 흔들렸다. 밀초 값은 모두 레이토가 써도 되는 돈이니까 매력적인 제안이기는 했다. 하지만…….

"죄송합니다만, 그건 거둬주십시오. 규칙이 있어서요."

후쿠다의 얼굴에서 웃음기가 사라졌다. "정 안 되겠어요?"

미안합니다, 라고 레이토는 머리를 숙였다.

후쿠다는 과장스럽게 큰 한숨을 내쉬더니 봉투 하나를 젊은이 쪽으로 내밀었다.

"규칙이 그렇다고 하네요. 역시 안 되는 모양이에요. 소키 씨, 혼자서라도 부디 열심히 해보세요. 순서는 예약할 때 야나기사와 씨께 들었으니 아시지요?"

젊은이는 전혀 내키지 않는 기색으로 봉투를 받아들었다. "해보긴 하겠지만, 잘 안 돼도 나는 모릅니다."

"그런 말씀 마시고 부디 자신을 믿고 열심히 해보세요. 부탁드립니다, 소키 씨."

소키라는 젊은이는 대답도 없이 못마땅한 듯 콧등에 주름을 잡고 있었다.

레이토는 옆에 준비해둔 종이봉투를 집어들었다. 안에 밀초와 성냥이 들어 있다. 그것을 소키에게 건네주고 사용 순서를 설명했다.

"시간은 1시간 정도라고 하셨는데, 그걸로 괜찮으시겠습니까?"

레이토의 질문에 소키는 대답 없이 후쿠다 쪽으로 얼굴을 돌렸다. 자기 스스로는 판단을 못하는 모양이다.

"그렇지요, 우선 1시간만." 그러더니 후쿠다는 레이토에게 "그보다 약간 길어져도 별문제는 없지요?"라고 물었다.

"괜찮긴 합니다만, 건네드린 밀초는 1시간용입니다. 좀 더 오래 걸리실 것 같으면 다른 밀초를 준비해드리겠습니다만."

"아니, 됐어요, 이걸로." 소키가 종이봉투를 들어 보이며 말했다. "1시간 안에 반드시 끝낼 거니까. 그러면 되죠?" 묻고 있는 상대는 레이토가 아니라 후쿠다였다.

그렇죠, 라고 후쿠다가 대답했다.

"그럼 안내해드리겠습니다." 레이토는 손전등 스위치를 켜고 걸음을 뗐다. 뒤에서 소키와 후쿠다가 따라왔다.

경내 안쪽으로 걸어가 기념 입구 바로 앞에서 걸음을 멈췄다.

"여기가 입구입니다. 좁은 길이 보이시지요? 저 길로 따라 들어가면 녹나무로 가실 수 있습니다."

알았어요, 라고 소키가 대답했다.

"촛불을 켜고 끄실 때, 부디 불 단속에 유념해주십시오. 밤길에 발밑 조심해서 잘 다녀오십시오. 오바 님의 염원이 녹나무에 전해지기를 진심으로 기원합니다."

"제대로 꼭 부탁드립니다. 마음을 담아서." 후쿠다가 격려

하듯이 말했다.

오바 소키는 부루퉁한 얼굴을 짧게 위아래로 끄덕이더니 덤불숲 안쪽으로 걷기 시작했다. 약간 등이 구부정한 그 뒷모습을 레이토는 후쿠다와 함께 지켜보았다.

아휴, 라고 후쿠다가 한숨을 쉬며 중얼거렸다. "어떻게든 좀 했으면 좋으련만."

"무슨 말씀이에요?" 레이토가 물었다. "혼자서라도 열심히 해보라든가, 잘된다느니 안 된다느니, 기념이 그런 건가요?"

후쿠다가 흘끔 레이토 쪽을 쳐다보았다.

"야나기사와 씨에게서 얘기는 들었어, 녹나무 파수꾼이 세대교체를 했다고. 당신, 조카라면서?" 소키가 없는 자리라서 그런지 말투가 갑작스레 오만해졌다.

"네, 나오이라고 합니다. 잘 부탁드립니다."

"야나기사와 씨가 아주 신신당부를 하더라고. 기념에 대해 조카가 뭔가 물어봐도 절대로 가르쳐주지 말라고. 어째 이상한 소리를 한다고 생각했더니만 아무래도 당신, 정말로 기념에 대해 아무것도 모르는 모양이지?"

"중요한 건 아직 못 배웠습니다."

"그래? 녹나무 파수꾼이? 거, 재미있네." 후쿠다는 어깨를 흔들며 웃은 뒤, 뭔가 좋은 생각이 떠오른 듯 레이토 쪽으로 얼굴을 바짝 댔다. 눈에 교활해 보이는 빛이 떠 있었다. "어때, 나하고 거래를 해볼까?"

"거래요?"

"아주 간단한 거야. 지금부터 내가 하는 일을 못 본 척 넘어가주면 기념에 관해 내가 알고 있는 걸 자네에게 다 알려줄게. 물론 야나기사와 씨에게는 비밀로 할 거야. 어때, 나쁜 얘기는 아니지?"

"지금부터 후쿠다 씨가 하는 일이라니, 녹나무로 가서 아까 그 사람과 기념을 함께하겠다는 건가요?"

"그렇지. 자네도 봤겠지만, 의지가지없는 후계자 도련님이잖아. 뭐든 옆에 붙어 있지 않으면 아직 제대로 못한다니까."

"그렇습니까. 아뇨, 하지만 역시……." 레이토는 고개를 갸우뚱하고 얼굴 옆에서 손을 내저었다. "그건 좀 그렇습니다."

"안 되겠어?"

"들켰다가는 큰일이잖아요."

"들키기는 왜 들켜? 자네하고 나하고 둘이 입을 딱 다물면 아무도 모르지."

저 후계자 도련님도 있는데요, 라는 말을 레이토는 꿀꺽 삼켰다.

"죄송합니다. 역시 안 되겠습니다. 제안 거절입니다."

"그럼 나도 기념에 관한 건 가르쳐줄 수 없는데?"

레이토는 손끝으로 눈썹 옆을 긁적이며 어깨를 움츠렸다. "뭐, 별수 없죠."

후쿠다는 혀를 차면서 불룩 솟은 대머리를 쓰다듬었다.

"융통성 없는 친구네."

죄송합니다, 라고 레이토는 사과했다. "그만 돌아가시지요. 종무소에 가서 기다리셔도 되니까요."

"거기, 담배는 피울 수 있어?"

"금연입니다."

후쿠다는 떨떠름한 얼굴을 지었다. "그럼 나는 차에 가 있을 거야. 1시간쯤 지나서 다시 올게."

"알겠습니다."

코트 호주머니에 두 손을 찔러 넣고 후쿠다는 멀어져갔다. 그 모습이 보이지 않을 때까지 지켜보다가 레이토는 그 자리를 떠났다.

종무소 앞으로 돌아와 의자에 앉았다. 설마, 라고는 생각했지만 후쿠다가 몰래 다시 돌아오지 않는다는 보장은 없다. 스마트폰 게임으로 시간을 때우는 건 포기했다.

후쿠다와 오바 소키가 주고받은 말들을 되짚어보았다.

그들의 대화를 통해 추측해보면 기념이 단순히 형식적인 의식이 아니라는 건 분명하다. 후쿠디기 그토록 집요하게 함께 가려고 했던 것은 뭔가 달성해야 할 목적이 있고 그것을 소키 혼자서 할 수 있을지 어떨지 불안했기 때문일 것이다.

그러니까 기념을 하면 뭔가 얻는 게 있는 것이다. 그건 결코 자기만족이나 형식적인 체면 같은 종류의 것이 아니다. 좀 더 구체적이고 유익한 것임에 틀림없다.

소원이 이루어진다? 정말 그런 것인가. 미신도 전설도 아니고 정말로 그런 기적이 일어나는 것인가.

그게 정말이라면 밀초 값 1만 엔은 너무 적다. 두세 명분은 커녕 백 명분은 내야 계산이 맞지 않을까.

만일 소원이 이루어진다면 나는 무엇을 빌까. 레이토는 생각을 굴려보았다.

갖고 싶은 것은 무엇보다 돈이다. 큰 부자가 되고 싶다. 로또에 당첨되는 거? 아니, 그런 돈은 언젠가는 바닥이 난다. 무진장 돈이 들어오는 게 좋다. 일하지 않아도 저절로 척척 돈이 들어오는 것이다. 그런 능력을 내려주신다면 그야말로 최고다. 이를테면 잠에서 깨어났더니 천재 화가의 능력이 손에 붙어서 그냥 슬슬 끼적거린 낙서도 몇십만, 아니 몇백만 엔이라는 금액으로 팔려나간다. 혹은 번뜩 떠오른 아이디어를 바탕으로 특허를 땄더니 여기저기 회사에서 사용 허가를 간청해서 아무것도 하지 않아도 막대한 로열티가 해마다 은행 계좌로 척척 입금된다…….

푸훗 하고 입가가 풀어졌다. 무슨 어린애 같은 생각을 하고 있나. 완전히 알라딘의 마술 램프잖아. 그런 옛날얘기 같은 일이 실제로 일어날 리 없다.

그러면 기념이라는 건 대체 무엇일까. 소키라는 젊은이는 지금 녹나무 기둥 안에서 뭘 하고 있는 건가.

멍하니 덤불숲을 바라보고 있으려니 빛이 흔들흔들하는

것이 보였다. 레이토는 퍼뜩 정신을 차리고 의자에서 일어섰다. 스마트폰으로 시각을 확인했지만 아직 1시간은 지나지 않았다. 누군가 또 녹나무에 접근하려는 건가. 하지만 경내에 들어온 자는 없을 터였다.

종종걸음으로 달려가자 덤불숲에서 사람 그림자가 나타났다. 오바 소키였다. 레이토를 알아보고 멈춰 섰다.

"벌써 끝났어요? 조금 빠른 것 같은데?"

소키는 부루퉁함 그 자체인 표정으로 입을 꾹 다문 채 고개만 가로저었다. 뭐야, 이 녀석은, 이라고 레이토는 속으로 투덜거렸다. 대답하는 법도 모르는가.

이거, 라면서 소키가 종이봉투를 내밀었다. 받아서 안을 확인해보니 타다 남은 밀초와 성냥갑이 들어 있었다. 일단 불 단속은 착실히 하고 온 모양이다.

수고하셨습니다, 라고 레이토는 형식대로 말했다. "기념은 잘하셨습니까."

소키는 대답하지 않았다. 대답할 생각이 없는 모양이라고 해석하고 레이토가 종무소로 향하려는데, "될 리기 없지"라는 내던지는 듯한 말이 귓속에 날아들었다.

어, 하고 뒤를 돌아보았다.

소키는 흘끔 레이토 쪽을 쳐다보고 "나 같은 사람한테"라고 중얼거리더니 다시 얼굴을 홱 돌려버렸다.

무슨 뜻일까, 라고 생각하면서 레이토가 젊은이의 얼굴을

111

멍하니 바라보는데 시야 한쪽 구석에서 뭔가가 움직였다. 경내 입구 쪽에서 손전등을 든 후쿠다가 걸어오는 참이었다.

"어라, 벌써 끝났어요?" 후쿠다가 의아한 듯이 물었다.

소키가 대답하려고 하지 않았기 때문에 레이토가 대신 나서서 "네, 끝나신 모양입니다"라고 말했다.

"그래요……. 그래서 소키 씨, 어땠습니까?"

여기서도 소키는 말이 없었다. 부루퉁한 얼굴을 귀찮다는 듯이 좌우로 흔들었다.

후쿠다의 눈에 낙담하는 빛이 떠올랐다. 그래도 입가에 웃음을 지으며 "괜찮아요"라고 환하게 말했다. "오늘 밤은 이만 가십시다. 뭐, 다음 달도 있으니까요. 자세한 얘기는 차 안에서. 자자, 갑시다, 갑시다." 소키의 등을 떠밀듯이 재촉했다.

안녕히 가십시오, 라고 레이토는 멀어져가는 두 사람에게 인사를 건넸다. 하지만 후쿠다도 소키도 뒤돌아보는 일 없이 어둠 속으로 사라져갔다.

8

　기념 기록을 컴퓨터에 입력하는 작업은 치후네가 지시한 그다음 날부터 시작했다. 점심을 먹고 나서 2시간 정도를 이 작업에 쓰기로 했다.

　과거의 기록을 대략 살펴보니 기념하는 사람은 한 달에 모두 합해 10여 명이다. 1년으로 치면 2백 명 정도가 된다. 이름을 입력하는 것만도 큰일이지만 옆에 연락처와 주소 등이 기재되어 있으면 그것도 그대로 넣어주지 않으면 안 된다. 우선 10년분 정도, 라고 치후네는 쉽게 말했지만 시간이 얼마나 많이 걸릴지 짐작도 되지 않았다.

　레이토가 현재 입력하고 있는 것은 5년 전의 기록이다. 그 해를 고른 것에 딱히 별다른 이유는 없었다. 캐비닛에서 빼온 파일이 우연히 그 연도의 것이었을 뿐이다.

입력하기 시작하고 2시간이 지나서 오늘은 여기까지만 하자고 생각했을 때, 기재된 한 사람의 이름에 시선이 멈췄다.

사지 기쿠오라는 이름이었다. 연락처에는 '라임원(園)'이라는 곳의 주소와 전화번호가 있고, 거기에 '사키사카 하루오 씨의 소개'라고 따로 기재되어 있었다.

레이토가 주목한 것은 '사지'라는 이름이었다. 이건 어느 쪽인가 하면 보기 드문 희귀 성이다. 적어도 레이토는 녹나무 파수꾼을 하기 전에는 한 번도 이런 성씨의 이름을 본 적이 없다. 즉 유일하게 알고 있는 사람은 사지 도시아키와 사지 유미뿐이다.

그다음 기록을 조금 더 살펴보았다. 그 이름이 또 있는지 확인하기 위해서였지만 사지 기쿠오라는 이름은 더 이상 눈에 띄지 않았다.

레이토는 팔짱을 끼고 한참 생각해본 뒤에 팔을 뻗어 스마트폰을 집어들었다. 사지 유미에게 문자메시지를 보내기로 했다.

'나오이야. 사지 기쿠오라는 사람, 알아? 5년 전에 이곳 녹나무에 기념하러 왔던 사람이야.'

송신 후 잠시 기다리자 답장이 왔다. 짐작되는 게 있어서 한번 알아보겠다, 라는 내용이었다.

청소 도구를 들고 종무소를 나섰다. 녹나무 주변 청소를 1시간쯤 했을 때쯤에 답신 메시지가 도착했다. 내용을 보고 저절로 눈이 둥그레졌다.

'사지 기쿠오는 아빠의 친형이었어. 자세한 얘기도 듣고 상의할 일도 있어서 지금 그쪽으로 갈까 하는데 괜찮아?'

레이토는, 나야 괜찮지만 아까 메시지로 보낸 내용 외에 다른 정보는 없는 상태야, 라는 답신을 보냈다. 곧바로 유미에게서 저녁 5시쯤에 가겠다는 연락이 와서 알았다고 대답해두었다.

"와아, 5년 전 4월 19일? 그날 밤에 여기에 오셨던 거네." 5년 전의 기념 기록이 담긴 파일을 들여다보며 유미는 턱을 괴었다.

"이 사람이 아버지의 형님이라는 건 틀림없어?"

"틀림없을 거야. 레이토의 메시지를 받자마자 혹시, 하고 떠오르는 게 있었어. 그래서 아빠 방에 살짝 들어가 옛날 주소록이며 편지 등을 찾아봤어. 아빠가 그런 걸 버리지 않고 챙겨두는 편이거든."

"그래서 단서를 찾아냈어?"

"할머니 짐 속에 이런 게 있었어." 유미는 스마트폰을 터치해 화면을 레이토 쪽으로 내밀었다.

그곳에 찍혀 있는 것은 카드였다. 손 글씨로 '어머님, 생신 축하드립니다. 항상 고맙습니다. 감사하고 있습니다. 기쿠오'라고 적혀 있었다.

"생신 축하 카드……."

"아빠에게 두세 살 터울의 형이 있다는 얘기는 나도 얼핏 들은 적이 있어. 어릴 때 헤어졌고 그 뒤로 한 번도 만나지 않았다는 거야. 근데 엄마 얘기로는 그건 거짓말일 거래. 왜냐면 할머니가 건강하던 시절에 이따금 그 형을 찾아가는 눈치였다는 거야. 그러니 아빠가 그걸 모를 리가 없고, 분명 아빠도 그리 자주는 아니어도 형을 만났을 거라고 했어."

"친형제인데 왜 헤어지게 됐지?"

"나야 모르지. 엄마도 그런 쪽으로 자세한 얘기는 전혀 못들었나봐. 꺼내기 어려운 얘기인 듯한 분위기여서 굳이 캐묻지 않은 모양이야. 아빠 엄마 결혼식에도 오지 않았고, 할아버지가 돌아가셨을 때도 나타나지 않았다니까."

"사지 가의 금기사항이었던 거네?"

"그런 셈이지."

"그래서 그분은 지금 어디서 어떻게 살고 있지? 그것도 모르는 거야?"

"아마 돌아가신 것 같아. 이것도 엄마의 추측일 뿐이지만."

"무슨 말이야?"

"4년 전 가을이었나, 아빠와 할머니가 상복 차림으로 나란히 외출한 적이 있었어. 전부터 알던 친지의 장례식이라고 했지만, 엄마는 아빠의 형님이 돌아가신 것 같다고 얘기했었어. 그리고 얼마 뒤에 나도 아, 역시 그랬구나, 라고 짐작할 만한 일이 있었어."

"어떤 일?"

"할머니가 좀 이상해지기 시작한 게 마침 그 무렵부터였어. 좀 더 정확히 말하면 치매가 시작된 거야. 뭔지 알 수 없는 소리를 하고 한밤중에 돌아다니기도 하고. 아빠를 전혀 다른 이름으로 부른 적도 있었어. 그걸 까맣게 잊고 있었는데 아까 레이토의 메시지를 보자마자 생각이 난 거야. 맞다, 할머니가 아빠를 이따금 기쿠오라고 불렀구나, 하고."

짐작되는 게 있다고 답신을 보내온 것은 그런 이유 때문이었던 모양이다.

"기쿠오 씨는 몇 살쯤이었을까?"

레이토의 물음에 유미는 고개를 갸우뚱했다. "잘 모르겠어. 근데 왜?"

"아니, 여기 적힌 곳에 대해 나도 좀 알아봤거든." 레이토는 유미 앞에 펼쳐진 파일을 가리키며 말했다. "연락처가 '라임원'으로 적혀 있지? 주소는 요코스카야. 그래서 공식 사이트를 찾아봤더니 요양원이었어. 일시적으로 입원하는 곳이 아니고 마지막까지, 즉 사망할 때까지 돌봐주는 시설이야."

유미는 곁에 놓인 자신의 스마트폰을 집어들더니 잽싸게 터치하기 시작했다. '라임원'을 검색하는 것이다. 곧바로 공식 사이트를 찾았는지 진지한 눈빛으로 화면을 들여다보면서 손끝을 움직이고 있었다.

진짜네, 라고 작은 소리를 흘렸다. "기쿠오 큰아버지, 아팠었구나."

"언제쯤 그 요양원에 들어갔는지는 모르지만, 유미네 할머니는 그곳으로 큰아들을 만나러 갔던 게 아닐까?"

"응, 아마 그렇겠지."

"사지 도시아키 씨, 즉 유미 아버지는 지금 나이가 어떻게 되시지?"

"지금 쉰여덟일 거야."

"그렇다면 형님이 지금 살아 있다고 해도 아직 일흔 전이 잖아. 사망한 게 4년 전이라면 당시에 많아야 50대 후반이었다는 얘기야. 그런 젊은 나이에 이런 시설에 들어간 걸 보면 상당히 힘든 병이었던 모양이지. 어쩌면 그게 형제간에 따로 떨어져 살게 된 원인일 수도 있겠네. 옛날에는 그런 일이 흔했다고 하더라고. 다른 형제에게 전염되는 걸 막으려고 병을 앓는 아이만 다른 곳에 보내는 거."

"그런 얘기는 나도 들은 적이 있지만, 아무리 그래도 너무 시대착오적인 거 아닌가? 우리 아빠가 태어난 게 지난번 도쿄 올림픽이 열리기 조금 전이야."

"그럼 1955년? 그렇다면 아직 낡은 사고방식을 가진 사람이 많았을 것 같긴 한데."

글쎄 그럴까, 라고 유미는 납득하기 어렵다는 기색으로 고개를 갸웃거렸다.

"그게 아니라면 어째서 형제간이 떨어져 살게 됐을까?"

"그건 나도 모르지."

"아버지에게 직접 물어보는 건 어때?"

"안 된다니까. 우리 집의 금기사항이라고 말했잖아." 유미는 파일을 손끝으로 쿡쿡 쳤다. "그보다 내가 알고 싶은 건 아빠가 다달이 이곳에 오는 것과 이 기쿠오 큰아버지가 5년 전에 왔었던 것 사이에 뭔가 관계가 있느냐는 거야. 그건 어떻게 생각해?"

레이토는 천천히 팔짱을 꼈다. "그걸 나한테 물어봤자 글쎄, 나도 모르지."

"레이토는 여기 관계자잖아."

"아직 견습 중이라고 몇 번이나 말했지? 기념이 어떤 것인지도 아직 알려주지 않고 있어."

다만, 이라고 레이토는 뒤를 이었다.

"사지 씨와 기쿠오 씨는 여기에 온 목적이랄까 기념하는 내용이랄까, 아무튼 그런 게 각자 다른 것 같긴 해."

"어째서?"

"나도 자세히는 모르지만, 기념에는 두 종류가 있는 모양이야."

기념을 하기에 가장 적합한 타이밍은 한 달에 두 번, 보름날과 그믐날 밤이라는 것을 레이토는 알려주었다.

"사지 씨는 매달 보름날 밤에 기념을 하러 왔어. 그에 비해 기쿠오 씨가 이곳에 왔던 5년 전 4월 19일은 인터넷으로 알아보니까 그믐날이었어."

"그러니까 형제가 똑같이 이곳에 오긴 했지만 단순한 우연이라고 생각할 수도 있다는 얘기네?"

"형제간이니까 둘 다 이곳 녹나무에 대한 전설을 알고 있었고, 똑같이 기념을 해보기로 마음먹었던 것 자체는 전혀 이상할 게 없어. 다만 두 사람의 목적이 반드시 똑같았다고는 할 수 없다는 거야. 즉 각자 다른 목적으로 기념을 했다는 얘기지. 간격도 5년이나 차이가 나고, 우연일 가능성이 높은 것 같아."

"응, 그렇겠네." 유미는 후우 숨을 토해냈다. "만일 그렇다면 여기 기쿠오 큰아버지에 대한 것은 굳이 고민할 필요가 없는 거잖아." 그녀는 눈앞의 파일을 덮었다. "좋아, 일단 이쪽은 제쳐두기로 하자. 상황도 좀 달라졌으니까."

마지막 말이 마음에 걸렸다.

"뭔가 달라진 게 있어? 아, 그러고 보니 아까 메시지에 상의할 게 있다고 했었지?" 레이토가 물었다.

유미는 미간을 찌푸리며 입을 뾰로통하게 내밀었다. 얘기해야 할지 말지 망설이는 것처럼 보였지만, 이윽고 말문을 열었다. "어제 저녁에 아빠가 움직였어."

"움직였다니? 또 그 기치죠지의 맨션에 갔어?"

응, 하고 유미는 고개를 끄덕였다.

"그저께 밤에 여기 왔었잖아. 혹시 또 움직일지도 모른다는 생각이 들더라고. 행선지는 뻔히 거기일 거고, 어쩐지 예감이 이상해서 상황을 살펴보러 나갔지. 그랬더니 완전 족집게였어." 유미가 눈을 부릅떴다.

"무슨 일이 있었는데?" 레이토는 몸을 앞으로 내밀었다.

"맨션 입구로 아빠가 나오더라고. 게다가 혼자가 아니었어." 유미는 스마트폰을 집어들었다. 경쾌하게 손끝을 미끄러뜨린 뒤, 화면을 레이토 쪽으로 내보였다.

엇 하고 레이토는 저도 모르게 소리를 높였다.

액정 화면에 찍힌 것은 점퍼를 입은 사지 도시아키였다. 그리고 그 옆에 있는 사람은 날씬한 실루엣의 코트를 멋지게 차려입은 여자였다. 여자는 긴 머리에 선글라스를 쓰고 있어서 얼굴 생김새는 잘 알 수 없었다.

하지만 분명 미인이다, 라고 레이토는 직감적으로 확신했다.

9

오늘은 유미가 자가용이 아니라 전차와 버스를 갈아타며 온 모양이었다. 오후 6시가 넘은 시각이라 레이토도 저녁을 먹어야 해서 버스 정류장까지 함께 나가기로 했다. 하지만 레이토에게는 자신만의 '발'이 있었다.

종무소 뒤뜰에서 꺼내온 자전거를 보고 유미는 푸핫 웃음을 터뜨렸다. "이게 뭐야? 굴러가기는 하는 거야?"

"별수 없잖아, 이것밖에 없는데. 그나마 내가 수리를 해서 말끔해진 거야."

종무소 뒤뜰 창고에 보관된 자전거를 발견한 것은 이곳에 온 지 이틀째 되던 날이었다. 쌀가게에서 타고 다닐 것 같은 업무용 자전거로, 타이어만 굵직한 게 아니라 프레임도 핸들도 굵직굵직하다. 게다가 잔뜩 녹이 슬어 있었다. 일단 분해해서 녹을 닦아내고 기름칠을 한 뒤에 다시 조립했다. 타이어를 교체하고 싶었지만 돈이 없어서 그냥 참기로 하고 자전거포에 가져가 공기를 넣었더니 그럭저럭 타고 다닐 수 있게 되었다.

"문제는 무겁다는 거야." 자전거를 끌고 경내의 계단을 내려가면서 레이토는 말했다. "내리막길은 괜찮은데 다시 계단을 올라올 때는 진짜 힘들어. 그렇다고 계단 밑에 팽개쳐둘 수는 없으니까 힘들어도 끌고 와야지. 이런 고물을 훔쳐갈 사람은 없겠지만 여기서 더 녹이 슬었다가는 진짜 고물 덩어리가 돼."

자전거 핸들 앞에는 바구니가 달렸다. 그곳에 비닐봉투가 들어 있는 것을 보고 유미가 물었다. "이건 뭐지?"

목욕 세트, 라고 레이토는 대답했다.

"저녁 먹고 동네 목욕탕에 가려고. 종무소에 욕실이 없어서."

하지만 목욕비 470엔도 적지 않다. 이틀에 한 번씩만 누리는 호사였다.

"설마 거기서 사는 줄은 몰랐어. 힘들지 않아?" 유미가 물었다.

"익숙해지면 그렇게 힘들지도 않아. 월세도 전기 가스비도 안 들고, 밤이면 아주 조용하고."

"녹나무 파수꾼이 된 게 최근이라고 했지? 왜 이런 일을 하기로 했어?"

"얘기하자면 너무 길어지고 그냥 어쩌다 보니, 라고 할까. 별로 하고 싶지 않아도 누군가는 이어가지 않으면 안 될 일이라는 것도 있잖아."

"세습제라는 얘기?"

"뭐, 말하자면 그런 거랄까."

드디어 계단을 다 내려왔다. 평소 같으면 여기서 자전거 안장에 앉았을 텐데 유미와 함께 나왔기 때문에 그대로 끌고 가기로 했다.

큰길로 나와 버스 정류장까지 걸어갔다. 시각표를 보더니 유미가 에이, 하고 실망한 목소리를 냈다.

"왜?"

"버스, 방금 떠났어. 다음 버스 올 때까지 20분이나 기다려야 해. 진짜 불편한 곳이네."

"탈 사람이 별로 없으니까 그렇지. 도회지하고는 달라."

유미는 잠시 생각에 잠긴 표정이더니 문득 시선이 비스듬히 아래쪽으로 내려갔다.

"이 자전거로 가면 역까지 얼마나 걸려?"

"10분쯤 걸리는데……. 엇, 설마?" 레이토는 유미의 얼굴을 보았다. "뒤에 태워달라고?"

딩동댕, 이라면서 유미는 검지를 세웠다. "정답! 역까지 부탁해."

"아, 잠깐 잠깐, 둘이 타는 건 도로교통법 위반이야."

"뭐라고?" 유미가 몸을 뒤로 젖혔다. "이런 시골에 그런 걸 단속하는 사람이 있어?"

"……그야 없지."

"그럼 괜찮네. 자아, 갑시다. 얼른 타시죠."

어서어서, 라는 유미의 재촉에 레이토는 안장에 올라앉았다. 그와 동시에 유미가 뒤쪽 짐칸에 앉았다. 게다가 옆으로 앉은 자세였다.

"최소한 반듯하게 앉기라도 해야지. 치마를 입은 것도 아니면서."

"이 짐칸, 너무 넓어서 다리 벌리고 앉기 힘들어. 뭐, 어때? 어차피 위반하는 거."

레이토는 혀를 찼다. "잡히면 벌금은 그쪽이 내셔."

"글쎄 괜찮다니까."

유미는 출발, 이라고 목소리를 높이더니 레이토의 허리에 팔을 휘감았다. 레이토는 페달을 밟았다. 부드럽고 따듯한 감촉이 등짝으로 전해져왔다. 자신의 체온이 살짝 올라가는 것을 레이토는 느꼈다. 자전거를 둘이 같이 타는 건 아마도 초등학생 때 이후로 처음일 것이다.

자전거라서 버스나 대형차는 못 다니는 좁은 길이나 일방통행 도로도 쭉쭉 달릴 수 있었다. 신호에 걸리는 일도 없이 레이토는 신나게 페달을 밟았다. 해는 완전히 저물었고 가로등도 많지 않았지만 민가 사이를 빠져나가는 길이라 창문 불빛 덕분에 발밑은 그리 어둡지 않았다.

"역까지 가는 지름길이겠지? 나는 이 길, 절대로 기억 못 할 것 같아." 뒤에서 유미가 말했다.

"나도 처음에 몇 번이나 헤맸어. 구획 정리가 안 된 동네라서 그래. 아마 예전에는 농로였을 거야."

"민가만 계속 나오는데 저녁은 어디서 먹어?"

"역 앞 식당에서."

"뭐야, 그럼 레이토도 애초에 역까지 갈 거였잖아?"

"당연하지."

주택가를 지나 넓은 차도로 나섰다. 이 동네에서 가장 큰 사거리가 바로 옆이다.

"근처에 파출소도 있는데, 여기서부터는 걸어가자."

레이토의 제안에 뾰로통한 표정으로 유미도 길 위로 내려섰다.

자전거를 끌고 횡단보도를 건너가면 거기서부터는 역 앞 상가 길이다. 도로를 끼고 양쪽으로 작은 상점들이 이어졌다. 영업하는 곳은 거의 음식점이고 다른 가게들은 대부분 셔터가 내려진 채였다.

한 식당 앞에서 레이토는 발을 멈췄다. 입구 유리문에 격자가 끼워져 있었다.

"그럼 나는 여기서."

유미는 식당 안을 들여다보았다. "어떤 요리를 하지?"

"그냥 밥집이야. 생선구이라든가 크로켓이라든가."

"흐응." 유미는 심드렁한 표정이었지만 관심은 있는 눈치였다. "맛있어?"

"그럭저럭. 시간 괜찮으면 먹고 가든지."

유미는 손바닥을 뺨에 대고 잠시 생각해보는 몸짓을 하더니 고개를 가로저었다. "아냐, 오늘은 그만 가야겠다."

"그래? 그럼 조심해서 잘 가."

"고마워."

또 보자, 라고 짧게 손을 흔들고 유미는 걸음을 옮겼다. 그 뒷모습을 지켜본 뒤에 레이토는 자전거를 길 한쪽에 세워두고 식당으로 들어갔다.

가게 안은 한산했다. 구석 쪽 테이블에서 청어된장조림 정식을 먹으면서 레이토는 유미가 해준 이야기를 다시 떠올렸다.

기치죠지의 맨션에서 나온 사지 도시아키와 수수께끼의 여자를 유미가 미행한 모양이었다. 하지만 두 사람은 무인 주차장에서 사지의 차를 타고 어딘가로 사라져버렸다.

"텔레비전 드라마 같은 기라면 기기서 시간을 딱 맞춰 택시가 나타나잖아. 그러면 잽싸게 잡아타고 운전기사에게 앞 차를 따라가 주세요, 라고 말할 장면인데, 현실에서는 일이 그렇게 술술 풀리지를 않더라."

안타깝게도 택시는 나타나지 않았고 유미는 사지와 여자가 탄 차가 부우웅 사라지는 것을 손가락 물고 지켜볼 수밖에 없었다.

별수 없이 집에 돌아가 아버지가 오기를 기다렸다. 차에 붙여둔 GPS 발신기는 시부야의 입체 주차장으로 갔다는 것을 알리고 있었다.

사지의 차가 다시 움직인 것은 2시간쯤 지난 뒤였다. 그리고 1시간 뒤에 사지는 집에 들어왔다. 사지는 그 여자와 시부야에서 대체 무엇을 한 것인가.

차를 세워둔 입체 주차장 주변을 검색해보니 단시간 이용 가능한 시티호텔이 몇 군데나 있었다. 옛날식 러브호텔도 많았다.

"아니, 호텔이라니, 그건 아니지. 그런 걸 하고 싶은 것뿐이라면 맨션에서 하면 되지 왜 굳이 호텔까지 가겠어?" 레이토는 직접적인 표현은 피했다.

"글쎄 가끔씩은 기분 전환을 하고 싶었는지도 모르지."

유미가 스르륵 내뱉은 말에 레이토는 흠칫했다. 경험이 적은 자신으로서는 떠올릴 수 없는 발상이었다. 그녀는 경험이 풍부하다는 얘기인가.

"단순한 데이트였던 거 아닐까? 식사라든가 쇼핑 같은 거."

"식사할 시간대가 아니었어. 게다가 밖에서 먹고 왔다면 저녁은 필요 없다고 말했을 텐데 집에서 차려준 밥을 아빠는 평소처럼 다 먹었어. 쇼핑했을 가능성도 글쎄, 아닐걸? 일부러 업무 중에 빠져나가 쇼핑을 했을 것 같지는 않아. 애인과

함께 있는 장면을 누군가에게 들키기라도 하면 그것도 안 좋
잖아."

"애인이라고 벌써 결론을 내린 거야?"

"애인이 아니면 뭐겠어? 일을 땡땡이치고 여자 맨션에 들
락거렸잖아. 괜히 쓸데없는 위로의 말은 하지 말아줄래?"

아닌 게 아니라 그런 상황이라면 달리 생각할 수 있는 게
별로 없었다. 레이토는 입을 다물었다.

크으윽 하고 유미가 목구멍 속에서 소리를 쥐어짰다.

"설마설마 했는데, 제발 그런 게 아니기를 빌었는데, 역시
그런 거였어. 바람을 피우다니, 대체 뭐야, 꼰대 아빠. 내가
영 사람을 잘못 봤지 뭐야." 유미는 종무소 책상을 탕탕 쳤다.

"만일 유미 말대로 사지 씨가 바람을 피우는 거라면 그게
여기서 기념을 하는 것과는 관계가 있을까?"

"문제는 그거야. 그걸 상의하려는 거라고." 유미가 레이토
를 손끝으로 가리키며 말했다. "이렇게 된 이상, 지금부터 반
드시 밝혀내야 하는 건 그 여자의 정체야. 대체 누구인지 알
아보는 걸 레이도가 도와줬으면 해."

"도와주다니, 내가 뭘 어떻게 해야 하는데?"

"내가 생각을 해봤어, 아빠가 녹나무에 비는 게 그 여자에
대한 게 아닌가 하고. 혹은 그 여자와 자신에 대한 것이겠지."

"녹나무에?" 레이토는 고개를 갸우뚱했다. "어떻게 빌고
있는데?"

이를테면, 이라고 유미는 턱을 치켜들었다.

"내 아내와 헤어져 그녀와 결혼할 수 있게 해주소서, 라든가?"

"뭐야?"

"하지만 그렇게 되면 위자료도 엄청 물어줘야 하고 그 여자와의 재혼을 딸이 반대할 우려도 있어. 아니, 그보다 나는 절대 반대할 거야. 그러니까 가장 빠른 방법은 아내가 불의의 사고로 죽어주는 거야." 유미는 문득 가슴 앞에서 양손을 맞대더니 비스듬히 위쪽을 응시하면서 말했다. "녹나무 신이시여, 제발 제 소원을 들어주소서. 제발 제 아내를 죽여주소서⋯⋯."

레이토는 쓴웃음을 지었다. "뭔 말도 안 되는 소리를."

유미는 손을 맞댄 채 레이토를 쓰윽 노려보았다. "어떻게 아니라고 단언할 수 있어?"

그건, 이라고 레이토는 양손을 슬쩍 올렸다. "기념은 신성한 거야. 죽을 사람을 살려달라고 비는 일은 있어도 산 사람을 죽게 해달라고 빌 수는 없지."

"그건 성선설이지. 인간이란 그런 모범생만 있는 게 아니야. 뭐든 소원을 들어준다고 하면 자신에게 방해가 되는 사람의 죽음을 비는 사람도 있을 거라고."

그녀의 말에 레이토는 적잖이 충격을 받았다. 자신에게는 전혀 없는 발상이라고 생각했다. 하지만 설득력이 있어서 반론은 떠오르지 않았다.

"그럴지도 모르지만, 사지 씨는 그럴 사람으로는 보이지 않았는데…….."

"물론 나도 그렇게 생각하고 싶지. 하지만 유감스럽게도 아빠에 대한 신뢰도는 절망적으로 추락하고 있는 중이야."

심각한 표정으로 토로하는 유미의 말에 그런가, 하고 레이토는 막연한 느낌을 가질 수밖에 없었다. 레이토에게는 아버지가 없다. 미치에를 임신시킨 남자는 가정이 있는 사람이었다. 그쪽 집 자녀의 입장에서 보면 미치에는 아버지를 빼앗아간 미운 존재일 것이다.

그래서, 라고 유미가 뒤를 이었다. "어떻게든 아버지가 기념하는 장면을 다시 한번 봐야겠어. 녹나무 안에서 대체 뭘 빌고 있는지 확인해야 돼."

아니, 아니, 아니, 라고 레이토는 손을 내저었다. "그건 안 돼. 못 본 척 넘어가줄 수 없어. 미안하지만 그것만은 못 도와줘."

"절대로 안 돼?"

레이토는 가슴 앞에서 두 손을 교차시켜 엑스 표시를 만들었다.

"포기하는 게 좋아. 기념 중에 다른 사람을 녹나무에 접근하지 못하게 하는 게 내게 주어진 임무야."

"그렇다면 이건 어때? 아빠가 기념을 하기 전후에 내가 녹나무에 들어가는 거."

"기념을 하기 전후에?"

"응, 그런 거라면 규칙에 위반되는 건 아니잖아."

레이토는 유미의 커다란 눈을 빤히 쳐다보았다. "왜 그런 짓을? 노리는 게 뭐야?"

"그건 레이토는 몰라도 돼." 유미는 시치미를 떼는 얼굴로 대답했다.

레이토는 열심히 머리를 굴렸다. 그녀의 노림수는 무엇인가. 당연히 아버지의 기념 내용을 탐색하는 것이겠지만, 사전에 녹나무에 접근해서 뭘 어쩌려는 것인가. 목적을 위해 수단방법을 가리지 않는 대담함이 있다는 건 지금까지 들어본 얘기만 봐도 명백하다. 차에 GPS 발신기를 몰래 붙일 정도인 것이다.

발신기가 생각나자 딱 감이 왔다. 아, 그거, 하고 손가락을 튕겼다.

"도청기를 달아두려고?"

유미가 씨익 웃었다. "에이, 눈치챘어? 가능하면 감시 카메라도 달 거야."

"말도 안 돼. 그건 절대 허락해줄 수 없으니까 그런 줄 알아."

"왜? 도청기를 설치하면 안 된다는 규칙이라도 있어?"

"그런 건 없지만, 상식적으로 뻔히 다 아는 일이지."

"아니, 상관없잖아, 남한테 해를 끼치는 것도 아니고."

"사지 씨에게 들키면 어쩔 건데?"

"들키지 않는다니까? 진짜 작은 게 있어." 유미는 엄지와 검지로 1센티미터 정도의 크기를 만들어 보였다.

"만에 하나라는 게 있잖아. 내 목이 날아간다고."

"그럼 어때? 일자리는 여기 말고도 얼마든지 있어."

"아니, 안 돼. 내가 빚진 게 있어. 여기 일을 그만두면 당장 그 빚을 갚아야 해."

"얼만데?"

"엄청 많아. 도저히 갚을 수 없는 금액이야."

유미는 혀를 차면서 입가를 삐뚜름하게 틀었다. "대체 뭐야, 그게?"

"아무튼 그러니까 그 작전은 없었던 걸로 해. 포기하라고."

알았어, 라면서 유미는 못마땅한 표정으로 고개를 홱 돌렸다. "앞으로는 부탁 안 해. 내가 알아서 어떻게든 해볼 거야."

"어떻게 할 건데?"

"말 안 한다니까?"

유미의 옆얼굴을 보면서 레이토는 다시 생각을 굴렸다. 이건 도청기 설치를 포기한 게 아닐 것이나.

"설마 나 몰래 설치할 생각?"

유미의 뺨이 움찔 흔들렸다. "안 알려줌."

"역시 그거네. 내 눈을 피해 녹나무 안에 도청기를 설치하고 사지 씨가 기념을 끝낸 뒤에 다시 몰래 들어가서 꺼내올 생각이지?"

유미의 얼굴이 레이토 쪽을 향했다. 부루퉁한 얼굴에서 빙글빙글 웃는 얼굴로 바뀌었다.

"오, 그런 방법도 있었구나. 알고 있어? 요즘 도청기는 배터리가 수십 시간을 가는 것도 있어. 그러니까 낮에 설치해놓고 다음 날 낮에 가져오면 되는 거야. 낮에는 누구라도 녹나무 안에 들어가도 된댔지? 물론 그것도 레이토의 눈을 피할 필요가 있겠지만."

"제발 그러지 마, 진짜 부탁이다. 그랬다가 누군가 그 도청기를 발견하면 난리가 난다니까."

"뭐, 난리가 날 수도 있지. 하지만 그건 나와는 상관없어. 그리고 그렇게 되면 뭐든 또 다른 방법을 찾아낼 거야."

레이토는 얼굴을 일그러뜨리며 두 손으로 머리를 감쌌다. "제발 나 좀 봐줘라."

"아니, 우리는 가정이 무너질 판이야. 수단 방법을 가릴 여유가 없어."

레이토는 두 팔을 내리고 얼굴을 들었다.

"기념을 도청한다고 해도 반드시 뭔가 알아낸다는 보장도 없잖아. 설마 여자 이름을 중얼중얼 내뱉을 리가 있어? 더구나 내 아내를 죽여주십사고 소리 내서 빌겠어?"

"그건 모르지. 하지만 목소리를 내기는 했어. 레이토도 들었잖아."

"이상한 콧노래라면 나도 들었지만 그건 말이 아니었어."

"그 콧노래 전후에 뭔가 중얼중얼 말했을 수도 있어. 그걸 꼭 들어야겠어. 부탁이야, 도와줘." 유미는 두 손을 맞대고 진지한 눈빛을 던져왔다.

레이토는 한숨을 내쉬었다. 아무래도 생각을 바꾸게 하기는 어려울 것 같았다. 하지만 마음대로 도청기를 설치하는 것만은 어떻게든 막지 않으면 안 된다.

"그럼 조건이 있어. 혹시라도 사지 씨에게 도청기를 들켰을 때는 유미 씨가 사정을 잘 설명해줘. 그리고 내 고용주에게 항의하지 말아달라고 사지 씨를 꼭 설득해줘. 그걸로, 어때?"

유미는 잠깐 생각해보는 몸짓을 하더니 턱을 잘게 위아래로 끄덕였다. "오케이, 그걸로 좋아. 약속할게. 협상 성립!" 자리에서 일어나 악수를 청해왔다.

이런 걸 협상이라고 할 수 있나, 거의 협박 아닌가, 라고 생각하면서 레이토도 악수에 응했던 것이다.

10

역 앞 큰길에서 한 칸 옆길로 들어가면 바로 앞에 '후쿠노유' 목욕탕이 있다. 이 동네의 유일한 대중탕이다. 바로 옆 도시에 온천랜드라는 것도 있지만 그쪽은 성인이 9백 엔이다. 멀기도 하고 그 가격으로는 사흘에 한 번밖에 갈 수 없다.

'후쿠노유'는 그야말로 옛날식 목욕탕이다. 사우나도 전기 욕조도 샤워실도 없다. 그 대신 벽에 큼직하게 후지산이 그려져 있었다.

몸을 씻고 레이토가 욕조 가장자리로 슬금슬금 들어가는데 "자네, 녹나무 신사 사람이지?"라고 말을 건네는 사람이 있었다. 비쩍 마른 노인으로, 레이토 바로 옆에 빈약한 몸을 담갔다.

"네, 그런데요." 레이토는 대답하면서 노인의 얼굴을 보았다. 어디선가 본 듯한 느낌이 드는데 기억이 가물가물했다.

"며칠 전 오전에 내가 오랜만에 녹나무 님께 인사를 하러 갔더니만 낯선 사람이 청소를 하고 있어서 어라라 했었네. 자네였어."

아, 예에, 라고 머리를 숙였다. "나오이라고 합니다. 잘 부탁드립니다."

"야나기사와 씨가 아니고?"

"성은 다르지만, 집안 친척입니다."

"그랬어? 그 집안도 혈연이 부쩍 줄어서 어떻게 하려나 걱정했었는데 그래, 그렇구면, 자네 같은 친척이 있었어." 노인은 이제야 알았다는 듯 가느다란 목을 몇 번이고 위아래로 흔들었다.

"야나기사와 가와 녹나무에 대해 잘 아세요?"

"잘 안다고 할 정도는 아니지만, 우리 집도 대대로 그쪽에 신세를 졌으니까 좀 알지. 실은 나도 작년에 기념을 해서 거기에 딱 맡겼어. 팔다리가 말을 안 들을 때는 이래저래 불편할 거고, 더 늦기 전에 해야겠다 싶어서."

노인의 말에서 뭔가 걸리는 것을 느꼈다. "맡겨요? 뭘 맡기셨는데요?"

"그야, 이보게, 녹나무 님께 맡겼다면 당연히 그거지." 웃으면서 그렇게 말하더니 노인은 문득 진지한 얼굴로 돌아와 곰곰이 레이토를 들여다보았다. "혹시 자네, 모르는 거야?

녹나무 님의 영험을?"

"네, 자세한 것까지는 모릅니다. 녹나무 파수꾼으로 일하
다 보면 언젠가 알게 될 날이 온다는 얘기는 들었지만……."

레이토의 말에 노인은 하하하하, 하고 유쾌한 듯이 웃었다.

"그렇구먼. 녹나무 파수꾼이 기념에 대해서는 아무것도 모
른다는 거야? 응, 그래, 그건 그것대로 좋을지도 모르겠구먼."

"무슨 말씀이세요? 혹시 괜찮으시면 좀 가르쳐주세요."

"아니, 그런 거라면 여기서 딱 입을 다물어야지. 애초에 녹
나무 님 얘기는 잘 알지 못하는 사람에게 섣불리 발설하면 안
되는 걸로 되어 있어. 그런 짓을 하면 영험이 없어진다더라
고. 게다가 그게 도저히 말로는 정확하게 설명할 수 없는 일
이야. 설명해봤자 아마 믿지도 못할 게야. 치후네 씨가 아주
잘 말했구먼. 녹나무 파수꾼으로 일하다 보면 언젠가는 저절
로 알게 돼. 그날을 고대하며 기다리기만 하면 돼."

이건 또 뭔가, 라고 레이토는 마음속으로 분개했다. 이 사
람이고 저 사람이고 다들 뭔가 의미심장한 척 운만 떼고 있다.

"아저씨는 이름이 어떻게 되세요?" 퍼뜩 생각난 게 있어서
레이토는 물어보았다.

"나? 응, 나는 이이쿠라라고 해."

노인이 밝혀준 이름은 이이쿠라 고키치라고 했다.

방금 이이쿠라는 작년에 기념을 했다고 말했다. 종무소에
돌아가는 대로 기록을 뒤져보자고 생각했다. 그믐날 밤인지

아니면 보름날 밤인지, 그것만이라도 확인해볼 생각이었다.

"이이쿠라 씨는 녹나무 전설을 믿으세요? 아, 그러니까 그거, 소원을 빌면 반드시 이루어진다는 거요."

"그건 섣불리 얘기할 수 없다고 방금 말했지 않았나." 그러면서 이이쿠라는 빙글빙글 웃었다.

"기념에 대한 얘기는 안 하셔도 돼요. 진짜로 믿는지 어떤지, 그것만 물어보는 거니까요."

그런가, 라고 노인은 슬쩍 몸을 일으켰다. 가느다란 쇄골이 물 밖으로 나왔다.

"녹나무 님의 영험이야 당연히 믿고말고. 내가 몸소 감지했으니까. 하지만 소원이 이루어질지 어떨지는 모르겠어. 우선 그건 내 힘만으로는 어떻게도 할 수 없는 일이거든." 이이쿠라는 옆 눈으로 슬쩍 레이토를 보더니 다시금 입가를 헤실헤실 풀었다. "아차차, 여기까지만 하자고. 더 이상은 대답하면 안 돼."

이 또한 뭔가 의미심장한 듯한 대답이다. 녹나무의 영험을 자신이 몸소 감지했다는 건 대체 무슨 얘기인가. 하지만 소원이 이루어질지 어떨지는 모른다고 한다. 이런 걸 선문답이라고 하는 건가. 하지만 더 이상 물어봐도 대답해주지 않을 것 같았다.

"마지막으로 딱 한 가지만 물어볼 게요."

"그야 괜찮지만, 대답을 못 들어도 섭섭해하지는 마. 어떤 것이지?"

레이토는 주위를 둘러보며 따로 듣는 사람이 없는 것을 확인한 뒤에 말했다.

"녹나무에 누군가 죽어주기를 빌기도 합니까?"

"뭬야?" 이이쿠라는 깜짝 놀란 듯 눈을 휘둥그렇게 떴다.

"미운 사람, 자신에게 방해가 되는 사람을 죽게 해달라고 빌었다는 그런 얘기는 혹시 못 들으셨어요?"

"왜 그런 걸 묻는다?"

"아뇨, 녹나무 파수꾼으로 일하다 보니 찾아오시는 분들이 어떤 기원을 하는지 궁금하기도 하고……. 혹시 그중에는 그런 위험한 생각을 하는 사람도 있지 않을까 싶어서요." 거기까지 말하고 레이토는 물속에서 오른손을 내밀어 가로저었다. "아, 죄송해요. 그런 사람은 있을 리가 없겠죠? 녹나무는 신성한 신목인데 그런 짓을 하면 천벌을 받죠. 죄송해요, 그냥 못 들은 걸로 해주십쇼."

그러자 이이쿠라는 조금 전의 레이토처럼 주위를 휘휘 둘러본 뒤에 턱 끝이 잠길 만큼 몸을 깊숙이 물에 담갔다. 게다가 슬그머니 레이토 쪽으로 다가왔다.

"요즘에는 어떤지 모르지만, 예전에는 그런 기념을 하는 자도 있었다는 얘기는 들은 적이 있어."

"정말요?"

"사람살이라는 게 꼭 듣기 좋고 보기 좋은 일만 있는 건 아니잖아. 특히 사람과 사람 사이의 관계라는 건 여간 복잡한 게 아니야. 어떤 사람 때문에 자신이나 자신의 가족이 고통을 받는다면 그 사람이 어서 황천길로 떠나주기를 비는 건 어떤 의미에서는 당연한 일 아니겠어?"

"엇, 녹나무에 빌면 그런 소원도 이루어지는 거예요?"

"글쎄 그거야 모르지. 하지만 이뤄진 경우도 있지 않겠어?" 이이쿠라는 몸을 일으켰다. "아이쿠, 이제 그만하자. 줄줄줄 얘기해버려서 나중에 치후네 씨가 알면 혼쭐이 날 것 같아."

그가 조금 전에도 치후네의 이름을 입에 올렸던 것이 생각났다.

"치후네 씨에 대해서도 잘 아시는 모양이지요?"

"그야 잘 알지. 워낙 작은 동네잖아. 초등학교 중학교를 같이 다녔고 내가 2년 선배야. 특히나 그이는 어릴 때부터 유명했어. 야나기사와 가의 외동딸이라는 것도 있었지만 우선 학교 성적이 아주 우수했거든. 여자라도 그 정도면 야나기사와 가를 충분히 총괄할 수 있다고 다들 얘기했어. 실제로 그이 힘으로 야나기사와 그룹이 크게 번창했잖아. 호텔사업도 그이가 아니었으면 그렇게까지 성공하지 못했을 게야."

이이쿠라의 말에 레이토는 어리둥절했다. 그런 대단한 인물이었단 말인가. 치후네와는 여러 번 만났지만 사회인으로서의 공적에 대해 관심을 가져본 적은 한 번도 없었다. 여태까지 왕래가 없었던 어머니의 이복 언니. 그것만으로 충분했던 것이다.

"나오이 레이토라고 했지? 자, 그럼 녹나무 님을 잘 부탁하네." 이이쿠라가 한 손을 척 들더니 욕조 밖으로 나갔다.

고맙습니다, 안녕히 주무십시오, 라고 레이토는 욕조 안에서 저녁 인사를 건넸다.

'후쿠노유'를 나와 편의점에 들렀다. 캔 츄하이와 포테이토칩을 목욕세트와 함께 바구니에 넣고 자전거 페달을 밟아 월향신사로 돌아왔다.

오늘 밤은 기념 예약이 없다. 종무소에서 츄하이를 마시며 스마트폰으로 치후네에 대해 검색해보았다.

놀랍게도 즉각 줄줄이 정보가 떴다. 그중에 치후네의 경력을 상세히 소개해주는 것도 있었다.

지역 고등학교를 졸업한 치후네는 일류대학 법학부에 진학했다. 졸업 후에는 야나기사와 그룹의 주력사업인 부동산 회사에 들어가 맨션사업부문에서 수완을 발휘했다. 1980년대로 접어들자 이번에는 호텔사업에 뛰어들었다. 기존 호텔들을 매입해 그룹을 만드는 이 사업으로 일약 존재감과 지명도를 높이는 데 성공했다. 그룹 내 여러 개의 회사에서 임원, 때로는 최고 경영책임자를 역임해서 2000년대 후반에는 여제(女帝)라고 불릴 정도였다.

인터넷으로 확인할 수 있는 건 대략 그 정도였다. 레이토는 서랍에서 치후네의 명함을 꺼냈다. 그곳에는 '야나쓰 코퍼레이션 고문 야나기사와 치후네'라고 찍혀 있었다. 그녀는 아마 일흔 가까운 나이일 것이다. 실질적으로는 이미 은퇴한 것인지도 모른다.

그나저나 대단한 경력이다. 이이쿠라가 했던 말이 과장이 아니었다.

레이토는 캐비닛에서 작년도 파일을 꺼내 기념 기록을 살펴보았다. 이이쿠라 고키치의 이름은 8월 30일로 적혀 있었다. 인터넷으로 확인해보니 그날은 그믐날이었다.

11

보름날이 지나면 그다음 그믐날이 될 때까지 기념을 하러 오는 사람이 부쩍 줄어든다. 특히 중간의 1주일 정도는 예약이 전혀 없다. 덕분에 저녁 시간이 한가해져서 기념 기록의 데이터베이스 작업에 속도를 내기로 했다.

몇 년분의 기록을 한꺼번에 입력하다 보니 저절로 알게 된 것이 있었다. 한 인물이 기념을 하고 한참 뒤에 똑같은 성씨의 다른 사람이 기념을 하는 경우가 다수 발견된 것이다. 그 간격은 1년에서 2년이 많았다. 우연히 성씨가 같았던 것뿐이라고 생각할 수도 있겠지만, 그렇다고 쳐도 상당히 많은 것 같았다.

아, 그러고 보니, 라고 레이토는 사지 도시아키가 생각이 났다. 그의 친형인 사지 기쿠오는 5년 전에 기념을 했다. 간격이 너무 벌어져서 관계가 없을 거라고 결론을 냈었지만, 정말로 그런 걸까.

치후네가 월향신사에 나타난 것은 레이토가 그런 생각들을 더듬으며 경내를 청소하고 있을 때였다.

"나들잇벌이 있나요?" 레이토를 올려다보며 불쑥 물었다.

나들잇벌, 이라고 레이토는 되풀이했다. "……그게 뭔데요?"

치후네는 눈이 둥그레졌다. "나들잇벌을 모른다는 건가요?"

레이토는 어리둥절한 얼굴로 물었다 "벌의 한 종류?"

치후네는 어이가 없다는 듯 어깨를 툭 떨구고 한숨을 내쉬었다. "따라오세요." 그렇게 말하고 종무소로 향했다.

종무소 안쪽으로 척척 들어가 치후네는 거실 문을 열었다. 그 순간, 숨을 헉 들이쉬는 기척과 함께 뒤를 돌아보았다. 눈이 한껏 치켜 올라갔다. "뭡니까, 이 난장판은!"

"아니, 그게, 이따가 치우려고……."

나무라는 것도 무리는 아니었다. 이불은 개켜본 적이 없고, 잠옷 대신 입는 티셔츠와 반바지도 벗어던져져 있다. 게다가 바닥에는 빈 츄하이 캔이 굴러다니고 그 옆에는 포테이토칩이 봉지 밖으로 흩어져 있었다.

"경내 청소 전에 우선 자신의 방부터 깨끗이 치워야지요!"

"네, 지금 치우겠습니다."

이불을 개키려고 엉거주춤 허리를 숙이는 레이토의 어깨를 치후네가 붙잡았다.

145

"나중에 하세요. 그보다 나들잇벌을 꺼내와요."

나들잇벌, 이라고 레이토는 중얼거렸다.

"그렇죠. 어서 꺼내오세요."

"아뇨, 그러니까 그게……."

"뭡니까?"

"아까도 말했지만 그 나들잇벌이라는 게 뭔지 모르겠어요."

"나들잇벌을……." 치후네는 뭔가 더 말하려다가 마음을 바꾼 듯 심호흡을 했다. "자신이 가진 옷 중에서 가장 귀하고 멋진 옷을 말하는 거예요. 이를테면 여자친구와 데이트할 때 입고 나가는 옷."

아하, 하고 레이토는 입을 헤벌렸다. "그걸 나들잇벌이라고 해요?"

"들은 적도 없나요, 그 말을?"

글쎄요, 라고 레이토는 고개를 갸웃거렸다.

"아무튼 좋아요. 뭔가 한 벌쯤은 있지요?"

"없는데요. 굳이 말하자면 여기 올 때 입었던 티셔츠와 점퍼? 그거 말고는 추리닝 정도예요."

"그러고 보니 극단적으로 짐이 적었지요?"

"마지막으로 기숙사에서 쫓겨났을 때 대부분 내버렸어요. 넝마처럼 낡은 것들뿐이라서."

"이쪽에 온 뒤로 새 옷은 산 적이 없나요?"

"없습니다. 이게 있어서 진짜 다행이죠." 레이토는 자신의 작무의 옷깃을 집으며 말했다.

여기 들어온 첫 날에 치후네가 가져다준 것이다. 갈아입을 것까지 두 벌을 주었다. 일하는 중에는 물론이고 동네에 나갈 때도 이걸 입고 나간다.

치후네는 두 팔을 허리에 짚고 한숨을 쉬었다.

"별수 없군요. 알았어요. 그렇다면 외출할 준비를 하세요. 아, 그 차림으로는 안 됩니다. 그 지저분한 점퍼라도 좋으니까 그걸로 갈아입도록 하세요."

"어디 가는데요?"

"쇼핑." 치후네는 레이토의 얼굴을 올려다보며 뒤를 이었다. "나들잇벌을 사러 가야지요."

월향신사를 나와 약 2시간 뒤, 레이토는 치후네와 함께 신주쿠의 백화점에 와 있었다. 신사복 매장의, 한 번도 가본 적 없는 최고급 브랜드상품 영역에 들어섰을 뿐만 아니라 피팅룸에서 양복까지 입어보고 있었다.

거울 앞에 선 레이토를 머리 위에서 발끝까지 훑어보고 치후네는 흥 하고 코를 울렸다.

"제법 잘 어울리는군요."

감사합니다, 라고 레이토는 턱을 쓱 내밀었다. 그 동작을 보고 치후네가 얼굴을 찌푸렸다.

"모처럼 말쑥한 정장을 차려입었으니 그런 경망스러운 턱짓은 하지 마세요. 고개를 끄덕일 때는 단정하게 턱을 당겨야지요, 상대의 눈을 똑바로 보면서."

"네, 알겠습니다. 이렇게요?" 알려준 대로 해보았다.

"그렇죠, 하면 잘하잖아요. 앞으로 조심하세요."

곁에 있던 나이 지긋한 여성 점장이 미소를 지었다.

"그나저나 정말 잘 어울리세요. 등이 꼿꼿해서 선 모습이 아주 반듯합니다. 역시 야나기사와 님의 집안 내력이신가봐요." 뒤에 붙인 말은 치후네 쪽을 보면서 한 것이었다.

이 가게는 야나기사와가 가가 오래 전부터 단골로 거래하는 곳인 모양이다. 치후네가 처음에 레이토를 조카라고 소개했었다.

"회사일로 정장을 자주 입었나요? 해고된 회사에서는 중고 기계의 정비를 했다고 들었는데?"

"그 회사에서는 정비 일을 했지만 그전에 일하던 곳에서는 정장 같은 유니폼이 있어서……."

"그래요? 어떤 직장이었지요?"

"그게…… 음식점입니다."

"급사라든가?"

"……그 비슷한 거였어요."

후나바시의 클럽에서 웨이터를 했었다, 라는 말은 하지 못했다.

"그건 됐고, 어때요, 양복은 마음에 드나요?"

레이토는 새삼 거울 쪽을 향했다. 몸에 착 붙는 다크그레이 정장을 입은 모습은 자신이 보기에도 늠름하다고 생각했다. 머리를 다듬고 덥수룩한 수염을 밀고 그 참에 멋내기 안경이라도 쓴다면 능력 있는 비즈니스맨으로 보일지도 모른다.

"마음에 들긴 하는데, 정말로 이걸 사주시려고요?"

"사주려고 여기까지 온 거예요. 이걸로 양복은 정해졌군요." 치후네는 점장 쪽을 향했다. "바짓단 수선, 오후까지 가능하지요?"

"네, 문제없습니다. 맡겨주십시오." 점장은 양손을 몸 앞에 가지런히 대고 공손히 머리를 숙였다.

다시 피팅룸에서 옷을 갈아입고 치후네에게로 돌아왔다. "기다리시게 해서 죄송합니다."

아아, 라고 중얼거리며 치후네가 레이토를 보았다. 그의 가슴팍을 가리키며 뭔가 말하려 하고 있었다.

레이토예요, 라고 알려주었다. 이름을 깜빡한 거라고 생각했기 때문이다.

"이름은 나도 알아요." 치후네는 어이없다는 듯 쓰윽 노려보았다. "레이토라고 해야 할지 레이토 군이라고 해야 할시, 잠깐 망설였어요."

그러고 보니 지금까지 그녀는 레이토를 이름으로 불러준 적이 없었다.

"그냥 레이토라고 하셔도 돼요."

"그럼 그렇게 하지요. 자, 다음으로 넘어갑시다, 레이토.

와이셔츠에 넥타이에 벨트, 그리고 구두까지 구색을 맞춰야 하니까."

꼿꼿하게 가게를 나서는 치후네에게 점장이 고맙습니다, 라고 인사를 건넸다. 레이토는 급하게 뒤를 쫓아갔다.

그 뒤 1시간 만에 와이셔츠와 넥타이와 벨트를 샀고 이어서 30분 만에 가죽 구두를 정했다. 정장 양복의 바짓단 수선이 끝날 때까지 아직 조금 시간이 있었다. 구두 매장 안쪽에 있는 카페에 들어가 잠시 쉬기로 했다.

"와아, 대박!" 옆 자리에 놓인 종이가방을 보며 레이토는 탄식했다. "한 번에 이렇게 많이 사들인 건 난생처음이에요."

"어머니와……, 미치에와 쇼핑한 적은?"

"없어요. 초등학교 때 하늘나라로 가버렸잖아요. 할머니하고도 쇼핑하러 다닌 적이 거의 없어요. 옷 같은 건 이웃에서 얻어 입은 게 많아서."

치후네는 찻잔을 든 자세로 레이토를 빤히 쳐다보았다. "나름대로 고생은 좀 한 것 같군요."

"어쩔 수 없죠, 호스티스가 불륜 끝에 낳은 아이인데." 환한 분위기로 말해보았다.

자랑할 게 하나도 없는 출생이라는 건 어차피 다 알려진 얘기다. 자신의 처지를 충분히 이해하고 있다는 점을 말해두고 싶었다.

"덕분에 배운 것도 없어요. 나들잇벌이 무슨 말인지도 모를 정도로."

치후네는 말없이 홍차를 마시고 잔을 받침접시에 내려놓았다. 그러고는 차가운 눈빛을 레이토에게로 향했다. "그런 걸 자기비하라고 하지요. 아니면 자기변명이라고 하거나."

가슴을 쿡 찌르는 말이었다. 레이토는 아무 대꾸도 못한 채, 자신이 적잖이 상처를 입었다는 것을 자각했다.

치후네는 곁에 놓인 숄더백에서 수첩을 꺼내 펼쳤다. 그것을 잠시 들여다보고 얼굴을 들었다.

"내일 저녁 6시에 야나기사와 그룹 사은회가 개최될 예정이에요. 평소에 신세진 분들을 초대해서 하는 파티지요. 레이토도 나와 함께 참석하도록 하세요."

놀란 나머지 레이토는 마시려던 콜라를 뿜을 뻔했다. "나, 나도요?"

"녹나무 파수꾼으로 명한 이상, 친지들에게 소개할 필요가 있어요. 그러려고 양복을 준비한 겁니다. 아니면 뭔가요, 내가 단순히 취미 삼아 레이토를 치장해주려는 것으로 생각했나요?"

"아뇨, 뭔가 이유는 있을 거라고 생각했지만, 설마 그런 일인 줄은⋯⋯."

"내일 저녁 6시예요. 잊지 않도록 하세요."

"얘기가 너무 급하잖아요."

"다른 일정이라도 있나요? 기념 예약은 들어온 게 없을 텐데?"

"그건 없지만, 그래도 그게, 괜찮을까요, 나 같은 사람이 그런 자리에 가도?"

"왜 안 되지요? 레이토는 내 혈육이에요."

"그렇게 말씀해주시는 건 기쁘지만……." 레이토는 콜라 잔을 꿀꺽꿀꺽 비우고, 물이 든 잔에 손을 내밀었다. 그것까지 다 마시고 얼굴을 들자마자 치후네와 눈이 마주쳤다.

"왜요?" 레이토가 물었다.

"그건 참말인가요?" 치후네의 질문이 날아왔다.

"그거라뇨?"

"내 혈육이라고 해줘서 기쁘다는 말. 그건 진심으로 하는 말인가요?"

"거짓말……은 아닙니다." 치후네가 왜 그런 의문을 품었는지 알 수 없어서 레이토는 당황한 채 말을 이어갔다. "아니, 그게, 덕분에 교도소에도 안 갔고, 잠잘 곳에 일자리까지 주셔서 정말 고맙게 생각하고 있죠. 좋은 이모님이 있어서 다행이라고…….

치후네는 시선을 떨구고 자신의 무릎을 두 손으로 쓸었다.

"미치에가 어렵게 산다는 건 어렴풋이 짐작했었어요. 가정 있는 사람의 아이를 낳고 여자 혼잣손에 키워낸다는 게 쉬운 일은 아니지요. 하지만 나는 일절 손을 내밀어주지 않았어요. 오히려 서로 엮이는 것을 피했지요. 그런 것 때문에 레이토가 나를 원망하는 건 아닌가 했어요. 지금 도와줄 거면 왜 좀 더 일찌감치, 이를테면 어머니가 살아 있는 동안에 해주지 않았는가 하고."

레이토는 코 밑을 비볐다.

"분명 이래저래 사정이 있었겠죠. 할머니도 그런 쪽 얘기가 나오면 매번 어물어물 말을 돌려버렸으니까요. 하지만 치후네 씨를 원망하다니, 그런 건 전혀 없습니다."

"그래요, 그렇다면 다행이군요." 치후네는 시선이 허공을 떠돈 뒤에 마음을 정한 듯 작게 고개를 끄덕였다. "내일은 야나기사와 집안사람들도 만나야 하고, 전혀 사정을 모른 채 나가는 건 아무래도 좋지 않겠지요. 레이토와 야나기사와 가의 관계에 대해 좀 더 자세히 얘기하도록 할까요."

"엇, 그거, 진짜 궁금했어요." 레이토는 의자에서 앉음새를 바로잡았다.

"하지만 그러자면 나 자신에 대한 것도 어느 정도는 얘기해야 해요. 그거, 아나요? 노인네가 옛날 얘기를 시작하면 아주 길어진답니다. 옛날 일일수록 더 잘 기억하니까."

"네, 괜찮습니다. 오히려 바라던 바예요."

"알았어요. 하지만 그 전에 마실 것을 추가로 주문하도록 하지요." 그렇게 말하고 치후네는 웨이트리스를 손짓으로 불렀다.

12

레이토가 월향신사 종무소로 돌아왔을 때, 시곗바늘은 오
후 9시를 조금 지난 곳을 가리키고 있었다. 여러 개의 종이
가방을 거실에 내려놓고 컵에 수돗물을 받아 마셨다. 냉장고
에서 츄하이 캔 하나를 꺼내들고 종무소 의자에 앉았다.

캔 뚜껑을 따서 한 모금 마셨다. 후우 하고 큰 한숨이 터졌
다. 책상 위에는 지라시즈시* 도시락이 있었다. 백화점 지하
식품매장에서 사온 것이다. 배는 고픈데 선뜻 손을 내밀 마
음이 나지 않았다.

여기서 나간 게 점심때였으니까 그새 여덟 시간 넘게 밖에
있었다. 하지만 그리 많이 돌아다닌 건 아니다. 피로감은 몸
보다 오히려 정신 쪽이 더 큰 것 같았다.

---

* 단 식초 물을 입힌 밥 위에 생선회와 각종 해물, 달걀부침 등을 얹은 요리.

치후네의 이야기는 정말로 길게 이어졌다. 중간까지 들은 참에 일단 카페를 나와 바짓단 수선이 끝난 양복을 찾아들고 다시 다른 커피점으로 옮겨 그다음 얘기를 들었을 정도다. 다 듣고 난 뒤에 보니 오후 7시가 넘은 시각이었다. 역시나 치후네도 지쳤는지 저녁을 함께 먹자는 말은 꺼내지 않았다. 그 대신 둘이 백화점 지하 식품매장에 내려가 각자 도시락을 사들고 헤어졌다.

맨 처음까지 거슬러 올라가 얘기를 시작했으니 당연한가. 츄하이 캔을 멍하니 바라보며 레이토는 쓴웃음을 지었다.

분명 치후네는 자기 자신에 대한 것도 어느 정도는 얘기해야 한다고 전제를 했었다. 하지만 설마 그녀가 태어나기 전부터 얘기가 시작될 줄은 생각도 못했다.

치후네에 의하면 야나기사와 가는 이 일대의 대지주로 원래는 임업회사를 경영했다고 한다. 거기서 건축업과 부동산업까지 사업을 펼쳐나간 것은 치후네의 조부 히코지로와 그의 동생들이었다.

야나기사와 가는 어느 쪽인가 하면 여계(女系)여서 히코지로와 아내 야스요 사이에도 아들이 없이 태어난 두 아이가 모두 딸이었다. 히코지로가 장손이었기 때문에 종가를 유지하기 위해서는 두 딸 중 한 명이 대를 이어야 했다.

그렇게 장녀 쓰네코가 데릴사위로 맞아들인 사람이 도쿄의 고등학교에서 교사로 근무하던 나오이 소이치였다. 같은 지역 사람은 아니지만 공무원 가족의 둘째 아들로 집안에도 별문제가 없었다. 부친들끼리 예전에 학우였다는 인연 때문이었지만 소이치의 부친은 전쟁으로 세상을 떠난 뒤였다.

그 두 사람 사이에 태어난 것이 치후네다. 쓰네코가 병약했던 탓에 치후네 외에 아이는 생기지 않았다. 즉 다시 한번 종가는 장래의 후계자 문제를 떠안게 된 것이다.

"하지만 어린애였던 나는 그런 무거운 책임이 나를 짓누르고 있다는 건 전혀 알지 못했고 의식도 하지 않았어요. 집안은 풍족해서 여기저기 학원에도 보내주고 풍성한 자연에 둘러싸여 느긋하고 태평한 하루하루를 보냈습니다. 그야말로 온실 속에서 곱게 자란 외동딸이었어요." 그렇게 말하며 치후네는 자학하는 듯한 웃음을 보였다.

"하지만 공부는 아주 잘하셨다고 하던데요." 레이토가 말했다.

치후네는 의아한 듯 미간을 좁혔다. "누구에게서 그런 얘기를 들었지요?"

"목욕탕에서요. 치후네 씨의 학교 선배라는 아저씨한테서."

이이쿠라의 이름을 말하자 아하, 하고 치후네는 생각이 난 모양이었다. "응, 그 집안과도 아주 오래 전부터 알고 지냈어요."

"이이쿠라 씨의 말에 따르면 치후네 씨는 성적이 우수해서 딸이라도 대를 물려주는 것에 아무도 걱정을 안 했다고 하더라고요."

"그건 한참 나중의 얘기지요. 시련의 시간이 덮쳐들 때까지 나는 그저 세상 물정 모르는 어린애였어요."

"시련의 시간?"

"열두 살 되던 해 가을에 어머니가 돌아가신 거예요."

지병인 심장병이 돌연 악화되었다, 라고 치후네는 말했다. 집 안에서 쓰러졌다고 하더니 그 뒤 사흘 만에 병원에서 숨을 거뒀다. 너무도 갑작스러운 일이어서 슬픔이 실감으로 치후네의 가슴속에 다가온 것은 장례식 출관 전 모친의 망해(亡骸)를 마주했을 때였다. 더 이상 어머니를 볼 수 없다고 생각한 순간, 가슴이 먹먹해지면서 뭔가가 무너진 것처럼 눈물이 쏟아졌다고 한다.

"야나기사와 가를 이어갈 사람이 다름 아닌 나라고 인식하기 시작한 것은 그 무렵부터였어요." 그렇게 말하고 치후네는 먼 곳을 응시하는 눈빛으로 이야기를 풀어나갔다.

치후네의 의식에 깊은 영향을 끼친 것은 아버지 소이치였다.

조부모가 아직 건재했던 것도 있어서 치후네 가족은 본채 부시 안의 별채에서 살고 있었다. 별채라고는 해도 생활하는 데 아무 부족함 없는 번듯한 단독주택이다. 쓰네코가 세상을 떠난 뒤에도 치후네는 그곳에서 소이치와 단둘이 살았다. 소이치는 남자라도 집안일을 잘하는 편이어서 치후네를 위해 직접 팔을 걷어붙이고 요리를 해주었다.

그 소이치가 "이 집안을 물려받을 사람은 치후네야"라고 기회 있을 때마다 말하곤 했다. 그러면서도 정작 그는 친척들의 모임에서는 결코 앞에 나서지 않고 항상 치후네와 조부모 뒤편에 물러서 있었다. 조용하고 말수 적게, 되도록 눈에 띄지 않으려고 애를 썼다.

우리 아버지는 힘든 처지구나, 라고 치후네는 어린 마음에도 이따금 생각했다. 소이치와 야나기사와 가는 같은 핏줄이 아닌 것이다. 쓰네코가 떠나자 그와 야나기사와 가를 이어주는 건 치후네뿐이었다.

치후네는 조부모의 부름으로 본채에 놀러가는 일이 많았지만, 아무래도 조심스러웠는지 소이치는 좀처럼 그쪽에도 발길을 하지 않았다. 조부모가 그를 냉대했던 것은 아니다. 오히려 데릴사위로 와줬을 뿐만 아니라 병약한 큰딸을 마지막까지 헌신적으로 간호해준 것에 두 분 다 깊이 감사하고 있었다.

좋은 사람을 어서 찾으면 좋을 텐데. 히코지로가 그런 말을 꺼내자 그러게요, 라고 야스요가 맞장구를 쳤다. 치후네가 본채에서 함께 저녁식사를 할 때의 일이었다. 아마도 소이치의 귀가가 늦어진 날이었을 것이다. 그런 날에는 치후네는 조부모와 함께 식사를 했다.

이미 중학생이 된 나이였다. 두 사람이 무슨 얘기를 하는지 치후네도 충분히 알아들을 수 있었다. 소이치의 재혼에 대한 것이다. 하지만 별로 생각하고 싶지 않은 일이었다. 치후네로서는 아버지가 그토록 사랑했던 어머니의 남편으로 언제까지고 남아주었으면 하는 마음이 있었다.

하지만 그건 아버지에게는 역시 가혹한 일이었는지도 모른다. 중요한 얘기가 있다면서 소이치가 무거운 입을 열었다. 치후네가 고등학교를 졸업하기 직전의 일이었다. 좋아하는 여자가 있어 재혼을 생각하고 있다, 라는 것이었다.

조부모에게는 이미 얘기한 모양이었다. 두 분 다 찬성하셨다고 했다.

"하지만 치후네가 싫다고 하면 다시 생각해볼게. 치후네의 마음이 가장 중요하니까." 소이치는 그렇게 덧붙이는 것을 잊지 않았다.

자세한 얘기를 듣고 치후네는 놀랐다. 상대는 소이치보다 스물두 살이나 어린 예전의 제자였다. 스물일곱 살이라니까 치후네와 열 살 정도밖에 차이가 나지 않는다.

솔직히 말하면 저항감은 있었다. 상대가 어리다는 것도 있었지만, 아버지에게 아직 남자로서의 욕망이 있다는 것을 알고 적잖이 충격을 받았다. 소이치는 이제 곧 쉰이다. 당시의 치후네가 보기에는 노인이라고 해도 좋을 나이여서 남자로서의 욕망 따위, 진즉에 말라버렸을 거라고 생각했었다.

소이치는 재혼을 하게 되면 예전 성씨인 나오이로 돌아간다고 말했다. 나아가 지금 사는 집에서도 나갈 예정이라고 했다.

"다만 그건 내 얘기야. 치후네도 그렇게 하라는 건 아냐. 치후네는 지금 이대로 있어도 괜찮아. 어머니 호적에 올린 대로 성씨를 바꾸지 않아도 돼. 물론 지금 이 집에서 계속 사는 게 더 좋겠지."

소이치의 말을 듣고 그의 재혼에는 두 가지 의미가 있다는 것을 치후네는 깨달았다. 하나는 사랑하는 여자와 맺어지려는 것이고, 또 하나는 야나기사와 가의 속박에서 풀려나려는 것이다.

소이치가 야나기사와 가에서 운신의 폭이 좁다는 건 잘 알고 있었다. 재혼으로 그런 옹색함에서 해방된다면 반대는 할수 없다고 생각했다. 지금 이대로라면 소이치는 어디에도 마음 풀어놓을 사람도 장소도 없다. 부모님이 모두 타계하시면서 나오이 일가 쪽과도 소원해져 있었다.

알겠다고 치후네는 대답했다. "아버지가 원하는 대로 하는게 좋아."

"괜찮겠니? 급한 일은 아니니까 좀 더 찬찬히 생각해봐도 돼."

"그럴 거 없어. 반대 같은 거, 안 할 테니까."

"정말로 괜찮아? 솔직히 대답해봐." 소이치는 끈질길 정도로 다짐에 다짐을 했다.

"정말 괜찮아. 아버지를 위해서도 잘된 일이야." 뒤에 덧붙인 말이 본심인지 어떤지는 그녀 자신도 알지 못했다. 내친 김에 튀어나온 말인지도 모르지만 아버지가 행복해지기를 바라는 마음에는 거짓이 없었다.

그 얼마 뒤에 상대 여자를 만났다. 호리호리한 동양적 미인으로, 이름은 후미라고 했다. 기모노 차림이라서 그런지 스물일곱 살이라는 나이보다 훨씬 더 침착한 분위기였다. 수더분한 성품이 소이치의 마음을 잘 달래줄 것 같아서 아버지는 참 좋은 사람을 찾아냈구나, 라고 생각했다.

젊은 연인 앞에서 소이치는 남자의 얼굴이 되어 있었다. 말투까지 달라진 모습을 보고 지금까지와는 전혀 다른 인생을 걸어가려는 것이라고 치후네는 확신했다. 동시에 이 사람이 나의 아버지가 아니게 될 날이 머지않아 올지도 모른다, 라고 각오를 했다.

결혼식은 올리지 않았다. 혼인신고를 한 날 밤에 소이치와 후미와 치후네, 그리고 후미의 부모님과 식사를 하며 축하했을 뿐이다. 히코지로와 야스요가 참석하지 않은 건 당연하다고 머리로는 이해가 됐지만, 아버지가 야나기사와 가와 인연을 끊은 증거처럼 느껴져서 치후네는 내심 섭섭했다.

소이치는 근무하던 고등학교 근처에 집을 빌려 후미와의 신혼 생활에 들어갔다. 치후네는 별채의 단독주택을 나와 본채에서 조부모와 함께 살기 시작했다.

고등학교를 졸업하자 대학 법학부로 진학했다. 변호사라도 될 생각이냐고 히코지로가 물었기 때문에 그런 게 아니라

161

배운 지식을 회사 업무에 살려보고 싶은 것이라고 대답했다.

"언제까지고 낡은 방식을 고수하면 앞으로의 비즈니스에는 통하지 않아요. 미국과 유럽은 계약 사회라서 계약서가 비즈니스의 모든 것을 지배합니다. 구두 약속, 관습, 인연이나 과거의 인맥, 그런 것에 기대다가는 시대에 뒤처지고 말아요. 건방진 말인지도 모르지만, 현재 야나기사와 일가에 법률에 해박한 사람이 있습니까? 자칫 방심하다가는 언젠가 큰코를 다치게 될 거예요. 그걸 막기 위해서는 법률이라는 무기가 필요해요. 그래서 제가 그 무기를 손에 넣으려는 거예요."

그녀의 연설에 히코지로는 자신의 뒤통수를 툭 치며 한 방 먹었구나, 라고 쓴웃음을 지었다. 하지만 곧바로 진지한 표정으로 돌아와 말했다. "치후네, 야나기사와 가는 너한테 맡겼다? 알고 있지?"

맡겨주십시오, 라고 치후네는 목소리에 힘을 담았다.

아버지의 신혼집에는 거의 가지 않았다. 착실히 대학 생활을 채워가기에도 바빠서 시간을 내기 힘들었던 것도 있었지만, 그보다 이제 막 결혼한 두 사람을 방해하고 싶지 않다는 마음이 강했다. 후미가 싫은 것은 아니었지만 그쪽이 치후네를 어떻게 생각할지는 알 수 없다. 눈에 거슬리는 존재라고 생각해도 어쩔 수 없다는 마음이 들었다.

소이치 쪽에서 만나러 오는 일도 없었다. 그런 심정도 충분히 이해가 되었다. 전처의 친가에 선뜻 발길이 향하지 않는 것은 당연하다.

그럭저럭하는 사이에 히코지로가 뇌졸중으로 쓰러져 그대로 불귀의 객이 되었다. 여름 방학 동안의 일이었다. 장례식에는 친척이며 지인이 대거 참석해주었다. 그 속에 소이치의 모습도 있었다. 만나는 건 오랜만이었다.

조문객이 빠져나간 뒤, 조부의 영정 사진을 바라보며 둘이서 근황에 대한 얘기를 주고받았다. 대학에서 충실한 나날을 보내고 있다는 얘기를 하자 소이치는 만족스러운 듯 실눈이 되어 웃었다.

"아버지 쪽은 어때요, 후미 씨하고 잘 지내요?"

치후네가 묻자 소이치는 "뭐, 그렇지"라고 짧게 대답한 뒤 뭔가 더 할 말이 있는 듯한 얼굴을 했다.

"왜요?"

"아니, 아무것도 아냐. 네 할머님, 잘 부탁한다."

"알고 있어요. 괜찮으니까 이쪽은 걱정 마세요. 아버지는 행복한 가정을 꾸려가셔야지요."

딸의 말에 소이치는 잠깐 상처 입은 듯한 표정을 보였다.

"역시 함께 살 생각은 없는 거야?"

"그건 좀 어려워요. 관두는 게 좋죠, 서로를 위해서."

그런가, 라고 대답하는 아버지의 얼굴에는 체념의 빛이 번지고 있었다.

소이치에게 새로운 가족이 생겼다는 소식을 들은 것은 히코지로의 49재를 치른 뒤였다. 둘만 있을 때, 후미가 임신 3개월이라고 소이치의 입을 통해 직접 들었다.

생각지도 못한 말에 적잖이 충격을 받았다. 분명 일어날 수 있는 일이었는데 전혀 예상하지 못했다. 아버지와 젊은 아내의 부부 생활이 어떤 것인지, 애써 생각하지 않으려 했던 것인지도 모른다.

장례식 날 밤, 뭔가 할 말이 있는 듯한 얼굴이었던 것이 생각났다. 아무래도 이 얘기였던 모양이다. 히코지로가 숨을 거둔 직후였던 만큼 그런 말을 꺼내는 건 불경하다고 자숙했던 것이리라.

"어머니는 다르지만 치후네의 동생이 될 아이야." 소이치는 겸연쩍은 표정으로 그런 말을 했다.

선뜻 실감도 나지 않고 반갑지도 않았다. 동생이니 어쩌라는 것인가. 하지만 소이치가 무엇을 원하는지는 잘 알고 있었다.

"축하해요. 잘됐네요." 아버지가 기대하는 말을 해주었다. 스스로 생각해도 진심이 담기지 않은 말투라고 생각했다.

하지만 소이치는 흡족한 웃음을 지으며 고맙다, 라고 말했다. 그 얼굴을 본 순간에 깨달았다. 언젠가 예감했던 대로 내 아버지가 아니게 되는 날이 마침내 온 것이다.

그날 밤, 소이치 부부의 아이 얘기를 할머니 야스요에게 전했다.

"아버지의 가정과 나는 더 이상 관계가 없다고 생각하기로 했어요. 그 집에서 나는 방해물일 뿐일 테니까요. 나는 앞으로도 계속 이 집에서 살 거예요. 할머니, 그래도 되지요?"

"방해물이라니, 네 아버지는 절대로 그런 식으로 생각하지 않아. 하지만 치후네가 이곳에 있고 싶다면 그건 당연히 괜찮고말고. 나한테는 참 고마운 말이야."

그러더니 야스요는 문득 진지한 표정으로, 마침 좋은 기회니까 중요한 얘기를 해둬야겠다고 말했다.

그것은 월향신사의 녹나무에 대한 것이었다. 소원을 이루어준다는 전설을 가진 나무로, 치후네도 어렸을 때부터 잘 알고 있었다. 신사의 관리를 야나기사와 가에서 맡고 있고 녹나무를 돌보는 것도 여태껏 조부모가 해왔다.

"네 할아버지가 돌아가셨으니 앞으로는 내가 맡아서 관리를 해야지. 그야 쭉 해온 일이니 괜찮지만 언젠가는 나도 저승길로 떠날 거야. 그렇게 되면 치후네가 그 일을 이어가줬으면 하는데, 어떻겠니?"

뭔가 했더니 그 얘기인가, 라고 생각했다. 좀 더 심각한 얘기일 거라고 바짝 긴장했었는데 적잖이 김빠지는 기분이었다. 좋아요, 라고 즉시 답했다. "가끔 청소 같은 걸 하시잖아요? 그런 정도라면 지금이라도 거들어드릴 수 있어요."

야스요는 응응, 하고 고개를 끄덕였다.

"고맙다. 네가 도와주면 한결 수월하지. 그런데 녹나무를 관리한다는 것은 청소만이 아니야. 좀 더 중요한 것이 있어."

녹나무의 정식 기념은 밤에 이루어진다. 특히 그믐날과 보름날 밤이 적합하다. 그 참의 모든 준비와 절차를 관장하는 사람이 녹나무 파수꾼이다…….

그 임무를 맡아주었으면 하는 거야, 라고 할머니는 말했다.

드디어 그 얘기가 나오네요, 라고 레이토는 몸을 쓰윽 내밀었다. 녹나무의 기념에 대해 자세한 얘기를 해주려는 거라고 생각했기 때문이다.

"기대를 배반하는 것 같아 미안하지만, 그 얘기는 할 생각이 없어요." 치후네는 차가운 표정으로 딱 잘라 말했다. "이야기의 흐름상 어쩔 수 없이 녹나무에 대해 잠깐 언급했을 뿐이에요. 몇 번이나 말했지만 녹나무의 기념이 어떤 것인지는 스스로 알아내지 않으면 안 됩니다. 하지만 걱정할 건 없어요. 머지않아 알게 될 날이 올 테니까. 나 역시 말로 설명을 들었던 게 아니에요. 내 손으로 차근차근 이해해나갔습니다. 다만 이것만은 말해두지요. 녹나무 파수꾼에게는 크나큰 책임과 각오가 요구됩니다. 그런 만큼 누구라도 할 수 있는 일이 아니에요. 내일의 행사에 대비해 그것만은 꼭 기억해두도록 하세요. 알겠지요?"

예에, 라고 레이토는 턱을 쓱 내밀었다. 그러자 치후네는 얼굴을 찌푸리며 책상을 쳤다. "그 경망스러운 몸짓은 하지 말라고 얘기했었지요? 벌써 잊어버렸나요?"

"앗, 죄송합니다. 저도 모르게 깜빡⋯⋯."

치후네는 어이없다는 듯 한숨을 흘린 뒤 "다시 원래 얘기로 돌아가지요"라고 입을 열었다.

치후네가 대학 2학년에 올라간 4월, 아기가 태어났다는 전화를 소이치에게서 받았다. 딸이라고 했다.

축하해요, 라고 일단 답했다. 그리 반갑지는 않았지만 자칫 사산이었거나 했다면 아마 그것도 뒷맛이 씁쓸했을 것이다. 무사히 태어났다는 소식에 다행이라고 생각한 건 사실이었다.

"가까운 시일 내에 한번 보러 올래? 나이 차는 많지만, 그래도 네 여동생인데."

"네, 그럼 나중에 갈게요."

전화를 끊은 뒤에 기묘한 감각만 남았다. 오랜만에 아버지와 얘기했다, 라는 실감은 없었다.

치후네가 이복 여동생을 처음 만난 것은 그로부터 두 달여가 지난 뒤였다. 소이치가 몇 번이나 와달라고 연락하고 야스요도 가보는 게 좋다고 채근하는 바람에 별로 내키지는 않았지만 그들의 집을 찾아갔던 것이다.

19년이나 나이 차가 나는 여동생은 핑크색 살갗에 눈이 큼직하고 예쁘장한 아기였다. 자신과는 전혀 닮지 않았다는 것을 확인하고 치후네는 안도했다. 장래 일을 생각하면 되도록 한 핏줄인 게 느껴지지 않는 것이 좋다고 생각했기 때문이다.

저녁을 먹고 가라고 소이치가 몇 번이나 권했지만 치후네는 굳이 사양하고 나오이 가를 나왔다. 후미와는 마지막까지 거의 말을 주고받지 않았다.

그 뒤로 미치에라고 이름을 지은 이복 여동생과 치후네가 얼굴을 마주한 것은 다시 6년이 지난 다음이었다. 미치에의 초등학교 입학 축하 자리에 꼭 와달라는 소이치의 부탁이 있었던 것이다. 그때도 별로 내키지 않았지만 야스요에게 등을 떠밀려 찾아갔다.

"설령 한때였다고 해도 소이치 씨도 예전에는 야나기사와 가 사람이었는데 성씨를 되돌렸다고 축하조차 해주지 않는 박정한 짓을 해서는 안 돼. 게다가 일가친지가 어떻게 살고 있는지 파악해두는 것도 야나기사와 가 당주의 중요한 임무야. 그쪽에 혹시라도 불상사가 생겼을 때, 우리와는 관계가 없습니다, 라고 말해봤자 세상 사람들은 이해해주지 않아. 어쨌든 치후네 너와는 한 핏줄로 맺어진 관계 아니냐."

녹나무 파수꾼 일을 거들기 시작한 것도 그 나름의 시일이 흘렀다. 조모는 치후네에게 대물림할 준비를 조금씩 조금씩 해나갔다.

실제로 친족 사이에서 치후네의 역할은 점차 책임 있는 자리로 바뀌어갔다. 대학을 졸업한 뒤 야나기사와 그룹 휘하의 부동산회사에 취직해 맨션사업 업무에 참여했다. 소이치의 가족과 얼굴을 마주하지 않았던 것에는 일이 바빠서 시간이 없었다, 라는 현실적인 사정도 있었던 것이다.

미치에의 입학 축하 장소는 신주쿠의 중화요리점이었다. 여섯 살이 된 여동생은 야무지게 정돈된 얼굴의 미소녀였다. 이쪽도 그렇지만 그쪽은 더욱더 첫 대면이나 마찬가지다. 온몸에 긴장하는 기색이 감돌고 있었다.

소이치는 치후네의 근황을 물었다. 대규모 맨션 개발계획에 참여하고 있다고 얘기하자 놀란 얼굴을 보였다. 야나기사와 가의 연줄로 취직은 했지만 차 대접이나 접수처 같은 일을 하고 있을 거라고 생각했던 것이리라.

소이치 쪽은 4월부터 이직을 하기로 했다고 한다. 우에노에서 대형 학원이 새롭게 분점을 냈는데 그곳 원장으로 초빙된 모양이었다. 에도가와 구의 헌 단독주택을 매입하고 이미 이사까지 했다는 얘기여서 미치에가 다니게 될 초등학교는 그쪽 공립학교라고 했다.

"환갑도 머지않았고, 심기일전할 거라면 서두르는 게 좋을 것 같아서."

"잘됐네요. 열심히 해보세요."

응, 이라면서 소이치는 소흥주가 든 잔을 입에 가져갔다.

더욱더 서로의 관계가 소원해질 거라고 예상했지만, 그런 얘기는 어느 쪽도 입에 올리지 않았다.

후미와는 여전히 어떤 말을 해야 좋을지 알 수 없었다. 하지만 여섯 살 딸이 밥 먹는 것을 도와주고 이따금 치후네와 이야기하는 소이치의 말을 거들거나 이것저것 챙겨주는 모습을 보면서 이 여자는 아버지가 마련한 가정의 주부일 뿐이라고 생각했다. 그 가정에 전처의 딸이 있을 자리가 없는 건 당연한 일이었다.

그 뒤로 1,2년에 한 번쯤 소이치 가족과 만났다. 치후네는 소이치만 만나보면 된다는 생각에 밖에서 식사하는 것을 원했지만, 매번 집으로 오라고 하는 바람에 어쩔 수 없이 찾아가곤 했다. 후미는 항상 집에 있었지만 미치에는 있기도 하고 없기도 했다. 학원을 몇 군데 다니는 모양이었다.

얼굴을 마주하더라도 이복자매 사이에 대화는 거의 없었다. 치후네는 미치에에게서 '언니'라는 말을 들은 적이 한 번도 없었다. 언제나 '치후네 씨'였다. 중학교에 올라갈 무렵에는 말투도 존댓말로 바뀌었다.

그렇게 눈 깜짝할 사이에 세월이 흘러갔다. 전례가 없을 만큼 호경기가 찾아와 회사 업적은 연일 상승곡선이었다. 치후네는 업무도 사생활도 눈이 핑핑 돌게 바빠서 정신없이 하루하루를 보냈다. 문득 깨닫고 보니 30대 중반이었다. 비슷한 또래의 친구나 지인은 대부분 결혼했다. 치후네도 결혼에 전혀 생각이 없었던 건 아니어서 몇몇 남자와 교제도 해봤지만 결정적인 상대는 만나지 못한 채였다.

녹나무 파수는 나이 든 야스요에게 내맡긴 채 돌아보지 못하고 있었다. 그런데 그 야스요가 쓰러졌다. 어느 날 밤, 치후네가 집에 돌아가자 주방에서 몸을 웅크린 채 엎드려 있었다. 일어서려는데 갑자기 어지럽고 눈앞이 캄캄해져서 그대로 움직일 수가 없었다고 했다.

단순한 빈혈일 거라고 생각했다. 하지만 그날을 경계로 조모의 상태는 급변했다. 식욕이 떨어졌는지 변변히 식사를 하지 못했다. 행동이 느려지고 누워 있는 일이 많아졌다. 병원에서 진료를 받아보니 딱히 나쁜 곳은 없지만 굳이 말하자면 모든 기관의 기능이 저하되어 있다는 것이었다. 야스요는 80대 후반이었다. 자연의 섭리라고 할 수 있었다.

그로부터 한 달여 만에 야스요는 세상을 떴다. 사망 진단서에는 '노사(老死)'라고 적혀 있었다. 숨을 거두기 이틀 전, "녹나무를 잘 부탁한다"라고 가녀린 목소리로 중얼거린 것이 치후네가 들은 조모의 마지막 말이었다.

장례를 마친 뒤, 아마도 자신은 평생 홀로 살아가게 될 것이라고 치후네는 화장터에서 막연히 생각했다.

그 예감은 유감스럽게도 적중했다. 그 뒤로도 치후네에게 운명적인 만남 따위는 찾아오지 않아서 내내 독신으로 보내게 되었다. 하지만 후회 같은 건 털끝만큼도 없다. 여자로서의 행복을 추구하기보다 야나기사와 가의 당주, 그리고 녹나무 파수꾼으로서의 사명을 우선하는 게 성품에 맞는 일이라고 생각하기 때문이다.

소이치 가족과의 관계에 극적인 변화가 생겨난 것은 그렇게 치후네가 사십대 중반에 접어들었을 때였다. 계기는 소이치의 병환이었다. 식도암이 발견되어 수술을 받았지만 예후가 좋지 않아 항암 치료를 받고 있었다.

그래도 병세가 여의치 않아 입원을 하기로 했다. 그렇게 되니 치후네로서도 못 본 척할 수는 없었다. 단순히 병문안만이 아니라 치료방침이나 치료비에 대해 후미 쪽과 상의할 필요가 있었다. 그 자리에는 이미 성인이 된 미치에도 동석했다. 소이치 없이 그녀들과 얼굴을 마주하고 이야기를 나눈 것은 그때가 처음이었다.

대화를 해보고 알게 된 것은 두 사람의 생활이 전혀 풍족하지 않고 저축해둔 돈도 별로 없다는 것이었다. 소이치는 진즉에 일을 그만두었고 연금과 미치에의 벌이가 일가의 생활비로 쓰이는 모양이었다.

미치에는 고등학교 졸업 후에 가전제품 판매점에 취직했지만 그것만으로는 생활하기가 힘들어 밤에는 클럽 아르바이트를 하고 있다는 얘기였다.

어디에서 일하는지 치후네가 물어보자 미치에는 조심스럽게 "긴자예요"라고 대답했다.

그렇구나, 라고 납득했다. 긴자라고 하는 걸 보면 고급 클럽이리라. 적어도 주점 같은 곳과는 격이 다를 터였다. 미치에라면 그런 곳에서도 통할지 모른다고 생각했다. 그럴 만큼의 기품과 미모, 그리고 화사함을 갖추고 있었다.

어머니가 다르면 이렇게도 다른 것인가, 라고 자신의 용모와 비교하면서 생각했다. 나이 차가 많이 나는 것도 있어서 질투심도 나지 않았다.

치후네는 치료비며 입원비 등, 경제적인 면에 대해서는 모두 자신이 부담하겠다고 분명하게 밝혔다. 후미와 미치에가 앞으로도 소이치를 헌신적으로 간호해줄 거라고 확신했기 때문이다. 그 부분에서 자신이 나설 자리가 없다고 한다면 돈을 내는 건 친딸로서 당연한 일이다.

한 달에 두세 번 간격으로 병문안을 갔다. 소이치는 만날 때마다 여위어갔다. 명백히 자신의 죽을 때를 알고 있는 기색이었지만 한탄하거나 허둥거리지는 않았다. 치후네의 얼굴을 볼 때마다 가느다란 목소리로 "번번이 미안하구나"라고 말할 뿐이었다.

그리고 마침내 소이치는 저세상으로 긴 여행을 떠났다. 치후네는 임종을 지키지 못했다. 소식을 들은 것은 출장길의 센다이에서였다.

장례식과 49재가 끝나자 후미나 미치에를 만날 기회는 급격히 줄어버렸다. 오랜만에 다시 만난 것은 소이치의 3주기 때였다. 첫 기일에는 회사 일 때문에 치후네가 가지 못했던 것이다.

3주기 직전에 후미에게서 연락이 왔다. 절에서 재를 올리

기 전에 미리 할 얘기가 있으니 조금 일찍 와주었으면 한다
는 것이었다.

절에 도착하고 깜짝 놀랐다. 후미 옆에 미치에가 있는 건
예상했던 그대로였지만 그녀가 품에 아기를 안고 있었다.

"어떻게 된 거야? 누구 아이야?" 치후네가 물었다.

"제가 낳은 아이예요."

미치에가 작은 소리로 대답하는 것을 듣고 치후네는 불끈
화가 났다.

"그건 나도 알아. 상대를 묻는 거야. 어디 사는 누구지? 혼
인신고는 했어?"

"혼인신고는…… 안 했어요. 사정이 있어서……." 미치에
는 거북스러운 듯이 말했다.

옆에서는 후미가 괴로운 듯 입을 꾹 다물고 있었다. 두 사
람의 모습을 보고 딱 감이 왔다.

"설마 유부남?"

미치에는 짧게 고개를 끄덕이고 아기를 꽉 끌어안았다.

"뭐 하는 사람인데? 긴자 가게에 오던 손님이야?"

다시 미치에는 고개를 끄덕였다. 치후네는 가벼운 현기증
을 느꼈다. 후미 쪽을 보았다. "왜 반대하지 않았어요?"

"내가 알았을 때는 이미 그럴 단계가 아니었어. 게다가 애
가 아이를 낳겠다고 해서……." 말끝이 힘없이 꺼져갔다.

치후네는 알지 못했지만 미치에는 소이치가 세상을 떠

나고 얼마 뒤에 에도가와 구의 집을 나와 혼자 살기 시작한 모양이었다. 모녀간에 전화로 이따금 통화는 했지만 직접 만날 기회가 적어지면서 후미가 딸의 몸의 변화를 눈치챘을 때는 이미 임신 4개월째였다고 한다.

상대 남자는 도쿄에서 음식점 여러 곳을 경영하는 마흔여덟 살의 사업가였다. 고등학생 딸이 하나 있고 세타가야 구의 단독주택에서 아내와 셋이서 살고 있다. 다만 미치에도 그렇다는 얘기만 들었을 뿐, 실제로는 어떤지 알지 못했다. 자세한 주소도 알려주지 않았고, 연락 방법은 휴대전화뿐이라는 것이었다.

미치에가 임신한 것을 털어놓자 상대 남자는 낳는 것에 찬성할 수 없다, 라고 말했다. 자신은 현재의 가정을 버릴 의사가 없기 때문에 태어날 아이가 가엾다는 것이었다. 그래도 낳고 싶다면 막지 않을 것이고, 가능한 한 도움은 주겠지만 자녀로서 인지할 수는 없다고 못을 박았다.

왜 주위 사람과 상의하지 않았느냐, 라는 치후네의 물음에 대한 미치에의 내답은 난순했다. 어차피 다늘 반대할 거라고 생각했기 때문이라는 것이었다.

"그렇게도 낳고 싶었어?"

치후네가 묻자 미치에는 네, 라고 대답했다.

"왜냐고 물으면 대답은 잘 못하겠어요. 아기가 생긴 것을 처음 알았을 때는 어떡하나 걱정했었지만 하루하루 지날수록 너무 귀해져서 이 아이를 지우다니, 그런 건 도저히 생각할 수도 없었어요. 게다가……." 잠시 머뭇거린 뒤에 미치에는 말을 이었다. "사랑해주겠다고 그 사람이 말해서……. 자식으로 인지해줄 수는 없지만 태어나면 사랑해주겠다고……."

미치에에 의하면 교제를 시작한 무렵부터 상대 남자에게서 경제적인 도움을 받았고 아직도 그건 지속되는 모양이었다.

"지난번에도 보러 왔었는데 기저귀 가는 것도 도와주고, 태어나기 전에 말했던 대로 아이를 귀여워해주고 있어요."

아기는 사내아이로 레이토라고 이름을 지었다고 했다.

위기감이라고는 전혀 없는 이복 여동생의 태평한 모습에 치후네는 답답하기만 했다.

아이의 장래는 어떻게 할 작정이냐, 그 남자에게 평생 먹여살려달라고 할 것이냐, 그 사람이 경제적으로 계속 도와준다는 보장이 어디 있느냐, 라고 캐물었다.

"치후네 씨가 걱정하는 것도 당연해." 그렇게 말한 것은 후미 쪽이었다. "이복동생이라고 해도 여동생이 남의 집 남자의 아이를 낳았다고 하면 자칫 치후네 씨에게도 폐가 될 수 있겠지. 그게 아무래도 마음에 걸려서 오늘 이렇게 털어놓기로 했어. 앞으로의 일을 상의할까 하고."

"앞으로의 일이라니요?"

후미가 그다음 얘기는 네 입으로 직접 말하라는 듯이 미치에 쪽을 돌아보았다.

"이 아이를 낳으려고 결심했을 때, 각오한 게 있었어요."
미치에가 말했다. "분명 치후네 씨에게는 꾸지람을 듣고, 그
런 친척은 필요 없다는 말도 들을 거라고 생각했어요. 그래
서 나는 이제 그만 연을 끊을까 합니다."

"연을 끊는다고?"

네, 라고 미치에는 또렷하게 대답했다.

"나에 대해서는 이제 잊어주세요. 이 세상에 없는 사람이
다, 있다고 해도 나와는 관계가 없다, 그렇게 생각하셔도 돼
요. 여태까지도 치후네 씨는 나를 여동생이라고 생각한 적이
없잖아요. 아버지를 빼앗아간 여자가 낳은 아이라고만 생각
했겠지요. 나는 그래도 어쩔 수 없다고 생각해요. 미워하지
않는 게 그나마 다행이라고 생각했죠. 하지만 이렇게 내 맘
대로 아이를 낳고, 게다가 불륜 끝에 낳은 아이라니, 어처구
니없는 것도 당연할 거예요. 가망이 없다고 해도 어쩔 수 없
습니다. 그래서 내 쪽에서 인연을 끊기로 했어요. 더 이상 아
무 관련이 없는 사이로 정리하는 게 서로를 위해서도 좋을 테
니까요."

그녀의 말을 듣고 아, 그렇구나, 라는 서운함이 가슴속에
번졌다.

치후네에게 폐를 끼치고 싶지 않은 마음도 분명 있을 것이
다. 하지만 아마 그보다 더 큰 것은, 그다지 관계가 돈독한

것도 아닌데 자신의 삶에 이러니저러니 참견하는 건 싫다는 마음일 터였다. 한마디로, 그냥 내버려둬라, 당신과는 관계 없으니까, 라는 말인 것이다.

그렇게까지 얘기하는데 치후네 쪽에서 뜻을 거둬달라고 매달릴 이유는 없었다.

"알겠어. 그만한 각오로 결정했다면 나는 더 이상 아무 말 안 할게. 앞으로는 연락도 안 할 것이고 간섭하는 일도 없을 거야. 그렇게 하는 걸로, 이의 없지?"

치후네의 말에 미치에는 "네, 그걸로 이의 없습니다. 죄송합니다"라면서 아기를 안은 채 머리를 숙였다.

그러고는 3주기 재를 올렸다. 참석자는 후미 쪽의 친지 몇 명뿐이었다. 그들은 미치에의 아기를 보고서도 아무 말도 하지 않았다. 후미가 어떤 식으로 설명했는지는 마지막까지 알 수 없었다.

그 이후로 후미나 미치에를 만나는 일은 없었다. 소이치와 관련된 일 등으로 어쩌다 후미와 연락을 주고받은 적은 있지만 그때도 미치에에 대한 얘기는 나오지 않았다.

치후네 자신도 연일 정신없이 바쁜 시기였다. 야나기사와 그룹 휘하의 여러 기업에서 임원을 겸임하고 있어서 잠시 쉴 틈도 없었다. 월향신사와 녹나무도 사람을 써서 관리하게 되었다. 다만 밤의 기념만은 남에게 맡길 수 없어 그녀가 직접 나갔다. 하지만 회사 일 등으로 도저히 나가지 못하는 날도 있었다. 그런 때는 죄송스럽기는 했지만 예약을 거절했다.

그런 식으로 8년여가 지났을 무렵, 생각지도 못한 소식이 후미에게서 들려왔다.

미치에가 죽었다는 것이었다. 1일장을 치르기로 했다는 얘기를 듣고 허둥지둥 달려갔다.

후미는 초췌해진 모습이어서 아직 60대인데도 완전히 노인 같은 분위기를 몸에 두르고 있었다.

미치에의 사망원인은 유방암이었다. 발견했을 때는 이미 늦어버려서 상당히 진행된 상태였다. 온갖 방법을 다 써봤지만 하루하루 연명하는 게 고작이었다고 한다.

지난 8년 동안의 일을 물어보았다. 그러자 생각했던 대로 싱글맘이 된 미치에의 인생은 평탄한 것이 아니었다.

레이토의 부친이 보내주던 경제적 도움은 진즉에 끊겼다. 레이토를 낳은 직후에는 빈번하게 얼굴을 내보였는데 찾아오는 횟수가 점점 줄어들더니 결국에는 좀체 나타나지 않았다. 이윽고 생활비 입금도 뚝 끊겨버렸다. 레이토가 아직 세 살도 안 된 참이었다.

소송을 걸었더라면 좋았을지도 모른다. DNA 감정을 하면 친자관계는 증명할 수 있다. 그러면 자식으로서 인지했느냐 아니냐와는 관계없이 양육비를 청구할 수 있을 터였다. 하지만 미치에에게는 그런 지혜가 없었다. 자식으로 인지해주지 않아도 되니까 낳겠다, 라고 자신이 고집을 부렸다는 게 약점이 되어서 이제 새삼 뭔가를 요구할 권리는 없다고 미리 체념하고 있었다.

하지만 설령 그때 소송에 들어갔어도 소용없었을 가능성이 높았다. 몇 년 뒤에야 알게 된 일이지만, 레이토의 부친은 사업에 실패해 가진 재산도 모두 날리고 가족과 함께 행방불명 상태였다. 그런 사람을 찾아본들 뭔가 받아낼 수 있을 리 없다.

어찌됐건 미치에는 혼자서 레이토를 키우지 않으면 안 되었다. 그녀는 후미의 집으로 돌아와 낮에는 파트타임 일을 하고 밤에는 클럽에 나갔다. 그녀가 집에 없는 동안 레이토는 후미가 돌봐주었다.

모녀간에 힘을 합쳐 아이를 키운다―. 힘들기는 했지만 나름대로 행복했어, 라고 후미는 말했다. 미치에가 몸이 안 좋다는 얘기를 꺼낸 것은 1년 전쯤부터였다. 하지만 사실은 그 이전부터 자각증상이 있었는지도 모른다. 명백히 부쩍 여위었는데도 본인은 다이어트를 한 덕분이라고 얘기했다고 한다.

아마도, 라고 후미는 말했다. "가슴을 잘라내는 게 싫었던가봐."

미치에는 갸름한 얼굴의 미인이지만 몸매는 육감적이고 특히 가슴의 풍성함은 옷을 입고 있어도 알아볼 정도였다. 그것이 손님을 상대하는 데 큰 무기가 된다는 것은 상상하기 어렵지 않았다. 만일 유방암이라는 진단이 내려지면 절제를 권할 터여서 그걸 피하려고 검사를 차일피일 미뤘을 거라는 얘기였다. 실제로 유방암 판정을 받은 뒤에도 고집스럽게 수술을 거부했다고 한다.

"자기는 아무 장점도 없으니까 레이토를 키우기 위해서라도 여자로서의 매력만은 없애서는 안 된다고 생각했던 것 같아." 그렇게 말하며 후미는 쓸쓸하게 웃었다.

8년 만에 만난 레이토는 한창 개구쟁이 초등학생으로 커 있었다. 투병생활을 지켜보았기 때문인지 엄마의 죽음에 당황한 기색은 없었다. 후미는 치후네를 "옛날에 엄마와 할머니가 신세를 졌던 사람이야"라고 소개했다. 레이토는 꾸벅 머리를 숙였다. 눈꼬리가 살짝 처진 게 미치에를 꼭 닮은 모습이었다.

이 아이를 만날 일은 아마 더 이상 없겠구나—.

그때 치후네는 그렇게 생각했었다.

13

다음 날 오후, 레이토가 거실을 청소하고 있는데 치후네에게서 전화가 걸려왔다. 이발소에 다녀오라는 지시였다.

"어제 헤어지는 참에 말하려고 했는데 이 얘기 저 얘기 하다보니 깜빡 잊었어요. 모처럼 나들잇벌도 마련했는데 그런 더부룩한 머리로는 모양새가 나지 않겠지요. 머리 깎고 수염도 말끔하게 밀고 나오도록 하세요."

"……예, 알겠습니다." 레이토는 자신의 옆머리를 쓰다듬으며 말했다.

"오늘 일정은 기억하고 있지요?"

"네, 일단은."

"일단은, 이라고 해서는 미덥지 않지요. 한번 얘기해보세요."

아, 그게, 라고 레이토는 기억을 확인했다.

"오후 4시 반에 치후네 씨와 역에서 만난다. 그리고 급행 전차로 신주쿠로 나가서 오후 6시에 사은회 행사장 호텔로 직행한다, 라는 것이었지요?"

후우 숨을 토해내는 소리가 전해져왔다.

"좋아요. 신주쿠 역에서 시간이 좀 남을지도 모르지만 여유 있게 가는 게 좋아요."

"네, 혹시라도 지각을 해서 야나기사와 가 사람들에게 처음부터 나쁜 인상을 주면 안 되죠."

"잘 알고 있군요. 바로 그거예요. 자, 그럼 오후 4시에."

잘 부탁드립니다, 라고 말하고 레이토는 전화를 끊었다.

긴장되는 하루가 될 것 같구나, 라고 내심 우울해졌다. 야나기사와 그룹의 사은회 따위 전혀 가고 싶지 않았지만 치후네의 명령이라면 거스를 수 없다. 아무튼 그러려고 정장양복까지 사준 것이다.

그로부터 약 3시간 뒤, 레이토는 하얀 셔츠를 입고 이제는 만 그대로 나들잇벌이 된 양복에 벨트를 차고 넥타이를 매고 반짝반짝 닦은 가죽 구두도 신고 종무소를 나섰다. 지갑에는 일단 만 엔짜리 지폐 두 장을 슬쩍 넣어두었다. 혹시 뭔가 일이 생겼을 때를 위한 준비다.

그 헌 자전거를 끌고 경내 계단을 내려온 뒤, 안장에 걸터앉아 페달을 밟았다. 역 앞 자전거 주차장에 세워놓고 개표구로 향하자 시곗바늘이 오후 4시 25분을 가리키고 있었다. 모두 예정대로다.

대합실 벤치에 캐멀색 코트를 입은 치후네의 모습이 있었다. 옆으로 다가가 인사를 하자 그녀는 레이토를 올려다보며 깜빡깜빡 눈을 깜작거렸다.

"옷이 날개라더니, 바로 이런 걸 두고 하는 말이군요. 아주 잘 어울려요. 그 말쑥한 머리스타일도."

"고맙습니다."

그러자 치후네가 흠칫 놀란 듯 오른손을 입가로 가져갔다.

"저런, 코트를 산다는 걸 잊어버렸네. 춥지 않아요?"

"아무렇지도 않아요, 이 정도 추위쯤은."

"코트도 사야 한다고 내내 생각을 했었는데……."

"괜찮아요. 여기에다가 코트까지 사주시면 제가 너무 미안하죠."

"하긴 행사장 안은 모인 사람들의 훈김으로 더울 정도예요. 다만 바깥을 돌아다닐 때는 주의하도록 하세요. 춥다고 어깨를 웅크리면 궁상맞게 보이니까요."

"네, 알겠습니다."

그럼 가볼까요, 라면서 치후네가 일어섰다.

상행 급행전차는 자리가 비어 있었다. 레이토는 치후네와 나란히 앉았다.

"어제는 고마웠습니다." 레이토는 정식으로 감사 인사를 건넸다.

"양복 말인가요? 너저분한 차림새로 야나기사와 가 사람들에게 소개할 수는 없으니까요."

"물론 양복도 고맙지만 이런저런 이야기를 해주셔서 좋았어요. 어머니에 대해 처음 알게 된 것도 많았고."

"그런가요? 노인네 옛날 얘기를 들어주느라 지겨웠겠구나 했는데요."

"아니에요. 이렇게 말하면 안 될지도 모르지만, 아주 재미있었어요. 할아버지 소이치 씨가 엄청 연하의 제자와 재혼을 했다든가, 그 바람에 치후네 씨에게 스무 살 넘게 나이 차가 나는 여동생이 생겼다든가, 치후네 씨 입장에서 보면 진짜 드라마틱했을 것 같아요."

"남의 일처럼 얘기하는군요. 그 드라마의 종착점이 레이토라는 존재인데요."

아니, 그게요, 라고 레이토는 고개를 갸우뚱했다.

"그 대목이 어쩐지 좀 실감이 안 났어요. 다른 누군가의 얘기를 듣는 것만 같고."

"틀림없는 그쪽 얘기예요. 그래서 들려준 것이지요."

"그렇긴 하지만, 역시 나는 치후네 씨에 관한 얘기 쪽이 더 흥미가 있었어요. 친아버지와 떨어져서 살아야 했고, 게다가 녹나무 파수꾼 일도 물려받아야 했고."

"자꾸 똑같은 소리를 하는 것 같지만, 기념에 대해서는 알

185

려줄 수 없으니 그리 아세요." 치후네는 검지를 바짝 세워 가로저었다.

"네, 알고 있어요. 하지만 최근에 기념에 관해서 나도 나름대로 알게 된 게 있거든요."

"어떤 것이지요?"

"그믐날에 기념을 하는 사람과 보름날에 기념을 하는 사람 사이에 뭔가 관련이 있다는 거."

레이토는 기념 기록을 입력하는 사이에 발견한 것, 즉 그믐날 밤에 기념을 한 인물과 같은 성씨를 가진 사람이 한참 지난 뒤의 보름날 밤에 기념을 하러 오는 경우가 많았다는 것을 치후네에게 말했다.

"자세히 살펴보니까 대부분이 그렇더라고요. 같은 성씨의 두 사람이 간격을 두고 한쪽은 그믐날 밤에, 또 한쪽은 보름날 밤에 기념을 한 거예요. 즉 두 사람은 가족이거나 친척이고, 각자의 기념에는 서로 관련이 있다……. 어때요, 내 추리? 딱 맞혔죠?"

흐음 하고 치후네는 뭔가 의미심장한 틈새를 둔 뒤에 입을 열었다.

"그것에 대해 내 견해를 밝히는 건 사양합니다. 하지만 아주 좋은 점에 주목했다는 것은 말해두지요. 중요한 건 그믐날 밤의 기념과 보름날 밤에 하는 기념의 차이는 무엇이냐는 거예요. 그믐날과 보름날의 관계는 어떤 것인가. 음과 양? 플

러스와 마이너스? 선과 악? 그런 단순한 것인지 어떤지, 꼭
자신의 힘으로 밝혀내도록 하세요."

꼭 밝혀내겠다고 레이토는 대답했다. 아무래도 완전히 빗
나간 얘기를 한 건 아닌 것 같아서 내심 흐뭇해졌다.

"아참, 그쪽에 미리 건네줄 것이 있었는데." 그렇게 말하고
치후네가 가방에서 꺼낸 것은 파란색의 납작한 가죽 케이스
였다. "이걸 갖고 다니도록 하세요."

받아들고 살펴보니 케이스 안에 명함이 들어 있었다. 인쇄
되어 있는 내용을 보고 레이토는 흠칫 놀랐다. '월향신사 종
무소 관리주임 나오이 레이토'라고 찍혀 있었다.

"주임이라니, 나 혼자밖에 없는데요?"

"사장 한 명밖에 없는 회사도 세상에는 얼마든지 있어요.
종무소 책임자니까 그 정도의 직함은 필요합니다."

"엇, 내가 책임자예요?"

"당연하지요. 뭔가요, 이제 새삼스럽게? 그럼 자기 자신을
뭐라고 생각하지요?"

"나는 그냥 견습생이라고……."

"견습생이라도 책임자는 책임자예요. 자각을 갖도록 하
세요."

예에, 라고 대답하고 레이토는 명함첩을 한 차례 공손히 들
어 보인 뒤에 안주머니에 넣었다. 요즘 계속 치후네에게 단
단히 기합을 받고 있다.

급행전차가 신주쿠 역에 도착했다. 역을 나와 걸음을 옮기자 역시나 바람이 차가웠다. 하지만 레이토가 무의식중에 바짝 긴장해버린 원인은 추위 때문만이 아니었다.

"치후네 씨, 큰일 났어요."

"왜 그러지요?"

"엄청 긴장되는데요."

"뭐예요? 한심하기는." 치후네는 발을 멈추고 엄격한 눈빛으로 레이토를 올려다보았다. "정신 바짝 차리세요."

"아니, 그래도 이런 건 난생처음이라서."

"기죽을 필요 없어요. 나는 이런 자리에 서는 게 당연한 사람이다, 라고 당당하게 나가면 됩니다. 다만 허세를 부려서는 안 돼요. 인간이란 허세를 부리는 사람보다 그런 게 없는 사람을 더 두려워하는 법이니까요. 어디까지나 자연스럽게, 알겠어요?"

"네, 해보겠습니다."

"그보다 손을 바지주머니에 넣지 마세요. 보기 흉하잖아요!"

"아, 죄송합니다." 레이토는 허리를 굽히며 급히 호주머니에서 손을 뺐다.

사은회 행사장은 특급호텔 안에 있었다. 저절로 어깨가 움츠러들려고 했지만 치후네의 말을 떠올리며 등을 꼿꼿이 세우고 걸었다. 생각해보니 오늘은 호텔에 드나들기 적합한 차림새인 것이다.

행사장 앞에는 벌써 수많은 사람들이 나와 있었다. 하나같이 사회적으로 지위가 높은 듯한 분위기였다. 그저 서서 이야기를 나누는 모습까지 세련되게 보였다.

"나는 접수를 하고 올 거예요. 아, 이것 좀 부탁해요." 치후네가 입고 있던 코트를 벗어 레이토 쪽으로 내밀었다.

네에, 라고 코트를 받아들고 레이토가 다시 멀거니 주위를 바라보고 있었더니 치후네가 "뭐 하는 거예요?"라고 나무랐다. "어서 가서 코트를 맡기고 와요."

"엇, 어디에?"

"어디냐니, 당연히 클로크*지요."

"클로크?"

저기, 라고 치후네가 가리킨 곳에 카운터가 있었다. 안에 있는 직원에게 손님들이 짐을 맡기고 있었다.

아, 그런 건가, 하고 레이토는 그제야 이해했다. 단순히 코트를 들고 있으라는 지시인 줄 알았던 것이다.

코트를 맡기고 치후네에게 다시 돌아오자 그녀는 풍채 좋은 남자와 이야기를 나누는 참이었다.

"아, 레이토, 소개할게요. 이쪽은 가쓰시게 씨, 나와는 재종간이에요."

"재종간⋯⋯."

---

* 클로크 룸(cloak room)의 약어. 호텔이나 극장 등에 설치되어 모자나 코트, 기타 휴대품을 맡겨두는 곳을 뜻한다.

어디선가 들어봤지만 정확한 뜻은 알지 못하는 말이다.

"치후네 씨의 어머님이 우리 아버지의 사촌누님이야. 두 살 위의." 그렇게 말하고 남자는 명함을 꺼냈다. "잘 부탁하네."

네에, 라고 인사를 건네고 레이토는 받아들었다. 명함에 인쇄된 '야나쓰 코퍼레이션 전무이사 야나기사와 가쓰시게'라는 글씨를 들여다보고 있었더니 옆에서 치후네가 헛기침을 했다. 그녀를 돌아보니 미간을 좁힌 채 레이토의 가슴팍을 쏘아보고 있었다. 그제야 겨우 눈치를 챘다. 급히 파란 명함첩을 꺼내 거기서 자신의 명함 한 장을 뽑아냈다.

"잘 부탁드립니다." 그렇게 말하고 상대에게 내밀었다.

야나기사와 가쓰시게는 입술 왼편 끝을 치켜들고 엷게 웃으면서 명함을 받아들었다. 그 표정 그대로 흘긋 들여다보더니 종무소 관리주임, 이라고 소리 내어 읽었다. "번듯한 직함이네."

비꼬는 소리인 게 틀림없었지만 레이토는 감사합니다, 라고 머리를 숙였다.

"이 친구는 알고 있어요? 녹나무 파수꾼의 진짜 의미를?" 가쓰시게가 치후네에게 물었다.

"아니, 얘기하지 않았어. 너도 알다시피 말로 전할 수 있는 것이 아니니까."

"앞으로 자기 힘으로 이해하도록 한다는 건가. 하지만 괜찮겠어요? 한 핏줄이라고는 해도 치후네 씨도 바로 최근까지 만난 적이 없는 아이라면서."

"그래서 이렇게 함께 다니고 있는 거야."

"그걸로 충분하다는 얘기예요? 녹나무 파수라는 게 그렇게 만만한 일이 아닐 텐데."

"그건 누구보다 내가 잘 알고 있어." 치후네는 딱 잘라 말했다. "염려해줘서 고맙구나."

가쓰시게는 입가를 시옷자로 구부리더니 레이토를 보며 "열심히 해봐"라고 말하고 빙글 등을 돌렸다.

가쓰시게 씨, 라고 치후네가 불러 세웠다. "파티 끝나고 비공식 임원회의를 한다던데?"

뒤돌아본 가쓰시게의 표정이 약간 흐려져 있었다. "그 얘기는 누구에게서?"

"나는 고문이야. 어디서든 정보는 들어오게 되어 있어. 회의의 주제는 뭐지?"

"어떤 리조트 개발에 관한 얘기예요. 이미 결정된 것을 확인하는 절차라서 치후네 씨에게 굳이 나오시라고 할 것도 없었어요."

"내가 들은 바로는 '호텔 야나기사와'의 처리 건이라던데, 그게 정말인지 모르겠네."

가쓰시게는 손끝으로 미간을 긁었다. "뭐, 그런 얘기도 포함될 수 있고."

"그렇다면 왜 나한테 얘기가 건너오지 않았을까? 그 호텔의 개업에는 내가 지휘봉을 잡았었는데."

"벌써 40년이나 지난 옛날 일이죠."

"38년이야. 그리고 옛날 일이니까 어떻다는 거지?"

가쓰시게는 떨떠름한 얼굴을 치후네에게로 향했다. 그 입에서 밉살스러운 말이 튀어나올 듯한 기척이 느껴졌다. 하지만 한 호흡 틈을 둔 뒤, 얼굴에 문득 체념의 빛이 떠올랐다.

알았어요, 라고 그가 말했다. "8시 반부터 지하 1층 메인바에서. 개인실을 잡아뒀어요. 입구에서 야나기사와 사람이라고 하면 알 거예요."

"술을 마시면서 임원회의를? 아주 우아하구나."

"비공식 회의니까요." 그렇게 말하더니 가쓰시게는 가볍게 한 손을 들어 보이고 자리를 떴다.

"틈만 나면 나를 따돌리려고 하네." 큼직한 등을 지켜보면서 치후네는 말했다. "이른바 눈엣가시, 눈에 거슬리는 사람인 모양이지."

"'호텔 야나기사와'라는 데가 어디예요?"

"하코네에 있는 호텔이에요. 야나기사와 그룹이 호텔사업에 뛰어든 계기가 된 첫 번째 호텔입니다. 저 사람에게 말했던 대로 내가 주도했던 사업이에요. 결코 규모가 크다고는할 수 없지만, 질 높은 서비스가 강점인 품격 있는 호텔이라서 정재계 중진들 중에도 단골로 찾아주시는 분들이 많아요. 물론 일반고객에게도 인기가 있어서 한때는 6개월 전에도 예약을 하기가 어렵다고들 했지요. 그런데 요즘 그 시설을 폐쇄하려고 하는 움직임이 있어요."

"엇, 왜요? 외국인 관광객이 많아서 요즘은 어떤 호텔이든 장사가 잘된다고 들었는데?"

"그건 도시 쪽 시티호텔이나 비즈니스호텔 얘기예요. 그래서 10년 전쯤부터 '야나쓰 코퍼레이션'도 도심 호텔 쪽으로 사업 전개의 방향을 바꾸고 있어요. 레이토도 '야나쓰 호텔'이라는 이름은 들어본 적이 있지요?"

"네, 여기저기서 눈에 띄던데요. 그런 사업도 여간 힘든 게 아닌 모양이네요."

"그래도 '호텔 야나기사와'의 경영상태는 결코 나쁘지 않아요. 어쨌든 최고 입지인 하코네에 자리잡고 있으니까요. 외국인 여행객이 많아졌다고 해도 하코네를 찾는 고객 대부분은 수도권에서 오시는 분들이에요. 앞으로 인구가 점점 줄어드는 모양이지만 수도권 쪽은 거의 변화가 없다고들 얘기하고 있어요. 즉 하코네는 점점 더 사업 전망이 좋다는 뜻이지요."

"근데 왜 폐쇄를 해요?"

"아니, 그 반대예요. '야나쓰 코퍼레이션'에서는 하코네에 새로 대규모 리조트 시설을 건설한다는 계획을 착착 진행 중이에요."

"아, 그럼 리뉴얼을 하는 거네요?"

레이토의 말에 치후네는 시들한 표정으로 고개를 가로저

었다.

"확보한 땅이 '호텔 야나기사와'와는 별도의 장소니까 리뉴얼이 아니지요. 전혀 별개의 시설이에요. 그에 따라 '호텔 야나기사와'를 어떻게 처리할 것이냐가 문제가 된 것인데 야나기사와 그룹 최고 경영자들 사이에서는 폐쇄하는 것으로 의견이 정해져가는 모양이에요. 어리석은 일이지요. 그 호텔은 현재의 야나기사와 그룹의 원점이건만."

"그러면 치후네 씨는 분명하게 반대 의견을 밝히실 생각이군요?"

"직함은 고문입네 그럴싸하지만 한마디로 말하면 은퇴한 처지. 그런 사람이 하는 말에 얼마나 귀를 기울여 줄지는 모르겠지만, 할 말은 할 생각이에요."

치후네가 결의에 찬 눈빛으로 허공을 응시했을 때, 연회장 문이 활짝 열렸다.

주위에 있던 사람들이 일제히 움직였다. 그 흐름에 몸을 맡기듯이 레이토는 치후네와 함께 안으로 들어갔다. 호텔 스태프들이 양쪽에 서서 입장하는 사람들에게 음료를 권하고 있었다. 슬쩍 둘러본 바로는 따로 돈을 내지 않아도 되는 모양이다. 위스키 미즈와리*, 화이트와 레드 와인, 우롱차 등이다. 어떤 걸 받을까, 잠시 망설였다.

"뭘 꾸물꾸물하고 있나요? 냉큼 고르도록 하세요." 치후네

---

* 위스키 등의 양주에 물을 타서 묽게 한 것.

가 꾸지람을 날렸다. 그녀는 우롱차 잔을 손에 들고 있었다.

"아뇨, 어떤 게 더 이익일까 하고……."

"원하는 만큼 실컷 마셔도 되니까 이익이고 손해고 없어요. 이런 곳에서 멈춰 서면 뒷사람에게 폐가 되잖아요. 이걸로 해요." 치후네는 자신의 잔을 밀어붙였다. 레이토가 받아들자 그녀는 새 우롱차 잔을 손에 들었다. "자아, 갑시다."

치후네를 뒤따라가며 행사장 안을 둘러보고 레이토는 저절로 탄성을 흘렸다. 화려한 파티라는 게 이런 거구나, 하고 깨달았다. 우선 넓이에 압도되었다. 동네 야구팀 정도라면 넉넉히 시합을 할 수 있을 만큼 널찍하다. 호화찬란한 샹들리에에서 쏟아지는 빛은 강렬하고 그 아래 새하얀 둥근 테이블이 배치되었다. 그리고 고급스러운 옷과 액세서리로 치장한 신사숙녀가 그 테이블 주위에 모여들었다.

벽 쪽에는 요리를 줄줄이 차려낸 테이블과 셰프 코너가 차례차례 이어졌다. 셰프 코너 쪽에서는 초밥과 메밀국수, 장어까지 즉석에서 요리해주는 모양이다. 레이토는 바라보는 것만으로도 뱃속이 꼬르륵거리는 것 같았다.

"참석자 여러분!" 우렁찬 남자의 목소리가 울려 퍼졌다. 사회자인 모양이다. "오래 기다리셨습니다. 지금부터 야나기사와 그룹 각사에 아낌없는 사랑과 성원을 보내주신 여러분께 무한한 감사의 마음을 담아 사은 파티를 개최하고자 합니다. 짧은 시간이지만 부디 마음껏 즐겨주십시오. 우선 그룹을 대표하여 '야나쓰 코퍼레이션' 야나기사와 마사카즈 사장의 인사말씀이 있겠습니다."

단상에 오른 사람은 약간 작은 몸집이지만 자세가 반듯해서 당당한 분위기를 풍기는 남자였다. 새카만 머리는 염색을 한 것인지도 모르지만 젊음을 어필하는 데는 성공한 것 같다. 전차 안에서 치후네가 보여준 초대장에 적혀 있던 그룹 대표다.

"여러분, 오늘 바쁘신 가운데서도 이번 사은회에 참석해주셔서 감사합니다. 세월이 참으로 빨라서 이 사은회도 올해로 정확히 30회를 맞이했습니다. 해마다 변함없이 개최할 수 있었던 것은 오로지 여러분 덕분입니다."

따로 메모를 들여다보지 않고 막힘없이 술술 말하는 것에 레이토는 감탄했다. 회사의 가장 높은 자리에 있는 사람에게는 별일 아닌지도 모르지만, 자신이라면 몇백 명 사람들 앞에 서면 연설은커녕 목소리도 못 낼 것 같았다.

"저이는 아까 소개한 가쓰시게 씨의 형이에요." 옆에서 치후네가 말했다. "시티호텔 업계에 본격적으로 뛰어드는 데 공헌했고 그걸 성공으로 이끈 공로자로 일컬어지고 있어요. 기존의 상식에 얽매이지 않고 금기에도 차례차례 도전해서 야나기사와 그룹의 사카모토 료마*라고도 하지요."

---

* 坂本龍馬. 1835~1867. 일본 에도시대 말기의 정객. 막부 시대를 종식시키고 근대화의 기틀을 마련한 인물로 유명하다.

와아, 하고 레이토는 감탄의 소리를 흘렸다. "굉장하시네요."

"물론 아이디어맨이고 협상에도 능합니다. 저렇게 말솜씨가 좋으니까요. 하지만 그것만으로 이만한 성공은 이룰 수 없었어요, 내 생각에는."

뭔가 의미심장한 말에 위화감을 느끼고 레이토는 치후네의 옆얼굴을 돌아보았다. "무슨 말씀이에요?"

"아니, 별로." 그녀는 단상으로 시선을 향한 채 짧게 고개를 저었다. "잊어버려요. 나 혼자 해본 소리니까."

"……그래서 오늘 이 파티에도 고객을 접대하는 저희의 마인드를 다양하게 담았습니다. 부디 여러분 자신의 눈과 귀, 그리고 혀로 그것을 찾아내 마음껏 즐겨주시기 바랍니다. 짧게 얘기한다는 게 너무 길어졌군요, 죄송합니다. 경청해주셔서 감사합니다." 야나기사와 마사카즈가 인사말을 마치고 박수를 받으며 단상을 내려왔다. 그 모습에는 자신감이 넘치는 것 같았다.

그 뒤, 직힘의 의미를 잘 알 수 없는 노인이 단상에 서서 건배 선창을 했다. 그것으로 드디어 음료며 요리를 먹을 수 있었다.

우롱차 잔을 가까운 테이블에 내려놓고 레이토가 셰프 코너 쪽으로 걸음을 옮기려고 하자 치후네가 "어디 가는 건가요?"라고 불러 세웠다.

"아니, 일단 초밥부터 먹어볼까 하고……. 치후네 씨 것도 가져올게요. 어떤 초밥을 좋아하시죠?"

치후네는 미간을 찌푸렸다.

"초밥쯤은 내가 언제라도 먹게 해줄 거예요. 됐으니까 나를 따라와요." 그렇게 말하고 등을 돌리더니 걸음을 뗐다.

뒤따라간 곳에는 한 테이블 주위에 모인 그룹이 있었다. 조금 전에 인사말을 한 야나기사와 마사카즈의 모습도 보였다. 옆에 서 있는 기품 있는 여자는 부인일까. 야나기사와 가쓰시게도 함께였다. 이쪽도 아내인 듯한 여자가 옆에 있었다. 각자 잔을 손에 들고 수많은 사람들과 인사를 나누고 있었지만 요리를 먹는 사람은 한 명도 없었다.

치후네는 주저하는 기색 없이, 누군가와 담소를 나누는 야나기사와 마사카즈에게로 다가갔다. 기척을 알아봤는지 마사카즈의 얼굴이 그녀 쪽을 향했다. 오, 라는 듯이 눈이 조금 둥그레진 뒤에 입가가 환하게 풀어졌다.

"성황이구나." 치후네가 말했다.

"예에, 덕분에." 마사카즈가 응했다. "조금 전에 가쓰시게에게서 얘기 들었어요. 파티 끝난 뒤에 모임에 참석하신다고? 별다른 얘기를 할 것도 아닌데, 죄송스럽네."

"야나기사와 그룹 발전의 상징을 없애려고 하는 회의가 별 얘기도 아니라고? 어지간히 인식에 차이가 나는 것 같구나. 방침에 참견을 할 마음은 없지만 참고 의견을 몇 가지 얘기하도록 할 거야. 야나기사와 그룹의 초창기를 잘 알고 있는 사람의 자격으로."

"그건 참으로 고마운 말씀이지. 꼭 귀담아 듣도록 하죠." 그런데, 라면서 마사카즈가 레이토에게로 시선을 던져왔다. "그쪽에 계시는 분은 그 조카님이신가?"

"그래. 아까 가쓰시게 씨에게도 소개했지만, 여기 계신 분들에게도 얼굴을 보여드릴까 하고." 치후네가 돌아보았다. "레이토, 자기소개를 하세요."

네, 라고 대답하면서 안주머니에서 파란 케이스를 꺼냈다. 명함을 한 장 빼들고 마사카즈 앞으로 나갔다.

"나오이 레이토라고 합니다. 잘 부탁드립니다." 머리를 숙이고 명함을 내밀었다.

마사카즈는 받아들고 오, 하고 입을 동그랗게 오므렸다.

"나도 아까 받았어." 옆에서 가쓰시게가 말했다. "제법 번 듯한 직함이지?"

그렇군, 이라면서 마사카즈는 명함에서 눈을 들었다. 관찰하듯이 레이도의 일굴을 바라본 뒤, 치후네에게 "아참, 아버님 성함이 어떻게 되셨더라?"라고 물었다.

소이치, 라고 그녀가 대답하는 것을 듣고 아하, 그랬지, 라고 고개를 끄덕이고 다시 레이토에게로 시선을 돌렸다.

"소이치 씨의 얼굴은 지금도 기억이 나는군. 마지막으로 만나 뵌 게 큰아버님 장례식 때였나. 그래, 그러고 보니 닮은 구석이 있네."

그런 말을 듣고서도 레이토는 그렇습니까, 라는 말밖에 할수 없었다. 소이치라는 조부와는 만난 적도 없고 단지 치후네가 사진을 보여줬을 뿐이다.

"그 녹나무는 야나기사와 가의 보물이야. 아무쪼록 잘 부탁하네."

명함을 호주머니에 넣으면서 그렇게 말하는 마사카즈의 얼굴은 웃음을 띠고 있었지만 그 눈에 담긴 빛은 예리했다. 네, 라고 대답하는 레이토의 목소리가 조금 흔들렸다.

소개해둘까, 라면서 마사카즈는 옆에 있는 여자의 어깨에 손을 얹었다. "내 아내 모토코야. 아, 모토코, 지난번에 얘기했던 치후네 씨의 조카. 이미 들었겠지만 이름이 나오이 레이토라는군."

모토코라는 초로의 여자는 안녕하세요, 라고 웃는 얼굴로 인사를 건넸다. 레이토는 잘 부탁합니다, 라고 응했다.

그 뒤, 가쓰시게의 아내를 비롯해 주위의 친인척들과 인사를 나누었다. 남자들은 모두 야나기사와 그룹에서 중책을 맡고 있는 것 같았다. 각자 직함을 밝혔지만 하나도 머릿속에 들어오지 않았다.

"레이토는 대학은 어디를?" 마사카즈가 물었다.

레이토는 항문에 꾸욱 힘을 넣었다. 비굴해져서는 안 된다고 스스로에게 되뇌었다.

"대학은 안 다녔습니다. 고졸입니다."

주위에 있던 몇몇 사람의 표정이 바뀌는 것 같았지만 마사카즈는 꿈쩍도 하지 않았다.

"그래? 뭐, 학력이야 별문제가 안 되지. 고교 졸업 후에는 어떤 일을?"

"이것저것 했습니다. 식품회사에 다니다가 이직해서 음식점에서도 일하고……."

"그러니까 한군데 자리잡고 뭔가에 뛰어든 적은 없다는 얘기인가?"

"그건……."

레이토가 대답하지 못하자 뭐, 좋아, 라고 마사카즈는 한 손을 슬쩍 들었다.

"과거는 됐어. 중요한 건 장래에 대해 어떤 전망을 갖고 있느냐는 거야. 자네는 앞으로 어떻게 살아갈 생각인가. 설마 녹나무 관리만으로 평생을 보내려는 건 아니겠지?"

"……네."

"좀 더 얘기를 듣고 싶군. 자네는 어떤 장래를 머릿속에 그리고 있지?"

레이토는 숨을 들이쉬고 옆의 치후네에게로 시선을 보냈다. 하지만 그녀는 앞을 향한 채였다. 내가 도와줄 건 없어, 라고 그 옆얼굴이 말하고 있었다.

후우 숨을 내쉬고 마사카즈에게로 시선을 돌렸다.

"솔직히 말씀드리면 장래에 대해 머릿속에 그리고 있는 게 없습니다." 마사카즈의 한쪽 뺨이 움찔 흔들리는 것을 보면서 레이토는 뒤를 이었다. "기계를 좀 다룰 줄 아는 것 빼고는 배운 것도 없고 특기도 없고, 싸움에 나설 무기는 하나도 가진 게 없습니다. 하지만 그건 지금까지도 항상 그랬습니다. 태어날 때부터 아무것도 없었으니까요. 철이 들었을 때는 아버지가 안 계셨고 어머니도 일찍 세상을 떠나셨습니다. 아무것도 없는 가운데서 살아왔어요. 내 몸은 내가 지켜야 했습니다. 오늘까지 그랬으니까 분명 내일부터도 그럴 겁니다. 하지만 각오는 되어 있습니다. 잃을 게 하나도 없기 때문에 두렵지도 않습니다. 한 순간 한 순간을 소중하게, 앞에서 돌이 날아오면 잽싸게 피하고 강이 있으면 뛰어넘고, 뛰어넘지 못할 때는 뛰어들어 헤엄치고, 경우에 따라서는 흐름에 몸을 맡길 겁니다. 그런 식으로 살아가기로 마음먹었습니다. 그렇게 해서 죽을 때 뭔가 하나라도 내 것이 있으면 되니까요. 그게 돈이 아니어도 좋고, 집이나 땅 같은 대단한 재산이 아니어도 좋습니다. 넝마 같은 옷 한 벌이라도, 고장난 시계 하나라도 상관없습니다. 왜냐면 태어났을 때 제 손에는 아무것도 없었거든요. 그러니까 죽을 때 뭔가 하나라도 지니고 있다면 제가 이긴 겁니다."

레이토는 평소에 생각했던 것을 단숨에 말하고 후우 숨을 내쉰 뒤에 어떻습니까, 라고 물었다.

마사카즈는 새삼 레이토의 얼굴을 지그시 쳐다보았다. 웃음기는 이미 사라지고 없었다.

"한세상 부평초로 살아가겠다는 결의의 표명인가? 제법 재미있는 얘기야. 자네, 말솜씨가 아주 좋군."

"……감사합니다."

"한 가지만 물어볼까. 그렇게 해서 가닿은 곳이 막다른 벽이라면 어떻게 하지? 원래는 곧장 가려고 했는데 눈앞에 높은 벽이 가로막고 있고 그 바로 앞에서 길이 좌우로 갈라져 있다. 자아, 오른쪽으로 가느냐 왼쪽으로 가느냐, 자네는 어떻게 결정할 건가. 감으로? 아니면 요즘 젊은이들이 하는 대로 SNS에 글을 올려 낯선 사람들의 충고가 날아오기를 기다리기라도 할 건가?"

"아뇨, 그럴 때는……."

동전 던지기를, 이라고 말하려다가 꿀꺽 삼켰다. 변호사 이와모토의 충고가 뇌리에 되살아났기 때문이다.

중요한 일을 결정할 때는 자신의 머리로 생각하고 분명한 자기 의사에 따라 답을 내야 한다. 동선 넌지기 같은 것에 기대지 말고—.

"왜 그러나? 갈림길 앞에서 그렇게 쩔쩔 매고 있을 건가?"
그렇게 말하고 마사카즈는 표정을 누그러뜨리며 주위의 반응을 살폈다. 몇몇 사람이 추종하는 웃음소리를 냈다.

레이토는 입술을 핥았다. "지금까지의 경험을 바탕으로

내 나름대로 생각해서 결정할 겁니다." 가까스로 그렇게 대답했다.

마사카즈는 입술 한쪽 끝을 치켜들었다.

"경험이라고? 부평초 떠돌이가 과연 얼마만큼의 경험을 축적할 수 있을까."

레이토는 말문이 턱 막혔다. 굴욕적이었지만 대꾸할 수 없었다. 마사카즈의 지적은 정곡을 찌른 것이었다.

"내 대답을 얘기해볼까?" 마사카즈가 말했다. "기본적으로는 대략 자네와 똑같아. 나 스스로의 지혜와 경험을 바탕으로 생각한다는 점에서는 말이지. 다만 이건 지나치게 노골적인 표현인지도 모르지만, 나와 자네는 백그라운드가 전혀 달라. 나는 필요하다면 언제든지 주위에 의견을 청할 수 있어. 그만큼의 브레인이 줄줄이 대기하고 있으니까. 그렇게까지 준비를 해놓고 그때서야 답을 찾아내는 거야. 단 오른쪽으로 가느냐 왼쪽으로 가느냐가 아니야." 레이토의 가슴팍을 손끝으로 가리키며 그는 말을 이어갔다. "어떻게든 정면 벽에 구멍을 뚫어 한복판에 길을 낼 수는 없을까, 그걸 고민하는 것이지."

레이토는 내놓을 말이 생각나지 않아 멍하니 서 있었다. 완전히 그의 박력에 압도당하고 있었다.

마사카즈가 빙긋이 웃으면서 왼손에 찬 손목시계를 오른손으로 툭 쳤다.

"내가 말이 좀 많았군. 파티는 이제 막 시작했고, 아직 시간은 넉넉해. 느긋하게 즐기는 게 좋아." 그렇게 말하고 빙글 등을 돌렸다.

14

"역시 나 같은 사람이 올 자리가 아니었어요." 마사카즈 일행의 테이블에서 벗어나자 레이토는 혼잣말처럼 투덜거렸다.

"그 정도에 기가 죽어서야 아무짝에도 못 쓰지요. 그런 건 그들에게는 복싱으로 말하면 잽 정도예요. 정신 바짝 차리세요."

"네에……."

그게 잽이라면 스트레이트를 먹었다가는 한 방에 나가떨어지겠다고 레이토는 생각했다.

"어쨌든 일단 그쪽을 야나기사와 가 사람들에게 소개한다는 목적은 통과했어요."

"그럼 이제 먹을 것 좀 가져와도 돼요?"

"그러세요. 하지만 걸신들린 것처럼 허겁지겁 먹지는 말아요. 보기 흉하니까."

"네, 물론이죠. 흐음, 맨 먼저 뭘 가져올까." 역시 초밥인가하고 그쪽 코너로 시선을 돌렸다가 엇 하는 소리를 올렸다. 줄을 선 사람들 속에 눈에 익은 얼굴이 있었다.

"왜 그러지요?"

"아는 사람을 발견했어요. 신사에 가끔 오는 사람이에요. 잠깐 인사하고 와도 될까요?"

"물론 괜찮지요. 아니, 그보다 지금부터는 각자 따로 움직입시다. 나도 인사할 사람들이 여기저기 눈에 띄니까."

"그게 좋겠네요."

파티가 끝난 뒤에 치후네는 임원회의에 참석하기로 했다. 레이토가 동석할 수 있는 자리가 아닐 터라서 어차피 따로따로 돌아가야 하는 것이다.

"아, 그렇다면 미리 드려야겠네요." 레이토는 호주머니에서 번호가 새겨진 플라스틱판을 꺼냈다. 클로크의 번호표다.

"술은 너무 많이 마시지 않도록 하세요." 치후네는 번호표를 가방에 챙겨 넣으면서 다시 한번 당부하고 자리를 떴다.

레이토는 초밥 코너로 갔다. 거기서 접시에 초밥을 받고 있는 사람은 사지 유미였다. 허리에 리본이 달린 모스그린색 원피스를 입고 있었다. 그녀가 스커트를 입은 모습은 처음이었기 때문에 레이토의 눈에는 신선하게 비쳤다.

유미가 뒤를 돌아봤을 때, 눈이 마주쳤다. 하지만 그녀 쪽에서는 언뜻 알아보지 못한 모양이었다. 의아한 표정을 짓더니 놀란 듯 우뚝 서서 눈만 깜빡거렸다.

안녕, 이라고 레이토는 말을 건넸다. "유미가 여기에 왔을 줄은 생각도 못했어."

"어휴, 깜짝이야. 레이토야말로 왜 여기에 있는 건데?" 뚫어지게 레이토의 온몸을 훑어보고 있었다. 지금까지 작무의를 입은 모습밖에는 본 적이 없었기 때문일 것이다.

"그걸 다 얘기하기는 어렵지만, 일단 야나기사와 가의 친척이라서."

"아참, 그렇구나."

"유미는 혼자?"

"설마. 아빠하고 함께 왔어. 원래 엄마가 오기로 했는데 감기에 걸리는 바람에 내가 대신 따라왔어."

"아하."

둘이서 가까운 테이블에 앉았다. 유미가 초밥 접시를 내려놓았다. 테이블 한가운데 맥주병과 유리잔이 나란히 놓여 있어서 우선 그걸로 건배를 나누었다. 쫄쫄 굶은 배에 맥주의 차가움이 스몄다.

"사지 씨의 건축사무소도 야나기사와 그룹과 관련이 있는 모양이지?"

"지금까지는 별로 없었을 거야. 아니, 그보다 아직 아무 관련도 없어. 그래서 그걸 쌓아보겠다고 찾아온 거겠지."

레이토는 고개를 갸우뚱했다. "무슨 얘기야?"

"아빠 얘기로는, 우연찮게 야나기사와 그룹의 고문을 알게
됐는데 그 사람이 이 사은회 얘기를 하길래 그렇다면 꼭 참
석하게 해달라고 부탁했다나봐. 그래서 우리는 초대 손님이
아니야. 참가비를 내고 온 거지."

유미의 말을 듣고 레이토는 손가락을 따악 튕겼다.

"아, 그 고문이라는 사람이 우리 이모님이네. 그렇구나, 녹
나무 기념을 계기로 서로 알게 된 거였어."

레이토는 녹나무 기념을 접수하는 사람이 이모라는 것을
설명했다.

"그래? 기념을 통해 알게 된 참에 야나기사와 그룹에 자기
얼굴과 이름을 알려둘 속셈이었네. 우리 아빠, 사업 쪽으로
는 욕심이 보통이 아니라니까."

"그 아버지는 지금 어디 계시고?"

"저기 어디쯤에 있을걸? 맥주병 들고 슬슬 따라주면서 명
함을 뿌리고 다닐 거야." 그렇게 말하고 행사장 안을 둘러보
더니 "아, 저기 있다"라면서 손끝으로 가리켰다.

레이토가 그쪽을 바라보니 아닌 게 아니라 맥주병을 손에
든 사지의 모습이 있었다. 만면에 웃음을 띠고 꾸벅꾸벅 머
리를 숙여가며 어느 신사와 이야기를 하고 있었다.

큰일이네, 라고 레이토는 중얼거렸다.

"나와 유미가 함께 있는 장면을 사지 씨에게 들켰다가는 둘이 어떻게 알게 됐느냐고 이상하게 생각할 거야. 유미가 월향신사에 왔었다는 건 사지 씨는 전혀 모르잖아."

"앗, 그렇지. 내가 아빠 미행했던 거, 까딱하면 눈치채겠어."

"서로 모르는 척하자." 레이토는 그녀에게서 슬쩍 떨어져 얼굴을 돌린 채 얘기를 이어갔다. "이 파티 끝난 뒤에는 뭐할 거야? 아버지와 곧장 집에 가?"

"아빠는 누군가를 접대할 예정이라서 나 먼저 집에 가라고 했어."

"그럼 마침 잘됐다. 실은 나도 이거 끝나고 혼자야. 괜찮으면 어딘가 가서 작전회의를 할까?"

"좋아. 어디가 좋을까. 이 호텔 라운지?"

"거기는 너무 비싸지. 역에서 여기 올 때, 호텔 앞에 커피점이 보이던데 그쪽은 어때?" 레이토가 커피점 이름을 알려주었다.

"거기라면 나도 알아. 좋아, 그럼 이따 보자."

알았다고 말하고 레이토는 유미 곁을 떠나 요리가 줄줄이 차려진 테이블로 향했다.

과자처럼 컬러풀한 오르되브르 몇 가지를 먹은 뒤에 초밥, 녹차 메밀국수, 장어 덮밥을 차례차례 먹어치웠다. 위스키 미즈와리로 한숨 돌리면서 새삼 행사장 안을 바라보다가 다시 아는 얼굴 두 명을 발견했다.

'다쿠미야 본점'의 오바 소키와 후쿠다였다. 후쿠다의 직함이 상무였던가. 치후네 얘기로는 오바 가와 야나기사와 가는 오래 전부터 교류가 있었다고 했으니까 분명 사업상으로도 관련이 있는지 모른다.

오바 소키와 후쿠다는 이 테이블에서 저 테이블로 인사를 다니고 있었다. 후쿠다가 점찍은 인물에게 말을 붙이고 소키를 소개해주는 것 같았다. 오늘은 소키도 정장 차림이었지만 몸에 익지 않은 듯 뭔가 어설펐다. 표정도 시원찮아서 마지못해 끌려 다니는 것처럼 보였다.

레이토는 딱해서 한숨이 새어나왔다. 노포 화과자집 후계자도 꽤 힘든 일인 모양이다.

그런 생각을 하고 있는데, "엇, 자네는……"이라고 옆에서 누군가 말을 건넸다. 그쪽을 돌아보고 레이토는 가슴이 철렁했다. 사지 도시아키였다. 목표로 삼은 사람들에게 명함을 뿌리는 작업이 한바탕 끝난 건가.

"역시 맞네. 월향신사 녹나무 파수를 맡은…… 이름이……."

나오이입니다, 라고 말하고 레이토는 고개를 숙였다. "안녕하십니까, 사지 씨."

"그렇지, 나오이였어. 맞아, 야나기사와 씨의 친척이라고 했지?"

유미와는 다르게 레이토가 이 자리에 있는 이유를 금세 알아차린 것 같다.

"항상 성원해주셔서 감사합니다."

"그건 내가 할 말이지. 다음 달에도 보름날과 그 전날 밤으로 예약했어. 잘 부탁하네."

"알겠습니다. 기다리겠습니다."

그래, 라고 고개를 끄덕이고 사지는 행사장 안을 둘러보았다.

"그나저나 대성황이야. 역시 야나기사와 그룹은 대단해. 녹나무 인연으로 야나기사와 씨를 만난 덕분에 이런 행사도 알게 됐지. 정말 운이 좋았어." 사지의 중얼거림은 유미에게서 들은 얘기를 뒷받침하는 것이었다.

레이토의 머릿속에 퍼뜩 의문이 떠올랐다.

"실례지만 사지 씨는 어떤 일을 계기로 녹나무 기념을 알게 됐습니까?"

"계기?" 화이트 와인을 입으로 가져가려던 사지는 뜻밖이라는 얼굴을 했다. "그걸 계기라고 해야 하나? 나는 보름날 쪽이니까 그냥 흔한 패턴이야. 유언 비슷한 걸 발견하고 남들 하는 대로 내가 기념을 하러 가게 됐어."

"유언요?" 생각지도 못한 말이 튀어나왔다. "어떤 분의?"

"어떤 분이냐니, 그건……." 사지는 당혹스러운 듯 말을 어물거렸다.

"엇, 죄송합니다. 대답하지 않으셔도 돼요." 레이토는 서둘러 말했다. 기념에 관한 것을 당사자에게 물어보는 건 금기 사항이다.

그러고 보니, 라고 사지가 비어 있던 한쪽 손을 턱에 댔다. "지난번에 기념을 예약할 때, 야나기사와 씨가 그런 얘기를 했어. 견습생이 녹나무 파수를 하고 있다, 기념에 대해서는 일부러 알려주지 않기로 했으니 이래저래 불편하실지도 모르지만 부디 이해해달라고 하시더라고. 그렇군, 자네는 기념의 시스템을 잘 모르는 거야."

"네, 그렇습니다." 레이토는 목을 움츠리며 말했다.

"거참, 재미있군. 나처럼 보름날 밤에 기념을 하는 입장이 되면 좋든 싫든 그게 어떤 것인지 몸소 알게 되는데 말이야. 자네는 아직 기념을 해본 적이 없는 거네?"

"없습니다."

"그렇군. 자네, 부모님은?"

"안 계십니다. 두 분 다 제가 어렸을 때 돌아가셨어요."

"저런, 힘들었겠네. 조부모님은?"

"할아버지도 안 계십니다. 하지만 힐머니는 살아 계세요."

"그 할머님은 야나기사와 가 쪽의?"

"아뇨, 야나기사와 가와는 관련이 없습니다."

"그래? 그렇다면 자네가 기념을 할 기회는 웬만해서는 오지 않을지도 모르겠네."

뭔가 의미심장한 말투여서 무슨 말씀이냐고 물어볼 뻔했

지만 레이토는 가까스로 꾹 참았다. 그러자 사지 쪽도 뭔가 깨달은 듯한 기색으로 겸연쩍은 얼굴을 했다.

"아차, 내가 쓸데없는 말을 해버렸군. 기념에 대해 자네에게는 아무것도 알려주지 말라고 야나기사와 씨가 당부했었는데. 방금 그 얘기는 못 들은 걸로 해줘. 적어도 나한테서는 못 들은 걸로."

"네, 알겠습니다."

"자, 그럼 다음 달에." 사지는 남은 와인을 마시고 빈 잔을 테이블에 내려놓더니 자리를 떴다.

그 뒷모습을 지켜보며 레이토는 방금 들은 이야기를 되새겨보았다. 마음에 걸리는 부분이 몇 가지나 있었다.

사지의 얘기에 의하면, 한 번이라도 기념을 하면 그게 어떤 것인지 금세 아는 모양이다. 하지만 레이토에게는 그런 기회가 오지 않을 수도 있다고 한다.

대체 뭔가, 이 사람도 저 사람도 하나같이 궁금증만 더해주는 것 같아서 짜증이 났다.

그럭저럭하는 사이에 "환담 중에 죄송합니다만 잠깐 주목해주십시오"라는 사회자의 목소리가 파티 종료시간이 다가온 것을 알렸다. 일제히 박수를 치는 것으로 자리를 마무리하자는 것이었다. 박수를 선도해주기 위해 아마도 야나기사와 그룹 소속인 듯한, 유난히 길고 긴 이름의 협회 회장이 소개되었다. 단상에 오른 사람은 백발 머리의 바짝 여윈 노인이었다. 그는 카랑카랑한 목소리로 "끝내기 박수를 치고자 하니 여러분, 힘차게 부탁드립니다"라고 말했다. 야앗, 이라는 선도음 뒤에 일제히 박자를 맞춰 세 번씩 세 번 반복해서 치고 마지막으로 한 번 따악 친다. 레이토는 끝내기 박수라는 건 난생처음 쳐봤다. 파티라는 게 이래저래 번거롭구나, 라고 생각했다.

사회자는 "음식도 주류도 아직 많이 남았습니다. 여러분, 부디 시간이 허락하는 한, 마지막까지 마음껏 즐겨주십시오"라고 말했지만 참석자들은 줄줄이 출구로 향하기 시작했다. 레이토도 그 흐름을 타고 이동하면서 치후네와 유미의 모습을 찾아보았다.

유미가 사지와 선 채로 얘기를 주고받는 모습이 보였다. 하지만 금세 헤어져 따로 움직이고 있었다. 유미가 말했던 대로 사지는 이제부터 누군가를 접대하러 가는 모양이다.

치후네는 눈에 띄지 않았다. 임원회의는 지하의 메인 바에서, 라고 했었다. 벌써 그쪽으로 향했는지도 모른다.

다른 손님들과 함께 행사장에서 밀려나온 뒤, 요의가 몰려와 화장실로 갔다. 이 타이밍에 똑같은 생리현상을 느낀 사람들이 많았는지 화장실은 북적거렸다.

볼일을 보고 세면대에서 손을 씻고 있는데 정면 거울에 눈에 익은 얼굴이 비쳤다. 오바 소키가 레이토의 왼쪽 옆에 있었던 것이다. 그쪽도 알아봤는지 입이 살짝 벌어졌다.

안녕하세요, 라고 레이토가 인사하자 소키도 네에, 라고
대답해왔다.

"오늘 저녁에도 후쿠다 씨와 함께 왔지요? 바쁜 것 같아서
인사도 못했지만."

소키는 입가를 구부리며 어깨를 슬쩍 들먹거렸다.

"높으신 분들에게 나 같은 사람을 소개해봤자 쓸데없다고
말했는데, 그 아저씨가 영 들어먹지를 않아요."

아저씨라는 건 후쿠다 얘기인 모양이다.

화장실을 나온 뒤 레이토는 "자세한 것까지는 모르지만 소
키 씨, '다쿠미야 본점'의 후계자예요?"라고 물어보았다.

소키는 발을 멈추고 두 손을 호주머니에 찌른 채 고개를 외
로 꼬았다.

"일단 그런 것으로 되어 있죠. 그래서 일이 진짜 귀찮아졌
지만."

"일단, 이라뇨?"

"이래저래 사정이 있어요." 세세한 건 묻지 말라는 말투였다.

"뭔가 힘들어 보이던데요. 녹나무 기념도 그렇고."

소키는 혀를 차면서 얼굴을 일그러뜨렸다. "다음 달에도
또 그걸 해야 하다니, 진짜 지겹네요."

"그렇게 힘들어요?"

"그야 힘들죠. 되지도 않을 일을 자꾸 시키는데."

"어떻게 안 된다는 걸 알아요?"

"알죠. 이유는 말할 수 없지만." 소키는 호주머니에서 오른손을 꺼내더니 귓구멍을 파면서 레이토를 보았다. "그 수속, 구멍이 있어요."

"수속이라니, 무슨?"

"기념 접수 수속 말예요. 호적등본을 체크하던데 그런 방법으로 하는 건 좀 문제가 있어요."

무슨 얘긴지 레이토는 알아들을 수 없었지만, 우선 "그 방법의 뭐가 문제인데요?"라고 물어보았다.

"당연히 문제가 되죠. 호적등본이라는 건 어차피……." 거기까지 말한 참에 소키는 레이토의 등 뒤를 보며 문득 말을 멈췄다.

곧바로 "소키 씨!"라고 부르는 소리가 레이토의 뒤쪽에서 들렸다. 돌아보니 후쿠다가 뛰어오는 참이었다.

"여기 계셨습니까. 어서 가십시다. 그쪽은 벌써 2차 장소로 출발하신 모양이에요. 단골 고객을 기다리시게 하면 안 됩니다."

아무래도 이쪽도 이제부터 거래처 접대가 있는 모양이나.

소키는 얼굴을 찌푸렸다. "난 됐어요. 후쿠다 씨가 알아서 해주세요."

"무슨 말씀이십니까. 소키 씨를 소개하려고 마련한 자리예요. 제발 부탁합니다. 자아, 어서어서."

"어휴, 알았어요." 소키가 머리를 긁적였다.

"다음 달, 기다리겠습니다." 레이토는 두 사람을 번갈아 바라보며 말했다.

후쿠다는 레이토 쪽을 얼핏 쳐다봤지만 인사치레를 할 여유는 없다고 생각했는지 한 차례 고개만 끄덕이고 소키의 등을 밀며 급하게 걸음을 옮겼다.

마침 중요한 대목이었는데, 라고 레이토는 살짝 입술을 깨물었다. 아무래도 오바 소키는 함부로 기념에 대한 얘기를 해서는 안 된다는 의식은 별로 없는 것 같았다. 잘 구슬리면 다음번에는 좀 더 자세한 얘기를 들을 수 있을지도 모른다.

그나저나 호적등본이라는 건 무슨 소리인가. 소키의 말에 따르면 기념을 신청할 때 호적등본을 체크하는 모양이다. 그걸 체크하는 사람은 물론 치후네일 것이다. 왜 그런 게 필요한 것인가. 게다가 그 방법에는 구멍이 있다고 소키는 말했다.

아무리 생각해봐도 뭐가 뭔지 알 수 없었다. 고개를 갸웃거리면서 호텔을 뒤로했다.

유미와 만나기로 약속한 커피점으로 향하던 중에 레이토는 자신의 마음이 둥실둥실 떠오르는 것을 자각했다. 지금부터 유미를 만난다고 생각하니 저절로 발걸음이 가벼워지는 것이다. 이유는 명백하다. 그녀가 점점 좋아지고 있었다. 사지 도시아키의 기념을 훔쳐본 것으로 치후네에게 꾸지람을 들었을 때, 변명을 위해 그녀의 이름을 대지 않았던 것도 그

때문이다. 사지의 비밀에 호기심이 생긴 것도 있었지만, 무 엇보다 유미와 함께하는 시간을 좀 더 오래 갖고 싶었던 것 이다.

미인인데 당연하지, 라고 레이토는 자신의 마음을 정당화 시켰다. 하지만 분명 남자 친구가 있을 거야, 라는 체념의 마 음도 준비해두고 있었다. 그녀는 대학생이다. 원래는 고졸인 자신을 상대해줄 리 없다. 녹나무 파수꾼이기 때문에 만나주 는 것이다.

커피점에 가보니 벌써 안쪽 테이블에 유미의 모습이 보였 다. 고개를 숙이고 스마트폰을 들여다보고 있었다. 레이토를 알아보는 기척도 없어서 먼저 카운터에 들러 마실 것부터 사 기로 했다.

L사이즈 카페라테를 손에 들고 테이블로 다가갔다. 늦은 시간대라서 손님은 많지 않았다. 주위에 다른 사람이 없어서 얘기하기가 편할 것 같았다.

기척을 눈치챘는지 그제야 유미가 얼굴을 들었다. "어, 왔 구나? 고생했어."

"응, 너도 수고했어." 레이토는 맞은편 의자를 빼내 앉았다. 아닌 게 아니라 상당히 피곤했다. 계속 서 있었기 때문이다.

"저런 파티, 대체 뭐가 재미있지? 요리는 꽤 맛있었지만 그 걸 서서 먹으려니까 진짜 불편하더라고. 게다가 낯선 사람들 에게 인사를 다니느라 어깨도 결리고 신경도 쓰이고."

"식사를 목적으로 참석하는 사람은 아무도 없어. 대부분 우리 아빠하고 똑같아. 얼굴을 알리고 어떻게든 커넥션을 만들려는 거야. 사교 모임이란 게 원래 그래." 가볍게 그런 얘기를 해주는 유미가 꽤 어른스럽게 보였다. 정장 차림 때문만은 아닐 것이다.

"유미는 저런 파티, 자주 가봤어?"

"자주 간 건 아니지만 뭐, 뻔하잖아. 우리 아빠 머릿속에는 장사밖에 없거든." 유미는 빨대로 컵 속을 휘저으며 말했다.

"그래도 요즘은 장사 아닌 것도 생각하시잖아. 녹나무에 대한 것이라든가."

"맞아, 그거야." 유미는 컵을 내려놓고 오른손 검지를 위아래로 흔들었다. "분명 아빠 머릿속의 몇 퍼센트는 그 여자에 대한 것이 차지하고 있어. 애초에 내가 오늘 얌전히 따라온 것도 그에 관한 단서를 찾아낼지도 모른다는 기대가 있었기 때문이야. 안타깝게도 기대가 어긋나기는 했지만."

"그 뒤로 뭔가 진전된 건 없었어?"

"진전이라고 할 수 있을지는 모르겠지만, 그 뒤에 또 한 번 아빠가 움직였어. 행선지는 역시 시부야 쪽이야. 지난번과 같은 입체 주차장에 차를 세우고 2시간쯤 어디선가 보낸 뒤에 집에 돌아왔어. 단지 마음에 걸리는 건 기치죠지 맨션에는 들르지 않았다는 거야. 아마 그 여자하고 시부야에서 만난 것 같아."

"또 시부야의 호텔에? 여자네 맨션이 아니고? 상당히 깊이 빠져든 건가."

호텔에서의 섹스에, 라는 말은 꿀꺽 삼켰다.

흐음, 하고 유미는 생각에 잠긴 채 빨대로 컵 안의 것을 마셨다. 빨대에서 입을 떼더니 "실은 그것과는 별도로 마음에 걸리는 게 있었어"라고 말했다.

"어떤 건데?"

"언제부터인지는 확실치 않지만, 아무튼 최근에 아빠가 노래를 자주 듣고 있어. 스마트폰에 이어폰을 꽂고 멍하니 듣고 있더라니까. 어떤 걸 듣는 거냐고 물어봤더니 옛날 유행가라나? 근데 예전에는 아빠가 그런 걸 들은 적이 한 번도 없었어. 요즘 들어 부쩍 듣고 싶어진 것뿐이라면 물론 그럴 수도 있겠지만, 아무래도 뭔가 수상하지 않아?"

"옛날 유행가를? 유미도 같이 들어보자고 하면 어떨까."

"그야 물론 말해봤지. 그랬더니 사생활 침해라서 안 된대."

"사생활 침해?"

"음악 데이터도 이미지나 동영상처럼 사적인 파일이니까 안 된다는 거야. 사적인 취미를 설령 내 딸이라고 해도 함부로 보여줄 수는 없다나? 말도 안 되는 핑계지 뭐야. 아무래도 좀 수상하지?"

흐음, 하고 레이토는 신음했다. "일리가 있는 것도 같고 아닌 것도 같고……."

"그래서 내가 한마디 했어. 노래가 아니라 들키면 창피한 야한 것을 듣는 거 아니냐고. 그랬더니 뭐라고 한 줄 알아?"

"나야 모르지. 뭐라고 하셨는데?"

"아빠를 그런 식으로 생각하다니, 뭐, 네 마음대로 생각해라, 라는 거야."

"오히려 강하게 나오셨네."

그녀의 얘기를 들어본 한에서는 아닌 게 아니라 수상쩍었다. 기껏해야 노래라면 딸에게 들려줘도 별문제가 없을 터였다. 레이토가 그렇게 말하자 유미는 "맞아, 역시 이상하지?"라고 입을 뾰로통하게 내밀었다.

"혹시 그것과 관계가 있는 거 아냐? 사지 씨의 콧노래 말이야. 기념을 하던 중에 흥얼거렸던 노래."

아, 하고 유미는 고개를 끄덕이더니 고개를 갸우뚱했다. "글쎄, 그런가?"

"나도 마음에 걸리는 게 있었어. 전에 얘기했던 사지 씨의 형님, 사지 기쿠오 씨에 대한 거야."

"그건 일단 제쳐두기로 지난번에 얘기했었잖아."

"관계없을 가능성이 높다는 얘기는 했었지. 하지만 그 뒤로 내가 알아낸 게 있어."

레이토는 가족 혹은 친척이라고 생각되는 두 사람 중 한쪽이 그믐날 밤에 기념을 하고 그로부터 한참 지난 뒤에 다른 한쪽이 보름날 밤에 기념을 하는 경우가 많았다는 것을 유미에게 말했다.

"찬찬히 살펴보니까 거의 대부분이 그런 패턴이야. 사지 씨와 기쿠오 씨처럼 5년씩 간격이 벌어지는 경우는 현재까지는 아직 눈에 띄지 않았지만, 2년에서 3년쯤 간격이 있는 경우는 아주 많아. 그래서 이모님에게 확인해봤는데 자세한 것까지는 알려주지 않았지만, 좋은 점에 주목했다는 얘기는 하더라고. 그러니까 사지 씨의 기념은 형님의 기념과 분명 뭔가 관계가 있는 것 같아."

유미는 팔짱을 끼고 콧잔등에 주름을 잡았다.

"그런 걸 나한테 얘기해봤자 나는 잘 모르지. 큰아버지에 대해서는 나도 전혀 아는 게 없어. 그렇다고 아빠에게 물어볼 수도 없고 할머니는 치매를 앓고 있고."

"어떻게든 알아볼 방법이 없을까? 옛날 앨범이라든가."

"그건 찾아볼 수 있지만, 앨범으로 뭘 알아낼 수 있다는 거야?"

"……그건 정확히는 모르지. 아, 그렇다, 유언장 같은 건 없을까?"

"유언장?"

"아까 사지 씨가 잠깐 얘기했었어. 기념을 하게 된 계기는 유언 비슷한 걸 발견했기 때문이라고. 그거, 혹시 형님의 유언이었던 거 아닐까?"

"유언이라……. 할머니는 아직 살아계시고 할아버지가 돌아가신 건 한참 전이니까 아빠에게 유언을 남겼다고 한다면 그 형님이라고 생각할 수밖에 없는 건 확실한데…….”

“그렇지? 그러니까 어딘가에 있지 않을까, 그 유언장?”

“알았어. 한번 찾아볼게.” 유미는 테이블에 놓인 스마트폰을 집어들더니 뭔가 입력하기 시작했다. 이번 미션을 잊지 않도록 메모 앱에 써넣는 것이리라.

유미가 스마트폰을 내려놓는 것을 보고 레이토는 “또 한 가지 생각난 게 있어”라고 말했다. “라임원이라는 곳, 기억나?”

“라임원……. 뭐 하는 데였더라?”

“사지 기쿠오 씨가 입주했던 요양원. 요코스카에 있다는.”

아, 하고 유미는 그제야 생각난 모양이다. “근데 그게 왜?”

“그곳에 직접 가보는 건 어떨까? 기쿠오 씨가 사망한 게 4년 전이라면 당시 일을 기억하는 직원이 아직 있을 거야. 기쿠오 씨는 어떤 사람이었는지, 어떤 병을 앓았고 어떤 상황에서 사망했는지, 그런 얘기를 들을 수 있을지도 몰라.”

“진짜 그럴지도 모르겠다. 하지만 요코스카라니, 너무 멀잖아.” 떨떠름한 얼굴로 유미는 말했다. 별로 내키지는 않는 눈치였다.

“그럼 내가 혼자 갔다 와도 될까?”

“레이토가? 혼자서?” 유미는 눈이 둥그레져서 몇 번이나 끔뻑거렸다. “남의 일에 왜 그렇게까지?”

“분명 기쿠오 씨의 문제 자체는 남의 일이겠지. 하지만 그분에 대해 조사하다 보면 기념이 무엇인지도 알 수 있을 것 같아. 그렇게 되면 나 자신의 문제야." 레이토는 자신의 가슴에 엄지 끝을 대며 말했다. "게다가 실은 전혀 남의 일이라고 생각할 수가 없어. 지금까지 한 번도 만난 적이 없는 친척이 갑자기 내 인생에 뛰어들었다는 점에서는 유미보다 내가 더하니까. 하긴 내 경우에는 큰아버지가 아니라 이모님이지만."

유미는 미간에 주름을 잡았다. "무슨 얘기야?"

"내가 이모님 만난 거, 얼마 안 됐어."

레이토는 어느 날 갑자기 이모라는 사람이 나타나 녹나무 파수꾼을 맡으라고 한 경위를 이야기했다. 단 경찰에 잡혀갔던 것은 숨기고, 빚을 덜어준다는 조건으로 그 지시에 따랐다고 설명했다.

"그런 사정이 있었구나. 그러고 보니 전에 빚이 있다고 했었지? 레이토도 이래저래 책임져야 할 게 많네."

"책임져야 할 만큼 심각한 건 아니야. 그보다 요즘 마침 보름날과 그믐날의 중간쯤이라서 기념하러 오는 사람이 없어. 그래서 하루쯤이라면 신사를 비워도 괜찮아. 다만 사지 가와 아무 관계도 없는 내가 '라임원'에 찾아가면 그쪽 사람들이 수상하게 생각할 거야. 그래서 이런 식으로 설명하려고 해. 사지 기쿠오 씨의 조카딸이 있는데 최근에 그 조카딸이 한 번도 본 적이 없는 큰아버지에게 관심을 가지게 되었다, 하지만 공부 때문에 시간에 쫓겨 나오기가 어렵다, 그래서 친구인 내가 그녀의 부탁을 받고 문의하러 왔다. 어때?"

"글쎄." 유미는 미심쩍은 표정으로 고개를 비스듬히 기울였다. "뭔가 부자연스러운 얘기로 들리는데? 레이토가 내 친구라는 걸 어떻게 증명할 거야?"

날카로운 지적에 레이토는 순간 대답이 나오지 않았지만 "아, 그거다!"라고 오른쪽 주먹으로 왼쪽 손바닥을 타악 쳤다.

"유미와 함께 찍은 사진. 그걸 보여주는 거야."

엉겁결에 생각난 것이지만 유미와 단둘이 사진을 찍을 좋은 구실이 생겼다, 라고 레이토는 내심 득의의 미소를 지었다.

"그게 통할 것 같아? 그쪽에서는 내 얼굴을 모르잖아. 레이토와 함께 사진에 찍힌 젊은 여자가 사지 기쿠오 씨의 조카딸이라는 증거는 어디에도 없어." 유미는 냉철한 의문을 입에 올렸다.

"그렇다면 유미의 학생증이나 운전면허증 같은 것도 찍어가면 어떨까. 워낙 드문 이름이니까 믿어줄 것 같은데."

"안 되지. 사진쯤은 얼마든지 조작할 수 있어. 요즘 세상에 사진 같은 건 아무 증거도 안 돼. 그 정도는 상식이지."

아닌 게 아니라 맞는 말이었다. 지극히 논리적인 의견에 반론도 못하고 레이토는 입을 다물었다. 대안을 내놓으려고 머리를 굴려봤지만 좋은 생각은 떠오르지 않았다.

그러자 유미가 뭔가 생각난 듯 스마트폰을 집어들었다. 손가락 끝을 부드럽게 움직이고 화면을 들여다보며 생각에 잠겼다.

혹시, 라고 그녀는 화면을 들여다본 채 말했다. "간다면 언제가 될 것 같아?"

"가다니, '라임원'에?"

"당연히 거기지."

"그건 아까도 말했지만 마침 한가한 시기라서 2, 3일 안에 가볼 생각인데……."

"내일이나 모레?"

"그렇지. 하지만 내일은 좀 어려워. 오늘 내내 밖으로 나돌아서 일거리가 밀렸으니까."

유미가 얼굴을 들었다. "모레로 하자."

"응?"

"나도 갈게. 모레, 함께 가자."

"괜찮겠어?" 체온이 부쩍 높아지는 것을 레이토는 느꼈다. "아까는 너무 멀다고 했잖아."

"먼 곳이니까 남한테 맡길 수는 없지. 애초에 이건 내 문제라고 할까, 우리 집안 문제야. 아빠에게 친형이 있는데 그 사람에 대해 전혀 알지 못하다니, 역시 이상한 일이야. 게다가 내가 가서 신분증을 제시하면 아무리 그래도 믿어줄 거고."

"그건 그렇지. 응, 알았어, 그렇게 하자."

레이토는 조금 식어버린 카페라테를 입에 머금었다. 태연한 척했지만 벌써부터 마음이 달뜨고 있었다. 생각도 못했는데 둘이서 먼 곳으로 여행을 할 수 있게 된 것이다.

자세한 일정을 상의한 결과, '라임원'까지 렌터카로 가기로 했다. 유미가 자기 집 근처에서 차를 빌려 레이토를 데리러 월향신사까지 와준다고 했다. 검색해보니 고속도로를 이용해도 1시간 가까이 걸릴 것 같았다. 오전에 출발하기로 결정했다.

"뭐든 수확이 있을 거야. 기대된다."

"큰아버지에 대한 것도 마음에 걸리지만." 유미 쪽은 생각에 잠긴 얼굴로 스마트폰을 테이블에 내려놓았다. "나는 역시 그 여자와 아빠의 관계를 분명하게 확인하고 싶어. 시부야 어디서 뭘 하고 있는지. 만일 호텔 같은 곳에 드나드는 거라면 어떻게든 현장을 잡아야 해."

사지 기쿠오 건과는 별도로 아버지가 바람을 피우는 게 아닌가, 하는 의심은 전혀 지워지지 않은 모양이다. 그 심정은 레이토도 충분히 짐작할 수 있었다.

"아예 사지 씨의 스마트폰에 위치 정보 앱을 몰래 깔아두는 건 어떨까?"

유미는 피식 웃음을 터뜨렸다.

"그건 완전히 범죄잖아. 들켰다가는 재미없어. 게다가 너무 어려워. 아까 한 얘기 잊었어? 노래 파일도 못 듣게 했다니까. 내가 아빠 스마트폰에 손을 댈 수 있겠어?"

"그러면 기치죠지의 맨션을 알아냈을 때 썼던 방법은 어떨까. 사지 씨가 움직이는 것을 시부야 근처에서 기다리다가 그 주차장 쪽에 먼저 가 있는 거."

"그 방법은 아버지가 움직일 타이밍을 대략 짐작할 수 있었기 때문에 가능했어. 목요일이나 금요일 저녁때쯤이라고 미리 감을 잡았으니까. 하지만 요즘 아빠가 움직이는 날이 제각각이야. 게다가 그때는 여름 방학이라서 나도 시간이 넉넉했었지."

"아닌 게 아니라 언제인지도 모른 채 시부야에서 계속 잠복하고 있을 수는 없겠네."

"내가 이래봬도 꽤 바쁜 사람이야."

"데이트 때문에?" 티 안 나게 슬쩍 물어보았다.

"그런 것도 있고."

스르륵 대답하는 바람에, 있구나, 역시, 라고 레이토는 혼자 속으로 낙담했다. 조금 전까지의 기쁨이 반쯤 떨어져나간 듯한 느낌이었다.

커피점을 나와 둘이서 신주쿠 역으로 향하기로 했다. 그런데 아까 갔었던 호텔 앞을 지나는 순간, 레이토는 무심코 정면 현관을 돌아보다가 흠칫했다. 치후네가 그 앞에 서 있었기 때문이다. 정장 차림이고 코트는 입고 있지 않았다. 레이토는 저도 모르게 발을 멈췄다.

"왜 그래?" 유미가 물었다.

"호텔 현관 앞에 이모님이 서 계셔. 뭔가 일이 생겼는지도 모르겠다. 잠깐 가봐야겠어."

"알았어. 자, 그럼 여기서."

"그래, 모레 만나자."

"기왕이면 날씨가 맑았으면 좋겠다." 유미는 미소를 짓더니 가볍게 손을 흔들고 걸음을 뗐다.

레이토는 그녀의 뒷모습에서 치후네에게로 시선을 옮기고 급한 걸음으로 다가갔다.

치후네는 선 채로 수첩을 들여다보고 있었다. 그 모습에서는 평소의 침착함이 보이지 않았다. 레이토가 그녀의 이름을 불렀다.

치후네가 수첩에서 얼굴을 들고 레이토 쪽을 보았다. 표정이 어딘가 멍하고 눈은 초점이 맞지 않는 것처럼 보였다.

"너는…… 지금까지 어디서 뭐 하고 있었니?"

"파티에서 만난 친구하고 차를 마셨어요. 치후네 씨는 임원회의, 벌써 끝났어요? 지하의 바에서 '호텔 야나기사와'에 대한 문제를 상의한다고 하셨는데? 하고 싶은 말은 다 하셨어요?"

레이토의 말을 듣자마자 치후네의 뺨이 꿈틀 움직였다. 동시에 눈에 생기가 되살아났다. 초점이 맞춰지면서 허공의 뭔가를 지그시 노려보고 있었다.

후우 큰 숨을 토해낸 뒤 그녀는 입을 열었다. "역시 나는 과거의 사람이 된 모양이야. 무시당했어요."

"무시당하다니, 무슨 말씀이에요?"

"바에는 갔었어요. 약속한 시각보다 조금 빠르게. 그런데 아무리 기다려도 그자들이 나타나지 않았습니다. 웬일인가 싶어서 연락해봤더니 오늘 밤 모임이 급작스럽게 취소되었다는군요. 그렇다면 왜 미리 알려주지 않았느냐고 했더니 누군가는 연락했을 거라고 생각했다나. 일단 사과는 했지만, 속으로는 어떻게 생각했는지……."

"어떻게 그럴 수가 있어요? 사람을 바보로 알아도 분수가 있지."

"고문이라고 해도 어차피 과거의 사람이라고 만만하게 보는 거겠지요. 공연히 화를 내봤자 쓸데없는 짓이라서 잊어버리기로 했어요. 어서어서 돌아갑시다." 그렇게 말하고 치후네는 들고 있던 수첩을 가방에 챙겨 넣었다.

"네, 알았어요. 그럼 코트를 찾아올게요." 레이토는 오른손을 내밀었다.

"아참, 그렇지, 코트를 찾아야지." 치후네는 가방에서 글로크 번호표를 꺼내 레이토의 오른손에 얹어주었다. "부탁해요."

"날이 차니까 치후네 씨도 안에 들어가서 기다리세요. 제가 얼른 찾아올 테니까." 레이토는 호텔로 들어가 총총걸음으로 로비를 가로질러 엘리베이터 홀로 향했다. 파티 행사장은 3층이다.

클로크에서 캐멀색 코트를 받아들고 다시 엘리베이터를 기다렸다. 곧바로 위층에서 내려온 엘리베이터의 문이 열리고 남자 몇 명이 안에서 나왔다. 그들의 얼굴을 보고 움찔했다. 선두에 있는 사람이 야나기사와 가쓰시게였기 때문이다. 그 뒤에 마사카즈도 있었다.

그쪽에서도 레이토를 알아봤는지 우선 가쓰시게의 표정이 험악해졌다.

"자네, 아직도 여기 있었나?" 그렇게 물은 것은 마사카즈였다.

"임원회의가 취소되었다고 이모님께 들었습니다만."

가쓰시게가 뭔가 말하려고 했지만 마사카즈가 그의 어깨를 잡으며 제지했다. "그건 그렇지만, 왜 그러지? 자네와 관계가 있나?"

"정말 취소된 거예요? 지금까지 위층에서 뭘 하고 있었습니까?"

이봐, 라는 가쓰시게의 목소리가 날아왔다. 마사카즈가 다시금 동생의 어깨를 툭 치며 가로막았다.

"어른들만의 사정이라는 것도 있는 거야." 마사카즈는 냉철한 눈빛을 던졌다. "머지않아 자네도 알게 될 거야. 진짜 어른이 되는 날이 온다면 그렇다는 얘기지만. 지금은 시간이 없어서 이만 실례하겠네. 치후네 씨에게 인사 전해주게."

마사카즈는 레이토의 대답은 들으려고 하지 않고 가쓰시게를 재촉해 걸음을 옮겼다. 뒤돌아보는 기척조차 없었다.

레이토는 로비로 돌아와 치후네에게 코트를 건넸다. 그녀는 고마워, 라면서 코트를 걸쳤다. "자아, 갑시다."

네, 하고 레이토는 뒤를 따라갔다. 마사카즈 일행과 마주쳤다는 얘기를 해야 할지 말지 망설였지만 결국 입을 다물기로 했다.

신주쿠 역에서 올 때와는 반대 방향으로 달리는 급행전차에 탔다. 승객이 많아서 나란히 앉을 수는 없었다. 경로 우대석에 앉은 치후네의 모습을 레이토는 다른 승객들 틈새로 바라보았다. 오는 전차를 탔을 때와 비교해서 몸이 조금 더 작아진 것처럼 보였다.

15

그 전날 근처 쇼핑몰에서 사온 마운틴 파카를 걸치고 세면
대 거울에 뒷모습을 비춰보고 있는 참에 호주머니에 넣어둔
스마트폰이 전자음을 올렸다. 유미가 보낸 문자메시지로,
'이제 곧 도착 예정'이라고 적혀 있었다. '알았어. 지금 나갈
게'라는 답신을 보내고, 지갑을 청바지 호주머니에 쑤셔 넣
고 종무소 열쇠를 집어들었다.

오늘 아침에 경내를 청소할 때는 햇살이 비쳤지만 종무소
를 나와 하늘을 올려다보니 두툼한 회색 구름이 퍼져가고 있
었다. 그저께 유미가 헤어지는 참에 "날씨가 맑았으면 좋겠
다"고 말했지만, 그 바람은 하늘에 가닿지 않은 모양이다.

경내의 계단을 내려와 버스 정류장에서 몇 분 기다리자 감
색 소형차가 레이토 바로 앞에서 멈춰 섰다. 운전석에는 선

글라스를 쓴 유미가 앉아 있었다.

레이토는 조수석 쪽 문을 열었다. "안녕?"

안녕, 이라고 유미도 빙긋이 마주 인사를 해주었다. 검은 니트에 핑크색 면바지 차림새였다. 가슴의 불룩함 쪽으로 시선이 향하지 않게 조심하면서 레이토는 차에 탔다.

유미가 부드럽게 차를 출발시켰다. 이미 내비게이션에 목적지를 세팅해둔 모양이다.

"운전, 괜찮아?"

"완전 괜찮지. 운전하는 거 좋아해. 엄마를 나리타 공항까지 태워다준 적도 있어." 유미의 말투에는 여유가 있었다. 실제로 핸들 조작에 어설픈 구석은 느껴지지 않았다.

자신이 운전하지 않아도 되는 것에 레이토는 안도하고 있었다. 취직하고 얼마 뒤에 면허를 땄지만, 솔직히 운전에는 별로 자신이 없었다. 클럽 웨이터 시절, 가게 차로 호스티스들을 배웅해줘야 했을 때는 항상 긴장해서 겨드랑이가 땀에 흠뻑 젖곤 했다.

유미가 오디오 스위치를 켰다. 곧바로 흘러나온 깃은 J-POP도 K-POP도 서양 노래도 아니었다. 곡명은 전혀 모르지만 클래식이라는 건 레이토도 알 수 있었다.

"이런 음악을 좋아해? 역시 부잣집 따님이시네."

"부잣집 따님은 무슨?" 유미는 그 즉시 부정했다. "이런 음악을 좋아하기는 하는데, 공부 때문에 듣는 것도 있어."

"공부? 유미, 음대야?"

땡, 이라고 유미는 입을 툭 내밀었다. "아니거든? 이래뵈도 건축학과야."

"건축학과? 아, 그렇구나, 집이 건축사무소였지. 유미가 회사를 물려받으려는 거네."

"글쎄 그건 아직 몰라. 내가 공부하는 건 아빠와는 전혀 다른 분야니까."

"어떤 거?"

"건축 음향 공학……인데, 알아?"

"그럼, 알지. 건물의 방음이나 차음(遮音)을 연구하는 거잖아. 그리고 음향 효과를 높이는 것도 연구하고." 공고에서 배운 것들이 생각났다.

맞아, 맞아, 라고 유미가 말했다.

"콘서트홀을 설계하는 게 내 꿈이야. 그렇게 큰 건물이 아니라도 좋아. 아무튼 질 좋은 소리가 울려 퍼지는 콘서트홀. 돔구장에서 하는 라이브, 가본 적 있어? 그건 도저히 음악을 들을 수 있는 환경이 아니야. 여기저기서 반사음이 날아오잖아. 어떤 장소가 됐든 손님을 잔뜩 집어넣고 보자는 사고방식, 진짜 너무 끔찍해. 그래서는 연주하는 쪽도 듣는 쪽도 너무 딱하지. 그런 거 말고 국내외 유명 아티스트가 연주하고 싶어할 만한 진짜 콘서트홀을 만들고 싶어."

"와아, 너, 음악은? 밴드 활동 같은 것도 했어?"

"밴드 활동은 안 했지. 하지만 중학생 때까지 피아노를 쳤어. 배우라고 해서 배웠다고 하는 게 맞을까. 근데 2학년 때 좌절. 그거 알아? 악기 배우는 거, 중학교 2학년 때가 장벽이래. 중학교 2학년 이후에도 중단하지 않으면 그대로 계속하는 일이 많대. 하지만 대부분 그 장벽을 뛰어넘지 못한다는 거지. 나도 그랬어. 중학교 2학년이 되니까 놀러 다녀야지 멋내야지, 아무튼 다른 재미있는 게 너무 많아서 피아노는 어떻게 되든 상관없었어. 그보다 나한테 재능이 없다는 건 그때 이미 알고 있었고."

"피아노에 재능이 있다고 할 만한 사람은 얼마 안 되잖아?"

"나도 그렇게 생각해. 어차피 우리 아빠 엄마도 주위에서 다들 학원에 보내니까 따라서 보낸 것뿐이야. 근데 피아노 솜씨는 시원찮았지만 귀에는 나름대로 자신이 있어." 유미는 핸들에서 왼손을 떼어 자신의 귀를 손가락 끝으로 톡 쳤다. "악기마다 음색의 차이 같은 걸 금세 알아내거든. 그런 만큼 이상한 소리가 섞이면 엄청 신경이 쓰여."

"그 대표적인 예가 돔구장의 라이브 공연?"

"그건 논외야. 누가 봐도 최악이잖아." 유미는 왼손으로 핸들을 두드리며 말했다.

그런 그녀의 모습을 옆 눈으로 바라보며 이렇게 둘이서 '라임원'에 가게 되다니, 정말 잘됐다고 레이토는 진심으로 생각했다. 차가 출발한지 아직 얼마 안 된 참인데도 유미에 대해 이것저것 알게 되었다. 그것만으로도 큰 수확이다.

차가 고속도로로 들어섰다. 다행히 붐비지는 않았다. 유미는 경쾌하게 속도를 올려갔다.

"그나저나 그건 찾아봤어?" 레이토가 물었다. "사지 기쿠오 씨의 유언장 같은 거."

"그게, 아무래도 어렵더라니까." 유미의 목소리 톤이 떨어졌다. "지난번에 큰아버지에 대한 것을 확인하려고 아빠 방에 몰래 들어가 할머니 짐을 뒤져봤다고 했잖아. 그걸 아빠가 눈치챈 것 같아."

"엇, 들킨 거야?"

"확신까지는 아니지만 의심은 했던 것 같아. 자기 방에 들어와 물건에 손을 댔느냐고 엄마한테 캐물었던 모양이야. 물론 엄마는 전혀 모르는 일이라고 했겠지. 그렇게 되니까 당연히 나한테로 의심의 화살이 날아왔는데 아빠로서는 딸한테 뒷조사당할 일은 없다는 생각이 있었는지 반신반의하는 것 같아. 그래서 앞으로 한동안은 섣불리 아빠 방에 접근하지 않는 게 좋아."

"그런 상황이라면 아닌 게 아니라 조심해야겠다."

"그치? 여열이 식을 때까지 조금 시간을 둘 생각이니까 그때까지 기다려."

"물론 나야 괜찮지. 어쨌든 너희 집 문제니까."

"집…… . 집이라는 게 뭘까. 이번 일로 문득문득 생각하게 됐어. 설령 아빠가 바람을 피운다고 해도 지금의 가정을 깨뜨릴 마음이 없다면 딱히 상관없는 거 아닌가 하는 생각도 들고. 일단 우리 가족이 별다른 불만 없이 함께 살 수 있는데 내가 괜한 짓을 해서 평지풍파를 일으키는 건 별로 좋지 않은 거 같아."

"그 의견에는 반은 찬성이고 반은 반대야. 너희 가족은 별다른 불만이 없다고 해도 그 여자 쪽은 어떤지 알 수 없잖아. 그쪽에 아이가 있다면 더더욱 그렇지."

"아빠와 그 여자 사이에 아이가 있을지도 모른다는 얘기야?"

"아니, 예를 들자면 그렇다는 얘기야. 불륜 관계가 지속되면 충분히 일어날 수 있는 일이잖아."

"그럴지도 모르지만 역시나 거기까지는 상상하고 싶지도 않다." 유미는 아랫입술을 툭 내밀고 머리를 휘휘 저었다.

레이토는 자신이 불륜 관계로 태어난 아이라는 것을 고백할까 말까 망설였다. 지금이라면 스르륵 말할 수 있을 것 같았다. 하지만 털어놓는 그 순간부터 유미가 자신에게 던지는 시선에 변화가 생기지 않을까 하는 불안도 지울 수 없었다. 모처럼 이렇게 친해진 것이다. 일부러 관계를 무너뜨릴 필요는 없다. 이래저래 고민한 끝에 조금 더 입을 다물기로 마음을 정했다.

그럭저럭 하는 사이에 유미가 운전하는 차는 가나가와 현으로 들어가 미우라 반도를 종단하는 고속도로 위를 달리고 있었다. 내비게이션이 일러주는 대로 목적지와 가장 가까운 인터체인지로 내려가자 그다음은 채 15분도 걸리지 않았다. 나지막한 산을 올라가는 도로의 중간쯤에 간판이 걸려 있었다. 거기서 언덕길을 올라가자 차량 20대쯤은 너끈히 세울 만한 주차 공간이 있고 그 앞에 베이지색 건물이 보였다.

차를 세우고 둘이서 유리문의 정면 현관으로 들어갔다. 병원 대기실 같은 분위기의 로비가 있고 왼편 접수처에는 흰색 옷차림의 중년 여성이 앉아 있었다. 레이토와 유미를 보자 안녕하세요, 라고 웃음을 건넸다. 입주자의 면회를 하러 왔다고 생각한 것이리라. 가슴팍에 '이케다'라고 적힌 이름표를 달고 있었다.

"잠깐 여쭤볼 게 있는데요." 그렇게 말하며 유미가 다가갔다. "예전에 여기서 지내던 사지 기쿠오 씨라는 분에 대해 문의하려려고 합니다. 누군가 아시는 분이 계실까요?"

"사지 씨……."

"제가 그분 조카딸이에요." 유미는 지갑에서 면허증을 꺼내 상대에게 내보였다. "이런 한자를 쓰는 이름이에요."

이케다라는 접수처 직원은 면허증을 보자마자 곧바로 알겠다는 듯한 얼굴로 아아, 하고 입을 벌렸다.

"어떤 것을 문의하려는 건가요?" 신중한 말투로 되물었다. 개인 정보에 관련된 일이기 때문인지도 모른다.

"큰아버지가 이곳에 계시던 무렵의 일에 대해 알고 싶어요. 어떻게 지내셨는가 하는 거. 왜냐면……." 유미는 한 박자 틈을 둔 뒤에 말을 이어갔다. "할머니가 치매에 걸리셨는데 요즘 자꾸 큰아버지 얘기를 하네요. 근데 저는 큰아버지에 대해 전혀 아는 게 없어서 말을 맞춰줄 수도 없고 너무 답답해서……. 그래서 조금이라도 참고가 될 만한 얘기를 들을 수 있었으면 하고 이렇게 찾아왔어요."

부자연스러운 데 없이 설득력 있는 이유에 레이토는 옆에서 들으면서 혀를 내둘렀다. 유미도 나름대로 준비를 해온 것이리라.

이케다 씨도 공감한 모양이었다. 잠시만 기다리세요, 라면서 안으로 사라졌다.

"방금 그 설명, 아주 좋았어." 레이토는 유미의 귓가에 대고 말했다. "어제 내내 생각해왔어?"

"아니, 전혀. 방금 순간적으로 생각해냈지."

천연덕스럽게 대꾸하는 바람에 레이토는 할 말을 잃었다. 여자란 무시무시하다.

이케다 씨가 돌아왔다.

"사지 씨를 담당했던 직원은 지금 외출중이에요. 이제 곧 돌아올 것 같은데 잠시 기다리시겠어요?"

"네, 기다릴게요." 유미가 즉시 답했다.

"그러면 저쪽에서." 이케다 씨는 근처의 긴 의자를 가리켰다.

레이토는 유미와 나란히 앉았지만 실내를 둘러보고 금세

자리에서 일어섰다. 벽에 사진이며 그림이 줄줄이 걸려있는 게 눈에 띄었기 때문이다. 그쪽으로 다가가 찬찬히 들여다보았다. 사진은 풍경을 찍은 것이 대부분이고 그림은 식물을 그린 것이 많았다. 각각의 작품 밑에는 촬영한 사람이나 그린 사람의 이름이 적힌 카드가 붙어 있었다. 아마도 이곳의 입주자들이리라. 인생의 종언을 평온한 마음으로 맞이하려는 사람들의 모습을 조금이나마 엿본 듯한 느낌이었다.

로비 안쪽의 엘리베이터 문이 열리고 한 가족인 듯한 남녀가 나왔다. 가족이라고 생각한 것은 아기를 품에 안은 여자가 있었기 때문이다.

그들은 담소를 나누며 현관 쪽으로 걸어갔다. 남자는 나이대로 보면 아이를 안은 여자의 남편인 것 같았다. 또 한 명의 여자는 치후네보다 젊어 보이니까 60세 전후일까. 세련된 회색 스웨터 차림에 옅은 화장을 했고 단정한 몸가짐이 교양 있어 보였다. 걸음걸이도 짱짱하고 표정도 밝다. 이 여자의 남편이 이곳에 입주해서 모두 함께 병문안을 온 것인가.

"얘, 술은 절대 마시면 안 돼. 맥주를 안 마신다고 괜찮은 게 아니야. 지난번에 어떤 책에서 봤는데 소주든 위스키든 아무튼 알코올이 들어가면 요산 수치가 높아진다더라. 알겠지?" 나이 든 여자가 남자에게 말하고 있었다. 아무래도 두 사람은 모자간인 모양이다.

"응, 알고 있어요."

"게이코, 잘 부탁한다. 얘가 잠깐만 눈을 떼도 금세 술을 마시잖니."

"네, 잘 지켜볼게요."

"어머니도 건강 조심하세요. 독감이 유행이니까."

"난 괜찮아. 사람들 모이는 데는 가지도 않는데 뭘."

그들의 대화를 듣고 자신의 상상이 틀렸다는 것을 레이토는 깨달았다. 이 나이 든 여자가 이곳에 입주했고 병문안을 와준 아들 일가를 배웅하려고 내려온 것이다.

젊은 부부는 가슴에 단 배지를 접수처에 돌려주고 있었다.

"그럼 다음 달에 또 올게요." 남자가 어머니에게 말했다.

"응, 기다릴게. 아차, 내가 깜빡 잊고 말을 안 했네?" 어머니가 말했다. "어떤 책에서 봤는데 꼭 맥주가 아니어도 소주든 위스키든 아무튼 알코올이 들어가면 요산 수치가 올라간다더라. 조심해야 돼."

그녀의 말에 남자는 순간 당황한 얼굴이었지만 곧바로 고개를 끄덕였다. "응, 알고 있어요. 조심할게요."

"꼭이야?" 어머니는 다짐을 하듯이 말했다.

"그럼 어머님, 이만 갈게요." 남자의 아내가 말했다.

"응, 안녕."

아기와 함께 젊은 부부는 현관을 나섰다. 그 모습을 지켜본 뒤에 남자의 어머니는 발길을 돌렸다. 그리고 레이토와 유미 쪽을 보더니 빙긋이 웃으면서 인사를 건넸다. 레이토도 머리를 숙였다.

그녀는 만족스러운 듯한 웃음 그대로 엘리베이터 쪽으로 걸어갔다. 그 뒷모습은 콧노래라도 들려올 것처럼 즐거워보였다.

잠시 뒤에 접수처에서 이케다 씨가 나왔다. "이제 곧 담당자가 나온다고 합니다."

"고맙습니다. 저어, 조금 전의 아주머니도 이곳에 입주하신 분이에요?" 유미가 엘리베이터 쪽을 돌아보며 물었다. 그녀도 레이토와 마찬가지로 마음에 걸렸던 모양이다.

"네, 그렇습니다."

"아주 정정하신 것처럼 보였는데……."

"그렇죠. 하지만 알아보셨지요?" 이케다 씨가 목소리를 낮췄다.

"똑같은 말을 두 번씩 하시던데요. 본인은 전혀 자각이 없는 것 같았지만요."

이케다 씨는 고개를 끄덕였다.

"교통사고를 당해 뇌에 장애가 남았다고 하네요. 조금 전 같은 기억장애라면 별문제가 없지만 느닷없이 엉뚱한 행동을 하시는 일이 있어요. 게다가 그걸 본인은 전혀 기억하지 못하시거든요."

"그래요?"

"주위에 누군가 항상 지켜보는 사람이 있다면 그럭저럭 넘어갈 수 있지만, 아무래도 집에서는 그럴 수가 없으니까요. 언젠가 집에 혼자 계실 때, 기르던 고양이를 전자레인지에 넣으려고 한 적이 있었던 모양이에요."

히익, 하고 레이토는 저도 모르게 놀란 목소리를 냈다.

"다행히 그 직전에 며느리가 집에 돌아와 미연에 막을 수 있었다고 하더라고요. 그걸 아드님이 본인에게 얘기했는데 전혀 기억을 못했다는 거예요."

"그건 정말 큰일이네요." 유미가 말했다.

"그 일이 결정타가 되어서 스스로 이곳에 들어오기로 결정하셨다나 봐요. 그때 우리에게 자신의 증세에 대해 사람들에게 얘기해도 상관없다고 의견을 밝히셨어요. 스스로 자신의 행동을 컨트롤할 수 없으니까 주위 사람들에게 알려둘 필요가 있다면서." 그러니까 이렇게 당신들에게 이야기해도 괜찮다, 라고 이케다 씨는 말하고 싶은 모양이었다.

그 이야기를 듣고 레이토는 가슴이 아팠다. 조금 전 노부인의 상냥한 표정 아래 그런 비창한 각오가 있었다니, 도저히 상상도 되지 않았다.

"다양한 분들이 입주하신 모양이네요."

유미의 말에 이케다 씨는 가만히 턱을 당겼다. "네, 여기는 그런 곳이니까요."

"우리 큰아버지도 뭔가 심각한 병을 앓고 있었어요?"

그 물음에 대해 이케다 씨는 잠시 생각해본 뒤에 "그건 담당자에게 물어봐주세요"라고 답했다. 섣부른 얘기는 할 수 없다고 판단한 모양이다.

그로부터 잠시 뒤에 사지 기쿠오를 담당했다는 직원이 돌아왔다. 나라사키라는, 동그스름한 얼굴이 안심감을 주는 여자였다. 몸집이 자그마해서 젊어 보이지만 나이는 마흔 전후일 것이다.

조용히 얘기할 수 있는 방이 2층에 있다고 해서 엘리베이터를 타고 올라갔다. 안내해준 곳은 회의용 테이블이 있는 방이었다. 실제로 직원들이 회의할 때 쓰는 모양이었다. 입주 수속 때 사용하는 일도 많다고 나라사키는 말했다.

"사지 기쿠오 씨에 대해 알고 싶다고 했다던데, 구체적으로는 어떤 것이지요?" 나라사키가 물었다.

어떤 것이든, 이라고 유미는 대답했다.

"다 좋아요, 큰아버지에 관한 것이라면 뭐든. 제가 큰아버지를 한 번도 본 적이 없거든요. 왜 우리 가족과 소원해졌는지 저는 전혀 알지도 못했고, 실은 돌아가신 것조차 분명하게는 얘기를 듣지 못했어요. 이건 좀 이상하지 않나요?"

나라사키는 당혹스러움과 망설임이 뒤섞인 표정을 보이더니 한 차례 눈을 숙였다가 다시 유미를 지그시 바라보았다.

"이케다 씨에게서 들었는데, 할머님이 지금 인지증을 앓고 계신다면서요?"

"네, 그렇습니다. 그래서 할머니에게서도 큰아버지에 대한 얘기는 들을 수가 없었어요."

"그러면 아버님은?"

"아버지는 전혀 가르쳐주지 않아요. 그래서 여기로 찾아온 거예요."

"그렇군요……." 나라사키는 거북스러운 듯한 얼굴을 했다. "그런 사정이라면 우리도 질문에 답해드리기가 어려워요. 쓸데없는 얘기를 했다고 아버님 쪽에서 항의가 들어올 수 있으니까요."

"절대로 그렇게 되지 않도록 조심할게요. 모두 제가 책임지겠습니다. 그러니까 좀 알려주세요. 부탁드립니다." 유미는 진지한 어조로 말하고 머리를 숙였다. 레이토도 옆에서 그녀를 따라했다.

아휴, 하고 나라사키가 숨을 토해내는 게 들렸다.

"알았어요. 그렇게까지 말하시니 제가 파악하고 있는 건 말씀드릴게요."

유미가 얼굴을 들고 고맙습니다, 라고 감사 인사를 했다.

나라사키는 곁에 있던 노트북을 열고 익숙한 손놀림으로 키보드를 쳤다.

"사지 기쿠오 씨가 이곳에 입주한 것은 10년 전 9월이었어요. 그 두 달 전에 생일을 맞이해 만 50세가 되었기 때문에 우리 시설에 신청이 가능했을 거예요. 이곳 입주 자격이 50세 이상이니까요."

살아 있다면 현재 60세다. 전에 유미가 사지 도시아키의 나이는 58세라고 했으니까 두 살 위의 형이라는 얘기가 된다. 사망한 게 4년 전이라면 56세일 때였다. 젊은 나이에 맞이한 죽음이라고 해야 할 것이다.

"그때 큰아버지는 어떤 상태였어요?"

"사지 기쿠오 씨는 그 시점에 이미 몇 가지 지병이 있었지만 가장 주의가 필요했던 것은 중증 알코올 의존증이었어요."

유미가 숨을 헉 삼키는 기척이 있었다. 그녀는 레이토 쪽을 흘끔 쳐다보고 나라사키에게로 시선을 되돌렸다. "그래요?"

"모든 지병이 거기서 나온 것이라고 해도 무방합니다. 전문기관에서 치료를 받고 이쪽으로 옮겨왔을 때 알코올은 끊은 상태였지만 이미 손을 쓰기에는 때늦은 부분이 적지 않았어요. 당뇨에 간경변도 진행되었으니까요. 그리고 청각에도 이상이 있었어요."

"청각……. 귀가 안 들렸던 거예요?"

"이곳에 입주했을 때, 이미 소리를 거의 듣지 못했어요."

온몸이 너덜너덜했었구나, 라고 옆에서 듣고 있던 레이토는 생각했다. 그것만으로도 알코올 의존증이 얼마나 무서운지 실감할 수 있었다.

"그 밖에 또 뭐가 있었어요?" 유미가 물었다. 동요를 애써 억누르고 있는지 얼굴에 표정이 없었다.

"정신장애도 있었어요. 우선 알코올 의존증이니까요."

"하지만 그건 전문기관에서 완치가 됐다고 하셨는데……."

유미의 의문에 나라사키는 딱하다는 얼굴로 고개를 저었다.

"알코올 의존증은 불치병이에요. 술을 마시면 쾌락을 얻을 수 있다는 식으로 뇌가 기억해버려서 그건 어떻게 해도 원래대로 돌아가지 않아요. 마약이나 각성제와 똑같아서 치료를 받는다고 낫는 게 아니에요. 음주 습관에서 빠져나올 수 있게 카운슬링을 받았다는 것뿐이죠. 한 방울이라도 마시면 다시 제자리로 돌아가요. 그래서 혹시라도 사지 기쿠오 씨가 술을 입에 대지 못하도록 감시하는 것도 우리의 중요한 일이었어요."

이야기를 들으면서 레이토는 이곳에 오자고 유미에게 제안한 게 잘한 일이었는지, 점점 자신이 없어졌다. 그녀로서는 차마 듣기 힘든 이야기만 줄줄이 나오고 있는 것이다.

"그래서…… 이곳에서의 큰아버지의 모습은 어땠어요? 술을 달라고 마구 날뛰고 그랬나요?"

천만에요, 라고 나라사키는 손을 짧게 옆으로 저었다.

"그런 일은 전혀 없었어요. 날뛰기는커녕 사지 씨의 생활 모습은 온화함 그 자체였죠. 자신의 목소리가 들리지 않았던 탓도 있겠지만, 아주 과묵한 분이었어요. 혼자 있을 때는 자막이 딸린 영화를 보거나 책을 읽었어요."

"면회를 하러 누군가 왔었어요?"

"네, 어머님이 오셨어요. 학생에게는 할머님이시죠."

"얼마나 자주 오셨어요?"

"한 달에 한 번 정도였던 것 같아요. 어머님이 오셨을 때는 둘이 정원에 나가는 일이 많았습니다."

"어떤 모습이었어요?"

"글쎄요. 두 분 다 웬만큼 나이가 있으셨으니까 젊은 사람들처럼 환하게 떠드는 일은 없었죠. 하지만 항상 어머님을 만나는 것을 정말 반가워했어요. 작은 화이트보드를 이용해 필담을 나누는 것 같았어요."

"우리 아빠가 왔던 적은 없었나요?"

"학생의 아버님은……." 나라사키는 살짝 고개를 갸우뚱했다. "사지 기쿠오 씨가 살아 계시는 동안에는 온 적이 없었던 것 같아요. 제가 학생의 아버님을 만난 것은 기쿠오 씨가 돌아가셨을 때였으니까요. 기쿠오 씨의 이곳에서의 생활 모습 등에 대해 몇 가지 질문을 하셨어요. 지금의 학생처럼. 그래서 그때도 지금처럼 대답했을 거예요."

"아버지는 그때 어떤 모습이었어요? 슬퍼했어요?"

유미의 질문에 나라사키는 복잡한 미소를 띠었다.

"친형님이 돌아가셨는데 슬프지 않을 리가 없지요. 장례식은 이 근처에서 했기 때문에 저도 참석했었지만 할머님과 마찬가지로 아버님도 몹시 힘겨운 표정이었어요."

"그렇다면 왜 한 번도 만나러 오지 않았을까요?"

"그건 저로서는 어떤 말도……." 나라사키는 미안하다는 듯이 고개를 저었다.

유미는 눈을 감고 머리에 손을 얹더니 화가 난 것을 감추려는 듯 머리칼을 비벼댔다.

다만, 이라고 나라사키가 말했다.

"딱 한 번, 이런 일이 있었어요. 면회를 끝내고 어머님이 돌아가신 뒤였어요. 제가 화이트보드에 역시 가족이란 참 좋군요, 라고 써드렸어요. 그랬더니 기쿠오 씨가 잠시 생각해 본 뒤에 이렇게 말하더군요. 실은 어머니 외에도 가족이 있는데 여태껏 만나지 못했다, 하지만 어쩔 수 없다, 나는 그럴 자격이 없으니까……. 조용히 웃으면서 먼 곳을 바라보고 그러더라고요. 저는 못 들은 척하고 그 자리를 떴습니다. 어쩐지 더 이상 캐물어서는 안 된다는 생각이 들어서."

레이토는 유미를 보았다. 그녀는 머리칼을 뜯던 손을 멈추고, 얼굴을 숙이고 있었다.

"사지 기쿠오 씨에 대해 제가 전해드릴 수 있는 건 이 정도예요. 그 밖에 다른 질문은 없습니까?" 나라사키가 말했다.

유미의 얼굴이 레이토 쪽으로 향했다. 그녀로서는 더 이상 생각나는 질문이 없는 모양이었다.

"사지 기쿠오 씨에게서 녹나무 얘기를 들은 적은 없습니까?"

레이토의 물음에 나라사키는 의아한 듯 미간을 좁혔다. "녹나무요?"

"네, 월향신사라는 곳에 유명한 녹나무가 있거든요. 기념을 하면 소원이 이루어진다는 전설이 있는 나무예요. 사지 키쿠오 씨가 그런 얘기를 한 적은 없습니까?"

"아뇨, 저는 그런 얘기는 못 들었어요. 기억에 없습니다."

레이토는 스마트폰을 꺼내 사전에 메모해둔 것을 확인했다.

"그러면 5년 전 4월 19일에 사지 키쿠오 씨가 외출했다는 기록은 확인할 수 있을까요?"

"5년 전?" 나라사키는 노트북을 당겼다. "4월……."

"네, 4월 19일이에요. 그날 외출을 하셨을 텐데요."

"잠깐만요. 그러고 보니……." 나라사키는 능숙하게 키보드를 두드린 뒤, 화면을 보며 고개를 위아래로 끄덕였다. "정말 그렇군요. 그날 외출하셨어요. 게다가 외박입니다. 그러고 보니 그런 일이 있었네."

"외박……. 그날 밤에 이곳에 돌아오지 않았다는 거네요?"

"저희는 입주자의 외출이나 외박은 모두 그때 그때 신청하도록 하는데 사지 키쿠오 씨가 외출한 건 그때 단 한 번뿐이에요. 그래서 저도 기억이 나요. 웬일인가 하고 의아했거든요."

"어디에 간다는 얘기는 안 했던 모양이지요?"

"그렇죠. 기록에도 적혀 있지 않고 저도 들은 기억이 없어요. 그날 밤의 연락처는 사지 키쿠오 씨의 휴대전화로 되어 있어요. 다만 통화가 아니라 문자메시지로 연락해달라고 기재되어 있군요. 소리를 못 듣기 때문이었을 거예요."

레이토는 확신했다. 그날 밤 역시 사지 기쿠오는 월향신사에 갔던 것이다. 녹나무 안에 들어가 기념을 했다. 그런 다음에 전차를 타고 도쿄 시내로 나가 어딘가에서 숙박을 했을 것이다.

"또 한 가지 확인해주셨으면 하는데요." 레이토는 다시 스마트폰에 시선을 떨구었다. "사키사카 씨라는 분을 알고 계십니까? 사키사카 하루오라는 분이에요."

그 이름은 사지 기쿠오의 기념 기록에 남아 있었다. 비고란에 '사키사카 하루오 씨의 소개'라고 기재되어 있었던 것이다.

나라사키는 "사키사카 씨……"라고 입 속에서 중얼거리더니 노트북을 터치해 화면을 들여다보며 고개를 끄덕였다.

"네, 알고 있어요. 사키사카 하루오 씨도 이곳에 입주하셨던 분이었어요."

말끝이 과거형인 것에서 짐작할 수 있는 게 있었다.

"지금은 여기에……?"

확인 차 물어봤더니 나라사키 씨는 살짝 눈꺼풀을 감고 얼굴을 좌우로 흔들었다.

"네, 안 계세요. 6년 전 연말에 돌아가셨어요."

사지 기쿠오가 기념을 하기 반년 전쯤이라는 얘기가 된다.

"어떤 분이셨지요?"

레이토의 질문에 나라사키는 입가를 풀고 웃으면서도 "왜

사키사카 씨에 대한 것을?"이라고 되물었다.

"사지 기쿠오 씨가 외박하신 날에 아까도 말했던 월향신사에 오셨는데 바로 그 사키사카 씨의 소개였다는 기록이 남아 있었거든요."

레이토가 설명하자 나라사키는 알겠다는 듯 크게 고개를 끄덕였다.

"사키사카 씨는 회사 임원을 하셨던 분인데 질병 때문에 하반신을 쓸 수 없었어요. 가족에게 폐를 끼치고 싶지 않다는 이유로 이쪽에서 요양을 하셨죠. 사지 기쿠오 씨가 가장 친하게 지냈던 분이 아마도 사키사카 씨였을 거예요."

"뭔가 같은 취미라도 있었던 걸까요?" 유미가 물었다.

"그런 것까지 말씀드리기는 어렵고요. 실은 사키사카 씨가 상당히 고령이라 귀가 어두워서 우리도 대화를 하는 데 애를 먹을 정도였어요. 보청기는 듣기 힘들다고 거의 사용을 안 하시는 바람에 중요한 용건은 필담으로 전해드려야 했죠. 그러니까 두 분 모두 필담으로 대화하는 것 때문에 상대에게 미안해할 필요가 없었고, 그래서 친해지셨는지도 모르겠어요."

나라사키의 추론은 타당하고 설득력이 있었다. 장애를 가진 노인과 초로의 남자 둘이서 화이트보드를 사이에 두고 웃고 있는 모습이 눈에 선하게 떠오르는 것 같았다.

"큰아버지는 젊은 시절에 대해 뭔가 얘기하신 건 없었어요? 이러저러한 일을 했었다든가 이러저러한 취미가 있었다든가."

"글쎄요." 나라사키는 기억을 더듬는 얼굴이 되었다. "직업이라고 할 수 있을지 어떨지는 모르겠지만, 연극을 했었다는 얘기는 들은 적이 있어요."

"연극을? 어떤?"

"자세한 건 모르겠어요. 사지 씨가 입주하고 얼마 안 되었을 때 여기서 크리스마스 파티를 했었어요. 그때 사지 씨가 즉흥적으로 산타클로스 연극을 해주셨죠. 대사도 없고 소도구도 없이. 산타 할아버지가 외출 준비를 하고 루돌프 사슴이 끄는 썰매를 타고 아이들의 집에 찾아가 선물을 나눠주는 장면까지 모두 팬터마임만으로 연기를 하셨어요. 그게 너무도 능숙한 연기여서 혹시 경험이 있으시냐고 물어봤더니 젊은 시절에 잠깐 연극을 했다, 연극이라기보다 길거리 공연이었다, 라고 수줍어하면서 얘기하셨죠."

"어딘가 극단 소속이었을까요?"

"글쎄요, 그런 것까지는 물어보지 못했네요. 그런 연기를 해준 것도 그게 처음이자 마지막이었으니까요. 하지만 정말로 잘하셨어요. 다들 아주 환호했죠." 그렇게 말하며 나라사키는 그때가 그립다는 눈빛을 보였다.

그 말이 거짓이나 공치사로는 들리지 않았다. 전혀 알지 못하는 타인의 이야기인데도 레이토는 뭔가 흐뭇해졌다.

더 이상 질문할 것이 생각나지 않아서 감사 인사를 건네고 그만 자리에서 일어나기로 했다.

유미와 둘이 엘리베이터 홀로 나와 레이토가 벽에 붙은 버튼을 눌렀다. 하지만 버튼에 불이 들어오지 않았다. 이상하다고 생각하고 있는데 나라사키가 달려왔다.

"아, 미안해요. 설명한다는 걸 깜빡했네. 내려가는 엘리베이터를 부를 때는 이렇게 해야 합니다." 그러면서 조금 떨어진 곳에 있는 다른 버튼을 왼손으로 누르면서 오른손으로 이쪽 벽의 버튼을 눌렀다. 그러자 버튼에 금세 불이 들어왔다.

나라사키에 의하면, 판단력이 저하된 입주자가 마음대로 밖으로 나가는 것을 방지하기 위한 시스템이라고 한다. 즉 이 정도의 순서조차 기억하지 못하는 입주자들이 많다는 증거이기도 했다.

이곳은 나라사키 같은 직원들에게는 잠시도 긴장의 끈을 놓을 수 없는 일터라는 것을 레이토는 다시금 실감했다.

건물을 나서자 비가 드문드문 떨어지고 있었다.

"사지 기쿠오 씨는 결코 나쁜 사람이었던 것 같지는 않아. 나라사키 씨의 얘기를 들어본 바로는." 주차장으로 향하면서 레이토는 말했다.

"나도 같은 생각이야. 하지만 마음에 걸리는 것도 있었어."

"가족 이야기지?"

응, 이라고 유미는 고개를 끄덕였다.

"그 밖에 가족이 있지만 여태껏 만나지 못했다고 한 것은 분명 아빠 얘기였을 거야."

"하지만 어쩔 수 없다, 자기는 그럴 자격이 없다고 기쿠오 씨가 얘기했다고 했지? 그 얘기만 들어보면 형제 사이가 나빠진 원인은 기쿠오 씨에게 있었던 것 같아."

"기쿠오 큰아버지는 대체 어떤 잘못을 했던 걸까."

주차장에 도착해 차에 올랐다. 돌아가는 길의 운전도 유미가 맡기로 했다.

"아무튼 내가 생각하기에는 유미 아버지의 기념은 기쿠오 씨와 관련이 있고, 불륜과는 전혀 별개의 문제라는 거야."

"그럼 그 여자는 대체 뭐야? 사귀는 여자가 아닌 건가?"

"그건 모르지. 그래서 내가 별개의 문제라고 한 거야."

유미는 큰 한숨을 내쉬고 엔진을 켰다.

"승부처는 다음번 기념이야. 그날 밤에 아빠가 녹나무 안에서 뭘 하는지, 그걸 꼭 확인해야 돼."

"역시 도청을 감행할 생각이야?"

"당연하지. 아니면 레이토는 이제 와서 관심 없다고 발뺌할 거야?"

관심이 없었다면 이런 곳까지 따라왔을 리도 없다. 대꾸할 말이 없어서 레이토는 귀 뒤를 긁적였다.

16

유미의 배웅으로 레이토가 월향신사에 돌아왔을 때, 바깥은 이미 밤이었다. 어딘가에 들러 둘이서 식사를 하고 싶었지만, 시간이 어중간해서 선뜻 말을 꺼내지 못하는 사이에 신사 바로 앞까지 와버렸다.

캔 츄하이를 마시며 전자레인지에 데운 냉동 필래프를 먹고 있는데 스마트폰에 전화가 걸려왔다. 치후네였다.

"지금 어디 있지요?" 느닷없이 뾰족한 말투로 물었다.

"종무소인데요."

"낮에는 없었지요? 어디 갔었나요?"

"아, 그게, 잠깐 영화를 보러." 순간적으로 거짓말을 했다.

"그럴 때는 한마디쯤 연락하도록 하세요. 레이토가 없다는 건 생각도 못하고 경내를 뱅뱅 돌며 찾아다녔습니다."

"엇, 오늘 왔었어요?"

"오셨었습니까."

"예?"

"왔었어요, 가 아니라 오셨었습니까. 이제 어엿한 성인이니까 존댓말쯤은 정확히 쓸 수 있도록 하세요."

"네에, 죄송합니다."

치후네와 얘기하다 보면 반드시 뭔가 혼날 일이 생긴다.

"낮에 그쪽에 나갔습니다. 볼일이 있었어요."

"그러셨어요? 하지만 이쪽에 올……오실 거라면 전화를 해줬으면……해주셨으면 좋았잖아요."

"글쎄 레이토가 무단으로 자리를 비웠을 줄은 생각을 못했다니까요. 아무래도 외출한 모양이라고 나중에야 알았지만, 가끔은 활개치고 돌아다니게 해주자 싶어서 전화는 하지 않았어요."

"……네, 고맙습니다." 감사 인사를 해야 하는 건가, 하고 의문을 품으면서도 그렇게 입에 올렸다.

"내일은 뭔가 예정이 있나요?"

"내일 말입니까? 아뇨, 딱히 없는데요. 기념 예약도 들어온 게 없고."

"그러면 내일 1박으로 여행을 갈 거예요. 그렇게 준비하도록 하세요."

"엇, 여행이라니, 저도 가는 거예요?"

259

"당연하지요. 그러니 이렇게 전화를 하고 있지요."

"어디로 가는데요?"

"그리 먼 곳은 아닙니다. 하코네예요."

"하코네……." 그 지명을 최근에 어디선가 들었던 게 생각났다. 기억을 거슬러 올라가다가 엇 하는 소리를 올렸다. "혹시 '호텔 야나기사와'에?"

어라, 라고 치후네가 뜻밖이라는 듯한 소리를 냈다.

"용케 기억하고 있군요. 그래요, '호텔 야나기사와'에 갈 거예요."

"제가 가도 괜찮아요?"

"그건 무슨 뜻으로 하는 말이지요?"

"아니, 지난번 얘기로는 정재계의 높은 분들이 단골로 드나드시는 호텔이라면서요. 그런 곳에 나 같은 사람이 가는 건 어울리지 않을 텐데."

"그런 식의 자기 비하는 이제 그만하세요. 레이토에게 보여주려고 데려가는 겁니다. 내일 오후 1시에 역 대합실에서. 늦지 않도록 하세요."

"앗, 저기, 옷차림은 어떻게 하면 될까요?"

"옷차림? 그건 원하는 대로 하세요."

"호텔이라면 역시 지난번 정장양복으로?"

후유 숨을 내쉬는 소리가 전해져왔다.

"내일 가는 곳은 지난번 같은 시티호텔이 아니라 관광호텔이에요. 칠칠치 않은 꼴이라면 곤란하지만 캐주얼한 옷차림이라도 괜찮아요. 하코네는 날이 차니까 추위 채비를 단단히 하세요. 그리고 명함은 잊지 말고 가져오도록."

"알겠습니다."

전화를 끊은 뒤, 레이토는 고개를 갸웃거렸다. 왜 녹나무 파수꾼이 호텔을 보러 가야 하는지, 그 이유를 도통 알 수가 없었다.

그나저나 오늘은 요코스카 내일은 하코네라니, 갑작스레 여행할 일이 많아졌다. 바로 얼마 전까지만 해도 웬만해서는 반경 5킬로미터 영역 밖으로 나간 적이 없었다. 생각해보니 이곳 역시 한 달 전에 머물던 곳에서 몇십 킬로미터나 떨어져 있었다.

뭔가가 굴러가기 시작했다는 것을 레이토는 새삼 느꼈다. 그 뭔가를 '인생의 톱니바퀴'라고 해버리는 건 약간 과장인지도 모르지만.

다음 날은 어제와는 다르게 환하게 맑은 날씨였다. 구름 한 점 없이 아침부터 하늘이 멋진 파란색이었다. 그래서인지 신사를 찾아온 사람들이 평소보다 많았다. 평일인데도 초등학생인 듯한 아이들이 사방으로 뛰어다니길래 학교는 어떻게 된 거냐고 물었더니 개교기념일이라고 했다. 그래도 웬만하면 다른 데 가서 놀아다오, 라고 생각했다. 아이들은 무신경하다. 신성한 녹나무 주위를 아무렇지도 않게 놀이터로 만들어버린다. 나무 기둥의 동굴에 침입하는 건 물론이고 잠깐만 눈을 떼면 높은 가지에 기어오르기도 한다. 혹시라도 낙서를 하지 않는지 껌을 붙여놓지 않는지 눈을 번뜩이며 지켜보는 것도 상당히 힘이 든다.

그런 일에 쫓기다 보니 어느새 정오였다. 컵라면으로 간단히 점심을 때우고 서둘러 나갈 준비를 했다. 숙박 여행은 정말 오랜만이다. 뭘 챙겨가야 할지 몰라서 허둥거렸다.

레이토가 역 대합실에 도착한 것은 오후 1시 5분 전이었다. 역시 치후네가 먼저 와 있었다. 지난번과 똑같은 캐멀색 코트 차림이지만, 안에는 두툼한 스웨터를 입은 것 같았다.

"옷을 새로 장만한 모양이군요." 치후네가 레이토를 올려다보며 말했다.

레이토의 차림새는 어제 '라임원'에 갔을 때와 거의 똑같았다. 새로 사들인 마운틴 파카가 대활약을 하고 있다. "캐주얼 나들잇벌이에요"라면서 슬쩍 옷자락을 집어 올렸다.

하코네까지 가는 방법은 여러 가지가 있지만 치후네의 제안으로 일단 신주쿠로 나가 오다큐 열차를 이용하기로 했다. 조금 돌아가는 코스지만, 갈아타는 게 힘들어서 최소 환승이 좋다는 것이었다. 여행 비용을 대주는 쪽의 결정인데 레이토에게 불만을 늘어놓을 권리는 없다.

오다큐 전철의 로망스카 열차*는 한산했다. 앞좌석에 사람이 없어서 빙글 돌려서 마주 앉기로 했다. 앉을 승객이 온다면 원 위치시켜주면 된다. 빈자리에 짐을 내려놓을 수 있어서 쾌적했다.

"하코네는 처음인가요?" 열차가 출발하고 잠시 뒤에 치후네가 물었다.

"초등학생 때 수학여행을 갔었어요. 근데 기억나는 게 거의 없어요. 옛날 관문(関門) 같은 걸 구경했던 게 희미하게 생각나는 정도죠. 그다음은 후지산 정도?"

"그렇겠지요. 초등학생에게 하코네는 과분한 곳이에요. 그곳은 어른들이 가는 곳입니다."

"아, 네에, 그렇습니까, 어른들이 가는 곳."

지난번 사은회 행사에서 야나기사와 마사카즈에게서 그런 말을 들었던 게 생각났다.

어른들만의 사정이라는 것도 있다. 머지않아 너도 알 것이다. 진짜 어른이 되는 날이 온다면 그렇다는 얘기지만―.

나는 아직 진짜 어른이 아니라는 얘기인가. 그렇다면 하코네에 가는 것도 아직은 이른 거 아닌가, 라고 언뜻 생각했다.

"어머니와 여행은? 자주 갔었나요?"

"어머니하고? 아뇨, 여행은 별로." 레이토는 고개를 갸우

---

* 중간을 가르는 팔걸이 없이 나란히 이어진 2인용 좌석 '로망스 시트'를 쓰는 열차의 일반적인 애칭이다.

뚱했다. "평일에는 계속 일을 나갔고 주말이면 온종일 자고 있었어요. 그러다가 내가 초등학생 때 죽어버렸죠."

"미치에는 어떤 재미로 살았을까요. 취미 같은 건 있었나요?"

"취미요? 글쎄요, 잘 모르겠네요." 레이토는 팔짱을 꼈다. "실은 잘 기억도 안 나요. 기억나는 건 자는 모습, 화장하는 모습 정도뿐이라서."

거짓말이 아니었다. 아침에 레이토가 일어나면 미치에는 옆에서 술 냄새 풍기는 숨을 내쉬며 자고 있었다. 학교에서 돌아올 때쯤에는 화장대 앞에 앉아 얼굴에 처덕처덕 여러 가지 것을 바르고 있었다. 레이토에게 어머니란 그런 존재였다.

"요리는? 잘하는 편이었나요?"

"어머니가요? 아뇨, 아마 전혀 못했을걸요. 애초에 부엌에 나가는 일이 거의 없었어요. 어쩌다 뭔가를 해도 전자레인지에 넣거나 냉동 식품을 데우거나, 기껏해야 그런 거였죠. 하지만 그것도 어쩌다 한 번씩이고, 식사는 거의 할머니가 차리셨어요."

"그러면 그쪽은 된장국이나 주먹밥 같은, 이른바 엄마의 맛이라는 기억이 없는 건가요?"

"없죠. 아, 굳이 말하자면 컵 야키소바요."

"컵 야키소바?" 치후네는 미간을 좁혔다. "무슨 얘기지요?"

"항상 비축해뒀다가 엄마가 한밤중에 돌아오면 곧잘 끓여 먹었거든요. 어지간히 좋아했던 모양이에요. 물이 끓으면 삐이삐이 소리 나는 주전자가 있잖습니까. 그 소리에 내가 잠이 깨는 일이 가끔 있었어요. 부엌 바로 옆방에서 잤으니까. 엇, 엄마가 또 야키소바를 먹으려고 하는구나, 눈치를 채고 장지문을 열어보는 거예요. 그러면 엄마가 왜 나와, 푹 잘 것이지, 라면서 떨떠름한 얼굴을 해요. 하지만 말은 그렇게 하면서도 자기 야키소바를 나한테도 먹여줬어요. 근데 그게 진짜 맛있었어요."

어머니에 관한 얼마 안 되는 추억 중 하나다. 게다가 나쁘지 않은 추억이다. 레이토는 눈꺼풀을 감고 플라스틱 포크로 컵 야키소바를 떠먹던 광경을 머릿속에 재생해보았다. 진한 소스 냄새까지 되살아나는 것 같았다.

눈을 뜨자 치후네는 침울한 표정으로 시선을 떨구고 있었다. 왜 그러세요, 라고 레이토는 물어보았다.

"아니, 아무것도 아닙니다." 치후네는 미소를 지으며 고개를 저었다. "엄마이 맛이라고 해도 사람마다 다 제각각이군요. 참 좋은 얘기였어요."

"네에……. 고맙습니다." 칭찬받을 만한 얘기도 아닌데, 라고 생각했지만 일단 감사 인사를 해두었다.

오후 4시가 지나서 열차는 하코네 유모토 역에 도착했다. 곳곳에 목재를 사용한 보도교를 건너서 계단을 내려와 널찍한 로터리로 나섰다. 주위를 대충 둘러보니 관광 안내소며 등산 버스 안내소 간판이 눈에 들어왔다. 멀리 붉은 난간의 다리가 보여서 벌써부터 온천 명소에 왔다는 실감이 들었다.

바로 옆에 택시 승차장이 있었다. 치후네가 그쪽으로 가길래 레이토도 뒤따라갔다. 택시에 탄 치후네는 "호텔 야나기사와에"라고 말했다. 물론 운전기사에게는 그것만으로도 말이 통한 모양이었다.

레이토는 바깥을 내다보았다. 도로를 끼고 다양한 상점이 줄줄이 문을 열어놓고 있었다. 평일인데도 오고가는 사람이 많아서 선물가게도 음식점도 활기가 넘쳤다. 초로의 여성 그룹이 많은 듯한 느낌이었다.

택시가 출발하고 10여 분 만에 '호텔 야나기사와' 앞에 도착했다. 이름에 호텔이 들어가 있지만, 정면 현관에 격자문이 있어서 레이토의 감각으로는 말 그대로 고급 여관다운 풍정이었다. 최소한 며칠 전 사은회 행사를 했던 신주쿠의 시티호텔과는 정취가 전혀 달랐다.

건물 안으로 들어가자 로비는 조명이 적당히 절제되어 중후한 분위기에 감싸여 있었다. 치후네가 오른편에 있는 카운터로 다가가 여직원에게 뭔가 말을 건넸다. 그러자 체크인 수속을 하는 일도 없이 바로 곁의 소파 테이블로 안내해주었다.

잠시 뒤 조그마한 남자가 나왔다. 치후네 비슷한 나이대일까. 백발이 섞인 머리를 올백으로 하고 있었다. 치후네가 자리에서 일어났기 때문에 레이토도 따라서 몸을 일으켰다.

"오랜만입니다. 어서 오십시오." 남자는 웃음을 띠며 치후네를 향해 공손히 절을 했다.

"그동안 격조해서 미안해요. 한시바삐 상황을 보러 와야겠다고 생각은 하면서도 오늘까지 미뤄져버렸군요."

"그야 항상 바쁘시니까 어쩔 수 없지요. 자, 앉으십시오."

"그 전에 조카를 소개해도 될까요? 이 아이가 전화로 얘기했던 이복 여동생의 아들입니다."

"아, 예에, 이것 참."

남자가 상의 안쪽에 손을 넣는 것을 보고 레이토도 급히 여행가방 속을 뒤적였다.

"처음 뵙겠습니다. 나오이 레이토라고 합니다. 잘 부탁드립니다." 가까스로 상대보다 먼저 명함을 내밀 수 있었다.

"그렇습니까. 말씀은 많이 들었습니다. 구와바라라고 합니다."

그도 명함을 내밀었다. '호텔 야나기사와 총지배인 구와바라 요시히코'라고 적혀 있었다.

테이블을 끼고 구와바라와 마주하는 모양새로 자리에 앉았다. 곧바로 직원이 따뜻한 차를 내왔다.

"이번 사은회는 어떠셨습니까?" 구와바라가 물었다. "안타깝게도 저는 볼일이 있어서 참석하지 못했습니다만, 역시 대성황이었지요?"

"덕분에, 라고 해둘까요. 그런 곳에 사람들을 불러 모으는 건 마사카즈 씨의 특기니까요. 하지만 구와바라 씨, 볼일이 있어서 못 갔다는 건 거짓말이지요? 마사카즈 씨 측을 배려해서 참석을 보류했겠지요."

"아뇨, 그건……." 구와바라는 쓴웃음을 지으며 두 손을 맞비볐다. "뭐, 그런 건 아니라고 말씀드려야겠지요. 실제로 그날은 이래저래 할 일이 있었으니까요."

"구와바라 씨에게는 참으로 죄송하게 생각하고 있어요. 아무 도움도 주지 못해서 미안합니다. 명색이 고문이지만 그저 장식품일 뿐이에요. 기가 막히고 허탈해집니다."

"역시 형세가 바뀌는 일은 없었습니까?" 구와바라는 진지한 얼굴이 되었다.

"유감스럽지만 마사카즈 측의 의향을 뒤집기는 어려울 것 같아요. 하지만 걱정 마세요. 구와바라 씨와 여기 직원들이 길거리를 헤매는 일만은 절대로 없게 할 테니까요."

"저야 괜찮지만, 네, 다른 직원들은 어떻게든 해주셨으면 좋겠어요."

아무래도 두 사람은 이 호텔이 머지않아 폐쇄되는 것을 각오한 모양이었다. 즉 이번에 치후네가 찾아온 목적은 구와바라 측에 사죄하는 것과 함께 마지막 작별 인사를 하기 위한 것인가.

어서 오십시오, 환영합니다, 라고 등 뒤에서 여직원의 목
소리가 들려왔다. 레이토가 돌아보니 나이 든 여성 관광객
일행이 들어오는 참이었다. 그 뒤에는 다른 그룹으로 보이는
외국인 손님들이 줄을 잇고 있었다.

"사람들이 꽤 많은데요?" 레이토는 구와바라에게 말했다.
"오늘 무슨 행사라도 있습니까?"

"아뇨, 딱히 아무것도." 구와바라는 고개를 젓고 손목시계
에 눈을 떨구었다. "이 정도 시간대에는 항상 이렇습니다."

"아, 그렇습니까."

"왜 그러시는지……."

"아뇨, 이런 말씀을 드려도 좋을지 모르겠지만, 이렇게 인
기 있는 호텔인데 왜 폐쇄를 하려는 건가 싶어서요. 다른 곳
에 새 리조트를 건설할 예정이라는 얘기인 모양이지만, 그
쪽은 그쪽대로 이쪽은 이쪽대로 장사를 하면 좋을 것 같은
데요."

구와바라는 허를 찔린 듯한 얼굴을 하더니 치후네 쪽을 보
았다.

후후후 하고 치후네가 옅게 웃었다.

"얘기하기가 번거로워서 아직 이 아이에게는 거의 아무 말
도 안 했더니만."

"그러시군요, 그래서……." 구와바라는 그제야 알겠다는
얼굴로 레이토를 바라보았다. "기업이라는 건 외부에서 보는

것만으로는 알 수 없는 일들이 많다고나 할까요."

대답할 말이 없어서 레이토는 입을 다문 채 애매하게 고개를 끄덕였다. 이것도 어른들의 사정이라는 건가. 그래서 아직 진짜 어른이 되지 못한 나에게는 일일이 설명해줄 수 없는 건가.

"그럼 저는 이만 실례하겠습니다." 구와바라가 자리에서 일어섰다. "편한 시간 되시기 바랍니다. 뭔가 필요하시면 언제든지 말씀해주십시오."

고마워요, 라고 치후네가 인사를 건넸다.

구와바라가 떠나자 곧바로 여직원이 다가와 레이토와 치후네를 방까지 안내했다. 엘리베이터를 타고 5층에서 내렸다.

두 사람의 방은 따로따로, 바로 옆방이었다.

"저녁 식사는 6시, 2층 전통식 레스토랑을 예약해뒀어요. 그때까지 푹 쉬도록 하세요." 그렇게 말하고 치후네는 먼저 방 안으로 사라졌다.

레이토도 문을 열었다. 실내에 들어서자마자 깜짝 놀랐다. 앞쪽에 침대 두 개가 나란히 놓였고, 그 너머로 여러 명이 널찍하게 쉴 수 있는 다다미방에 좌식의자와 테이블이 놓여 있었다. 벽 쪽에 앉혀진 액정 텔레비전은 50인치가 넘을 것이다.

안쪽으로 들어갈수록 더욱더 눈이 휘둥그레졌다. 유리문 너머로 노천탕이 보였기 때문이다. 모든 방마다 딸려 있는 것일까.

신발을 벗고 마운틴 파카도 벗고 다다미방에 큰대자로 누워봤다. 호텔이라고 해도 전통적인 이런 공간이 있는 점이 온천 관광지다워서 좋았다. 숙소에 도착하면 우선 바닥에 벌렁 드러눕고 싶은 법이다. 찬찬히 보니 천장은 나뭇결이 살아 있고 기둥에도 목재가 사용되었다. 게다가 마침맞게 연륜이 느껴졌다.

대체 왜 이런 곳을 폐쇄한다는 건가. 새삼 이상하기만 했다. 그 이유를 이것저것 상상하다 보니 스르륵 잠이 몰려왔다.

문득 정신을 차렸을 때는 창밖이 깜깜했다. 스마트폰으로 시각을 확인하고 깜짝 놀라서 벌떡 일어섰다. 6시 반이 다 된 시각이다. 급하게 치후네에게 전화를 걸었다. 곧바로 연결되고 네에, 라는 담백한 목소리가 들려왔다.

"죄송합니다. 깜빡 선잠을 잤더니 벌써 시간이 이렇게 됐네요. 지금 바로 가겠습니다."

"아마 그럴 거라고 짐작했지만, 딱해서 깨우지 않았어요. 피곤한 것 같아시."

"아뇨, 괜찮습니다."

전화를 끊고는 급하게 신을 신고 열쇠를 들고 방을 나섰다. 바로 옆방 문도 열리면서 치후네가 나타났다. 굿모닝, 이라고 미운 소리를 건넸다.

"진짜 죄송합니다."

"괜찮아요. 실은 나도 끄덕끄덕 졸던 참이에요. 이곳에 오면 어쩐지 묘하게 차분해져서."

"저도요. 그 다다미방, 진짜 최고예요."

"그 방의 배치는 이곳을 오픈한 이후로 항상 인기가 있었어요. 나쁘게 말하는 사람이 없습니다." 치후네의 말에서는 자부심과 자신감이 느껴졌다.

이곳에 오면 차분해진다, 라는 말도 레이토의 인상에 남았다. 지난번 사은회 행사에서 치후네는 이 호텔이 야나기사와 그룹의 원점이라고 말했지만 실은 그녀 자신의 원점이기도 한 게 아닐까, 라고 생각했다.

전통 레스토랑에는 개인실이 준비되어 있었다. 그것만 해도 신나는 일인데, 게다가 차례차례 나오는 요리에 더욱더 기분이 고조되었다. 하나같이 먹어본 적도 없는 것들이었다. 처음 듣는 식재료가 많아서 요리 방법 같은 건 짐작도 가지 않았다. 개중에는 먹을 것인지 장식품인지 얼른 판단이 되지 않는 것도 있었다. 그만큼 정성이 들어갔다는 얘기다.

"치후네 씨, 이건 뭐예요?" 레이토는 생선구이에 딸려 나온 하얀 식물을 젓가락으로 집으며 물었다.

"그런 것도 모르나요? 생강 대예요, 단 식초 물에 절인."

"먹어도 돼요?"

"물론이지요. 희고 부드러운 부분만 먹고 줄기 부분은 남기도록 하세요."

네, 라고 대답하고 알려준 대로 했다. 새콤달콤해서 맛있었다.

"어떤가요?"

"맛있어요, 처음 먹어보는 건데."

"앞으로 자주 먹을 기회가 있을 거예요. 생선구이에 딸려 나오는 경우가 많지만, 고기 요리에 곁들이는 일도 있으니까요. 입가심용이라서 그 접시에 담긴 요리의 가장 마지막에 먹는 거예요. 기억해두도록 하세요."

"네에."

이런 것에도 규칙이 있는가, 하고 내심 놀랐다.

"잠깐 물어볼 게 있는데." 레이토는 머뭇머뭇 입을 열었다. "여기, 1박에 얼마쯤이에요?"

치후네는 젓가락 든 손을 멈추고 고개를 살짝 기울였다.

"레이토가 묵고 있는 방이라면 조식과 석식을 포함해 4만 엔 정도였나……."

스르륵 내놓은 대답을 듣고 레이토는 헉 숨이 멎을 것 같았다. 하룻밤에 4만 엔이 사라지다니, 믿을 수가 없다.

"치후네 씨 방은 당연히 나보다 급이 높겠지요?"

"그렇습니다만, 왜요, 안 됩니까?"

"아뇨, 아뇨, 천만의 말씀이십니다. 그 방이라면 얼마쯤?"

"글쎄요, 요리에 따라서도 다르지만, 대략 이 정도." 치후네는 검지를 세웠다.

설마 1만 엔일 리는 없으니까 10만 엔이다. 즉 방 두 개에 14만 엔인 셈이다. 지난달까지 욕을 먹어가며 일했던 회사의 월급보다 많다.

접시에 남긴 생강 대 줄기를 가만히 내려다보았다. 남기기가 아깝다는 생각이 들었다.

"깜짝 놀란 모양이지만, 한창 전성기 때의 하코네라면 이 정도는 약과였어요. 아무튼 거품경기 때는 2천2백만 명이 넘는 관광객이 찾아주셨으니까요."

그런 숫자를 들어도 선뜻 감이 오지 않았다. "어떤 상황이었는데요?"

"당시는 골프와 여행이 한 세트였어요. 기업에서 이 근처 유명 골프장을 통째로 임대해서 백 명 넘는 단골 거래처를 초대하는 게 아주 흔한 일이었습니다. 그래서 나는 그런 골프장들과 커넥션을 만드느라 열심히 뛰어다녔지요. 골프장 예약을 얼마나 잘하느냐가 고객이 즐겨 찾는 호텔의 조건이었기 때문이에요. 그 덕분에 1년 내내 단체객 예약이 줄줄이 들어오고 연회장에서의 대형 파티에는 행사 도우미 여성들이 총출동해서 하룻밤에 1천만 엔이 넘는 매출액을 내다보곤 했어요."

세상에 돈이 남아돌던 시절이었다는 것인가. 현실감이 전혀 없는 이야기였다.

"거품이 꺼진 뒤에는 어땠는데요?"

"역시나 상황이 바뀌었지요. 수많은 기업이 실적 부진에 빠지면서 그런 단체객을 접대할 일은 없어졌어요. 아니, 단체여행 자체가 급격히 줄어들었지요. 우리도 땅 짚고 헤엄치는 그런 비즈니스는 할 수 없게 되었습니다. 하지만 하코네를 찾아주는 이들의 숫자 자체는 그다지 줄지 않았어요. 지금도 전성기 때의 90퍼센트 전후는 유지하고 있습니다. 다만 당일치기나 저렴한 여관에서 요리 없이 잠만 자고 가는 사람이 많아졌기 때문에 우리 호텔 같은 고급 시설의 이용객은 부쩍 줄어든 게 사실이에요. 그래서 더더욱 나는 초심으로 돌아가는 것이 중요하다고 생각하고 있어요."

"초심이라는 건 무슨 말씀이신지."

"거품경기 때는 어지간히 떠들썩한 장사를 했지만, 원래 이곳은 그런 성격의 호텔이 아니었어요. 고객 한 분 한 분에게 각각 최적화된 서비스를 제공해서 다시 오고 싶다, 해마다 머물고 싶다, 라고 기억해주실 만한 호텔을 목표로 했으니까요. 고객이 떼로 몰려들지 않더라도 몇 번씩 재방문해주시는 고객이 일정 수 있어주시는 것이 가상 이상적인 거예요. 그런 점에서 마사카즈 측에서 계획하고 있는 대형 리조트와는 콘셉트가 미묘하게 다릅니다."

야나기사와 마사카즈 측에서 지향하는 것은 좀 더 큰 비즈니스, 라는 얘기인 모양이다.

"그래서 이 호텔이 폐쇄되는 거예요?"

이 물음에 치후네는 잠시 생각을 더듬는 표정을 보인 뒤에 "그것도 큰 이유 중 하나겠지요"라고 대답했다. 뭔가 다른 뜻이 있는 듯한 말투였지만, 더 이상 자세한 얘기는 하고 싶지 않은 눈치였다.

저녁 식사를 마치자 다음 날 아침의 일정을 확인하고 치후네는 자신의 방으로 돌아갔다. 방 안의 노천탕에 들어갈 거라고 했다. 그 노천탕에는 레이토도 기대가 컸지만, 좋은 것은 맨 나중에 누리자는 생각에 일단 호텔 안부터 둘러보기로 했다.

엘리베이터를 탈까 했는데 아래로 내려가는 완만한 경사로가 눈에 띄었다. 중(中) 2층으로 갈 수 있는 통로인 것 같았다. 천천히 그 경사로를 걸어보았다. 옆에 창문이 있어서 바깥 경치가 내다보였다. 불빛을 받은 수목의 가지가 바람에 흔들리고 있었다.

중 2층에는 선물가게가 있어서 안에 들어가 구경해보기로 했다. 줄줄이 진열된 것은 하코네 명물이라는 화과자며 양과자였다. '하코네 만주'라면 레이토도 들어본 적이 있지만, 다른 것은 대부분 처음 보는 것들이었다. 팬케이크에 바움쿠헨, 팥빵, 푸딩 등등, 이렇게나 종류가 많은가 하고 놀라웠다.

그런 특산품과는 명확히 구분된 자리에서 호텔의 오리지널 상품을 판매하고 있었다. 비누와 샴푸 같은 어메니티 상품뿐만 아니라 목욕가운까지 있었다. 이 호텔에서 써보면 집에 돌아가서도 쓰고 싶다고 생각할 것이라는 자신감이 느껴졌다.

그중에서 레이토의 눈길을 끄는 것이 있었다. 레토르트 카레다. 겉포장에 '호텔 야나기사와 아침형 카레'라고 인쇄되어 있었다. 선반에는 '조식 뷔페 인기 메뉴를 우리 집에서도'라고 적힌 카드가 나붙었다.

내일 아침에는 꼭 카레를 먹어보자, 라고 생각하며 상품을 선반에 돌려놓았다.

중 2층에서 1층으로도 경사로를 이용해서 갈 수 있었다. 레이토가 그 경사로로 내려가는데 구와바라가 맞은편에서 다가왔다. 그쪽에서도 알아본 모양이다. 두 사람은 동시에 발을 멈췄다.

"산책 나가시는 길입니까?" 구와바라가 웃음을 건넸다.

"호텔 안을 구경하는 중입니다."

"그러시군요. 찬찬히 둘러봐주십시오."

구와바라가 그대로 지나가려는 것을 "잠깐만요"라고 불러 세웠다. "아까 했던 얘기를 좀 더 자세히 들려주셨으면 합니다."

"아까 했던 얘기? 어떤 얘기인지⋯⋯."

"이 호텔이 폐쇄되는 이유에 대한 얘기예요. 외부에서 보는 것만으로는 알 수 없는 사정에 대해 알려주셨으면 해서요."

구와바라가 희미하게 미간을 좁히며 검지를 입에 댔다. "쉿, 목소리가 너무 커요."

"앗, 죄송합니다. 깜빡⋯⋯." 레이토는 주위를 둘러보았다. 근처에는 아무도 없었지만 눈이 닿는 곳까지 범위를 넓히면 곳곳에 숙박객의 모습이 보였다.

잠깐 이쪽으로, 라고 구와바라가 중 2층 플로어의 한쪽 구석으로 이동했다.

"치후네 씨는 레이토 씨를 귀찮은 일에 끌어들이고 싶지 않으신 것 같습니다. 만일 그런 거라면 저로서는 그 뜻을 무시할 수는 없어요."

구와바라의 말을 듣고 레이토는 고개를 저으며 답답함을 드러냈다.

"그런 얘기를 들었는데 어떻게 마음에 걸리지 않겠습니까. 이대로라면 내가 무엇 때문에 여기까지 따라왔는지 알 수 없게 돼요."

"그 점에 관해서는 치후네 씨도 뭔가 생각하시는 게 있을 텐데요."

"아니, 저도 아무 생각이 없는 사람은 아닙니다. 치후네 씨에 대해서도, 야나기사와 가의 일에 대해서도, 좀 더 자세히 알아야겠어요. 부탁드립니다. 알려주십시오." 깊숙이 머리를 숙였다.

"앗, 이러시면 안 되지요, 다른 고객님들의 눈도 있는데. 네, 알겠습니다. 그러면 대략 말씀드리도록 하지요." 구와바라는 재빨리 주위를 살펴본 뒤, 레이토 쪽으로 한 걸음 다가

왔다. "왜 이 호텔을 폐쇄하려는 것인가 그건⋯⋯." 목소리를 낮게 떨구며 뒤를 이었다. "치후네 씨의 색깔을 완전히 지우기 위해서예요."

"색깔을?"

네, 라고 구와바라는 정면으로 레이토의 얼굴을 응시했다.

"이 호텔을 개업할 때, 총 지휘를 한 사람이 치후네 씨라는 건 알고 있지요?"

"네, 그 얘기는 들었습니다. 야나기사와 그룹이 호텔 경영에 뛰어드는 계기가 되었다는 것도."

"그렇다면 얘기가 쉽겠군요. 지휘를 했다고 해도 단순히 각 부문의 조정 역할만 했던 게 아니었어요. 콘셉트를 결정하고 그것을 바탕으로 치후네 씨 본인도 수많은 아이디어를 내셨어요. 이를테면⋯⋯." 구와바라는 바닥을 가리켰다. "지금 우리는 중 2층에 있지요? 어째서 이 호텔에 중 2층이 생기게 됐을까요."

"아, 그건⋯⋯." 레이토는 뒤쪽에 있는 선물가게를 돌아보았다. "저 가세를 들이기 위한 거 아닌가요?"

"아니, 그렇지 않아요. 그 반대지요. 중 2층을 만들었기 때문에 그 공간을 살리기 위해 선물가게를 들인 거예요. 정답은 경사로를 설치하고 싶었기 때문입니다."

엇, 하고 레이토는 경사로 쪽에 시선을 던졌다.

"이 호텔의 레스토랑은 모두 2층에 있습니다. 조식 뷔페식

당도 2층이에요. 한번 상상해보십시오. 식사를 마친 분들은 그 뒤에 어떻게 할까요. 방으로 돌아가거나 외출을 하겠지요. 어느 쪽이건 기본적으로 가야 할 곳은 한 군데, 엘리베이터 홀입니다. 당연히 사람이 몰리게 마련이지요. 아침에는 특히나 붐비게 됩니다. 하지만 그 속에 휠체어를 탄 분이 있다면 어떻겠습니까. 요즘에야 장애인에 대한 배려가 널리 퍼져 있지만 40년 전에는 전혀 그렇지 못했어요. 그런 분들은 주위의 눈치를 봐야 하는 일이 많았던 것이지요. 그래서 치후네 씨는 경사로를 만들자는 아이디어를 냈습니다. 엘리베이터를 이용하지 않고 1층까지 내려가는 길이 따로 있다면 사람들로 붐비는 아침 시간에도 식사 후에 원활하게 외출이 가능할 테니까요. 하지만 문제가 있었습니다. 2층에서 1층까지 내려가는 경사로라면 너무 길어지는 거예요. 그래서 중2층이라는 게 등장한 것이지요. 중간층을 만드는 것으로 한 차례 꺾어들 수 있으니까요. 그렇게 여기에 이곳이 존재하게 된 거예요." 구와바라는 다시 바닥을 가리키며 말했다.

"그런 거였군요." 레이토도 덩달아 발밑을 둘러보았다.

"방금도 말했지만, 40년 전에는 배리어 프리라는 발상 자체가 없었어요. 공간의 낭비라고 반대하는 사람들이 많았지요. 하지만 치후네 씨는 과감하게 밀고 나갔습니다. 노인이나 몸에 장애가 있는 고객을 소중하게 대하지 않으면 안 된다면서 자신의 뜻을 굽히지 않았어요."

"혹시 그런 고객들이 많았기 때문에 그런 건가요?"

구와바라는 온화한 웃음을 띤 채 천천히 고개를 좌우로 흔들었다.

"당시의 고객이라면 현역으로 왕성하게 활동하시는 분들이 더 많았어요. 은퇴한 분이라도 바깥 활동에 자신이 있는 분들이 대부분이었어요. 하코네라는 지역 특성상 그렇게 되게 마련이에요. 그런 분들에게 경사로 같은 건 필요가 없었습니다. 하지만 치후네 씨는 좀 더 멀리 내다보신 거예요."

"좀 더 멀리?"

"20년 뒤, 30년 뒤예요. 지금 찾아주시는 고객들이 나이가들어 거동하는 데 자신감을 잃고 휠체어에 의지하는 날이 오더라도 이 호텔에서는 쾌적하게 지낼 수 있게 하고 싶다. 그것이 치후네 씨의 바람이었습니다."

구와바라의 얘기를 듣고 레이토의 머릿속에 조금 전 치후네의 말이 떠올랐다. 고객 한 분 한 분에게 각각 최적화된 서비스를 제공해서 다시 오고 싶다, 해마다 머물고 싶다, 라고 기억해주실 만한 호텔을 목표로 했나—.

"치후네 씨의 그 뜻은 지금까지 변함이 없습니다. 그런 콘셉트가 야나기사와 그룹의 호텔사업의 기둥이 됐어요. 색깔, 이라고 한 건 바로 그런 얘기예요."

레이토는 인터넷에서 봤던 치후네에 관한 기사를 떠올렸다. 예전에는 여제라고 불렸다, 라고 적혀 있었다.

"하지만 현재의 사장단은 그런 색깔이 마음에 안 드는 거
군요."

"마음에 안 든다고 할까, 어떻게든 일신하는 쪽으로 생각
하는 것 같아요. 하지만 조직의 우두머리란 원래 그런 거예
요. 이전 지도자의 색깔을 지우고 일단 백지로 돌린 다음에
자신이 선호하는 색깔로 칠하려고 하는 건 당연합니다. 바꿔
말하자면, 그 정도의 야심을 가진 사람이 아니고서는 정상의
자리에서 일할 수 없는 것이지요. 마사카즈 사장님도 결코
인간의 도리를 모르는 분이 아닙니다. 고객을 소중히 여기는
마음은 치후네 씨에게 뒤지지 않을 거예요. 다만 발상이 다
른 것이지요. 이를테면 장애가 있는 분을 모실 거라면 경사
로가 아니라 휠체어 우선 엘리베이터를 한 기 더 만들면 된
다, 라는 것이 마사카즈 사장님의 생각입니다. 아닌 게 아니
라 그러는 게 더 합리적이지요. 그게 바로 마사카즈 사장님
의 색깔인 것이고요. 그 색깔과는 다른 것이 있다면 다시 칠
해나간다, 그리고 다시 칠할 수 없는 것이라면 배제해나간
다. 말하자면 그런 거예요."

구와바라의 얘기를 듣고 사은회 행사장에서 야나기사와
마사카즈가 했던 말이 레이토의 뇌리에 되살아났다. 앞으로
나아가려고 하는데 벽이 가로막고 있다면 어떻게 할 것인가.
오른쪽으로 갈 것인가 왼쪽으로 갈 것인가. 마사카즈의 대답
은 어떻게든 정면 벽에 구멍을 뚫고 한복판에 길을 낼 수 없

는지를 고민한다는 것이었다. 즉 누군가 만들어둔 길을 단순히 따라가는 것만으로는 성이 차지 않는다, 내 길은 내가 만든다, 라는 것이 야나기사와 마사카즈라는 인물인 것이다.

"이 호텔의 색깔은 다시 칠할 수 없다, 그러니 배제할 수밖에 없다. 마사카즈 사장은 그렇게 판단한 것이네요."

"치후네 씨의 노력과 열정의 결정체라고 할 만한 곳이니까 그걸 다시 칠한다는 건 간단한 일이 아니겠지요. 장애가 있는 고객은 휠체어 우선 엘리베이터를 이용하게 하면 된다, 라는 마사카즈 사장의 생각 속에는 경사로를 천천히 내려가면서 창밖의 경치를 즐겨주셨으면 하는 치후네 씨다운 발상은 없는 거예요."

레이토는 경사로를 따라 설치된 창문을 돌아보았다.

"저 창문에 그런 뜻이 있었네요……."

"대략 말씀드린다는 게 얘기가 길어졌군요." 구와바라는 손목시계로 시각을 확인했다. "이 정도면 되겠습니까?"

"포기하신 건가요, 호텔을 폐쇄하는 건 어쩔 수 없다고?"

"우리는 고용된 처지니까요. 상부의 지시를 거역할 수 없습니다. 게다가 조금 전 모습으로 짐작컨대 아마 치후네 씨도 이 호텔의 존속은 단념하신 모양이에요. 나는 어쩌면 이번 방문 목적은 아직 더 버텨볼 생각이니 포기하지 말라고 우리를 격려하시려는 게 아닐까 기대했었는데……." 시선을 떨구고 혼잣말을 중얼거리듯이 말한 뒤에 구와바라는 얼굴을 들고 살짝 손을 가로저었다. "죄송합니다. 지금 한 얘기는 못 들은 걸로 해주세요. 치후네 씨가 최선을 다해 애써주셨다는 건 잘 알고 있으니까요."

"네에……."

레이토는 지난번 사은회 행사가 끝난 뒤에 있었던 일을 얘기할까 하고 생각했다. 치후네는 임원회의에서 반론을 제기할 작정이었지만 치사한 방법으로 그 기회를 빼앗겼던 것이다. 하지만 치후네에게도 말하지 않은 것을 구와바라에게 털어놓을 수는 없었다.

"그나저나 객실 노천탕은 이용해보셨습니까?" 구와바라가 말투를 환하게 바꿔서 물었다.

"아뇨, 아직. 방에 돌아가는 대로 노천탕부터 가볼 생각이에요."

"그렇습니까. 오늘은 날씨가 좋아서 구름 한 점 없군요. 분명 밤하늘이 아름다울 거예요. 부디 즐거운 시간 되시기 바랍니다."

"고맙습니다."

그럼 이만, 이라고 구와바라는 인사를 건네고 경사로를 올라갔다.

레이토는 그 뒤에도 호텔 안을 구석구석 돌아보고 방으로 돌아왔다. 옷을 벗고 샤워실에서 몸을 씻어낸 뒤에 노천탕으로 나갔다. 노송나무 탕에 뜨거운 물이 넘치고 있었다.

발끝부터 천천히 들어가 어깨까지 푹 담그고 욕조에 등을 기댄 채 하늘을 올려다보았다. 구와바라가 말했던 대로 날씨가 좋은 모양이다. 별은 보이지 않았지만 그 대신 눈썹 같은 달이 떠 있었다. 음력 초하루가 나흘 뒤다. 내일 밤부터 1주일 동안 기념 예약이 빼곡히 차 있다.

정신 바짝 차리고 열심히 해야지. 노송나무 욕조 안에서 오른손 주먹을 부르쥐었다.

17

다음 날 아침, 뷔페를 먹으러 내려가 식당 안을 둘러보자 창가의 4인용 테이블에 치후네가 앉아 있는 게 보였다. 옆으로 다가가, 안녕히 주무셨습니까, 라고 인사했다.

"응, 잘 잤나요?"

"방의 노천탕에 들어갔다가 잠깐 침대에 누웠는데 눈 떠보니까 아침이었어요."

"그래요? 젊은 사람은 참 좋군요." 치후네의 대답은 어쩐지 기운이 없었다. 별로 잠을 못 잤는지도 모른다.

레이토는 요리를 가져오기로 했다. 쟁반을 두 손에 들고 대형접시와 보온기 안을 둘러보았다. 일식, 양식, 중식이 골고루 갖춰졌고 이것도 저것도 맛있어 보였다. 마음 가는 대로 골라 담다보니 금세 접시가 그득해졌다. 이 정도로 해두자고 생각했을 때, 카레 냄비가 눈에 들어왔다. 바로 그 '아침형 카레'다. 이건 먹지 않을 수가 없다 싶어서 작은 접시에 흰밥을 담고 카레를 끼얹어 쟁반에 올렸다.

테이블로 돌아오자 레이토의 쟁반을 보고 치후네의 눈이 둥그레졌다. "많이도 가져왔군요. 그걸 다 먹을 수 있나요?"

"오기로라도 먹을 거예요." 자리에 앉아 포크를 손에 들고 우선 오믈렛을 쿡 찌르려고 했다. 하지만 그 전에 무심코 치후네 앞에 놓인 접시를 보고 아, 하는 소리를 흘렸다.

"왜 그러지요?"

"아뇨, 거기…… 카레를 가져오셨네요?"

치후네의 접시 한 귀퉁이에 작게 봉긋한 카레라이스가 있었던 것이다.

"왜요, 안 됩니까?"

"아니, 안 될 건 없지만 어쩐지 이미지와 다른 것 같아서……."

그러자 치후네는 뺨을 풀고 웃으면서 스푼으로 카레라이스를 한 입 떠먹었다.

"이 카레에는 특별한 추억이 있습니다. 호텔 개업 전의."

"와아, 어떤 추억인데요?" 레이토는 포크를 내려놓고 등을 꼿꼿이 세웠다.

"그 무렵은 직원 교육도 시작하고 이런저런 준비에 쫓기던 때였어요. 새벽부터 밤늦게까지 할 일이 너무 많아 항상 시간이 부족했습니다. 식사 시간도 아껴야 할 정도였지요. 그래서 준비한 것이 카레예요. 카레라이스라면 얼른 먹을 수 있고 설거지도 편하니까요. 당시 요리장이 손수 맛이며 재료를 이래저래 연구해서 날마다 먹어도 질리지 않게, 그러면서도 영양 밸런스가 좋은 카레를 만들어줬습니다. 덕분에 직원들 사이에서 평이 아주 좋았고, 개업 후에도 먹고 싶다는 목소리가 끊이지 않았지요. 고객에게 준비해드리는 조식 메뉴에도 넣는 게 어떻겠느냐, 라고 얘기가 됐어요. 시험 삼아 내봤더니 결과는 엄청난 호평. 날마다 냄비 바닥을 긁어야 할 만큼 인기가 있었으니까요. 그 뒤로 몇십 년째 우리 호텔의 카레는 고객의 사랑을 받고 있습니다."

"그런 거였어요?" 레이토는 자신 앞에 놓인 카레라이스를 지그시 들여다보았다. 뷔페 메뉴 하나에도 드라마가 있구나, 라고 생각했다.

"그 일은 내게 큰 힌트가 되었어요." 치후네가 뒤를 이었다. "우리가 먹고 싶은 것을 고객에게도 대접해드린다. 즉 내가 받았으면 하는 것을 고객에게도 해드린다, 그것이 서비스의 기본이라고 새삼 깨달은 것이지요. 그 이후로 뭔가 망설여질 때는 그것을 가장 먼저 생각했습니다."

그 이야기를 듣고 레이토는 어젯밤 구와바라와 했던 대화를 떠올리지 않을 수 없었다. 야나기사와 치후네의 색깔이란 바로 이런 것이리라.

"왜요, 내 얘기에서 뭔가 마음에 안 드는 것이라도 있나요?" 치후네가 의아한 듯 물었다.

"아뇨, 배울 게 많은 말씀인 것 같아서요."

레이토는 스푼을 들고 카레라이스를 입에 넣었다. 질리지 않을 만큼 자극적이고, 신선함과 반가움이라는 상반되는 느낌을 동시에 갖게 하는 맛이었다.

"어떤가요?" 치후네가 물었다.

"맛있어요. 이거라면 정말 날마다 먹을 수 있겠어요."

"그렇지요? 네, 그럴 거예요." 치후네는 만족스러운 듯 고개를 끄덕였다.

조식 후에 커피를 옆에 두고 치후네가 수첩을 펼쳤다.

"오늘 밤부터 다시 기념이 시작되지요? 예약 상황은 파악하고 있나요?"

레이토는 네, 라고 대답하고 호주머니에서 스마트폰을 꺼냈다.

"우선 오늘 밤은 쓰시마 씨예요. 쓰시마 히데쓰구 씨."

"역시 대대로 아나기시와 가와 인연이 있는 집안 분입니다. 한 가지 주의사항이 있어요. 쓰시마 씨는 다리가 불편하신 분이에요. 혼자서 녹나무까지 가기가 어려우실 테니 레이토가 도와드리도록 하세요. 함께 오신 분이 있다면 그분이 녹나무 안까지 부축해드리시게 해도 괜찮습니다. 단 조건이 있어요. 반드시 쓰시마 씨와 혈연관계가 아닌 분이어야 한다는 거예요. 부인이라면 문제가 없지만, 자녀나 형제일 경우에는 인정해드릴 수 없습니다. 일단 내 쪽에서도 미리 그런 말씀을 드렸지만, 혹시 모르니까 반드시 확인하도록 하세요."

"알겠습니다. 근데 혈연이냐 아니냐가 그렇게 중요해요?"

하지만 치후네는 대답하지 않고 무시하듯이 수첩으로 시선을 돌렸다. 레이토는 고개를 움츠렸다.

"그리고 또 한 가지, 다음번 토요일에 기념을 예약하신 분은 내가 대신 맡을 거예요. 그날 밤에 레이토는 다른 곳에 다녀와야 하니까요."

"다른 곳에? 어딘데요?"

"그때쯤이 되면 얘기할 거예요. 이번에는 그리 멀리 나가는 건 아니에요. 도쿄입니다."

"토요일이라면 초하룻날 밤이네요?"

레이토는 스마트폰으로 일정을 확인했다. 초하룻날 밤에 예약한 이름을 보고 흠칫했다. 이이쿠라 고키치라고 적혀 있었기 때문이다. 동네 목욕탕에서 만난 그 노인이 틀림없다. 하지만 이이쿠라는 작년 8월에 기념을 했다. 또 다시 찾아오는 건 어떤 사정 때문일까.

"뭔가 문제라도 있나요?" 치후네가 물었다.

"아뇨, 아무것도 아니에요. 알겠습니다, 토요일 날 밤은 그렇게 알고 대기하겠습니다."

"잘 부탁해요."

그런데, 라고 레이토가 입을 열었다. "오늘은 이다음 일정이 어떻게 됩니까?"

"평소와 똑같아요. 체크아웃하고 도쿄로 돌아갈 거예요."

"엇, 진짜요?"

"오늘도 이래저래 할 일이 있으니까요. 레이토도 경내 청소를 해야지요. 밤에는 예약도 있어서 그 준비도 서둘러야 할 것이고. 혹시 하코네 관광이라도 기대했던 건가요?"

"그건 아니지만……." 레이토는 말끝을 흐렸다. 기대했다고 솔직하게 말하지는 못했다.

그로부터 1시간 뒤, 레이토는 치후네와 함께 로망스카 열차에 타고 있었다. 멀어져가는 풍경을 차창 너머로 바라보며 나중에 누군가 하코네에 가본 적이 있느냐고 물어보면 도저히 그렇다는 대답은 못하겠구나, 라고 생각했다.

하긴 전혀 수확이 없었던 것은 아니다. 다시 조금 더 치후네에 대해 알게 되었고, 무엇보다 여행가방 속에는 선물가게에서 사온 레토르트 '아침형 카레'가 들어 있었다.

그날 밤, 기념을 하기 위해 찾아온 쓰시마 히데쓰구는 마른 나무처럼 여윈 노인이었다. 키는 그리 작지 않았지만 허리가 굽은 탓에 더 자그마하게 보였다. 치후네가 말했던 대로 다리가 불편해서 지팡이가 없으면 걷지 못하는 모습이었다. 부인인 듯한 여자가 곁에 있어서 쓰시마 노인은 지팡이를 들지 않은 쪽 손으로 그녀의 팔을 붙잡고 있었다. 그녀가 아내라는 것을 증명하기 위해 제시해준 것은 여권이었다. 얼굴 사진은 상당히 젊지만 동일인물이라는 건 틀림없었다.

부인은 녹나무까지 자신이 직접 데려가겠다고 했다. 실제로는 그녀보다 쓰시마가 그러기를 원했던 것이리라.

레이토가 앞장서서 걸음을 옮겼다. 쓰시마 부부의 걸음은 느렸다. 이따금 멈춰 서서 두 사람을 기다렸다.

겨우겨우 녹나무 기념 입구에 도착했다.

"오, 여기다, 여기. 반갑구먼." 덤불숲 속으로 들어가자마자 쓰시마가 말했다.

"전에도 오신 적이 있습니까?" 레이토가 물었다.

"젊은 시절에 몇 번 왔었지. 아버지가 돌아가신 뒤에 곧바로 기념을 하러 왔는데 처음에는 뭐가 뭔지 몰랐어. 아버지가 워낙 괴팍하기도 했지만, 그보다는 내가 워낙 머리가 모자랐어. 정확히 이해할 때까지 대체 몇 번이나 왔는지 모른다니까." 그렇게 말하고는 하하하 하고 마른 웃음소리를 냈다.

"그건 보름날 밤 쪽의 얘기지요?"

"그야 그렇지, 그믐께의 기념은 나도 처음이야. 어쩐지 긴장이 되네."

"여보, 쓸데없는 말은 되도록 하지 말라고 야나기사와 씨가 당부했었잖아요."

"에이, 이 정도는 괜찮아. 그렇지?"

레이토에게 동의를 청한 모양이다. 얼른 네에, 라고 대답해두었다.

녹나무 앞으로 나서자 오오, 하고 쓰시마가 목소리를 높였다.

"역시 거대하구먼. 어때, 내 말이 맞았지?" 기고만장한 듯 아내에게 말했다.

"네에, 정말 번듯하네요."

땅바닥 곳곳에 녹나무 뿌리줄기가 불거져서 쓰시마를 부축하기가 더 힘들었다. 레이토와 부인이 양쪽에서 쓰시마를 붙잡고 어찌어찌 나무 기둥의 동굴 안에 밀어 넣고 촛대 앞에 앉혔다.

레이토는 촛대에 밀초를 꽂고 불을 붙였다.

"기념은 1시간을 하시기로 했습니다만, 그걸로 괜찮으시겠습니까?"

"음, 그걸로 좋아."

"그러면 그때쯤에 다시 근처에 와서 기다리겠사오니 기념이 끝나시면 이 끈을 당겨 방울을 울려주십시오." 레이토는 곁에 길게 매달려 있는 끈을 잡아 보여주며 설명했다.

위쪽에 방울이 달려서 끈을 당기면 절렁절렁 소리가 울리는 구조다. 평소에는 종무소에 보관하고 있다가 오늘 밤처럼 몸이 불편한 사람이 기념을 하러 왔을 때, 설치하기로 되어 있다. 오늘 하코네에서 돌아오는 로망스카 열차 안에서 치후네가 처음으로 알려주면서 지시한 것이다.

쓰시마를 녹나무 동굴에 남겨두고 레이토는 부인과 함께 경내로 돌아왔다. 바깥 날씨가 쌀쌀해서 부인은 종무소 안에서 기다리기로 했다. 주전자로 호지차를 찻잔에 내려 권하자 고마워요, 라고 공손히 감사 인사를 해주었다.

"아저씨는 다리는 좀 불편하시지만 그래도 건강해 보이세요."

"그런가요? 그 말을 들으면 본인도 기뻐하겠네요."

"얼마든지 오래 사실 것 같아요."

"그러면 좋을 텐데……." 부인은 옅은 웃음을 짓더니 두 손으로 찻잔을 들고 입가로 가져갔다.

"자녀분은 몇이나 두셨어요?"

"둘이에요. 딸하고 아들. 근데 그게 왜요?"

"아뇨, 가족이 많은 게 좋아 보여서요. 저는 부모님도 형제자매도 없는 처지라서."

"저런, 그렇군요." 부인은 딱하다는 얼굴로 몇 번이나 눈을 끔뻑거렸다.

레이토는 종무소를 나와 의자에 앉았다. 평소 같으면 스마트폰으로 동영상을 보거나 게임에 빠져들었겠지만, 오늘 밤은 그럴 마음도 나지 않아 멍하니 생각에 잠겼다.

50분쯤 지나 레이토는 부인과 다시 녹나무 쪽으로 갔다. 잠시 뒤 절렁절렁 방울 소리가 들려왔다. 녹나무 옆으로 다가가 안을 들여다보자 쓰시마는 한쪽 무릎을 짚은 자세였다. 자기 힘으로 일어서지 못하는 것 같았다.

"수고하셨습니다. 기념은 잘 하셨습니까?"

"응, 그럭저럭." 쓰시마는 뭔가 후련하게 털어낸 듯한 얼굴이었다.

레이토는 촛불을 끄고 부인과 함께 쓰시마를 일으켰다. 손전등으로 발밑을 비춰가며 신중하게 밖으로 나오자 부인이 "이제 나 혼자 해도 괜찮아요"라고 말했다. 레이토는 불을 비춰주며 앞장서서 걷기 시작했다.

어땠어요, 라고 부인이 작은 소리로 묻는 것이 뒤에서 들려왔다.

"일단 염원은 열심히 했어."

"전해질까요?"

"글쎄 말이야."

"누구를 오라고 할 거예요? 역시 마사토?"

"마사토는 당연히 와야지. 그리고 미요코도 꼭 왔으면 좋겠는데."

"언제쯤?"

"그건 본인들에게 맡겨야지. 언제가 됐건 내가 죽은 다음이야. 그러니까 그때까지는 기념에 대한 것은 애들에게 말하면 안 돼."

"아휴, 알았어요. 그 얘기를 벌써 몇 번째 하는지."

레이토는 한 번도 뒤돌아보는 일 없이 묵묵히 걸음을 옮겼다. 쓰시마 부부로서는 설령 자신들의 얘기 소리가 들리더라도 상관없었는지 모르지만, 레이토는 녹나무 파수꾼이라는 역할상 전혀 듣지 못한 척해야만 했다.

18

토요일에 할 일에 대해 치후네의 지시가 내려온 것은 그날 오전이었다. 메일로 보내준 것인데 그 내용은, '야나쓰 호텔 시부야를 레이토 이름으로 예약했습니다. 오후 8시까지 체크인하세요. 내일 체크아웃 시간은 11시이니 그때까지 방 키를 프런트에 반납할 것. 호텔 비는 염려할 것 없습니다. 그곳에 머무는 동안 무엇을 하든 자유입니다'라는 것이었다.

이게 뭐야, 라고 생각했다. '야나쓰 호텔'은 '아나쓰 코퍼레이션'에서 수도권을 중심으로 사업을 펼쳐가는 비즈니스호텔이다. 그곳에 머무는 동안 무엇을 하든 자유, 라고 했지만 그런 호텔에 가서 뭘 하라는 건가.

답답해서 전화를 걸었다. 곧바로 연결됐지만 치후네의 첫마디는 "무슨 일이지요?"라는 퉁명스러운 것이었다.

"물론 오늘 저녁에 대한 것이죠. 그 메일만으로는 무슨 얘기인지 모르겠어요. 대체 뭘 하면 되는 거예요?"

하아, 하고 어이없다는 듯 숨을 토해내는 소리가 들렸다.

"거기, 글씨를 못 읽나요? 그곳에 머무는 동안 무엇을 하든 자유라고 적었을 텐데요?"

"그건 봤지만 그래도 뭘 해야 좋을지……."

"그쪽이 하고 싶은 것을 하면 되는 거예요. 방에 틀어박혀 스마트폰으로 게임을 하겠다면 그것도 괜찮아요."

"굳이 시부야의 비즈니스호텔에 가서 게임을 하라고요?"

"꼭 그러라고는 하지 않았어요. 만일 그쪽이 하겠다면, 이라는 얘기지요. 정 할 일이 없으면 여자 친구를 불러서 데이트를 하든가."

"그런 사람이 없어요."

"그렇다면 친우든 악우든 함께 놀아줄 사람을 부르면 되지 않나요? 누군가 있지요? 아, 나는 이따 저녁 먹고 그쪽으로 갈 거예요. 여벌 열쇠는 내가 갖고 있으니 신경쓰지 말고 외출하도록 하세요. 기념 준비도 내가 할 테니까."

"진짜 내 마음대로 해도 괜찮아요?"

"끈질기군요. 괜찮다고 했지요? 이제 됐나요? 나도 바빠서 이만." 레이토에게 대답할 틈을 주지 않고 전화는 일방적으로 끊겼다.

황당했지만 어쩔 수 없었다. 스마트폰을 멍하니 바라보며 한숨을 내쉬었다.

부를 사람이 없는 건 아니다. 한동안 연락을 못했지만 고등학교 때 친구나 아르바이트 동료 중에 함께 놀아줄 만한 자들의 얼굴이 떠올랐다. 하지만 상황을 일일이 설명해야 하는 게 성가셨다. 이를테면 지금 무슨 일을 하느냐고 묻는다면 어떻게 대답해야 하는가. 녹나무 파수꾼이라고 하면 아, 그렇구나, 라고 순순히 넘어가줄 리가 없다.

문득 사지 유미는 어떨까, 하고 생각했다. 둘이서 '라임원'에 다녀온 뒤로 아직 서로 연락한 적이 없다. 단순히 데이트를 청하는 것이라면 장벽이 엄청 높아지지만, 그 뒤의 상황을 물어본다는 딱 좋은 핑계거리가 있지 않은가.

즉시 스마트폰에 '오늘 밤 볼일이 있어서 시부야에 갈 예정. 저녁 먹으면서 작전회의를 하는 건 어떨까. 얘기할 게 있어'라고 문자메시지를 써봤다.

다시 읽어보고 고개를 갸웃거렸다. 속셈이 드러나지 않게 쓴다고 써봤지만 제대로 됐는지, 전혀 자신이 없었다.

이래저래 고민하며 망설인 끝에 속셈을 눈치채고 싫어한다면 그건 또 그때 가서 생각하자고 대차게 마음먹고 송신을 눌렀다. 여자에게 저녁 식사를 청하는 이상 속셈이 전혀 없다는 건 있을 수 없는 일이다.

답신을 기다리는 동안, 질색하는 것까지는 아니어도 분명 거절할 것이다, 라고 생각했다. 오늘은 토요일이다. 남자 친구가 있다면 데이트 약속이 잡혀 있을 게 틀림없다.

스마트폰이 메시지 수신을 알렸다. 화면에 떠오른 문장을 읽고 순식간에 마음이 환해졌다. '굿 타이밍. 나도 보고할 게 있어. 시간과 장소를 정해서 알려줘'라는 것이었기 때문이다.

서둘러 '야나쓰 호텔 시부야' 주변을 검색해보니 바로 근처의 커피점이 눈에 들어왔다. 지도 주소를 첨부하고 오후 6시 반이면 괜찮겠냐고 메시지를 보냈다. 잠시 뒤에 '오케이!'라는 답신이 돌아왔다.

레이토는 껑충 뛰면서 손끝으로 V자를 그렸다. 당장 의욕이 넘실넘실 차올랐다. 이렇게 되면 저녁때까지 정신 바짝 차리고 열심히 일하자고 생각했다. 바로 조금 전까지 저녁시간을 어떻게 보내야 할지 난감해했던 것이 거짓말 같았다.

'야나쓰 호텔 시부야'는 시부야 역에서 도보로 약 10분, 아오야마 대로에서 옆길로 빠지자 바로 코앞이었다. 그리 큰 건물은 아니지만 현관 디자인이 심플하고 세련되어서 출장길의 비즈니스맨이 단지 하룻밤 자기 위한 호텔, 이라는 이미지는 아니었다.

체크인 수속은 레이토가 예상했던 것보다 훨씬 더 간단했다. 프런트에서 이름을 대고 숙박표에 사인을 했더니 그걸로 끝, 곧바로 키를 내주었다. 계산이 이미 끝난 모양이라서 체크아웃 때는 옆에 있는 반납 박스에 키를 넣기만 하면 된다고 했다.

유미와 약속한 시각까지는 아직 여유가 있어서 일단 방에 가보기로 했다. '호텔 야나기사와'와는 달리 안내해주는 직원 같은 건 없었다.

방문을 열자 바로 옆에 옷장이 있고 그 문짝이 거울이었다. 그곳에 비친 자신의 모습을 보고 그리 나쁘지 않다고 혼자 좋아했다. 비즈니스호텔이라고 해서 정장을 입고 온 것이다. 마운틴 파카와 마찬가지로 이쪽 나들잇벌도 대활약 중이다.

상의를 옷장 안 행거에 걸고, 실내를 둘러보았다. 우선 놀란 것은 방의 콤팩트함이었다. 책상과 의자, 그리고 침대 사이의 간격은 사람 한 명이 드나들 정도밖에 안 된다. '호텔 야나기사와'와 비교하는 건 말이 안 된다고 생각하면서도 똑같이 호텔이라는 이름이 붙었는데 이렇게까지 다른가 하고 당황했다.

구두를 벗고 침대에 벌렁 누워 새삼 주위를 관찰하다가 좌우의 벽을 보고 위화감을 느꼈다. 몇 번을 비교해본 뒤에야 깨달았다. 이 방은 직사각형이 아닌 것이다. 왼편 벽이 평행이 아니고 상당히 비뚤어졌다.

아무리 생각해봐도 이런 모양에 뭔가 이점(利點)이 있으리라고는 생각되지 않았다. 즉 어쩔 수 없는 사정이 있는 것이다. 좁은 땅을 최대한 유효하게 활용하려면 이런 형태의 방을 만들 수밖에 없었던 것이리라. 합리성을 우선하는 야나기사와 마사카즈의 의도를 얼핏 엿본 듯한 느낌이었다.

하지만……

이 비뚤어진 모양 때문에 쾌적함이 줄어드는 건 아니었다. 침대는 세미더블 이상은 되는지 방 면적치고는 큰 편이다. 게다가 베갯머리에 조명이며 에어컨 스위치가 집중되어서 침대에 누운 채 모든 것을 켜고 끌 수 있다. 액정 텔레비전은 발밑에 있어서 침대에서 조금만 윗몸을 일으키면 바로 정면으로 볼 수 있다. 업무에 지쳐버린 비즈니스맨으로서는 쓸데없이 움직이지 않아도 되는 건 고마운 일인지도 모른다.

책상 옆에 냉장고가 있는 것을 알았다. 그러고 보니 목이 마른 것 같아 침대에서 내려와 냉장고 문을 열어보았다. 그런데 안이 텅 비었다. 게다가 전원이 꺼져 있었다. 어떻게 된 건가 했더니 문짝 옆에 전원 스위치가 보였다. 쓰고 싶으면 켜라는 것인 모양이다. 이 또한 합리적이다. 전기료를 절약할 수 있다.

레이토는 이 호텔에서 자고 오라고 지시한 치후네의 노림수를 희미하게나마 알 듯한 마음이 들었다. '호텔 야나기사와'와 비교하는 것으로 치후네와 마사카즈의 이념의 차이를 알려주려고 했던 것이 아닐까. 아닌 게 아니라 양측의 사고방식이 대조적이라는 건 충분히 알 수 있었다. 하지만 레이토는 뭔가 좀 이해할 수 없었다. 이런 걸 나 같은 사람에게 알려줘서 어쩌자는 것인가.

책상서랍을 열어보니 호텔 약관이며 안내 파일과 함께 작은 책자가 있었다. 제목은 '고객을 모시는 마음과 함께—야나기사와 그룹의 연혁'이라는 것이었다. 첫 페이지에 야나기사와 마사카즈의 사진과 함께 인사말이 실려 있었다.

훌훌 넘겨보다가 시계를 확인하고 후다닥 책자를 덮었다. 6시 15분이 지났다. 자리에서 일어나 옷장에서 상의를 꺼냈다.

서둘러 나온 덕분에 약속 시각보다 5분 빠르게 커피점에 도착했다. 구석 자리에서 아이스커피를 마시고 있었더니 잠시 뒤에 유미가 나타났다. 하얀색 재킷 차림이었다. 오늘은 청바지가 아니라 타이트한 미니스커트에 다크브라운의 부츠를 신고 있었다.

"기다렸어?"라면서 유미는 다운재킷을 벗고 맞은편 자리에 앉았다.

"아냐, 갑자기 나오라고 해서 미안해." 레이토는 사과했다.

"전혀. 그나저나 시부야에서 무슨 일을 하는데?" 유미의 눈이 레이토의 정장을 포착한 모양이었다.

"일이라고 할까, 지난번에 말했던 이모님이 지시한 게 있어서."

비즈니스호텔에 가서 자는 일이라고 말했더니 유미는 이상하다는 듯 눈만 껌뻑거렸다.

"그게 뭐야, 일치고는 너무 편한 거 아냐?"

"그래서 일이라고 해야 할지, 나도 잘 모르겠어. 아무튼 덕분에 오늘 저녁은 시간이 넉넉해."

"그런 거였구나. 근데 식사할 곳은 정했어? 예약을 해뒀다든가."

"후보지는 몇 군데 생각했는데, 딱히 정한 곳은 없어. 함께 상의해볼까 하고." 레이토는 스마트폰을 집어들었다.

"그럼 내가 아는 식당으로 갈까? 이탈리안 레스토랑이고, 바로 이 근처인데."

"이탈리안……."

"별로? 입맛에 안 맞아?"

"그럴 리가 있나. 좋지, 거기로 하자. 솔직히 말하면 나는 시부야 쪽은 잘 몰라."

사실은 시부야뿐만 아니라 신주쿠도 롯폰기도 이케부쿠로도, 그리고 물론 긴자 쪽도 잘 알지 못한다. 그나마 조금 알고 있는 곳은 후나바시뿐이다.

"그럼 갈까?" 유미가 자리에서 일어났다.

레이토는 서둘러 아이스커피 잔을 비웠다.

그 레스토랑은 미야마스자카 언덕길 중간쯤에 자리한 빌딩의 2층에 있었다. 환한 분위기의 내부 장식이며 인테리어가 세련된 곳이었다. 그리 넓지는 않지만 상당히 머리를 써서 테이블을 배치했는지 대화를 나누는 데 주위에 신경쓸 필요는 없을 것 같았다.

메뉴판을 봤지만 뭘 주문해야 할지 도통 알 수 없었다. 이런 레스토랑에는 별로, 라기보다 전혀 와본 적이 없다. 친구와 외식을 한다면 항상 이자카야나 라면집이었다. 아까 유미에게 후보지를 몇 군데 생각했다고 했지만, 이탈리안 레스토랑은 아예 머릿속에 없었다.

괜히 아는 체해봤자 별 볼일도 없어서 솔직히 모르겠다고 말했더니 "그럼 내가 적당히 주문할게"라면서 유미가 점원을 불렀다. 메뉴를 보면서 익숙한 기색으로 낯선 요리 이름을 줄줄이 입에 올리고 있었다. 그 모습을 보면서 레이토는 남자 친구와의 데이트에서도 이런 식으로 주도권을 잡는 건가, 라는 시답잖은 생각을 했다.

"마실 것은?" 유미가 물었다.

레몬사와*, 라고 말할 뻔했지만 아슬아슬하게 멈췄다.

"유미는 어떻게 할 건데?"

"나는 잔으로 스파클링 와인."

전혀 예상하지 못한 대답이다.

"그럼 나도 같은 걸로."

그럴싸하게 대답했지만 스파클링 와인이라는 게 어떤 맛이었더라, 라고 당황했다. 클럽에서 아르바이트를 하던 시절에 샴페인 남은 것을 몇 번 마셔본 적이 있었다.

---

* 일본식 소주와 레몬즙, 탄산수를 섞은 비교적 알코올 도수가 낮은 주류.

주문을 마치자 그나저나, 라면서 유미가 등을 꼿꼿이 세웠다. "누가 먼저 얘기할까?"

즉각 작전회의에 들어갈 모양이다. 그녀로서는 그럴 목적으로 왔으니까 당연한 일이다.

"나는 먼저든 나중이든 괜찮아."

"그럼 우선 나부터 얘기할게." 유미는 옆에 놓인 가방을 무릎에 얹었다. "오늘 할머니한테 다녀왔어. 병문안하러."

"그랬구나. 요양원에 계신다고 했지? 혼자 다녀온 거야?"

"응. 오랜만이라서 보고 싶기도 하고 큰아버지 얘기도 물어보려고."

"얘기가 됐어?"

유미는 체념하는 표정으로 고개를 저었다.

"얘기는커녕 내가 누군지도 모르는 것 같아. 나한테 두 번이나 선생님, 선생님, 하더라니까. 존댓말까지 쓰고. 나를 할머니 학생 때의 선생님이라고 생각한 모양이야."

"저런, 지켜보기도 딱했겠다. 그럼 기쿠오 씨에 대한 것도 못 물어봤어?"

"일단 물어보기는 했지. 기쿠오 큰아버지를 기억하느냐고. 근데 전혀 반응이 없었어. 내가 하는 말이 귀에 들어오지도 않는 것 같아."

"그렇구나……."

스파클링 와인이 나와서 우선 "건배!"라고 잔을 마주쳤다.

한 입 마셔보고 이렇게 맛있는 것이었나, 하고 놀랐다.

"하지만 수확이 전혀 없었던 건 아니야. 요양원에 맡겨둔 할머니의 개인 물품을 살펴봤더니 마침 옛날 앨범이 있었어. 거기서 이런 사진을 찾아냈어."

유미는 가방에서 스마트폰을 꺼내 터치한 뒤 화면을 레이토 쪽으로 보여주었다.

그곳에 찍혀 있는 것은 흑백사진이었다. 두 명의 소년이 나란히 서 있다. 둘 다 초등학생 정도지만, 체격 차이나 얼굴 생김새 등으로 두세 살쯤 나이 차가 있는 것을 알 수 있었다. 키가 큰 쪽이 5학년이나 6학년인 것 같았다.

"작은 쪽 남자애, 누구 닮은 것 같지 않아?" 유미는 손가락 두 개로 화면을 밀어 소년의 얼굴을 확대했다.

레이토는 스마트폰 사진을 지그시 들여다보았다. 그녀가 말하려는 게 무엇인지 알았다.

"혹시 사지 씨……유미 아버지?"

"맞아. 그럼 옆에 서 있는 아이는?"

"형님인 기쿠오 씨?"

"그렇겠지? 그 앨범에 이 두 사람 사진이 여러 장 있었어. 시치고산*이라든가 초등학교 입학식 때 찍은 거. 그리고 이런 사진도 있었어." 유미는 또 다른 사진을 불러냈다.

---

* 七五三. 자녀의 성장을 축하하는 뜻으로 아들은 3세와 5세, 딸은 3세와 7세가 되는 해에 부모가 치러주는 행사.

이것 역시 흑백사진으로, 소년인 기쿠오와 성인 여자가 나란히 서 있었다. 기쿠오는 중학생쯤일까. 하얀 셔츠에 나비넥타이 차림이고 게다가 꽃다발을 안고 있었다. 옆에 있는 여자는 동양적인 얼굴 생김새에 기모노 차림이었다.

"이쪽은 우리 할머니야. 지금과는 너무 다른 모습이지만, 틀림없어. 어때, 꽤 미인이지?"

"정말 그렇다."

기쿠오는 왜 꽃다발을 안고 있는가, 라고 생각하다가 두 사람의 등 뒤에 있는 것을 알아보고 흠칫했다.

그랜드피아노다, 라고 레이토는 중얼거렸다.

"그거, 역시 마음에 걸리지? 어떤 상황의 사진인 거 같아?"

"피아노 발표회라든가 콩쿠르?"

"그치?" 유미는 스마트폰 화면을 자기 쪽으로 돌렸다. "게다가 상당히 큰 연주회장인 것 같아. 작은 교실 같은 게 아니야."

"기쿠오 씨가 어렸을 때 꽤 본격적으로 피아노를 쳤던 모양이지?"

"그런 것 같아. 문제는 그런 기쿠오 씨가 왜 가족과 떨어져 살게 되었느냐는 거야. 분명 뭔가 사정이 있었을 텐데 아빠는 그걸 우리한테 전혀 얘기해주지 않고 있어."

첫 번째 요리가 나왔다. 생선 카르파초라는 것이다. 테이블 가운데 놓인 접시를 멀거니 쳐다보고 있었더니 유미가 두 개의 접시에 나눠서 덜어주었다.

"이제 그만 아버지에게 직접 물어보는 게 좋지 않을까?" 레이토는 포크로 카르파초를 입에 넣었다. 처음 먹어보는 맛이었다. 저절로 맛있다, 라는 말이 흘러나왔다.

"뭘 어떻게 물어봐야 하는데?"

"큰아버지에 대해 물어봐야지. 자세한 얘기를 해줬으면 좋겠다고 말해보면……."

유미는 불만스러운 듯 미간을 좁혔다. "그거, 뭔가 좀 잘못 짚은 거잖아."

"뭘?"

"내가 가장 알고 싶은 건 기치죠지의 그 여자에 대한 거야. 아빠와의 관계를 분명하게 확인해야 하니까. 큰아버지에 대한 것도 알고 싶지만, 우선순위를 따지자면 그쪽이 먼저야."

"그게 그거잖아. 기쿠오 씨에 대한 게 밝혀지면 그 여자와의 관계도 알 수 있잖아?"

"어떻게 그렇게 단언할 수 있지? 기쿠오 씨에 대한 것과 그 여자는 전혀 관계가 없을지도 모르는데."

"만일 그렇다면 그건 그것대로 괜찮아. 그때 또 그 여자에 대해 알아보면 되지."

그러자 유미는 도통 뭘 모른다는 듯이 한숨을 내쉬며 포크를 내려놓았다.

"내가 큰아버지에 대해 얘기해달라고 하면 아빠는 당연히 수상하게 생각하겠지. 왜 그런 걸 묻느냐, 애초에 어떻게 큰

아버지를 알고 있느냐, 거꾸로 나한테 캐물을 거라고. 그러면 나는 어떻게 대답해?"

"그건 어떻게든, 이를테면……. 아, 그렇지, 아까 그 사진을 보여주면 어떨까? 할머니 옛날 앨범에 이런 사진이 있었는데 함께 찍은 사람은 누구냐, 라든가."

"그래서? 아빠가 순순히 자세한 사정을 털어놓을까? 여태까지 꽁꽁 숨겨왔던 데는 그럴 만한 사정이 있었을 테니까 이번에도 대충 얼버무리고 넘어가려고 하겠지. 그냥 아는 사람이라는 식으로 둘러대면서. 설령 형이라는 것을 인정한다고 해도 어렸을 때 죽었다는 식으로 얘기해버리면 그만이야. 결국 아무것도 알아내지 못하고 끝나는 거라고."

"그렇다면 '라임원'에서 들었던 얘기를……." 거기까지 말한 참에 레이토는 얼굴을 찌푸렸다. "아, 그 얘기는 하면 안 되지."

"그래, 어떻게 '라임원'이라는 곳을 알고 있느냐고 도리어 캐물을 거야. 하지만 나는 레이토나 녹나무에 대한 얘기를 할 수가 없어."

레이토는 머리를 긁적였다. "응, 그렇다."

유미는 다시 포크를 손에 들었다.

"아빠에게 직접 물어보는 건 나도 몇 번이나 생각해봤어. 하지만 대화를 이렇게 저렇게 시뮬레이션 해볼 때마다 역시 리스크가 너무 크다는 결론이 나오는 거야. 섣불리 얘기를 꺼내면 혹시 내 딸이 나를 감시하는 게 아닌가, 의심을 살 우려가 있어. 내 입장에서는 아빠와 그 여자의 관계를 파악하기 전까지는 그런 일은 일단 피해야 해."

"그렇지."

카르파초 다음에 나온 것은 단 새우를 튀겨낸 것이었다. 튀김처럼 보였지만 정식 이름은 프리터*라는 모양이다. 뭐가 어떻게 다른지 레이토는 잘 알 수 없었다.

"다음은 레이토 차례야." 유미가 말했다.

"응?"

"내 얘기는 끝났어. 그러니까 그쪽 얘기를 해봐."

"아, 그렇지." 스파클링 와인으로 입 안을 적셨다. "기념에 대한 것인데, 좀 더 알아낸 게 있어."

"그래? 어떤 거?"

"분명 기념은 유언 같은 거야. 자신이 살아 있는 동안에 자식들에게 메시지를 남기는 수단인 거야."

레이토는 며칠 전에 듣게 된 쓰시마 노인과 그 부인의 대화를 얘기해주었다.

"마사토와 미요코라는 건 아들과 딸이야. 전해질까요, 라고 부인이 말했었어. 쓰시마 씨가 마사토는 당연히 와야 하고, 미요코도 와줬으면 좋겠다, 라고 한 것은 양쪽 모두에게

---

* 달걀노른자와 우유 또는 물을 넣은 밀가루 반죽을 고기, 야채, 과일 등에 입혀 기름에 튀겨내는 요리.

전할 것이 있다는 뜻이겠지. 다만 그건 자기가 죽은 다음이라고 쓰시마 씨는 말했어. 그렇다면 그건 말 그대로 유언이잖아."

"아, 잠깐. 메시지를 남기다니, 어디에 어떻게 남기지? 글로 쓴 문서를 녹나무 안에 넣어두고 오는 건가?"

"그런 게 아니라 염원을 하는 것 같아. 염원한 내용이 녹나무에 남는 거야. 컴퓨터로 말하면 녹나무는 기억 매체인 셈이야. 그리고 혈연관계인 사람만 거기에 접속해서 기록된 메시지를 꺼낼 수 있어."

유미는 수상쩍은 뭔가를 보는 듯한 눈빛이었다. "그거 지금 제정신으로 하는 얘기?"

"그야말로 진지하게 말하는 거야. 지금까지 기념하러 온 사람들의 모습을 지켜본 끝에 그렇게 생각할 수밖에 없게 됐어."

"그렇다면 엄청난 초상현상이잖아."

"맞아, 진짜 초상현상이야. 보통 사람들은 텔레파시 능력 같은 건 없지만, 녹나무가 그걸 중개해주는 거야."

유미는 고개를 저었다. "아니, 아니, 못 믿겠어."

"어째서?"

"정말로 그런 일이 있다면 우선 언론에서 가만히 있지를 않지. 입소문도 진즉에 퍼졌을 거야. 인터넷에 글을 올리고 SNS로 발신하고, 아무튼 난리가 났어야 맞지."

"그런 난리를 막기 위해서 엄격한 규칙이 정해져 있어. 기념은 누구에게나 허락되는 게 아니야. 현재는 우리 이모님이 허가해준 사람들만 가능해. 비밀을 엄수해줄 사람이냐 아니냐, 그걸로 판별하는 것 같아."

"아무리 그래도 한계가 있지. 한두 사람이라면 모를까, 그렇게 많은 사람들이 기념을 해왔잖아. 그 사람들이 모두 규칙을 지켜준다는 보장은 없어."

"그럼 한 가지 물어보겠는데, 너는 미키 마우스의 정체를 알고 있어?"

"뭐?" 유미는 미간에 주름을 잡았다. "뭔 소리야? 왜 여기서 미키 마우스가 튀어나와?"

"디즈니랜드에서 미키 마우스를 연기하는 사람이 누군지 아느냐고 묻는 거야. 어때, 모르지? 그건 절대로 밝혀서는 안 된다는 회사 규칙이 있기 때문이야. 본인뿐만 아니라 정체를 알고 있는 관계자는 모두 다 계약서에 사인을 해야 하고, 그걸 어겼을 경우에는 엄청난 벌금을 내야 해. 그런 규칙을 깨고 미키 마우스의 정체를 인터넷에 밝힌 사람이 있었어? SNS로 피트린 사람이 있있어? 없잖아. 비밀 유지의 규칙을 철저히 지킨다는 건 불가능한 일이 아니야."

게다가, 라고 레이토는 뒤를 이었다.

"혹시 깜빡 입을 놀린 사람이 있었다고 해도 그 얘기를 들은 사람이 믿어주지 않으면 소문은 퍼지지 않아. 도시 전설 정도로 생각하고 그걸로 끝이지. 이런 쪽의 얘기는 실제로 관여한 다수의 사람들이 증언하지 않는 한, 사실로서 인정받지 못하는 거야."

열을 내어 단숨에 말했기 때문에 목이 말랐다. 레이토는 유리잔의 물을 들이켰다.

유미는 여전히 마뜩찮은 표정이었지만, 턱을 쓱 치켜든 뒤 가만히 위아래로 끄덕였다.

"레이토, 말을 꽤 잘하는 편이네."

"……고마워." 그런 칭찬을 받을 줄은 생각도 못했기 때문에 당황했다.

"지금 그 설명, 설득력 있었어."

"그럼 녹나무의 능력을 믿는 거야?"

"아직 완전하게 믿어지지는 않지만, 어쩌면 그럴 수도 있지 않을까 하는 마음은 들었어."

"그렇다면 다행이고."

근데, 라고 유미가 말했다.

"유언이라면 일반적인 방식대로 문서로 남기면 되잖아. 왜 굳이 그런 번거로운 짓을 하지?" 유미는 단 새우 프리터를 포크로 쿡 찔러 마이크처럼 레이토 쪽으로 내밀었다. "그 점에 대해서는 어떻게 생각하십니까?"

"문제는 바로 그거야. 단순한 유언과 무엇이 어떻게 다른가. 그건 아직 잘 모르겠어. 하지만 이 말만은 할 수 있어. 사지 씨가 기념을 하러 오는 목적은 형님이 남긴 메시지를 받기 위한 거야. 이건 틀림없어."

유미는 눈동자를 빙그르르 돌린 뒤, 포크에 꽂힌 단 새우를 입에 쏙 넣었다. 우물우물 씹어 삼키고 레이토를 빤히 바라보았다.

"만일 그렇다 치고, 왜 한 번에 안 끝나지? 아빠는 지금 다 달이 가고 있잖아. 게다가 이틀 연속으로 가기도 했어. 단순히 메시지를 받는 것뿐이라면 왜 그렇게 여러 번 가야 하지? 그리고 그 콧노래는 뭐야?"

연달아 쏟아지는 질문에 레이토는 긴장했다. 대답할 말이 하나도 생각나지 않았다.

"답답하긴 한데 그중 어떤 질문에도 아직은 대답할 수 없어. 하지만 머지않아 틀림없이 해명할 수 있을 거야."

그 말에 물론 유미는 이해하는 표정 따위 내보이지 않았다. 하지만 불만스러운 눈치는 아니었다. 슬쩍 고개를 끄덕이는 걸로 봐서는 기념이 무엇인지 반드시 해명하겠다는 레이토의 결심에 공감해주는 것 같았다.

그 뒤 성게알 파스타와 마르게리타 피자를 먹었다. 계산할 때 액수를 보고 가슴이 철렁했지만 유미가 "더치페이로 하자"라고 말해줘서 다행이었다. 그래도 식사 한 번에 3천 엔 넘게 쓰다니, 지금까지의 인생에서는 없었던 일이다. 부잣집 따님과 어울리는 건 어려울지도 모르겠다고 생각했다.

레스토랑을 나와 몇 걸음 간 곳에서 유미가 발을 멈췄다.

그 시선을 따라가다가, 멈춰 선 이유를 알았다. 입체 주차장이 있었다.

"저 주차장이 혹시……."

응, 이라고 유미가 고개를 끄덕였다. "아빠가 매번 차를 세워두는 곳이야."

레이토는 주위를 둘러보았다. 사람들의 왕래가 유독 많은 곳이었다.

불륜은, 이라고 레이토는 말했다. "아닌 거 같아. 유미 아버지는 바람을 피우는 게 아냐."

"왜?"

"이런 곳에 차를 세우고 여자를 만나 둘이서 나란히 러브호텔로 갈까? 아무리 생각해도 이건 너무 위험해. 저렇게 사람들이 많이 지나다니잖아. 언제 누구 눈에 띌지 모르는 상황이야. 아는 사람을 덜컥 만나지 말라는 법도 없고. 어지간히 낙천적인 사람이 아닌 한, 그런 짓은 안 하지."

유미는 크게 숨을 들이쉬고 내쉬었다. "나도 불륜이 아니기를 진심으로 빌고 있어. 아빠를 믿고 싶어."

"엇, 역시 그렇구나. 뜻밖이네."

유미는 의아한 듯 레이토를 올려다보았다. "그게 왜 뜻밖이지?"

"아니, 아빠에게 여자가 있다고 미리 딱 정해놓고 그 증거를 잡는 데 열을 올리는 것 같아서."

"무슨 소릴, 말도 안 돼. 그런 일에 열을 올리다니, 세상에 아빠가 바람을 피웠으면 하고 바라는 딸이 어디 있어?"

"그래, 그렇지."

다시 걸음을 뗐지만 이번에는 레이토가 발을 멈췄다. "내가 가는 호텔은 이쪽이야." 역으로 향하는 방향과는 반대쪽 길을 가리켰다.

"그래? 그럼 오늘은 여기서." 유미가 오른손으로 레이토를 가리켰다. "도청기가 준비되면 연락할 테니까 그렇게 알고 있어."

레이토는 쓴웃음을 지었다. "알았어."

잘 자라고 서로 인사를 주고받은 뒤에 헤어졌다. 시계를 보니 아직 9시밖에 안 되었다. 유미도 사귀는 남자 친구와는 좀 더 늦게까지 함께 있고 싶어 했을 거라고 생각하면서 레이토는 '야나쓰 호텔 시부야'로 향했다.

19

손전등 불빛이 숲덤불 사이로 나타난 것을 보고 레이토는 의자에서 일어섰다. 코트 차림에 목에는 머플러를 두른 남자를 향해 잰걸음으로 다가갔다.

"수고하셨습니다. 기념은 잘 하셨습니까?"

"응, 덕분에." 남자는 온화한 웃음을 지으며 말했다. "촛불은 틀림없이 끄고 나왔어."

"감사합니다. 그럼 조심해서 가십시오."

"다다음 달에 또 올 예정이야. 그때도 잘 부탁해."

"네, 잘 알겠습니다. 준비하고 기다리겠습니다."

남자는 발길을 돌려 계단을 향해 걸음을 옮겼다. 그 뒷모습을 배웅하고 레이토는 숲덤불로 들어갔다.

녹나무 안에 별다른 이상은 없었다. 남자가 말했던 대로 촛불은 꺼져 있었다. 촛대 앞에 놓인 봉투에는 1만 엔 지폐가 들어 있었다.

촛대를 들고 발밑을 조심하면서 녹나무 밖으로 나왔다.

'야나쓰 호텔 시부야'에서 숙박했던 날, 즉 음력 초하룻날 밤에서 사흘이 지났다. 매일 밤마다 기념을 하는 사람이 찾아왔지만, 내일부터 다시 한참 동안 예약이 끊긴다. 다음에 기념을 할 사람이 찾아오는 건 보름날이 다가오는 1주일 뒤부터다.

기념이 무엇인지에 대해 유미에게 말했던 추리는 분명 틀림이 없다는 자신감이 레이토에게는 있었다. 이번 사흘 동안 녹나무 파수를 해보고 더욱더 확신을 갖게 되었다. 기념을 하러 오는 사람은 현장 일선에서 은퇴한 노인들이 대부분인 것이다. 인생의 종착점을 의식하고 자식들에게 이것저것 전해주고 싶은 마음이 들었다고 해도 이상할 게 없다.

다만 일반적인 유언과는 다를 터였다. 유언이라면 유미가 말했던 대로 문서로 남겨두면 될 일이다. 그러는 게 주위에서 보기에노 설득력이 있다. 극히 제한된 사람에게만 선해서는 이를테면 재산 분배 등으로 다툼이 일어났을 때 아무 효력도 발휘하지 못한다.

오늘 밤에 다녀간 노인처럼 정기적으로 여러 번에 걸쳐 찾아오는 사람이 있다는 것도 수수께끼였다. 유언장이라면 몇 번씩 다시 쓰는 사람도 있다고 들었지만 웬만큼 특별한 사정이 아니고서는 그런 일은 드물 것이다. 최소한 다다음 달에 다시 쓰겠다, 라고 예약하는 일은 없을 것이다. 그런데 과거의 기념 기록을 살펴보니 동일 인물이 몇 번이나 그믐께에 찾아온 경우가 적지 않았다.

치후네에게 물어보고 싶었지만, 어차피 알려주지 않을 것이다. 제법 좋은 것에 주목했군요, 그런 식으로 열심히 찾아보도록 하세요. 잘해야 그런 말이 돌아올 게 뻔하다.

그러고 보니 치후네에게서는 며칠째 연락이 없었다. '야나쓰 호텔 시부야'에서 하룻밤을 보낸 감상 등을 물어볼 것이라고 예상했는데 그 예상이 빗나간 것 같다. 그렇다면 대체 무엇 때문에 그런 곳에 다녀오라고 한 것일까.

종무소로 돌아가는 중에 목덜미에 후두둑 차가운 것이 떨어졌다. 내일부터 날씨가 시원치 않을 거라고 하더니 한 발 앞서 쏟아질 모양이다.

빗발은 점점 기세를 더해가서 레이토가 이불 속으로 기어들어갈 무렵에는 땅바닥을 두드리는 소리가 들려올 정도였다. 날씨 예보에 의하면 내일은 온종일 비가 내린다고 했다. 으휴, 하고 한숨을 내쉬었다. 비가 내리는 동안에는 경내 청소도 녹나무 손질도 할 수 없다. 할 일 없는 한가한 하루가 될 것 같다. 오랜만에 영화라도 보러 갈까, 라고 생각하면서 눈꺼풀을 감았다. 유미에게 같이 가자고 연락해볼까 하는 생각이 한순간 머리를 스쳤지만 금세 지워버렸다. 이상한 꿈을 품어봤자 깨어질 때 더 우울해질 뿐이다.

비는 이틀 내내 쉬엄쉬엄 쏟아졌다. 그 동안에 결국 영화를 보러 가는 일은 없었다. 빗속에 역까지 나가기가 성가셨기 때문이다. 끼니는 편의점 도시락으로 때우고 목욕은 그냥 참기로 했다.

시간이 남아도는 바람에 밀려 있던 기념 기록의 데이터 베이스 작업을 다시 시작했다. 그 결과, 또 한 가지 새롭게 발견한 것이 있었다.

그믐날 밤에 기념을 한 인물과 같은 성씨의 사람이 한참 지나서 보름날 밤에 기념을 하러 오는 패턴이 일반적이지만, 그게 여러 사람인 경우도 있다는 것이다. 이를테면 스즈키 타로라는 인물이 그믐날 밤에 기념을 하고, 그로부터 약 1년 뒤 보름날 무렵에 스즈키 이치로와 지로라는 두 사람이 이틀 밤 연달아 기념을 하러 오는 것이다. 이 두 사람은 스즈키 타로 씨의 아들들이고 둘 다 아버지의 메시지를 확인하러 왔던 게 아닐까.

쓰시마 부부가 주고받았던 대화가 다시 생각났다. 마사토는 물론이고 미요코도 와줬으면 좋겠다고 쓰시마 노인은 말했다. 그건 역시 두 자녀에게 똑같이 메시지를 전하고 싶다는 얘기였던 게 틀림없다. 기념은 그게 가능한 것이다.

하지만 단순한 유언장과 무엇이 다른가, 라는 의문은 그대

321

로 남아 있었다.

사흘째 되는 날, 드디어 비가 걷혔다. 경내에 나가보고 기가 질려버렸다. 엄청나게 떨어진 낙엽이 빗물에 젖은 채 바닥에 달라붙어 있었다. 이걸 다 쓸어내리려면 오전 시간을 꼬박 들여야 할 것 같았다.

하지만 그 예상은 나쁜 쪽으로 빗나갔다. 젖은 낙엽은 계단까지 온통 뒤덮고 있었다. 평소에는 바람에 날려서 계단에는 쌓이지 않는다. 일정하게 한 귀퉁이에만 쏠려 있었던 게 감사한 일이라는 것을 깨달았다.

오후가 되어서야 겨우 녹나무 손질에 들어갔다. 양손에 장갑을 끼고 청소 도구를 들고 덤불숲으로 들어갔다.

녹나무 앞까지 가보니 빈 동굴에 사람 그림자가 언뜻 보였다. 평일인 데다 나무 기둥 내부가 습기로 축축할 텐데, 심령 마니아에게는 그런 것도 관계가 없는 모양이다.

빈 동굴에서 사람이 나왔다. 갈색 다운재킷을 걸친 젊은 남자였다. 당연히 여자일 거라고 생각했었기 때문에 뜻밖이었지만 남자의 얼굴을 보고 또 다른 이유로 놀랐다. 엇 하는 소리를 흘리며 저도 모르게 멈춰 섰다.

오바 소키였다. 그쪽에서도 레이토를 알아보고 짧게 인사를 건넸다. 놀라는 기색이 없는 것은 이곳에 온 이상 레이토와 마주치는 건 이미 예상했기 때문이리라.

"지난번에 수고가 많으셨지요? 오늘은 낮에 기념을 하러 왔어요?" 레이토가 물었다.

"낮에는 기념을 해도 효과가 없다면서요? 특히 지금 이 시기는 더 그렇죠. 야나기사와 씨라고 했던가, 그 아주머니에게서 그렇게 들었는데요."

"맞아요. 이 녹나무도 낮 동안에는 그냥 큰 나무일 뿐이죠. 파워스폿을 찾아오는 사람들이라면 이 분위기만으로도 만족스러운 모양이지만."

"유감스럽게도 내 경우에는 그럴 수가 없어요." 소키가 머리를 긁적이며 다가왔다. "잠깐 물어볼 게 있는데, 시간 좀 내줄 수 있어요?"

"나한테?" 레이토는 자신의 가슴팍을 검지로 짚었다.

"여기에 댁 말고 또 누가 있어요?" 피식 웃고 나서 소키는 시선을 떨궜다. 레이토가 들고 있는 청소 도구를 쳐다보는 모양이다. "바쁘다는 건 나도 알아요. 그러니까 짧게, 10분 정도면 되는데."

바쁜 건 사실이다. 하지만 소키가 뭘 물어볼지, 궁금했다. 무엇보다 기념에 대해 그가 알고 있는 것늘을 어떻게는 늗고 싶었다.

그때 등 뒤에서 얘기 소리가 들려왔다. 돌아보니 나이 든 커플이 이쪽으로 걸어오는 참이었다. 녹나무를 보러 온 것이리라.

"여기 선 채로 할 얘기가 아니네요. 종무소로 갑시다. 15분만 시간을 내도록 하죠."

"미안해요."

종무소로 가자 레이토는 우선 차를 내릴 준비에 들어갔다. 하지만 주전자와 찻잔을 꺼내려는 참에 "아, 그런 거 필요 없어요"라고 소키가 말했다. "그보다 저게 좋은데." 그렇게 말하면서 사무 책상 위를 가리켰다. 그곳에는 레몬사와 빈 캔이 놓여 있었다.

"있긴 한데."

"그럼 저걸로 줘요. 물론 공짜로 달라는 건 아니고." 소키는 지갑에서 천 엔짜리를 꺼내 테이블에 얹었다.

레이토는 냉장고에서 캔에 든 레몬사와를 가져다 소키 앞에 내려놓은 뒤 천 엔짜리는 다시 그에게로 밀어주었다. "이건 내가 드리는 걸로 합시다."

"그건 안 되죠. 시간을 빼앗는 데다 폐까지 끼치고 싶지는 않아요. 게다가 일단 내놓은 것을 다시 집어가는 건 폼이 안 나잖아요. 그냥 받아요." 소키는 천 엔짜리를 집어 쑥 내밀었다.

"너무 많아요. 편의점에서 사면 2백 엔도 안 되는데."

"댁의 시급도 포함해서."

레이토는 한숨을 내쉬었다. 후계자 도련님인 만큼 자존심은 누구보다 센 모양이다. 굳이 그 자존심에 상처를 입힐 필요도 없어서 "그럼 감사히"라고 말하고 돈을 받았다.

소키가 캔뚜껑 고리를 당겼다. "댁은 안 마셔요?"

"일하는 중이라서."

"뭐, 어때요, 아무도 안 보는데?"

"고용주가 갑작스럽게 오는 일도 있어요. 나는 신경쓰지 말고 마셔요."

"물론 마셔야죠. 돈도 냈는데." 소키는 레몬사와 캔을 입가에 대고 마셨다.

"물어보고 싶은 게 뭐예요?"

소키는 손등으로 입가를 닦고 캔을 테이블에 내려놓았다.

"지난번에도 나는 기념이 잘 안 됐어요. 기억나지요?"

"그랬죠."

"지금까지 그런 사람은 없었어요? 나처럼 실패한 사람."

글쎄요, 하고 레이토는 고개를 갸우뚱했다.

"내가 견습생인 데다 일을 시작한 지 얼마 안 되어서……."

"아직 경험이 없어도 교육은 받았을 거 아니에요. 제대로 기념이 안 되어서 불평을 한 사람도 있을 텐데? 실패했으니 돈을 돌려달라고 한다든가. 그런 경우에 어떻게 대처할지, 교육받은 적 없어요?"

"미안하지만 내가 아직 교육이라는 걸 받지 못했어요. 게다가 녹나무 파수꾼은 기념을 할 수 있게 사전 준비를 해주는 것뿐이지 기념 그 자체에 관여해서는 안 된다는 지시가 있었어요. 밀초 값에 대해서는 절대로 의무사항이 아니기 때문

에 불만이 있는 사람은 봉투 없이 그냥 가면 되니까 돌려주
고 말고 할 것도 없어요."

"나는 기념이 잘 안 됐는데도 봉투를 놓고 나왔는데?" 소
키가 입을 툭 내밀며 말했다.

"그럼 돌려드릴까요?"

레이토의 말을 듣고 소키는 테이블을 탁 쳤다.

"그런 얘기가 아니잖아요. 기념에 실패하는 사람도 있을
텐데, 그런 경우에는 어떻게 하는지 알려달라는 거예요."

레이토는 고개를 가로저었다. "그건 나는 모르죠."

소키는 쳇 하고 혀를 차더니 레몬사와 캔에 손을 내밀었다.
강한 척하지만 그 옆얼굴에는 초조함이 번지고 있었다. 기념
이 잘 안 되어서 초조해하는 것이다.

"메시지를 제대로 받지 못한 거예요?" 레이토는 그렇게 물
어보았다.

소키는 캔을 든 채 흘끗 시선을 던졌다. "메시지?"

"아버님이 석 달 전쯤에 돌아가셨다고 들었어요. 그 아버
님이 전해주신 메시지를 받으려고 하는데 그게 잘 안 된다,
그런 얘기 아니에요?"

"뭐, 말하자면 그렇죠. 단지 후쿠다 씨는 메시지라는 말은
쓰지 않았어요."

"그러면 뭐라고 했는데요?"

"염원. 염원을 받아오라고. 대체 무슨 소린가 했는데, 아마

댁이 말하는 것처럼 메시지 같은 것인 모양이죠."

아니다, 라고 레이토는 직감했다. 소키는 그런 식으로 이해한 모양이지만, 염원은 단순한 메시지가 아닌 것이다.

잠깐만요, 라고 말하고 레이토는 옆의 노트북 자판을 두드렸다. 오바, 라는 이름을 입력했던 기억이 났기 때문이다. 게다가 한두 번이 아니다.

"아버님 이름이 오바 도이치로 씨지요?"

"그런데요."

레이토는 고개를 끄덕였다. 오바 도이치로는 해마다 정월과 추석 때 기념을 하러 왔었다. 물론 매번 그믐날 당일이거나 그 전후였다. 마지막으로 온 것은 올해 1월 5일이었다.

마음에 걸리는 게 있었다. 비고란에 '제한 있음'이라고 기록되어 있었다. 이 주의사항이 가끔 달려 있곤 하는데, 입력하는 레이토 자신도 어떤 것인지 알지 못했다.

그것을 소키에게 얘기하자 "아, 그거?"라고 별거 아니라는 듯이 말했다. "염원을 받는 건 나 한 사람으로 한정한다고 아버지가 유언장에 밝혀둔 거예요. 그렇게 되면 나 이외에 다른 사람은 염원을 받을 수 없어요."

"아하……."

그런 특별한 규칙이 있었는가. 생각했던 대로 소키에게서는 많은 얘기를 들을 수 있을 것 같다.

"아들에게만 전하고 싶은 게 있었다는 거네. 외아들이지요?"

그러자 소키는 아픈 곳을 찔린 것처럼 얼굴을 찌푸리며 낮게 신음했다.

"그런 제한을 걸어놓는 바람에 일이 이렇게 귀찮아진 거예요. 다른 사람도 할 수 있다면 이런 압박감에 시달리지 않아도 될 텐데. 아마 후쿠다 씨도 그런 제한이 없었다면 나 같은 사람에게 붙지 않았을 거예요."

"무슨 얘기예요?"

레이토의 물음에 소키는 망설이는 표정이었다. 그것을 보고 미안해요, 라고 레이토는 즉시 사과했다.

"집안 사정을 남에게 얘기할 이유는 없겠지요. 그냥 못 들은 걸로 해요."

아니, 라고 소키는 앉은 자리에서 다리를 꼬고 레몬사와를 입에 머금었다.

"굳이 비밀로 할 것도 없어요. 우리 회사 관계자라면 다들 아는 얘기니까. 간단히 말하면 후계 다툼이에요. 나는 어느 쪽이 후계자가 되건 상관없는데."

꼬아 얹은 다리를 까닥까닥 흔들면서 소키가 들려준 얘기는 대략 다음과 같은 것이었다.

현재 '다쿠미야 본점'은 회장이었던 오바 도이치로의 조카 가와하라 모토쓰구가 사장직을 맡고 있었다. 원래는 오바 가의 장남 혹은 장녀의 데릴사위가 물려받아야 했지만, 도이치로에게는 병으로 타계한 첫 부인과의 사이에 아이가 없었다.

소키의 어머니는 도이치로의 두 번째 부인으로, 늦게 한 재혼이었기 때문에 그토록 고대하던 아들을 얻었을 때 도이치로는 이미 50대 후반에 접어든 나이였다. 건강상의 이유로 그가 사장 자리에서 물러나 회장이 된 10년 전에 소키는 아직 열두 살이었다.

그 뒤로 도이치로의 병세가 급격히 악화하면서 입원과 퇴원을 반복했다. 2년 전에는 이제 남은 시간이 그리 많지 않다는 의사의 선고가 떨어졌다.

그러자 고민거리로 떠오른 것이 모토쓰구의 후계자 문제였다. 모토쓰구는 56세로 아직 젊은 나이라서 세대교체는 아직 한참 나중 얘기라고 해도 방침은 정해둘 필요가 있었다. 게다가 그 결정권을 가진 사람은 회장 도이치로였다.

미래의 후계자 후보는 두 명이 있었다. 한 사람은 모토쓰구의 장남 가와하라 다쓰히토. 나이는 30세로, 현재 은행에서 법인영업을 담당하고 있지만 언젠가 '다쿠미야 본점'으로 들어온다는 것은 이미 정해진 노선이다. 또 한 명이 도이치로의 유일한 아들 소키다. 내년에 대학을 졸업할 예정이어서 새해 봄부터 '다쿠미야 본점'에 취직하기로 정해져 있다.

하지만 도이치로는 존명(存命) 중에 후계자에 대해 일절 어떤 언급도 하지 않았다. 그 대신 유언장을 고문 변호사에게 맡겨두었노라고 공언했다. 틀림없이 그 유언장에 최고 경영책임자의 진의가 적혀 있을 것이라고 주위에서는 이해하고 있었다.

그리고 석 달 전 도이치로는 세상을 떠났다. 마침내 유언 장이 공개된 것인데, 그 내용을 보고 모토쓰구를 비롯한 임 원 일동은 난감해졌다. 차기 후계자에 대해 명확한 언급이 없었기 때문이다. '임원들은 회사를 발전시킬 수 있는 적합 한 지도자를 선정하여 회사가 더욱더 발전하고 미래영겁 존 속할 길을 모색할 것'이라고 적혀 있을 뿐이었다.

"아버지도 참 못할 짓을 하셨다니까. 분명하게 적어뒀으면 좋았을 텐데 별다른 언급이 없으니까 임원들의 의견이 갈라 져버렸지. 일반적으로 생각하면 다쓰히토 씨가 물려받는 것 이 당연히 맞아요. 내 생각도 그렇고. 일 잘하는 은행원이라 서 기업을 상대로 수없이 큰일을 해내고 있으니까. 나 같은 경우는 아직 취직도 안 했잖아요. 근데 낡은 사고방식을 가 진 임원들이 '다쿠미야 본점'은 역시 오바 가의 혈육이 이어 가야 한다고 주장하는 거예요. 게다가 유언장에는 일을 더 복잡하게 하는 얘기까지 적혀 있었어요."

"어떤 것인데요?"

"한마디로, 저 녹나무에 대한 거예요. 나를 콕 집어서 월향 신사에서 기념을 하라고 써놨더라고요. 게다가 '다른 사람은 관여하지 말 것'이라나? 그걸 보고 후쿠다 씨 측에서 힘을 얻 었죠. 이건 회장님이 장래의 후계자로 소키 씨를 지명한 것 이나 마찬가지라고 주장한 거예요. 그렇게 되니까 당연히 다쓰히토 씨를 추천하는 측에서는 그렇다면 우선 기념을 끝낸 다음에 다시 회의를 해보자고 했죠. 그래서⋯⋯." 소키는 레몬사와를 둘러 마셨다. "기념에 성공할 때까지 나는 여기에 오지 않으면 안 된다는 얘기예요."

"그거, 좋잖아요. 몇 번이든 와서 기념을 하면 되죠. 그러다 보면 잘될 수도 있고."

"그게 안 되면? 아무리 들락거려도 안 되면?"

"그건 나로서는⋯⋯."

"그래서 알아보라는 거예요. 몇 번이나 기념에 실패하면 중단해도 된다는 규칙이 있는지. 틀림없이 있을 거예요. 안 그러면 이건 뭐, 한이 없잖아요."

"그건 그럴지도 모르겠네요. 알았어요. 기회가 되는 대로 물어볼게요."

"부탁 좀 할게요." 소키는 자리에서 일어나 손목시계를 보았다. "정확히 15분 지났어요. 일을 방해해서 미안해요."

"한 가지만 물어봐도 될까요?"

"뭔데요?"

"방금 들어본 얘기로는 오바 도이치로 씨와 당신의 어머님은 나이 차이가 상당히 많이 났던 것 같은데, 두 분은 어디서 어떻게 알게 되셨는지⋯⋯."

아, 라고 소키는 입을 반쯤 벌리고 고개를 끄덕였다.

"나이 차가 서른 살 가까이 났어요. 어머니는 아직도 40대니까. 원래 오바 가의 가정부로 들어왔다고 하더라고요. 근데 아버지가 첫눈에 반해서 끈질기게 설득을 했다나."

"그렇군요……."

"자, 그럼 잘 부탁합니다." 소키는 다운재킷을 걸치고 종무소를 나갔다.

창문으로 소키의 뒷모습을 지켜보면서 레이토는 복잡한 마음이 가슴속에 번져가는 것을 느꼈다. 기념을 하러 오는 사람들은 저마다 깊은 사연이 있는 게 틀림없다. 그런 것에 대해 녹나무 파수꾼은 항상 방관자의 태도를 취해도 되는 건가. 도움을 줘야 할 일은 없는가.

레이토는 고개를 휘휘 저었다. 무슨 바보 같은 생각을 하고 있는가. 제몫도 변변히 못하는 주제에 내가 뭘 할 수 있다고.

지시받은 일이나 묵묵히 해내면 된다, 라고 스스로 되뇌었다.

그렇게 며칠이 지나갔다. 그리고 마침내 보름날 밤이 다가왔다.

20

밤하늘을 올려다보고 후아 하고 숨을 토해냈다. 완벽한 보름달, 이라고 할 수는 없었다. 왼편 귀퉁이에 구름이 살짝 걸렸기 때문이다. 100점 만점에 85점 정도일까. 하긴 애초에 오늘 밤에 완전한 보름달을 기대하는 건 잘못이다. 음력 15일은 내일 밤인 것이다.

레이토는 종무소 앞의 의자에 앉아 경내의 컴컴한 입구 쪽을 지켜보고 있다. 밖에서 기다리기에는 추운 계절이다. 다른 때 같으면 종무소 안에 들어가 대기했을 것이다. 기념을 하러 온 사람은 녹나무 파수꾼이 눈에 띄지 않을 경우에는 신전 쪽의 방울을 울리면 된다. 사지 도시아키를 처음 만났을 때도 그랬다.

하지만 오늘 밤은 종무소 안에서 기다릴 수 없었다. 사지가 방울을 울리러 가기가 번거로워서 직접 종무소 문을 열고 들여다볼 가능성도 있기 때문이다. 하지만 오늘 밤만은 그에게 종무소 안을 보여줄 수 없다.

잠시 지나자 손전등 불빛이 신사 입구 도리이 근처에서 보였다. 천천히 이쪽으로 다가올수록 사람 모습도 차츰 확인할 수 있었다. 점퍼에 머플러, 게다가 니트모자까지 둘러쓴 사지 도시아키가 레이토가 앉아 있는 곳까지 걸어왔다. 손에는 가방을 들고 있었다.

안녕하세요, 라고 레이토는 인사를 건넸다.

"오늘 밤은 꽤 춥네." 사지가 말했다. "핫팩을 넣고 왔어."

"네, 잘하셨습니다. 사지 님, 시간은 항상 하시던 대로, 괜찮으시겠습니까."

"음, 그렇게 해줘."

평소대로 레이토는 밀초가 든 종이봉투를 건넸다.

"준비는 다 되었습니다. 밤길에 발밑 조심해서 잘 다녀오십시오. 사지 님의 염원이 녹나무에 전해지기를 진심으로 기원합니다."

사지는 종이봉투를 받아들고 말없이 고개를 끄덕이더니 덤불숲을 향해 걸음을 옮겼다.

레이토는 스마트폰으로 시각을 확인했다. 오후 10시 5분이다.

사지의 모습이 어둠 속으로 사라진 것을 확인하고 레이토는 종무소 문을 열고 안으로 들어갔다.

"방금 사지 씨가 녹나무 쪽으로 갔어."

테이블 옆에 앉아 코코아를 마시던 유미가 "그럼 가봐야지"라면서 머그컵을 내려놓고 자리에서 일어섰다.

"잠깐 기다렸다가 가는 게 좋아. 급하게 녹나무 옆에 접근했다가 혹시라도 사지 씨에게 들키면 큰일이니까."

"괜찮아. 어물어물하다가 중요한 부분을 놓치면 안 되잖아."

"초조해하는 건 금물이라니까." 레이토가 오른쪽 손바닥을 펼쳤다. "5분. 앞으로 5분만 기다리자. 일단 사지 씨는 2시간이나 그 안에 있을 거잖아."

유미는 불만스러운 표정이었지만 고개를 끄덕이고 다시 자리에 앉았다. 안달복달하다가 일을 그르치고 싶지 않은 건 그녀 역시 마찬가지일 터였다. 사실 지금부터 하려는 일은 어떤 의미에서는 범죄 행위인 것이다.

유미는 곁에 놓인 가방에서 검은 전자기기를 꺼냈다. 이어폰을 귀에 꽂고 스위치를 켰다. 레버를 이리저리 조정하고 있었지만 그 얼굴이 뭔가 마뜩지 않았다.

어때, 라고 레이토가 물었다.

유미는 고개를 젓고 이어폰을 빼냈다. "안 돼. 여기서는 아무것도 안 들려."

레이토는 저도 모르게 혀를 찼다. "역시 그쪽까지 가는 수밖에 없나."

유미는 말없이 기기를 가방에 다시 넣기 시작했다.

오늘 그녀가 이곳에 온 것은 이번이 두 번째다. 저녁나절에도 도청기의 예행연습을 하려고 미리 다녀갔던 것이다.

도청을 한다고 해도 녹음기 같은 것을 녹나무 안에 숨겨두는 정도일 거라고 상상했는데 유미가 준비해온 도구는 훨씬 더 본격적이었다. 도청발신기, 수신장치, 녹음기까지 무려 세 가지 기기를 들고 온 것이다. 즉 도청 내용을 실시간으로 들을 수 있고 나아가 녹음까지 할 수 있다.

"녹음기 하나로는 제대로 녹음이 됐는지 안 됐는지 알 수 없어. 나중에 재생해봤는데 아무것도 안 들리면 완전 헛수고잖아. 고생고생해서 설치하는 건데 본격적으로 해야지."

유미에 의하면 기기는 렌털 제품이고 비용은 하루에 6천 엔 남짓이다. 오늘 작업 결과에 따라서는 내일도 해야 할지 모른다고 했으니까 이틀이면 1만2천 엔이다. 아닌 게 아니라 본격적으로 뛰어들 작정인 모양이다.

"5분 됐어." 유미가 자리에서 일어나 거무스름한 색깔의 두툼한 재킷을 걸쳤다.

둘이서 종무소를 나와 녹나무 입구로 향했다. 걸음을 옮기면서 레이토는 복잡한 심경이었다. 녹나무 파수꾼이 이런 짓을 해서 좋을 리가 없다. 갈등은 있었지만 역시 호기심을 억누를 수 없는 것도 사실이었다.

입구에서 덤불숲 안으로 발을 들였다. 신중하게 10여 미터쯤 나아간 곳에서 멈춰 섰다. 발밑에 동그랗게 묶은 로프가 떨어져 있었다. 미리 준비해둔 표시였다.

저녁 때 도청발신기를 녹나무에 설치하고 시험해보니 예상보다 수신 가능 범위가 좁다는 게 밝혀졌던 것이다. 설명서에는 100미터까지 가능하다고 나와 있었지만, 사용 환경에 따라 달라진다는 건 이런 쪽의 기계에서는 거의 상식이다. 여기저기서 시험해보고 마침내 찾아낸 최적의 장소가 이곳이어서 표시를 남겨두었다.

레이토가 손전등으로 비춰주는 가운데 유미는 가방에서 수신장치와 녹음기를 꺼냈다. 둘 다 어댑터에 연결되어 있다. 그녀는 조금 전과 마찬가지로 이어폰을 귀에 꽂고 기기를 조정하기 시작했다.

곧바로 그녀의 표정이 바뀌었다. 의아한 듯 미간을 좁히고 있었다.

왜 그래, 라고 레이토가 작은 소리로 물었다.

유미는 이어폰을 빼내 말없이 레이토에게 내밀었다.

레이토는 그것을 자신의 귀에 꽂았다. 아무 소리도 들리지 않는다고 생각한 순간, 뭔가 귀에 들어오는 것이 있었다. 흠칫해서 유미와 얼굴을 마주 보았다.

이어폰을 빼면서 "지난번 그 콧노래야"라고 말했다.

"그렇지? 역시." 유미는 이어폰의 잭을 기기에서 뽑아냈다.

흠흐응, 흐응, 흠흐흐응……. 내장된 스피커를 통해 들려온 것은 지난번에 몰래 들여다봤을 때 들었던 그 콧노래가 틀림없었다. 그때보다 약간 음정이 안정된 것처럼 느껴졌다.

대체 뭐야, 라고 유미가 중얼거렸다.

레이토는 대답할 도리가 없어서 글쎄 말이야, 라고 고개를 갸웃거렸다.

이윽고 콧노래는 멈추고 아무 소리도 들려오지 않았다. 발신기가 고장난 게 아니라 사지가 입을 다문 것이리라. 귀를 기울이자 희미하게 부스럭거리는 소리가 났다. 가방에서 뭔가를 꺼내고 있는 걸까.

침묵은 계속 이어졌다. 아무래도 콧노래 말고는 사지가 소리를 낼 일은 없는 모양이다. 이 도청 작전은 별다른 수확도 없이 끝날 것 같다. 레이토가 그렇게 생각했을 때였다.

느닷없이 스피커에서 피아노 연주 소리가 들려왔다. 레이토는 놀라서 유미를 보았다. 그녀도 아연한 기색으로 눈이 휘둥그레져 있었다.

"뭐지, 이건?"

레이토가 말하자 유미가 쉿, 하고 검지를 입에 댔다. 최대한 집중하려는 듯 눈을 감고 있었다.

이윽고 눈을 뜬 그녀가 말했다. "이거, 아까 그 콧노래야."

"뭐?"

"아버지의 콧노래와 멜로디가 똑같잖아."

레이토도 귀를 기울이며 조금 전의 콧노래를 머릿속에 떠올렸다.

"진짜네. 사지 씨는 이 곡을 콧노래로 부른 거였어."

피아노 소리가 사라지고 사방이 조용히 가라앉았다.

레이토는 유미가 어떻게 생각하는지 물어보려고 입을 열었다. 하지만 다시금 "흠흐응, 흐응, 흐응"하고 스피커에서 소리가 들려왔다.

하지만 조금 전의 멜로디와는 달랐다. 억양이 별로 없고 음이 낮다. 레이토가 그 점을 지적했다.

"이거, 아까 그 피아노곡의 베이스 부분 아닌가?" 유미가 말했다.

"베이스라니?"

"피아노는 두 손으로 치잖아. 쉽게 말하면, 왼손으로 치는 파트야. 곡의 낮은 음만을 잡고 있는 것 같아."

"아, 그렇구나. 근데 왜 사지 씨가 그런 걸 하고 있지?"

유미는 입을 다문 채 심각한 표정으로 고개를 갸웃거렸다.

그 뒤에도 비슷한 일이 이어졌다. 사지의 콧노래, 침묵, 피아노 연주 소리, 정적, 콧노래, 침묵, 피아노 소리, 성적, 그런 식으로 되풀이되는 것이다. 무슨 영문인지 알 수가 없었다.

이윽고 아무 소리도 안 나는 시간이 길어졌다. 스마트폰 시각으로 확인해봤지만 아직 조금 시간이 있었다. 사지는 뭘 하고 있는 걸까.

유미와 둘이서 수신장치의 스피커를 노려보고 있는데 갑

작스럽게 시야 한끝에서 빛이 움직였다. 그쪽으로 시선을 돌렸다가 레이토는 가슴이 덜컥했다. 손전등을 든 사지가 걸어오는 참이었다.

큰일 났다고 생각했지만 이미 때는 늦었다. 이쪽도 손전등 스위치를 켜둔 채였던 것이다. 서둘러 꺼봤지만 사지가 눈치채지 못할 리 없었다. 어엇 하는 소리를 냈다. "나오이 씨? 그런 데서 뭐 하고 있어?"

레이토는 부스스 몸을 일으켰다. "아무것도 아닙니다. 잠깐 순찰을⋯⋯." 말을 하면서 이건 좋은 핑계가 아니다, 속아줄 리 없다, 라고 생각했다. 유미는 뒤에서 몸을 잔뜩 웅크리고 있는 것 같았다.

사지는 미심쩍은 기색으로 다가와 자신의 손전등 불빛을 레이토 등 뒤로 향했다. "뒤에 누가 있는데? 왜 숨어 있어?"

레이토는 고개를 돌려 유미를 내려다보았다. 체념한 듯 그녀가 얼굴을 들었다.

"유미?" 당연히 사지는 깜짝 놀란 소리로 물었다. "어떻게 된 거야? 네가 왜 이런 곳에 와 있어? 이게 대체 무슨 일이야?" 얼굴빛이 확 변한 채 유미와 레이토에게 번갈아 손전등 불빛을 비췄다.

"죄송합니다. 실은 사정이 좀 있어서⋯⋯." 레이토는 어물어물 말끝을 흐렸다.

"무슨 사정? 기념하는 동안에는 다른 사람이 접근해서는 안 된다고 알고 있어. 그런데 왜 딸아이가 여기 와 있지?" 사지의 목소리가 거칠어졌다.

"아빠, 큰소리 내지 마. 내가 이 사람한테 부탁한 거니까."

"무슨 부탁을 했는데? 그보다 너, 여기까지 어떻게 왔어?" 사지는 금세라도 침을 튀기며 고함을 칠 기세였다.

"큰소리 내지 말라니까? 내가 설명할게." 그렇게 말하고 유미는 몸을 일으켰다.

그때였다. 그녀가 들고 있던 기기 중 하나가 바닥에 떨어졌다. 수신장치 쪽에 연결된 녹음기였다. 어둠속에서도 알아본 것은 그다음 순간에 녹음기가 소리를 재생하기 시작했기 때문이다.

그 피아노 연주 소리다. 어둠 속에서 세 사람이 우뚝 서 있는 가운데 엄숙하게 음악이 흘러나왔다.

유미가 당황해서 얼른 주워들고 스위치를 껐다.

레이토는 머뭇머뭇 사지 쪽을 보았다. 그는 망연한 기색이었다.

어떻게 된 거냐고 사지가 말했다. "어떻게 네가 그 연주곡을 갖고 있어? 언제 어떻게 녹음했어?"

"인터넷이야, 인터넷 동영상 사이트에서. 좋은 노래인 것 같아서……."

"거짓말!" 사지가 날카롭게 내뱉었다. "그럴 리 없어. 그 연주곡을 갖고 있는 건 한두 명뿐이야. 솔직히 말해봐. 어떻게 입수했지?" 추궁하는 사이에 의문의 답을 찾아냈는지 흠칫 놀란 얼굴이 되었다. "혹시 지금? 방금 전에 내가 녹나무 안에서 틀어놓은 걸 몰래 녹음했어? 어휴, 그런 거네." 사지는 분노에 찬 얼굴을 레이토에게로 향했다. "이게 무슨 일이지? 이런 짓을 해도 되나? 그러고도 당신이 녹나무 파수꾼이야?"

"이 사람을 나무라지 마!" 유미가 레이토 앞으로 나섰다. "말했잖아, 내가 부탁했다고. 억지를 써서 부탁했단 말이야."

"대체 왜? 똑똑히 설명해봐."

"그건 내가 할 말이야. 아빠야말로 똑똑히 설명해봐."

"뭐야?"

유미는 스마트폰을 꺼내 재빨리 터치한 뒤 화면을 아버지 쪽으로 내밀었다.

"이 여자, 누구야? 아빠, 몰래몰래 뭐 하고 다녀? 바람을 피워? 이 여자 하고? 그런 거야?"

그 즉시 사지의 표정이 돌변했다. 험상궂은 표정은 사라지고 눈이 허우적거리기 시작했다.

"그, 그건…… 너하고는 관계없는 일이야."

"어떻게 관계가 없어? 그럴 수는 없어. 난 아빠 딸이야. 아빠가 누군지도 모르는 여자와 몰래몰래 만나는 것을 다 아는데 어떻게 모르는 척해?"

"아니, 그러니까 그게, 이래저래 사정이 있다니까." 사지는 숨을 헐떡이듯이 말했다. 완전히 입장이 뒤바뀌었다.

"그 사정이라는 걸 얘기해봐. 안 그러면 이 여자에 대한 거, 엄마한테 말해버릴 거야."

"글쎄 그 여자는 그런 사람이 아니야."

"그럼 대체 뭔데? 왜 정기적으로 만나느냐고, 시부야 같은 데서!"

사지가 어리둥절한 듯 눈이 둥그레졌다. 그런 것까지 알고 있는가, 하고 놀란 것이리라.

"설명을 해도 너는 이해를 못할 거야." 사지가 답답한 듯이 말했다. "그 사정이 너무 복잡해서 그래. 게다가 유미 너는 알지도 못하는 사람과 관련된 일이야."

"그거, 혹시 큰아버지 얘기야?"

유미의 말에 사지는 더욱더 놀란 기색이었다. "네가 어떻게 형님을……?"

"여기저기 알아봤습니다, 둘이서." 이번에는 레이토가 말했다. "라임원에도 갔었어요. 사지 씨, 녹나무 안에서 기념하시는 동안에 형님이 보낸 메시지를 받으려고 하신 것이지요?"

사지는 망연한 기색으로 입을 꾹 다물었지만, 점차 그 표정에서 험악한 기운이 사라지는 것 같았다. 방금 전까지 씩씩거리던 어깨에서 스르륵 힘이 빠져나가는 것도 느껴졌다.

"메시지 같은 단순한 것이 아니야. 하지만 뭐, 그런 것이라고 할 수 있겠지." 말투가 온화해졌다.

"좀 더 자세히 얘기해주시면 안 될까요? 기념에 대해서는 저도 차츰 알아가는 중입니다. 유미 씨에게도 설명을 했고요. 사지 씨가 해주시는 얘기를 황당무계하다고 생각하지는 않을 거예요."

"그래?" 사지는 시선을 바닥에 떨구고 한참 생각에 잠겼다. 이윽고 작게 한숨을 내쉰 뒤, 얼굴을 들었다. "모두 다 얘기하려면 꽤 길어질 텐데."

괜찮아, 라고 유미가 말했다. "아침까지 시간은 넉넉해."

"사지 기쿠오 씨도 틀림없이 그러는 게 좋다고 해주실 거예요."

레이토의 말을 듣고 사지는 하늘을 올려다보았다. "그랬으면 좋겠다만……."

종무소로 돌아오자 레이토는 호지차를 내려 두 사람에게 권했다. 추위에 곱아든 두 손을 녹이듯이 찻잔을 감싸들고 사지는 "그나저나 어디서부터 얘기해야 하나"라고 혼잣말처럼 중얼거렸다.

처음부터, 라고 말한 것은 유미였다. "나는 큰아버지에 대해 아무것도 모르잖아. 그러니까 그 얘기부터 해주면 좋겠어."

"형님 얘기부터?" 사지는 난감하다는 얼굴로 차를 후루룩 마시고 후우 숨을 토해냈다. "하긴 그 얘기부터 시작할 수밖에 없겠다."

그렇게 사지는 천천히 이야기를 시작했다.

21

사지 도시아키보다 두 살 많은 형 기쿠오는 어려서부터 학교 성적이 우수했다. 이 정도면 마음 놓고 가업을 물려줄 수 있겠다고 부모님도 흐뭇해했다.

그런데 사지 가에 예기치 않은 사태가 일어났다. 하지만 나쁜 일이 아니다. 오히려 기쁜 일이었다. 기쿠오에게 학교 공부보다 더 큰 재능이 있었던 것이다.

그것은 음악이있다.

그 계기를 만들어준 것은 어머니 다카코였다. 예전에 피아니스트를 동경했던 그녀는 장남에게 피아노를 가르치기로 했다. 아버지 히로유키는 반대하지 않았다. 바깥일로 바빴던 그는 자녀 교육은 아내에게 전적으로 맡기고 아내가 하는 대로 따르면 된다고 생각하고 있었다. 어차피 길게 가지도 않을 거라고 가볍게 봤는지도 모른다.

그런데 기쿠오는 처음 피아노를 접했을 때부터 정신없이 빠져들었다. 그만하라고 할 때까지 잠시도 피아노 앞을 떠나지 않았다. 본인 입장에서는 왜 그만하라고 하는지 알 수 없었을 것이다. 자신이 열심히 연습했다는 생각도 없었다. 아무튼 피아노 치는 것 자체를 좋아했다.

좋아한 것뿐만 아니라 타고난 재능이 있었다. 음감도 뛰어나고 리듬감도 좋은 데다 한번 들은 곡은 잊지 않는 기억력도 있었다. 눈 깜짝할 사이에 어른을 능가할 만큼 실력이 향상되었다.

도시아키는 초등학교 저학년 때, 기쿠오가 연주하는 발표회에 간 적이 있었다. 형의 피아노 연주라면 가족은 매일같이 듣는 것이었다. 그래서 도시아키 자신은 별스럽게 생각하지 않았지만, 주위의 관객들은 달랐다. 기쿠오가 연주를 끝내자 일제히 끓어오른 박수의 물결은 굉음과도 같았다. 언제까지고 멈추지 않았고 자리에서 일어나 흥분한 소리를 올리는 사람도 있었다. 우레와 같은 박수갈채, 라는 말을 도시아키가 알게 된 것은 훨씬 나중의 일이지만, 모두가 형의 연주에 감동했다는 것만은 그때도 잘 알 수 있었다.

얼마 뒤에 기쿠오는 신동으로 불리게 되었다. 신문사에서 취재를 하러 온 적도 있었다.

당연한 일이지만, 이대로 음악의 길로 나가게 해줘야 한다고 주위 사람들이 저마다 말했다. 그리고 어머니 다카코는 이미 그러기로 결심하고 있었다.

하지만 아버지 히로유키는 난색을 표했다.

음악으로 과연 먹고살 수 있겠느냐, 라는 것이었다.

"그야 개중에는 성공한 사람도 있겠지. 명성을 떨치거나 억만장자가 되거나 하는 사람도 있어. 하지만 그렇게 성공한 사람은 손꼽을 정도야. 대개는 세상에 얼굴도 못 내밀고 흐지부지 사라져버려. 당신은 아들을 그렇게 만들고 싶어?"

하지만 다카코는 물러서지 않았다.

"기쿠오의 재능은 그런 게 아니야. 무엇보다 본인이 피아노를 원하고 있어. 나는 그 아이의 꿈을 소중히 지켜주고 싶어."

"기쿠오의 꿈이 아니라 당신의 꿈이겠지. 나는 기쿠오에게서 그런 얘기는 못 들었어."

"그건 당신 눈치를 보기 때문이야. 부탁할게, 내가 책임질 테니까 제발 그 아이가 음악을 할 수 있게 해줘."

그런 말씨름이 매일 밤마다 오고갔다. 그 동안에 기쿠오는 자신의 방에 틀어박혀 나오지 않았다. 그런 가족을 도시아키는 시들한 마음으로 곁에서 지켜보았다.

도시아키는 형이 조금도 부럽지 않았다. 오히려 이상한 재능이 있는 것도 탈이구나, 라고 생각했다. 실은 도시아키에게도 피아노를 배우겠느냐고 어머니가 물어본 적이 있었다. 물론 그 자리에서 거절했다.

기쿠오의 재능은 나이가 들수록 점점 더 두드러졌다. 히로유키는 기쿠오가 음악의 길로 나가는 것에 난색을 표했었지만 레슨비 등은 아낌없이 대주었다. 아들이 피아노 콩쿠르에서 뛰어난 성적을 거두고 전문가들에게서 절찬을 받는 것을 싫어할 부모는 없다.

히로유키도 그럴 정도였으니 어머니 다카코가 아들에게 기울이는 정성은 보통이 아니었다. 유명한 지도자가 있다는 얘기가 들리면 온갖 방법으로 접촉을 시도하고 아무리 먼 곳이라도 기쿠오를 데려가 지도를 받게 했다.

당연히 집안일은 뒤로 미뤄졌다. 도시아키는 다카코에게서 공부하라는 말을 들은 적이 없었다. 다카코에게는 스포츠와 만화 외에는 관심이 없는 둘째 아들은 별다른 기대도 흥미도 가질 수 없는 존재였을 것이다. 그래도 도시아키의 학교 성적에만은 신경을 썼다. 성적이 너무 형편없어서 가업을 잇지 못할 정도면 기쿠오가 그 역할을 떠맡을 우려가 있었기 때문이다.

삼류 대학이라도 좋으니 꼭 건축공학과에 들어가라고 다카코는 도시아키에게 말하곤 했다.

딱 한 번 기쿠오가 가업을 너한테 밀어붙여서 미안하다, 라고 사과한 적이 있었다. 도시아키가 방에서 고등학교 입시 공부를 하고 있을 때였다.

"별수 없지. 나는 형과는 달리 별다른 특기가 없잖아."

그러자 기쿠오는 고개를 갸우뚱했다.

"특기? 이게 특기인가?"

"특기가 아니면 뭐야? 사람들한테 천재 소리를 들으면서?"

"천재라……." 기쿠오의 입가에 문득 쓸쓸한 웃음이 번졌다. "천재가 그렇게 간단히 태어날 리가 있어?"

"그래도 남들보다 재능이 뛰어난 건 사실이잖아. 형은 자기가 하고 싶은 걸 하면 되니까 얼마나 좋아."

하지만 기쿠오는 뭔가 석연치 않은 얼굴로 고개를 갸웃거리고 있었다. 그런 형의 모습에 도시아키는 부아가 났다.

"뭐야? 대체 뭐가 불만인데?"

기쿠오는 큰 한숨을 내쉬었다.

"솔직히 말하면, 하고 싶은 걸 하고 있는지, 하지 않으면 안 되니까 하고 있는지, 나도 잘 모르겠어. 음악은 좋아하고 피아노 치는 것도 재미있는데 뭔가 조금 다른 곳으로 가고 있는 것 같아."

"그렇게 얘기하면 어머니가 슬퍼하지. 어머니는 형의 재능에 인생을 걸었는데."

"그건 나도 알아. 알고는 있는데……." 기쿠오는 거기서 말을 끊었다.

알고 있으니까 너무 무겁다. 형은 그런 말을 하고 싶은 건가, 라고 도시아키는 생각했다.

그런 일도 있었지만, 다카코가 준비해준 최고의 교육 환경

아래서 기쿠오는 점점 더 피아노 실력이 향상되었다. 결국 히로유키도 그 끈기에 못 이겨 기쿠오가 음악대학에 가는 것을 허락했다.

하지만 다카코로서는 예상 밖의 일이 생겼다. 기쿠오가 피아니스트가 아니라 작곡가가 되고 싶다고 한 것이다. 연주보다 창작 쪽에 흥미가 있다, 라고.

도쿄 시내의 음악대학 작곡과에 입학한 기쿠오는 학생 기숙사에서 지내기로 했다. 그건 어머니로부터의 독립이기도 했다. 장남이 집을 떠나고 거의 2주일 동안 다카코는 넋이 나간 듯한 상태였다.

기쿠오는 여름 방학이나 정초에만 얼굴을 내보일 뿐 웬만해서는 집에 내려오지 않았다. 어쩌다 돌아와도 음악 얘기는 거의 하지 않았다. 피아노는 옆에도 가지 않았다. 다카코가 이것저것 물어봐도 "잘하고 있어"라고 귀찮다는 듯한 대답을 할 뿐이었다.

이윽고 도시아키도 대학에 합격했다. 삼류는 아니지만 일류라고도 할 수 없는 미묘한 수준의 대학이다. 그나마 일단은 건축공학과였다. 집에서 멀리 떨어진 곳이어서 형과 마찬가지로 집을 떠나 살게 되었다.

혼자 지내다 보니 집에 오지 않았던 형의 심정이 이해가 되었다. 대학 생활이 날마다 재미있고 친구들과 노는 시간이 아쉬워서 집에 갈 마음이 나지 않는 것이다. 아버지 어머니

가 자꾸만 근황을 캐물으면 짜증이 난다, 라는 것도 실감했
다.

　하지만 기쿠오가 집에 돌아오지 않았던 데는 또 다른 이유
가 있었다. 도시아키가 오랜만에 집에 가보니 히로유키는 화
가 난 기색이고 다카코는 방에서 울고 있었다.

　기쿠오에게서 너무도 오랫동안 소식이 없어서 다카코가
어떻게 된 일인지 알아보러 갔었다고 한다. 그러자 놀랍게도
기숙사 방은 텅 비어 있었다. 기숙사 사감에게서 사정 얘기
를 듣고는 더욱더 충격을 받았다. 기쿠오는 진즉에 대학을
자퇴했던 것이다.

　사감이 알려준 연락처로 가보니 그곳은 창고를 겸한 단독
주택으로, 낯선 젊은이들이 공동으로 기거하고 있었다. 그들
은 극단에 소속된 병아리 배우들이고 기쿠오도 그중 한 사람
이라는 것이었다.

　다카코가 기다리고 있으려니 아르바이트를 끝내고 기쿠오
가 돌아왔다. 어떻게 된 일이냐고 캐묻는 어머니에게 예전에
음악으로 장래가 촉망되던 징님은 대답했다. 자신이 히고 싶
은 일을 마침내 찾아냈다, 집에 폐는 끼치지 않을 테니 지켜
봐달라…….

　당신 탓이야, 라고 히로유키는 다카코를 나무랐다.

　"당신이 애를 떠받들고 추어주니까 결국에는 그런 건달이
되어버렸지. 그 애에게 대체 얼마나 돈을 쏟아부은 줄 알아?

음악 다음에는 배우라고? 어처구니가 없네. 다음에 만나면 두 번 다시 우리 집 문턱을 넘을 생각은 하지 말라고 해!"

평소에는 귓구멍이 꽉 막힌 꼰대라고 경멸했던 아버지였지만 그때만은 도시아키도 히로유키의 격노가 당연하다고 생각했다. 도시아키도 기쿠오가 음악가로서 성공해주기를 바랐기 때문에 가업은 자신이 이어받기로 했다, 라는 마음이 있었다. 이건 얘기가 다르잖아, 라고 따져 묻고 싶은 기분이었다.

그 뒤로 기쿠오가 집에 돌아오는 일은 없었다. 도시아키는 대학 졸업 후 집으로 돌아와 가업을 거들기 시작했지만 형이 어디서 무엇을 하는지는 알지 못했다.

하지만 기쿠오와 사지 가와의 연결이 완전히 끊긴 것은 아니었다. 다카코가 식구들에게는 비밀로 하고 이따금 만나러 갔던 것이다. 물론 히로유키도 그런 눈치는 채고 있었다. 어느 날, 도시아키는 히로유키에게서 어머니 뒤를 밟아달라는 부탁을 받았다.

"오늘 네 어머니가 기쿠오를 만나러 갈 거야. 어디서 어떤 식으로 만나는지 한번 살펴보고 와라."

알았습니다, 라고 도시아키는 대답했다. 하지만 아버지가 정말로 알고 싶은 것은 두 사람이 어떤 식으로 만나느냐가 아니라 기쿠오의 현재 상황이라는 건 잘 알고 있었다. 친아버지인데 아들이 마음에 걸리지 않았을 리 없다.

만일, 이라고 히로유키가 말을 이었다.

"기쿠오와 얘기할 기회가 있으면 이걸 전해줘." 그렇게 말하고 봉투를 내밀었다.

받아보니 상당히 두툼했다. 돈이구나, 라고 도시아키는 짐작했다. 히로유키는 도시아키의 얼굴을 마주 보려 하지 않았다. 뭔가 물어볼까봐 얼굴을 돌리고 있는 것이다.

아버지도 참 물렁하시네요, 라고 미운 소리 한마디쯤은 하고 싶었다. 하지만 도시아키는 아무 말도 하지 않고 봉투를 상의 안주머니에 넣었다.

도시아키가 예상했던 대로 그날 다카코는 조용히 집을 나섰다. 조심조심 들키지 않게 도시아키는 그 뒤를 밟았다. 전차를 갈아타며 도착한 곳은 요요기 공원이었다. 일요일이라서 놀러 나온 가족이며 커플들의 모습이 여기저기서 눈에 띄었다. 악기를 연습하는 그룹도 있었다.

다카코가 발을 멈춘 곳은 중앙 광장의 한 귀퉁이였다. 사람들이 둘러설 정도는 아니지만 거기쯤에서 사람들의 걸음이 조금 느려지는 것 같았다. 뭔가 하는 모양이다.

도시아키는 천천히 다가갔다. 이윽고 사람들이 무엇을 쳐다보는지 알 수 있었다.

사각 받침대가 바닥에 놓였고 그 위에 조각상 하나가 서 있었다. 실크해트를 쓰고 손에는 지팡이를 들었다. 옷이며 안경, 피부, 모발 등 온몸이 검은 금속 재질이고 게다가 꼼짝도 하지 않고 있어서 영락없이 진짜 동상처럼 보였다.

하지만 물론 진짜가 아니었다. 살아 있는 인간이 그런 척하고 있는 것이다. 길거리 공연의 일종이다. 다카코가 빤히 응시하는 것을 지켜보던 도시아키는 소스라치게 놀랐다. 조각상의 정체는 기쿠오라고 확신했다.

이윽고 다카코가 천천히 조각상에 다가갔다. 앞에 놓인 상자에 꼭꼭 접은 지폐를 넣고 있었다. 지나가던 사람들이 그것을 알아봤는지 잠시 발을 멈췄다.

갑작스럽게 조각상이 움직였다. 실크해트를 한 손으로 잡고 다른 한 손으로는 지팡이를 돌리면서 두 발로 스텝을 밟기 시작했다. 그 움직임은 그야말로 기계장치 인형 그 자체여서 인간다움은 전혀 느껴지지 않았다. 멋진 동작이었다. 나름대로 연륜이 담긴 것이리라. 대단하다고 도시아키는 소박하게 감탄했다.

다카코가 오른손을 내밀자 조각상은 그녀와 악수를 했다. 그러고는 태엽이 끊긴 것처럼 다시 움직임을 멈췄다. 조금 전과는 약간 포즈가 달라져 있었다.

걸음을 멈추고 바라보던 사람들이 다시 걸어가기 시작했다. 그들에 섞여 다카코도 기쿠오에게서 멀어져갔다. 도시아키가 와 있는 건 눈치채지 못한 기색이었다.

놀라웠다. 기쿠오의 변해버린 모습에도 허를 찔렸지만, 그보다 다카코의 반응이 뜻밖이었다. 그녀는 만족스러운 표정을 짓고 있었던 것이다. 기쿠오가 음악으로 성공하는 것만이 어머니의 꿈일 거라고 도시아키는 생각했었다. 하지만 그렇지 않았던 것인가. 어떤 형태로든 아들이 뭔가를 하려고 하는 모습을 보면 어머니로서의 기쁨에 젖을 수 있는 것인가.

주위에서 사람들이 떠나고 도시아키만 홀로 남겨진 모양새가 되었다. 기쿠오가 서 있는 곳에서는 뻔히 다 보일 터였다. 하지만 형은 조각상 그대로였다. 표정도 변함이 없었다. 안경 때문에 시선이 어디로 향하는지는 알 수 없었다. 하지만 시야 끝에서 동생의 존재를 포착하지 못했을 리 없었다.

도시아키는 걸음을 내밀어 기쿠오 앞에 멈춰 선 뒤, 팔짱을 꼈다.

"형이 하고 싶었던 게 이거야?" 도시아키는 말했다. "어렸을 때부터 그렇게 노력해온 음악을 버리면서까지 이런 걸 하고 싶었어? 그만한 가치가 있는 일이야?"

하지만 기쿠오는 아무 반응이 없었다. 가만히 몸을 멈춘 채였다. 얼굴 근육도 전혀 움직임이 없었다. 그것이 거꾸로 그의 의지를 말해주는 것 같았다.

"그래, 좋아. 아까부터 지켜봤는데 어머니도 응원해주시는 모양이네. 나는 더 이상 할 말이 없다."

발길을 돌려 그 자리를 떠나려고 했지만 품속에 든 봉투가 생각났다. 히로유키는 "기쿠오와 얘기할 기회가 있으면"이라고 말했다. 이건 도저히 얘기를 했다고는 할 수 없었지만,

일단 말을 건넸고 대답을 듣지 못한 것도 일종의 성과라고 할 수 있지 않을까.

도시아키는 안주머니에서 봉투를 꺼냈다. "아버지가 주신 거야." 그렇게 말하고 조금 전 다카코가 돈을 넣었던 상자 위에 봉투를 얹었다.

그 즉시 기쿠오가 움직이기 시작했다.

기계장치 인형 그 자체의 동작으로 지팡이를 흔들고 스텝을 밟으면서 빙글 한 바퀴를 돌았다. 돈을 받은 이상, 상대가 누구건 퍼포먼스를 보여준다. 그것이 기쿠오 나름의 자부심인가, 라고 도시아키는 생각했다.

하지만 그게 아니었다. 일련의 동작에 연결해서 기쿠오는 상자 위에 놓인 봉투를 집어들더니 도시아키 쪽으로 내민 것이다.

가져가라는 듯이.

형의 고집인가, 라고 도시아키는 이해했다. 응원해주는 다카코의 돈이라면 기꺼이 받겠지만 그렇지 않은 아버지의 도움은 받을 수 없다는 뜻인 모양이다.

도시아키는 기쿠오의 손에서 봉투를 받아들었다. "언제든지 집에 돌아와도 돼. 아버지도 분명 기다리실 테니까."

어쩌면 목소리를 들을 수 있지 않을까, 라고 생각했다. 하지만 그런 바람은 이뤄지지 않았다. 조각상은 봉투를 내민 자세 그대로 언제까지고 정지하고 있었다.

기쿠오에게 등을 돌리고 도시아키는 걸음을 뗐다. 그러자 주위에 있던 사람들이 도시아키의 등 뒤로 시선을 던지며 놀란 듯한, 혹은 재미있다는 듯한 반응을 보였다. 아무래도 기쿠오가 움직임을 보였던 것이리라. 돌아보고 싶었지만 꾹 참고 그대로 걸음을 옮겼다.

집에 돌아오자 있는 그대로 히로유키에게 전했다. 조각상인 척하는 퍼포먼스를 이해하지 못했는지, 히로유키의 반응은 둔하기만 했다. 길거리 공연이라고 얘기하자 그제야 알아듣는 눈치였지만, "그런 걸로 먹고살 수 있어?"라고 당연한 의문을 입에 올렸다. 도시아키는 고개를 갸웃거릴 수밖에 없었다.

그날 다카코는 도시아키보다 2시간쯤 늦게 집에 돌아왔다. 친구를 만나고 왔다고 했지만 사실대로 하는 말이라고는 생각되지 않았다. 요요기 공원에서는 일단 떠났지만 어딘가에서 기쿠오의 '일'이 끝나기를 기다렸다가 둘만의 시간을 보냈던 게 아닐까. 조각상 공연을 하는 아들에게 팁을 던져주는 것만으로 다카코가 만족했으리라고는 생각하기 어려웠다.

그 뒤에도 다카코는 정기적으로 기쿠오를 만나는 것 같았지만, 히로유키가 그 뒤를 밟아보라고 지시하는 일은 두 번 다시 없었다. 장남에 대한 건 포기했는지, 아니면 흥신소 같은 곳을 이용해 근황을 파악했는지, 도시아키는 알지 못한다. 어찌됐건 사지 가에서 기쿠오라는 이름이 화제에 오르는 일은 없어졌다.

그 후 도시아키에게 혼담이 들어오고 가정을 갖게 되었다. 얼마 뒤에 유미라는 딸도 태어나자 본격적으로 '사지 건축사무소'를 이어받는 흐름이 생겨났다. 안팎으로 일이 바빠진 도시아키에게 연락 두절인 형의 일 따위 아무려나 상관없게 되었다. 실제로 기쿠오가 어디서 무엇을 하는지, 전혀 모르는 채였다.

그러나 꼭 연락하지 않을 수 없는 상황이 찾아왔다. 히로유키가 심근경색으로 쓰러져 그길로 병원에서 숨을 거두었기 때문이다. 그런 징후가 전혀 없었던 만큼 마치 여우에 홀린 듯한 기분이었다.

상주는 다카코였지만, 사업상 거래처도 있어서 실질적으로 장례 준비는 도시아키가 도맡았다. 당연히 기쿠오를 어떻게 할 것인지 고민할 필요가 있었다. 아무리 소식이 끊겼다고 해도 친아버지가 세상을 떠났는데 장남이 참석하지 않는 건 문제다.

형에게 소식을 전해달라고 도시아키는 다카코에게 말했다.

"연락은 되지? 어머니도 나름대로 마음먹은 게 있는 것 같아서 여태까지 아무것도 묻지 않았지만 이번만은 얘기가 다르잖아. 장례식에 꼭 참석하라고 얘기해줘."

하지만 다카코는 고개를 끄덕이지 않았다. 연락을 해도 소용없을 거라고 했다.

"대체 왜? 키워준 은혜를 조금이라도 고맙게 생각한다면 와야지. 장례식에도 안 나타나면 그야말로 인간실격이야. 어머니는 그렇게 생각하지 않아?"

고통스러운 표정으로 아들의 얘기를 들은 다카코는 잠시 아무 말이 없었지만 이윽고 마음을 정한 듯이 입을 열었다. "네 아버지 장례식이 끝난 다음에 내가 다 얘기할게. 그때까지 조금만 기다려줘."

"무슨 말이야, 장례식이 끝난 다음이라니? 어떻게 그럴 수가 있어?"

다카코는 얼굴 앞에서 두 손을 맞대고 깊숙이 머리를 숙였다.

"네가 납득하지 못하는 것도 잘 알아. 하지만 정말로 어쩔 수가 없어. 내 평생소원이다, 조금만 기다려줘. 정말로 장례식이 끝나는 대로 다 얘기할 테니까."

어머니가 그렇게까지 애원을 하는데 계속 다그칠 만큼 도시아키는 냉담한 인간이 아니었다. 거꾸로 대체 무엇이 어머니를 이토록 괴롭히고 있는지, 걱정이 되있다.

"장례식이 끝나면 정말로 말해줄 거지?"

도시아키의 물음에 다카코는 약속하겠다고 말했다. 그 말투에서 거짓은 느껴지지 않았다.

"알았어요. 하지만 아버지 돌아가셨다는 소식만은 전해줘."

어쩌면 장례식 당일에 기쿠오가 훌쩍 나타날지도 모른다

고 기대했던 것이다.

다카코는 말없이 고개를 끄덕였다.

하지만 결국 기대는 어긋났다. 히로유키의 친구며 지인, 사업상 관계자 등이 대거 달려와준 성대한 장례식장에 정작 사지 가의 장남은 없었다. 상주로서 인사를 하는 다카코도 그 얘기만은 꺼내지 않았다.

장례식 날 밤, 도시아키는 다카코와 둘만 남았다.

어머니가 맨 먼저 입에 올린 것은 "모두 다 내 잘못이야"라는 반성의 말이었다. 그리고 그녀는 기쿠오에게 무슨 일이 있었는지 이야기하기 시작했다.

희망으로 벅차오르는 가슴을 안고 음대에 입학한 기쿠오였지만 그곳에서 큰 좌절감을 맛보게 되었다. 함께 공부하는 친구들의 엄청난 재능이며 실력을 목도하고 완전히 자신감을 잃어버린 것이다. 천재라느니 신동이라느니 다들 떠받들었지만 어차피 좁은 지역에서의 일이었고, 자기 정도의 존재는 광대한 음악 세계에서 작은 돌멩이 하나에 불과하다는 것을 깨달아야 했다.

일단 길을 잘못 들었다고 생각하기 시작하자 견딜 수가 없었다. 대학에 적을 두는 것 자체가 고통스러워서 퇴학을 결단했다. 하지만 음악밖에는 해본 것이 없는 자신이 어떤 일을 할 수 있을까.

고민하던 참에 만난 것이 연극이었다. 그곳에는 다양한 사람들이 있었다. 주인공 역할을 하는 사람만 있는 게 아니다. 오히려 평생 조연밖에 못할 것 같은 사람이 대부분이다. 하지만 모두가 그것에 만족하고 있었다. 어떤 사람이든 저마다 자기 자리가 있었다. 그것이 연극의 세계였다.

그런데 기쿠오는 거기에서도 또 다시 벽에 부딪혔다. 조연에도 우열이 있어서 자신의 부족한 재능을 통감했던 것이다.

뭔가를 바꾸지 않으면 안 된다고 몸부림을 쳤다. 다양한 것에 도전했다. 조각상 퍼포먼스도 그중 하나였다.

그런 기쿠오를 다카코는 내내 지켜봐주었다. 음악의 길을 포기했다는 것을 알았을 때는 큰 충격을 받았지만, 그보다 그녀가 가슴 아팠던 것은 자신이 아들의 인생을 일그러뜨린 것이 아닌가 하는 의념(疑念)이었다. 피아노나 음악은 단순한 취미로 하라고 했더라면 좀 더 즐겁고 풍성한 청춘을 누렸을지도 모른다고 생각했다. 이제부터라도 아들이 원하는 것을 하게 해주자, 그게 어떤 것이든 남에게 해 끼치는 일만 아니라면 끝까지 응원해주자, 라고 마음속으로 맹세했다.

"하지만 내가 또 뭔가를 잘못했었는지도 모르겠디." 얘기가 한바탕 끝난 참에 다카코는 한숨을 쉬며 먼 곳을 바라보는 눈빛으로 그렇게 말했다.

무슨 얘기냐고 도시아키가 묻자 다카코는 안타깝다는 듯이 고개를 저었다.

말로는 도저히 설명할 수 없다, 라는 것이었다. 내 입으로 애기하느니 네가 직접 만나보는 게 좋을 것 같다, 라고.

"만나다니, 형을?"

당황해서 되묻는 도시아키에게 다카코는 힘없는 웃음을 지으며 말했다.

"응, 네가 분명 깜짝 놀랄 테지만……."

며칠 뒤, 도시아키가 다카코를 따라 찾아간 곳은 병원이었다. 게다가 일반 병원이 아니라 그곳에 있는 환자들은 모두 마음의 병을 앓고 있었다.

어슴푸레한 면회실에서 도시아키는 기쿠오를 재회했다. 오랜만에 만난 형은 요요기 공원에서 봤던 조각상과는 전혀 딴판이었다. 마른 나뭇가지처럼 바짝 여위었고 회색빛 얼굴은 주름투성이여서 완전히 노인 같았다. 게다가 표정에는 생기가 없고 눈은 죽어 있었다.

사전에 주치의에게서 중증 알코올 의존증이라는 얘기를 들었다. 간 기능이 악화된 것은 물론이고 심각한 것은 정신장애 쪽이다. 최근에는 자신이 누군지 알지 못하는 일도 있다고 했다.

"형, 나야, 도시아키. 알아보겠어?" 맨 먼저 그렇게 말을 건넸다.

기쿠오는 가면처럼 얼굴의 근육이 굳어버린 채 "안 마셨습니다"라고 말했다. 질문에 대답이 되지 않는 소리였다.

"몸은 좀 어때?"

그 질문에도 기쿠오는 대답하지 않았다. 살짝 미간을 찌푸렸을 뿐이다.

"아버지가 돌아가셨어." 도시아키는 말했다. "며칠 전에 장례식도 끝냈어. 왜 오지 않았어?"

하지만 기쿠오는 말이 없었다. 흘끔흘끔 다카코 쪽을 보았다. 어머니는 인식하고 있는 걸까.

느닷없이 도시아키 쪽으로 얼굴을 돌렸다. "죄송합니다." 그렇게 말하더니 이번에는 얼굴을 일그러뜨렸다.

"알아보는 거야?" 당황해서 다급하게 물었다.

"죄송합니다." 기쿠오는 되풀이했다. "죄송합니다. 죄송합니다. 죄송합니다." 목소리가 점점 커져갔다. "이제 안 마시겠습니다. 죄송합니다."

도시아키는 다카코 쪽을 보았다. 그녀는 슬픈 듯 눈썹 끝이 축 처져 있었다.

"누군가 자신을 꾸짖는다고 느껴지면 항상 이렇단다. 사고력이 떨어졌기 때문이래. 그래도⋯⋯." 기쿠오를 바라보며 말을 이어갔다. "오늘은 특히 더 심하네. 어떤 날은 제대로 대화가 될 때도 있는데."

"나 때문인가?"

"모르겠다. 그럴 수도 있고."

그런 상태의 형과 더 이상 마주할 수 없었다. 갑시다, 라면서 도시아키는 자리에서 일어섰다.

기쿠오가 술에 빠진 것은 서른 살이 지났을 무렵부터라고 했다. 어떤 것을 해봐도 여의치 않자 그 스트레스를 풀기 위해 날마다 술을 마셨다. 그 양이 늘어나면서 점점 끼니도 챙기지 않고 아침부터 밤까지 술병을 끼고 살았다.

물론 다카코도 아들의 이변을 알아채기는 했다. 만날 때마다 술 냄새를 풍기고 항상 캔 맥주를 손에서 놓지 않았기 때문이다. 하지만 설마 그렇게까지 심각한 상태라고는 생각하지 못했다. 의식을 잃고 길거리에 쓰러진 것을 경찰이 병원에 데려왔다는 연락을 받고 그제야 일이 중대하다는 것을 알았다.

"계속 저 상태야? 치료를 받으면 나을 수 있어?"

도시아키의 물음에 다카코는 고개를 저었다.

"이것도 조금 좋아진 거야. 시간은 걸리겠지만 원래 상태에 가까운 곳까지 돌아올 가능성은 있다고 의사 선생님이 얘기하셨어. 하지만 완전히 낫는 일은 없대. 알코올 의존증은 불치병이라서 어쩌다 한 방울이라도 마시면 그걸로 끝이라는 거야. 그래서 퇴원을 하더라도 반드시 누군가 곁에 붙어서 감시를 해야 된대."

"그런 거야? 이거, 정말 골치 아픈 얘기네."

"걱정하지 마. 너한테는 폐 끼치지 않도록 할게. 내가 책임지고 어떻게든 할 거니까. 저 아이를 다시 일으켜 세우고, 술은 딱 끊도록 내가 감시할 테니까."

다카코의 말에서는 어떤 모습으로 변했건 자식을 생각하는 깊은 애정과 자신의 꿈을 밀어붙였다는 후회의 심정이 느껴졌다. 도시아키는 원하는 대로 하시라는 말밖에 할 수 없었다.

그로부터 다시 긴 세월이 흘렀다. 기쿠오의 신병은 요양원 '라임원'으로 옮겨졌다. 처음 입주할 때 목돈을 내면 평생 돌봐주는 시설인 모양이었다. 상당한 금액이었을 테지만 다카코가 그런 돈을 쓰는 것에 도시아키는 반대하지 않았다. 기쿠오는 사지 가의 장남이다. 유산을 상속받을 권리는 있다.

다카코에 의하면 기쿠오의 정신 상태는 상당히 안정되어서 책도 읽어가면서 하루하루를 보내고 있다고 했다. 다만 몸은 건강하다고 하기 어려워서 자리에 누웠다 일어났다 하는 상태고 게다가 난청 증세가 있어서 거의 소리를 듣지 못한다는 것이었다. 다카코와는 필담으로 대화를 나눈다고 했다.

"한번 만나러 가주면 좋겠다만."

다카코는 그렇게 말했지만 도시아키는 내키지 않았다. 보고 싶은 마음도 있었지만, 더 이상 만나지 않는 게 나을 것 같았다. 자신을 만나면 기쿠오는 다시 혼란에 빠질지도 모른다. 평온하게 지내고 있다면 그대로 가만히 두는 게 좋다.

나중에 가볼게요, 라고 도시아키는 대답했다.

그리고 그날은 결국 오지 않았다. 기쿠오가 사망했기 때문이다. 간경변이 원인이었다.

요양원과 가까운 화장터에서 다카코와 도시아키 둘만의 조촐한 장례식을 치렀다. 분향을 하러 와준 것은 요양원 직원들뿐이었다. 다카코에 의하면 알코올 의존증이 된 이후로 극단 동료들과도 사이가 뜸해진 모양이었다.

　"모범생 환자였어요." 요양원 여직원이 도시아키에게 알려주었다. "항상 카드를 몇 장씩 갖고 다니셨어요. 고맙습니다, 수고하셨습니다, 라고 손수 써넣은 카드예요. 우리와 얼굴이 마주칠 때마다 매번 그중 한 장을 꺼내 보여주시는 거예요."

　귀가 안 들리는 가운데서도 어떻게든 커뮤니케이션을 하려고 했던 것이리라. 그렇게까지 회복되었던 건가, 하고 놀랐다.

　여직원의 말에 의하면 기쿠오는 혼자 돌아다닐 수도 있었다. 어디를 다녀왔는지는 확실치 않지만, 단 한 번 외박 허가를 받은 적도 있었다. 딱히 달라진 기색 없이 그다음 날 아침에는 돌아왔다고 한다.

　대체 어디에 갔었는가. 다카코에게 물어봤지만 그녀도 짚이는 게 없다는 대답이었다.

　요양원에서 친구도 생긴 모양이었다. 사키사카라는 인물로, 기쿠오보다 나이가 많고 회사에서 임원을 역임하는 등 나름대로 높은 지위에 있던 사람인데 근육이 굳어버리는 병으로 이 시설에 들어왔다고 한다. 그 사람에게서 기쿠오에 대한 얘기를 듣고 싶었지만, 유감스럽게도 1년 전에 타계하고 없었다.

관 속의 기쿠오는 병원에서 처음 만났을 때보다 젊게 보였다. 표정은 온화하고 흡족한 것 같았다. 도시아키의 마음속에 슬픔은 없었다. 이걸로 어머니도 드디어 해방되겠구나, 라고 생각했다.

하지만 도시아키는 어머니의 사랑이라는 것을 제대로 이해하지 못했었는지도 모른다. 그 얼마 뒤부터 다카코의 언동이 이상해지기 시작했다. 자꾸만 밖에 나가 길을 잃고 헤매는 바람에 그때마다 경찰에서 연락이 왔다. 조곤조곤 물어보면 낯선 사람이 자신을 어딘가로 데려간 거라고 주장했다.

명백히 인지증이었다. 기쿠오를 돌봐야 한다는 의무감을 놓쳐버리자 다카코를 버텨주고 있던 뭔가가 뚝 끊겼던 것인지도 모른다.

그렇게 치매 노인을 뒷바라지하는 생활이 시작되었다. 아내와 딸에게 수고를 끼치게 됐지만, 다카코가 해온 일을 생각하면 이 정도의 고생은 자신이 감수해야 한다고 각오를 다졌다. 게다가 우리 집만 특별한 것도 아니다. 여기저기 어느 집에서나 떠안고 있는 고민이다.

하지만 그런 고생도 올봄에 끝이 났다. 다카코가 요양원에 들어갔기 때문이다. 남의 손에 떠맡겼다고 뒤에서 숙덕거리는 사람도 있겠지만, 자신은 할 수 있는 만큼 최선을 다 했다고 생각했다. 앞으로도 뭔가 일이 생기면 똑똑히 대응하자고 마음먹었다. 다만 가족에게, 특히 아내에게는 더 이상 수고를 끼치고 싶지 않았다.

기나긴 이야기가 이제 끝나가고 있다. 무사히 다카코의 간병을 마친다면 그때는 우리 부부와 유미만 보살피며 살면 된다, 라고 도시아키는 생각했다.

22

"그런데 그걸로 끝이 아니었어. 끝은커녕 또 다른 이야기가 시작되었지."

사지는 빈 찻잔을 손 안에서 굴리고 있었다. 레이토는 그 잔을 받아다 주전자로 새 차를 내려와 돌려주었다. "다른 이야기라는 건 기념에 대한 것이겠지요?"

그렇지, 라면서 사지는 차를 후루룩 마셨다.

"어머니가 요양원으로 떠나신 뒤, 그 방을 정리하다가 편지 한 통을 발견했어. 책 속에 끼워져 있더라고. 받는 사람은 '어머님께'라고 되어 있고, 보낸 사람으로 형의 이름이 적혀 있었어. 근데 고약하게도 아직 뜯지도 않은 편지야. 난감하다고 생각했지. 언제 형에게서 받아왔는지는 모르지만, 아마 어머니가 편지받은 걸 깜빡 잊어버렸던 모양이야. 아니면 형이 책에 끼워 넣고는 그런 얘기를 안 하고 건네줬는지도 모르겠어. 어느 쪽이든 어머니는 아직 못 보신 편지야. 이런 걸 내 마음대로 열어봐도 될까. 하지만 어머니는 의사를 확인할 수 있는 상태가 아니야. 죄송스럽기는 했지만 일단 봉투를 열어보기로 했어. 그랬더니 안에 편지지 한 장이 들어 있었어. 게다가 내용도 아주 간단해. '월향신사 녹나무에 맡겼습니다. 부디 받으러 가주십시오.' 그냥 그것뿐이야."

"맡겼다고요? 녹나무에 맡겼습니다, 라고 적혀 있었어요?"

레이토의 물음에 사지는 그렇다니까, 라고 대답했다.

"그때는 무슨 얘긴지 전혀 몰랐지. 인터넷으로 검색해보고서야 이곳에 대한 것을 알았어. 녹나무 거목이 있는데 그 나무 기둥의 동굴에 들어가 소원을 빌면 언젠가 이루어진다는 전설이 있다는 것도 알았고. 하지만 그걸로 답을 찾았다고 할 수는 없었어. 형이 굳이 월향신사라는 곳까지 가서 그 녹나무인지 뭔지에 소원을 빌었다는 얘기인가? 만일 그렇다고 쳐도 왜 일부러 그런 일을 했는가. 흔해빠진 전설을 설마 진짜로 믿은 것도 아닐 텐데. '맡겼습니다'라는 말도 마음에 걸렸어. 소원을 비는 것을 그런 식으로 표현한다는 얘기는 들어본 적도 없었으니까. 이래저래 생각한 끝에 내가 내린 대답은 이거였어. 형의 정신 상태는 정상이 아니었다, 환각 같은 것에 휘둘려 영문을 알 수 없는 행동을 했던 것이다……."

사지는 다시 차를 마시고 긴 숨을 토해내더니 레이토와 유미를 번갈아 보았다.

"어때, 내가 내린 그 결론, 뭔가 이상한가? 그렇게 생각한 게 이상해?"

레이토는 유미와 얼굴을 마주 보았다. 그녀는 아버지 쪽을 보며 "전혀 이상하지 않아"라고 고개를 저었다. "아빠의 지금까지의 얘기를 들어보면 나라도 그렇게 생각했을 거야."

"그렇게 말해주니 한결 마음이 놓인다. 나도 매정한 인간이고 싶지는 않아."

"하지만 결국 그걸로 끝나지 않았던 거네요?" 레이토가 확인했다.

사지는 조용히 고개를 위아래로 끄덕였다.

"그냥 그렇게 넘어가려고 했는데 자꾸 마음에 걸려서 견딜 수가 없더라고. 다른 일을 할 때도 항상 머리 한 귀퉁이에 걸려 있어. 월향신사, 녹나무, 맡겼습니다……. 대체 그게 뭔가. 아무리 정신이 이상해졌다지만 왜 하필 아무 연고도 없는 그런 곳에 찾아갔을까. 그래서 마침내 결심을 했던 거야."

어떤 결심을, 이라고 레이토가 묻기 전에 사지는 뒤를 이었다.

"내 이 두 눈으로 확인해보자. 소원을 들어준다는 그 신령스러운 녹나무를."

5월 황금연휴가 끝나고 즐겁게 놀던 분위기도 사라질 때쯤을 노려 사지 도시아키는 월향신사에 찾았다.

녹나무를 실제로 마주하고는 압도되었다. 옆에 서 있기만 해도 뭔가 강한 에너지가 흘러나오는 것이 느껴졌다. 인터넷 상에서 초강력 파워스폿이라는 표현을 몇 번 본 적이 있었다. 아닌 게 아니라 이곳에 오면 누구나 똑같은 감각에 휩싸일지도 모른다.

작무의 차림의 관리인인 듯한 노인이 있길래 말을 건넸다. 기쿠오의 편지 얘기를 하고, 그게 무슨 뜻인지 알지 못해 난감해하고 있다, 라고 상담을 해보았다.

분명 고개를 갸웃거리며 어이없어 할 거라고 미리 각오했었지만, 노인의 반응은 달랐다. 얼굴 표정이 갑자기 심각해져서 그거, 큰일이다, 라고 하는 것이었다.

"댁의 형님은 제정신이었어. 맡겼다고 말했다면 분명히 누군가는 그걸 받아야 해."

"받다니요, 뭘 받습니까?"

"아, 그야 염원이지."

"염원?"

지금 즉시 야나기사와 씨에게 부탁하는 게 좋다고 노인은 말했다. 야나기사와 씨라는 건 이곳 땅 주인이고 녹나무 관리자이기도 한 모양이었다.

곧바로 노인이 알려준 번호로 전화를 걸었다. 받은 사람은 야나기사와 치후네라는 여자였다. 사정을 이야기하자 집으로 와주시면 설명해드리겠다, 라는 것이었다.

그길로 야나기사와 가를 찾아갔다. 엄숙한 분위기가 감도는 전통가옥이었다.

야나기사와 치후네는 도시아키가 내민 기쿠오의 편지를 한 차례 읽고는 모든 것을 이해했다는 듯이 고개를 끄덕였다.

"사지 씨의 전화를 받고 제가 기록을 확인했습니다. 분명 5년 전에 사지 기쿠오 씨라는 분이 신사에 다녀가셨어요. 그 기록을 보니 기쿠오 씨 본인을 만나 뵈었던 것도 생각이 나더군요. 사키사카 씨께서 소개해주셨기 때문에 녹나무 기념을 승낙했었습니다."

사키사카라는 이름이 귀에 익었다. 요양원에서 기쿠오와 친하게 지냈다는 그 인물이다.

"기념이라고요? 편지에는 '맡겼습니다'라고 적혀 있었는데요."

"형님께서 녹나무에 맡기신 것은 본인 자신의 염원, 즉 마음입니다." 조용한 어조로 그녀는 말했다.

노인이 말이 생각났다. '염원'이라고 했던 게 바로 이것인가.

"언어의 힘에는 한계가 있습니다. 마음속에 있는 생각 모두를 언어만으로 전달하는 것은 불가능하지요. 그래서 녹나무에게 맡기시도록 하는 것입니다. 구체적으로 말씀드리자면, 그믐날 밤에 녹나무 안에 들어가 누군가에게 전하고 싶은 것을 염원합니다. 그것을 저희는 예념(預念)이라고 합니다. 염원을 맡긴다는 뜻이지요. 예념을 하는 사람은 예념자라고 합니다. 녹나무는 예념자의 그 모든 생각을 기억합니다. 그리고 보름날이 다가오면 그것을 뿜어냅니다. 그때 녹나무 안에 들어가면 그 염원을 받을 수 있습니다. 다만 그것이 가능한 사람은 혈연관계인 사람뿐이지요. 이런 편지를 남기신 것을 보면 형님께서는 어머님이 받아주시기를 원했던 것 같군요." 야나기사와 치후네는 편지를 도시아키에게 돌려주면서 말했다.

신기한 얘기였다. 이런 상황이 아니었다면 괴이한 전설이라고 한 귀로 흘려버렸을 것이다. 하지만 눈앞에 있는 노부인의 말에는 강한 설득력이 있었다.

"그 염원이라는 것은 어떻게 하면 받을 수 있습니까?"

"어렵지 않습니다. 보름날 무렵에 녹나무 안에 들어가 상대에 대해 생각하기만 하면 되니까요. 어떻게 받을 것인지는 말로 표현할 수 없습니다. 일단 해보십시오, 라고 할 수밖에 없어요. 우리는 그것을 수념(受念)이라고 합니다. 염원을 받는 것이니까요."

"하지만 어머니가 현재 인지증을 앓고 있어서……."

"그러시군요. 제가 살펴봤는데 사지 씨라는 성을 가진 여자 분이 수념을 하러 오신 기록은 찾을 수 없었습니다. 유감스럽게도 형님의 소원은 이루어지지 않은 것 같습니다."

도시아키는 다시금 편지 글을 읽어보았다.

월향신사의 녹나무에 맡겼습니다. 부디 받으러 가주십시오.

기쿠오는 그렇게만 써두어도 전해질 거라고 생각했는지도 모른다. 실제로 도시아키는 그 말대로 월향신사를 찾아냈다. 하지만 어머니 다카코에게는 전해지지 않았다. 인지증이 그럴 기회를 앗아갔기 때문이다. 기쿠오가 보내준 편지는 아무에게도 알려지지 않았고, 아마도 다카코 자신도 까맣게 잊어버린 채 세월이 흘러가버렸다.

"형님이 어떤 생각을 녹나무에 맡겼는지, 야나기사와 씨는 혹시 못 들으셨어요?"

도시아키의 물음에 야나기사와 치후네는 짧게 고개를 저었다.

"어떤 것을 예념하는지, 어떤 것을 수념하는지, 그런 것에 저희는 일절 관여하지 않습니다. 애초에 언어로는 전할 수도 없는 것이니까요."

그렇겠다, 라고 납득하는 수밖에 없었다. 결국 기쿠오가 다카코에게 전하고 싶었던 생각은 영원히 알 수 없다는 것인가. 그렇게 물어보자 야나기사와 치후네는 그렇지는 않습니다, 라고 부정했다.

"녹나무에 새겨진 염원은 5년이나 6년 정도로는 조금도 지워지지 않습니다. 수십 년 전에 돌아가신 분의 염원을 손자분이 받아간 사례도 있습니다."

"조금 전의 말씀으로는 혈연관계인 사람이 아니면 염원을 받을 수 없다고 하셨지요. 그걸 거꾸로 말하면 혈연관계인 사람은 누구라도 받을 수 있다는 건가요?"

"네, 받을 수 있습니다. 예념하는 분이 수념자를 정해주고 그 밖의 다른 사람은 받지 못하도록 해달라고 저희 쪽에 신청하셨을 경우에는 얘기가 달라지지만, 그렇지 않은 경우에는 어떤 분이 수념을 하시든 저희는 간섭하지 않습니다. 그리고 사지 기쿠오 님의 경우, 딱히 그런 지정은 하지 않으신 것 같군요."

그러니까, 라고 말하고 도시아키는 마른 입술을 적셨다. "내가 받아도 된다는 말씀입니까?"

"네, 희망하신다면." 야나기사와 치후네는 곧바로 답했다. "희망하십니까?"

꼭, 이라고 도시아키는 대답했다. "부탁드립니다."

"알겠습니다." 야나기사와 치후네는 곁에 놓인 파일을 펼쳤다. "아까도 말씀드렸지만, 보름날 밤에 가까우면 가까울수록 녹나무가 뿜어내는 염원이 강해집니다. 다행히 이번 달은 보름날 밤의 예약이 비어 있어요. 어떠세요, 그날로 하시겠습니까?"

지정해준 날 밤은 다른 일정이 없었다. 부탁드립니다, 라고 도시아키는 다시 머리를 숙였다.

"그러면 그날까지 호적등본 한 통을 우편으로 부쳐주세요.

실례인 줄은 알지만, 틀림없이 혈연관계라는 것을 증명하는
절차가 필요하니까요."

"알겠습니다. 곧바로 우송하겠습니다."

엄격한 규칙이 있구나, 라고 생각했다.

기념 예약일까지 1주일쯤 시간이 있었다. 그사이에 도시
아키는 이래저래 생각을 굴렸다. 우선 머릿속에 떠오른 것은
과연 정말로 그런 일이 일어날 수 있는가, 라는 의심이었다.
야나기사와 치후네의 말을 듣고 있는 동안에는 마치 최면술
에라도 걸린 것처럼 순순히 받아들였지만, 혼자가 되어 냉정
히 생각해보니 비현실적인 오컬트 얘기인 것만 같았다.

물론 야나기사와 치후네 본인을 의심한 것은 아니었다. 그
녀는 그녀 나름대로 믿고 있는 게 틀림없었다. 그 증거로, 수
념에 드는 비용을 물어봤을 때 "그건 자유롭게 넣어주시면
됩니다"라는 답이 돌아왔던 것이다.

"밀초 값이라고 하고 있습니다만, 어디까지나 새전(賽錢)
이라서 정해진 금액은 없습니다. 극히 드물지만 전혀 아무것
도 감지하지 못했다는 분이 계십니다. 그런 분에게서는 어떤
비용도 받을 수가 없지요."

그렇다고 해도 대략적인 시세를 알지 못해서는 당황스럽
지 않겠는가. 그러자 야나기사와 치후네는 입가를 풀고 웃으
면서 주로 1만 엔 정도를 내시는 분들이 많습니다, 라고 말
했다. 생각보다 적은 돈이라서 도시아키는 놀랐다. 녹나무

나 신사의 유지비를 감안한다면 분명 적자일 것이다. 즉 야나기사와 치후네는 이 일로 돈벌이를 하려는 속셈은 없는 것이다.

결국은 '믿는 자는 구원을 받는다'라는 얘기일 것이라고 생각했다. 세상을 떠난 이의 마음속을 알고 싶다는 강한 바람 때문에 무의식중에 그것을 자신의 뇌 안에서 창작해냈을 뿐인데 본인은 그걸 녹나무에게서 염원을 받았다고 착각하는 것이 아닐까.

만일 그런 것이라면 자신은 아무것도 감지하지 못할 거라고 도시아키는 생각했다. 기쿠오에 대해 거의 아무것도 알지 못했기 때문이다. 다카코와 심정적으로 얼마나 강하게 이어져 있었는지, 알지 못한다. 기쿠오가 다카코에게 전하고 싶었던 것이라면 아예 짐작도 가지 않는다.

하지만 그건 그것대로 괜찮지 않은가, 라고 생각했다. 이일은 어떻든 그걸로 결론이 난다. 더 이상 고민하지 않아도 되는 것이다.

무슨 일이 일어날지 기대도 되고 겁도 나고, 그런 복잡한 심경으로 예약 날을 기다렸다. 아내와 유미에게는 얘기하지 않았다. 모두 혼자 가슴속에서만 해결하자고 마음먹었다.

그리고 그날이 다가왔다. 적당한 이유를 대고 집을 나와 월향신사로 향했다.

경내의 종무소로 찾아가자 작무의 차림의 야나기사와 치

후네가 기다리고 있었다. 종이봉투를 건네주길래 안을 확인해보니 밀초와 성냥이 들어 있었다.

"이 밀초는 저희가 제조한 특별한 것으로, 다른 곳에서는 구할 수 없습니다. 촛대는 녹나무 안에 준비해두었습니다. 그곳에 이 밀초를 꽂고 불을 붙이세요. 곧바로 독특한 향기가 날 터이니 그 향기를 맡으면서 형님에 대해 생각해주시면 됩니다."

"그냥 그것만 하면 된다고요?"

"네, 그렇습니다." 작무의 차림의 노부인은 확신에 찬 얼굴로 고개를 끄덕였다. "밀초는 1시간이면 없어집니다만, 기념을 끝내고 나오실 때는 불이 꺼진 것을 반드시 확인해주세요."

도시아키는 고개를 끄덕이고, 덤불숲 너머 녹나무 쪽으로 시선을 던졌다. 저도 모르게 심호흡을 하고 있었다.

"긴장하시지 말라고 해도 뜻대로 되는 일이 아니겠지만, 되도록 마음을 편히 가지세요. 그 사람과의 추억에 젖어본다는 가벼운 느낌으로 하셔도 괜찮습니다."

"알겠습니다. 그럼 다녀오겠습니다."

"잘 다녀오십시오. 사지 씨의 염원이 녹나무에 전해지기를 진심으로 기원합니다."

야나기사와 치후네의 배웅을 받으며 도시아키는 덤불숲을 향해 걸음을 옮겼다. 입 안이 바짝 말랐다. 생수 병이라도 가져올 걸, 하고 후회했다.

손전등으로 앞쪽을 비추면서 덤불숲 안으로 들어갔다. 무서울 만큼의 정적 속에 초목을 밟는 소리만 귀에 들어왔다.

이윽고 녹나무 특유의 장뇌 향이 코끝에 감돌았다.

덤불숲을 빠져나가자 거대한 나무의 그림자가 눈앞에 나타났다. 손전등의 싸구려 불빛 따위로 전체를 비추는 것이 송구스러울 만큼 장엄한 기운이 진하게 덮쳐들었다. 도시아키는 발을 멈추고 여기서도 몇 번인가 심호흡을 거듭했다.

발밑에 불빛을 대고 도시아키는 다시 몸을 움직였다. 녹나무 왼편으로 돌아들어가자 나무 기둥에 큼직한 구멍이 뚫려 있었다. 그다지 허리를 숙이지 않아도 들어갈 수 있었다.

동굴 벽에 작은 칸이 있고 거기에 촛대가 준비되어 있었다. 도시아키는 밀초를 꽂고 성냥으로 불을 붙였다. 그다음에 손전등 스위치를 껐다.

잠시 뒤, 밀초에서 강렬한 향기가 흘러나왔다. 훈제 같은 냄새로, 녹나무 본래의 향기와 섞이자 특별한 요기를 품은 것처럼 느껴졌다. 그 향기에 휘감기는 것만으로도 다른 세계로 이끌려가는 듯한 느낌이었다.

자아—.

이제 어떻게 할까. 야나기사와 치후네는 그 사람과의 추억에 젖어본다는 가벼운 느낌이어도 괜찮다고 했지만, 기쿠오와의 추억이라야 얼마 되지도 않는다. 성인이 된 뒤로는 거의 만나본 적이 없는 것이다.

병원에서 얼굴을 마주했을 때의 기쿠오는 폐인이었다. 커뮤니케이션조차 제대로 취할 수 없었다. 나를 거부하는구나, 라고 느꼈을 뿐이다.

요요기 공원에서 만났을 때의 일을 떠올렸다. 아니, 그걸 만난 것이라고 해도 될까. 형은 완전히 조각상이 되어 있었다. 어떤 마음이었을지, 그런 건 아직도 알지 못한다.

제대로 된 추억이라고 하면 아득한 옛날이다. 아직 도시아키가 중학생 정도였을 때인가.

갑작스럽게 기쿠오의 목소리가 귓속에 되살아났다.

"솔직히 말하면, 하고 싶은 걸 하고 있는지, 하지 않으면 안 되니까 하고 있는지, 나도 잘 모르겠어. 음악은 좋아하고 피아노 치는 것도 재미있는데 뭔가 조금 다른 곳으로 가고 있는 것 같아."

도시아키가 방에서 고등학교 입시 공부를 하던 때의 일이었다.

"그렇게 얘기하면 어머니가 슬퍼하지. 어머니는 형의 재능에 인생을 걸었는데."

도시아키의 그 말에 기쿠오는 "그건 나도 알아. 알고는 있는데……"라고 말끝을 흐렸던 것이다.

형의 속마음을 들은 것은 그게 처음이자 마지막이었다. 그 뒤로 기쿠오가 어떤 마음으로 살아갔는지, 도시아키에게는 모두 다 수수께끼였다.

역시 나한테는 아무것도 감지되지 않는가. 그렇게 생각하고 어깨의 힘을 뺐을 때였다.

장뇌 향이 더욱더 강해지는 느낌이 들었다. 그와 동시에 뭔가 스르륵 머릿속에 들어오는 감각이 있었다.

도시아키는 눈을 감았다. 급격하게 가슴이 술렁거렸다. 뇌리에 희미하게 하얀 것이 떠올랐다. 그것은 점차 형태를 만들어갔다. 하얀 띠인가. 아니, 그게 아니야……

건반이라는 것을 알았다. 피아노 건반이다. 그 위를 누군가의 손이 움직이고 있었다. 어른의 손이 아니다. 손가락이 가늘고 길지만 명백히 아이의 손이다.

기쿠오 형의 손이다. 그가 어린아이였던 때의 손이 건반을 두드리고 있는 것이다.

신비한 감각이 덮쳐들었다. 피아노를 치는 기쿠오의 속마음이 전해져오는 것이다. 도시아키의 생각이 아니다. 그건 명백히 기쿠오의 것이었다.

그 옛날을 그리워하는 마음이다. 피아노 치는 게 너무 좋았고 연주 소리에 몸을 맡기면 너무도 행복했던 그때로 마음이 내달리면서 다시 그 시절로 돌아가고 싶다고 간절히 바라고 있었다.

하지만 그 뒤편에는 원통해하는 마음도 있었다. 길을 잘못든 것을 깊이 후회하고 있었다. 그 잘못이란 너무도 쉽게 음악을 내버린 것이다.

게다가 단순한 후회가 아니다. 거기에는 참회와 사죄의 마음도 포함되어 있었다.

그 상대는 물론 다카코였다.

그저 좋아서 쳤을 뿐인 피아노가 어머니에 의해 힘겨운 고행이 되어버렸다고 원망하던 시기도 있었다. 피아니스트가 아니라 작곡가가 되겠다고 한 것도 어머니 생각대로는 안 하겠다, 라는 반발심 때문이었다.

그런데도 변함없이 응원해주는 다카코의 애정이 솔직히 성가시고 부담스러웠다. 음대에 들어가 자신의 재능이 부족하다는 것을 통감하면서 어머니의 기대는 더욱더 어깨를 찍어눌렀다.

말도 없이 학교를 자퇴할 때, 죄책감은 없었다. 오히려 다카코가 실망하는 모습을 보고 통쾌한 느낌마저 들었다.

음악에서 도망친 뒤에는 다양한 것을 시도했다. 나는 대체 무엇을 할 수 있는지, 어디에 내 자리가 있는지를 끊임없이 모색했다.

하지만 찾을 수 없었다. 찾지 못하는 것을 어머니 탓이라고 다시금 원망했다. 어려서부터 음악만 하라고 했기 때문에 다른 어떤 것을 해봐도 잘 풀리지 않는 거라고 책임을 떠넘겼다.

그런 주제에 힘들어지면 역시 어머니에게 매달렸다. 경제적인 것뿐만 아니라 정신적인 면에서도.

어리석었다. 정말로 바보였다.

어리석은 짓을 거듭한 끝에 결국 가닿은 곳은 술에 정신을 파먹힌 폐인이었다. 정상적인 사고력뿐만 아니라 청력까지 잃었다.

그런데 놀랍게도 어머니는 여전히 그런 아들을 포기하지 않았다. 회복되리라는 것을 굳게 믿고 자신의 인생을 바쳐 헌신적으로 간호해주었다.

정신이 조금씩 안정되면서 마침내 기쿠오에게도 진실이 보이기 시작했다. 그리고 깨달았다. 자신이 있을 자리 따위, 찾아다닐 필요가 없었던 것이라고.

다카코의 아들로 있었으면 그걸로 좋았던 것이다. 반드시 음악으로 성공하지 않으면 안 된다는 것 따위는 없었다. 자신의 인생을 즐기며 살았다면 그걸로 좋았다. 어머니는 아들에게 그것을 바랐던 것이다.

그 시절로 돌아가고 싶다. 사념(邪念) 따위 일절 없이 오로지 아름다운 소리만을 추구했던 어린 시절로 돌아가 다카코에게 피아노 소리를 들려주고 싶다. 그것이 은혜를 갚는 유일한 길이다.

하지만—.

지금의 자신에게 그건 불가능하다.

도시아키는 마치 몽상 속에 있는 것 같았다. 형의 복잡한 심경이 차례차례 뇌리에 떠올랐다가 사라져갔다. 가장 강렬한 것은 어머니를 향한 사죄와 감사의 마음이었다.

흠칫했다. 문득 깨닫고 보니 피아노 소리가 들려오고 있었기 때문이다. 건반 위를 어린아이의 손이 뛰노는 이미지는 떠올랐지만 처음에는 소리 같은 건 들리지 않았다. 그런데 어느새 하나하나의 음색이 머릿속으로 들어오고 있었다. 게다가 도시아키가 전혀 알지 못하는, 지금까지 한 번도 들어본 적이 없는 곡이었다.

이 선율은…….

깜짝 놀랐다. 그 곡의 의미를 깨달았기 때문이다. 이건 기쿠오가 다카코에게 보내는 선물이다.

귀가 들리지 않는 상황에서도 기쿠오는 다시 음악에의 길을 찾기 시작하고 있었다. 물론 연주 같은 건 할 수 없다. 하지만 머릿속에서라면 선율을 만들어낼 수 있다. 기억에 남은 피아노 소리를 되살려 하나하나 짜맞추면서 이 곡을 만든 것이다.

다카코를 위해서. 지금까지 자신을 뒷받침해준 어머니에게 바치기 위해서.

이 소리를 들어주었으면 하고 기쿠오는 그 편지를 남겼던 것이다. 녹나무에 맡겼던 것은 후회와 감사의 마음뿐만이 아니었다. 기쿠오가 가장 전하고 싶었던 것은 이 선율이었다.

도시아키는 퍼뜩 정신이 들었다. 동시에 아무것도 들리지 않고 아무것도 감지할 수 없게 되었다. 수념의 시간이 끝났다는 것일까.

천천히 눈꺼풀을 떴다. 촛대의 밀초는 그새 짤막해져 있었다. 손전등의 스위치를 켠 뒤에 불을 훅 불어서 껐다.

머리가 조금 멍했다. 긴 꿈에서 깨어난 기분이었다. 하지만 결코 꿈 따위가 아니다. 분명하게 자신은 형이 녹나무에 맡긴 염원을 받은 것이었다.

녹나무를 나와 경내로 돌아갔다. 종무소 앞에 앉아 기다리던 야나기사와 치후네에게로 다가갔다.

"아무래도 그리 나쁘지 않은 염원을 받으신 모양이군요." 그녀가 도시아키를 보며 말했다.

"그걸 아셨습니까?"

"그야 당연하지요. 오래도록 이곳의 파수꾼으로 일해왔으니까요."

도시아키는 후우 숨을 토해냈다.

"야나기사와 씨에게 사과해야겠습니다. 실은 반신반의였어요. 아니, 반신반의도 아니었어요. 어차피 미신이다, 자기 암시에 빠진 것뿐이다, 하고 얕잡아봤어요."

야나기사와 치후네는 조금도 불쾌한 기색을 보이지 않았다. 그러기는커녕 재미있다는 듯 빙그레 미소를 지었다.

"이곳을 찾아오시는 분들이 처음에는 다 그렇습니다. 그래서 저도 굳이 믿어주십사는 말은 하지 않아요. 기념을 믿는 분만 오시면 된다고 생각하고 있지요."

"이런 엄청난 경험을 했는데요. 믿지 말라고 하는 게 오히려 어려운 얘기예요."

도시아키는 품속에 넣어뒀던 봉투를 꺼냈다. 사례비 1만 엔 지폐가 들어 있었지만, 그걸 그대로 건네려다가 멈칫 망설였다.

"왜 그러십니까?" 야나기사와 치후네가 물었다.

아뇨, 실은, 이라고 도시아키는 얼굴을 찌푸렸다.

"방금 말씀드렸던 대로 정말로 수념이 가능할 거라고는 생각도 못했어요. 그래도 사례를 안 하는 건 도리가 아니다 싶어서 형식적인 액수만 준비했어요. 하지만 이 체험은 도저히 이런 액수는 당치 않습니다. 그렇다면 얼마여야 좋을지 생각해보니 그것도 역시 잘 모르겠고……."

야나기사와 치후네는 쓴웃음을 지었다.

"첫 기념 때는 다들 감정이 벅차서 그런 얘기들을 하시더군요. 하지만 몇 번 거듭하시다 보면 아, 이건 단순한 공양 같은 것이구나, 라고 차차 이해가 되실 거예요. 염려하시 마시고 마음 편히 내주시면 됩니다."

"정말 괜찮을까요? 솔직히 지난번에 말씀해주신 것밖에 넣지 않았는데."

"전혀 문제없습니다. 다만 다음부터는 봉투를 촛대 앞에 놓고 와주시면 좋겠군요."

알겠습니다, 라고 말하고 도시아키는 봉투를 건넸다.

"몇 번 거듭하다 보면, 이라고 하셨지요? 수념은 한 번으로 끝나는 게 아닌가요?"

"그렇습니다. 맡겨주신 염원은 녹나무 안에 반영구적으로 머물러 있습니다. 그래서 보름날 무렵이라면 언제든지, 몇 번이라도 수념이 가능합니다. 다만 하룻밤에 한 번뿐입니다."

"그럼 내일 또 와도 수념이 가능해요?"

"그렇지요."

"그러면 내일도 부탁드려도 될까요? 물론 사례는 따로 내겠습니다."

그러자 야나기사와 치후네는 뭔가 꿍꿍이가 느껴지는 웃음을 지었다.

"실은 그렇게 말씀하실 것 같아서 내일 밤 예약을 비워뒀습니다. 어때요, 오시겠어요?"

부탁드립니다, 라고 도시아키는 머리를 숙였다.

"알겠습니다. 내일은 보름달이 뜬 오늘보다는 염원이 조금 약해지겠지만, 감지하기에는 충분할 거예요. 준비하고 기다리겠습니다."

"고맙습니다. 잘 부탁드립니다."

몇 번이나 인사를 건네고 도시아키는 월향신사를 뒤로했다.

그리고 다음 날 밤, 다시 녹나무 안으로 들어갔다. 두 번째

라서 어떤 감각인지는 알고 있었다. 잠깐 마음을 집중시키는 것만으로도 뇌가 기쿠오의 염원을 받아들였다.

형의 고뇌와 어머니에 대한 감사의 마음을 다시금 되새겼다. 그리고 전날 밤에는 감지하지 못했었지만, 아버지 히로유키와 동생 도시아키에 대한 마음도 있다는 것을 그날 밤에 알았다. 그 속마음은 매우 복잡한 것이었다. 죄송스럽다는 자책감과 거부하려는 마음이 뒤섞였다. 후자의 마음을 찬찬히 음미해본 결과, 질투심이라는 것을 알았다. 특히 도시아키에 대해서는 그런 감정이 강한 것 같았다.

기쿠오는 동생이 평범한 아이로 컸다는 것 때문에 질투심을 품고 있었다. 피아노를 치라고 강요받는 일도 없이, 다른 아이들과 똑같이 뛰어놀며 즐겁게 지내는 것을 부러워했다. 가업을 잇는다는 장래가 이미 정해져 있어서 진로에 대해 전혀 헤맬 필요가 없는 동생에 비해 자신은 왜 이토록 힘든 처지에서 허덕이며 살아야 하는가, 라고 한탄했다.

하지만 한편으로 그런 질투심을 품은 자신에게 혐오감을 느끼는 마음도 존재하는 것이다. 동생은 동생 나름대로 힘겨웠을 게 틀림없다. 가업을 억지로 물려받아야 했지만 사실은 나름대로 원하는 다른 길이 있었는지도 모른다. 어머니의 애정을 모두 형에게 빼앗기고 서러운 마음도 들었을 게 틀림없다. 그런 동생을 질투하다니, 나는 얼마나 비열한 인간인가…….

전날 밤과 마찬가지로 어느새 선율이 흐르고 있었다. 기쿠오의 속죄라고도 할 수 있는 그 곡이다.

도시아키는 정신을 한껏 풀어놓고 그 음색에 집중했다.

좋은 곡이다. 형은 역시 천재다. 듣고 있는 것만으로 몸도 마음도 정화되는 것 같았다.

곡이 끝났을 때, 염원도 사라졌다. 하지만 도시아키는 감격한 나머지 한참 동안 움직일 수 없었다.

23

종무소의 좁은 공간이 피아노 소리로 가득 차올랐다. 멜로
디는 의외성이 넘치고 장엄하지만 경쾌하다. 리듬은 너무 빠
르지도 너무 느리지도 않고 기분 좋게 생체 시계와 협조하고
있다. 지그시 몸을 맡기고 싶어지는, 언제까지고 듣고 싶어
지는 곡이었다.

그 곡은 사지 앞에 놓인 무선 스피커에서 흘러나왔다. 그
의 스마트폰에 들어있던 음성 파일을 재생한 것이다.

사지는 스마트폰을 터치해 곡을 정지시켰다.

"정말 좋은 곡이에요. 기쿠오 씨의 염원을 받을 때 이런 선
율이 들리신 거예요?"

"정확히 말하면, 귀에 들린 것이 아니라 머릿속에 울린 거
야." 레이토의 물음을 사지는 미묘하게 수정했다. "좀 더 말

하자면, 이 선율이 아니야. 이걸로는 아직 미완성이지. 부족한 부분이 너무 많아."

"이건 누가 만들었어? 아빠가?"

유미가 묻자 사지는 피식 웃었다. "내가 어떻게 이런 걸 만들겠냐."

"그럼 누가?"

"아까 그 여자."

"아까 그 여자라니……." 유미는 뭔가를 알아차린 듯 자신의 스마트폰을 꺼냈다. 재빨리 터치해서 "이 사람?"이라면서 화면을 사지 쪽으로 내보였다.

그곳에 나온 것은 유미가 아버지의 불륜녀로 의심했던 여자였다.

"그래."

유미는 다시금 화면을 들여다보고 아버지에게로 시선을 옮겼다. "어떻게 된 건데?"

"어떻게든 실물을 만들어내려는 거야."

"실물을?"

사지는 자신의 머리를 손끝으로 쿡쿡 찔렀다.

"수녑을 한 뒤로 형의 노래가 머릿속에서 떠나지 않았어. 항상 왕왕 울리는 느낌이었지. 문득 깨닫고 보면 내가 콧노래를 부르고 있더라고."

"엇, 그러고 보니 아빠가 콧노래를……."

"네 엄마한테도 그런 얘기를 들었어. 요즘 자꾸 콧노래를 부르는데 무슨 좋은 일이라도 있었느냐고. 그때마다 적당히 둘러대긴 했지만."

"왜 그렇게 둘러댔어? 우리한테도 얘기해줬으면 좋았잖아."

"형에 대한 얘기를 어떻게 다 말로 하겠냐. 일일이 설명하기도 복잡하고, 좋은 추억이라고는 거의 없는데. 그런 얘기는 듣는 쪽도 별로 유쾌할 게 없잖아. 게다가 녹나무라느니 기념이라느니, 그런 소리를 해봤자 믿어주지도 않을 거고."

유미는 입을 뾰로통하게 내밀고 "그건 실제로 얘기해봐야 아는 거잖아"라고 작은 소리로 투덜거리듯이 말했다.

"네 엄마와 너한테 얘기를 하더라도 이 일이 다 끝난 다음에 하자고 생각했어."

"끝나다니, 뭐가?"

"어떻게든 이 곡을, 머릿속에서만 왕왕 울리는 이 선율을, 실제로 귀에 들리는 형태로 만들어낼 수 없을까, 그걸 고민한 거야. 그게 가능하다면 네 엄마와 너한테도 들려줄 수 있잖아. 하지만 어떻게 해야 되는지, 감도 안 잡혔어."

"그래서 어떻게 했어요?" 레이토가 물었다.

"고민 끝에 중학교 동창 중에 음악 선생님을 하는 친구가 있어서 그쪽에 연락해봤어. 몇 년 전 동창회에서 명함을 주고받은 적이 있었으니까. 나중에 한번 보자고 말만 하고 그때까지 못 만났던 친구야."

하야마라는 사람이라고 사지는 말했다.

"그 하야마 씨에게 뭐라고 얘기하면서 상의를 하셨는데요?"

설마 느닷없이 기념 얘기를 꺼낼 수는 없었을 것이다.

"옛날에 들은 피아노 연주의 멜로디가 머릿속에 남아 있어서 그걸 재현해보려고 하는데 어떻게 하면 좋겠느냐, 라고 얘기했어. 그랬더니 그 친구가 웬만한 클래식이나 재즈곡이라면 자기가 다 알고 있으니까 콧노래로라도 한번 불러보라고 하더라고. 아무래도 내가 단순히 어떤 멜로디의 원곡을 알고 싶어 한다고 생각한 모양이지. 그래서 실은 사연이 있어서 아직 세상에 발표하지 못한 환영(幻影) 같은 곡이라고 말했어. 그랬더니 이번에는 그런 곡을 네가 어떻게 알고 있느냐고 꼬치꼬치 캐물어. 어찌나 성가시던지." 사지가 떨떠름한 얼굴로 말했다.

"하야마 씨도 꼭 물어볼 만한 말을 물어봤네요. 그래서 또 어떻게 설명을?" 웃음이 터지려는 것을 꾹 참고 레이토는 물었다.

"작곡한 사람이 죽은 형이라고 얘기했어. 옛날에 형이 수없이 피아노로 들려준, 말하자면 추억의 노래라고 했지. 오랜만에 들어보려고 형의 유품을 뒤져봤는데 녹음 테이프도 음악 소프트도 남아 있는 게 없었다, 더구나 악보도 없었다, 완전 속수무책이다, 라고 말했어."

"너무 좋은데요. 설명을 정말 잘하셨어요."

"그래서 어떻게 됐어?" 유미가 재우쳐 물었다.

"그제야 하야마도 문제가 복잡하다는 것을 이해한 모양이야. 그런 일이라면 자신의 지인 중에 마침 적임자가 있다고 했어. 웬만큼 긴 곡이라도 한번 들으면 그 자리에서 키보드로 연주하고, 그뿐만 아니라 아주 음치인 사람이 노래를 부르더라도 그걸로 원래의 올바른 악보를 유추해낼 수 있는 사람이라는 거야."

"와아, 그런 사람이 다 있어요?"

"그 말이 사실이라면 아닌 게 아니라 적임자라고 생각했지. 당장 소개해달라고 해서 내가 직접 찾아갔어. 그 여자의 집이 기치죠지에 있어."

앗 하고 레이토는 입을 헤벌린 채 유미 앞에 놓인 스마트폰으로 시선을 돌렸다. 유미도 손끝으로 스마트폰을 짚으면서 "여기 이 여자?"라고 물었다.

"그래."

사지에 의하면 그 여자의 이름은 오카자키 미나코, 평소에는 피아노 강사나 음악 관련 프리라이터로 일하고 있다고 한다.

"이제 알겠어? 네가 의심한 것도 이해는 되지만, 꺼림칙한 일은 전혀 없었어. 정 의심스럽다면 삼자대면을 해도 돼." 사지가 유미에게 말했다.

"알았어. 미안해, 아빠."

"그나저나 내가 그 여자의 맨션에 간 것을 어떻게 알아냈어?" 사지는 당연한 의문을 딸에게 던졌다.

"그건 이따 집에 가서 얘기할게." 유미가 민망한 기색으로 대답했다.

"아무래도 나 모르게 이래저래 못된 짓을 꾸몄던 모양이네." 사지는 빙그레 웃었다.

"그래서 어떻게 됐어요?" 레이토는 그다음 얘기가 궁금했다. "그 오카자키 씨라는 분이 도와줘서 아까 그 피아노 연주를 만들어낸 건가요?"

"간단히 말하자면 그렇지. 하지만 실제로는 그리 간단한 일이 아니었어. 아주 파란만장했으니까. 아니, 과거형으로 얘기하는 건 너무 이른가."

"자세히 좀 얘기해주세요."

"그 고생담을? 들어봤자 별 재미도 없을 텐데."

"듣고 싶어, 나도." 유미가 강한 어조로 말했다.

"그래?" 사지는 손목시계를 흘끔 들여다보았다. "그렇게까지 말한다면야 내친 김에 얘기해둘까."

입 안을 적시고 싶었는지 사지가 찻잔을 집어들었다. 하지만 잔이 빈 것 같았다. 레이토는 급히 주전자에 손을 내밀었다.

새로 내려준 차를 마시고 잠시 기지개를 켠 다음에 사지는 다시 이야기를 시작했다.

　오카자키 미나코는 자그마한 몸집에 화사한 분위기를 가진 여자였다. 40대 후반이라는데 전혀 그렇게는 보이지 않았다.

　"하야마 씨 얘기를 듣고 정말 멋있다고 생각했어요." 오카자키 미나코는 등을 세우고 눈빛을 반짝이며 말했다. "형님이 작곡한 노래를 지금도 또렷하게 기억한다니, 대단하세요."

　"아니, 또렷하게는 아니고 그냥 좀." 사지 도시아키는 머리를 긁적였다. "군데군데 대충 외운 것이라서."

　"그래도 괜찮으니까 일단 한번 들려주세요."

　"그렇습니까. 자, 그러면……." 도시아키는 몇 번 헛기침을 하고 자세를 바로잡았다.

　실은 바로 그 전날 밤, 월향신사에서 수념을 하고 온 참이었다. 하야마의 얘기를 듣고 그 선율을 좀 더 확실하게 외워둘 생각으로 야나기사와 치후네에게 연락했던 것이다. 밀초도 2시간용으로 주문했었다.

　전날 밤의 수념으로 그나마 지금까지보다는 선율에 대한 기억이 분명해졌다. 하지만 완벽하다고 하기는 어려웠다. 그래봤자 아직 세 번밖에 못 들은 것이다.

　남 앞에서 콧노래를 부르다니, 창피하기도 하고 적잖이 긴장했다. 게다가 오카자키 미나코와 하야마는 음악 전문가다. 하지만 여기서 노래하지 않고서는 아무것도 안 된다.

흠으흥 흐응, 하고 콧노래를 부르기 시작했다. 민망해서 온몸이 달아올랐다. 게다가 음정이 불안한 것이 스스로도 느껴졌다. 얼굴이 화끈거려서 일단 노래를 멈췄다.

"미안합니다, 어째 제대로 나오지를 않아서. 이것 참, 어렵네요."

"아뇨, 걱정 마시고 조금만 더 이어서 불러주세요." 오카자키 미나코가 진지한 얼굴로 말했다. 하야마는 옆에서 웃고 있었지만 놀리려는 건 아닌 모양이다.

예, 라고 대답하고 도시아키는 다시 콧노래를 시작했다. 노래를 하면서 아니, 이게 아닌데, 어딘가 좀 다른데, 하고 초조했다. 정말로 맞게 부르는 건지, 자신감을 가질 수 없었다.

기억에 남은 부분만 한 차례 부른 뒤, 도시아키는 고개를 갸웃거리며 이마를 긁적였다.

"이래서는 안 되겠네요, 집에서 좀 더 연습을 하고 와야지."

하지만 오카자키 미나코는 도시아키의 말에는 응하지 않고 "곡조는 어떤 느낌이었어요?"라고 물었다.

"곡조? 글쎄요, 어떻게 말해야 할지……."

"사지가 느낀 대로 얘기하면 돼. 트로트 느낌이었다든가 민요 같은 느낌이었다든가." 하야마가 옆에서 설명해주었다. "아니면 발랄하고 화사한 느낌이었는지, 반대로 음울한 분위기였는지."

"그런 거라면, 조용한 느낌이라고 할까……."

"조용한 느낌이라면, 발라드 같은?"

"발라드라니?"

"템포가 느리고 차분한 분위기였느냐는 거야."

"응, 그거야. 조용히 앉아서 듣고 싶은 느낌."

오카자키 미나코가 말없이 자리에서 일어섰다. 벽 쪽에 놓인 전자 피아노 앞에 앉아 건반 뚜껑을 열더니 천천히 치기 시작했다.

놀라웠다. 방 안에 울리는 멜로디는 도시아키의 서툴기 짝이 없는 콧노래를 정확히 재현한 것이었다. 게다가 음정이 불안했던 부분이 적절히 고쳐져서 나름대로 노래답게 들렸다.

"이런 느낌인가요?" 도시아키 쪽을 돌아보며 오카자키 미나코가 물었다.

"대단하시네요. 딱 한 번 들은 것뿐인데."

"아니, 그보다 어때?" 하야마가 물었다. "형님이 작곡한 노래하고 비슷해?"

흐음, 하고 도시아키는 팔짱을 꼈다.

"비슷한 것 같기도 하고 다른 깃 같기도 히고……."

"어디가 어떻게 다르지요? 다시 한번 쳐볼게요." 오카자키 미나코가 피아노 쪽으로 몸을 돌리고 건반을 두드렸다.

연주가 끝나자 "어때요?"라고 재차 물었다.

도시아키는 입가를 구부리고 연신 고개를 갸웃거렸다.

"그런 느낌의 노래이긴 한데, 약간 달라요. 이거, 말로는 설명을 못하겠네. 미안합니다. 내가 문제예요, 콧노래가 워낙 서툴러서. 역시 좀 더 연습하고 와야겠어요."

"연습을 하면 다음에는 잘할 수 있겠어?" 하야마가 미심쩍다는 눈빛을 던졌다.

"그건 모르겠지만, 연습을 안 하는 것보다는 낫겠지."

"혹시 뭐든 악기를 배워두신 게 있을까요?" 오카자키 미나코가 원래 자리로 돌아와 말했다.

"아뇨, 없어요. 부끄러운 얘기지만 나는 형님과는 달리 그런 쪽으로는 전혀 소질이 없어서." 도시아키는 얼굴 앞에서 손을 저었다.

"그러면 이렇게 해볼까요? 콧노래를 녹음하는 거예요. 그걸 사지 씨가 들어보고 이게 아니다 싶으면 다시 불러서 녹음을 해. 그렇게 여러 번 반복해서 이걸로 틀림없다고 생각되는 게 만들어졌을 때 저한테 가져오시면 좋겠는데."

오카자키 미나코의 제안은 합리적이고 체계적이었다. 문제는 도시아키 자신이 과연 할 수 있느냐는 것이었다.

"글쎄요, 자신이 없는데."

"일단 한번 해보세요. 그걸 듣고 저도 판단을 해볼 테니까요."

"알겠습니다. 해보겠습니다."

2주일 뒤에 다시 방문하기로 약속하고 도시아키는 하야마와 함께 자리를 떴다. 맨션을 나서자 하야마에게 고맙다는 인사를 건넸다.

잘되면 좋겠다, 라고 예전의 동급생은 말했다.

"완성되면 나한테도 얘기해줘. 나도 들어보고 싶으니까. 어쩐지 명곡인 듯한 느낌이 들어."

"그런 콧노래로도 알 수 있어?"

"알지. 음정이 시원찮았는데도 뭔가 가슴에 와닿는 게 있었어. 명곡이라는 증거야."

음치라는 얘기였지만, 오히려 형 기쿠오에 대한 칭찬인 것 같아서 흐뭇했다. 그렇다면 다행이지, 라고 대답해뒀다.

다음 날, 녹음기를 구입해 즉각 콧노래의 녹음에 들어갔다. 아내와 유미에게는 들키고 싶지 않아서 이른 아침, 직원들이 출근하기 전에 건축사무소 사무실에서 몰래 녹음하기로 했다.

그런데 막상 해보니 예상했던 대로 좀체 잘되지 않았다. 기억에 있는 그대로 해봤는데도 재생해서 들어보면 뭔가 다른 것이다. 더군다나 고약한 것은 어디가 어떻게 다른지 스스로도 알 수가 없다는 점이었다. 그러니 고쳐볼 방도가 없다. 하지만 다르다는 것만은 분명하게 알 수 있었다.

눈 깜짝할 사이에 2주일이 지나갔다. 도시아키는 결국 납득하지 못한 채 녹음기를 들고 오카자키 미나코의 맨션에 갔다.

녹음을 들어보더니 그녀는 즉시 피아노를 마주하고 연주를 시작했다. 마치 전부터 알고 있던 곡처럼 손가락의 움직

임이 부드러웠다. 방 안에 흐르는 소리는 도저히 도시아키가
들고 온 녹음기를 바탕으로 한 것이라고는 생각할 수 없을 만
큼 세련되고 완성도가 높았다. 연주가 끝나자 저도 모르게
박수를 칠 뻔했다.

어떻습니까, 라고 오카자키 미나코가 물었다.

"훌륭해요. 홀린 듯이 들었습니다."

"형님의 곡과 조금 더 비슷해졌어요?"

"형의 곡에? 아, 그건 상당히 비슷해졌다고 할까……." 도
시아키는 말끝을 어물거렸다.

"그렇다면 역시 다르군요. 솔직하게 말해주셔야 해요."

"아, 그렇습니다. 역시 미묘하게 차이가 있어요. 하지만 그건
내 콧노래가 형편없는 탓이지 오카자키 씨 잘못이 아닙니다.
좀 더 연습해서 다음에는 꼭 완벽한 것을 들고 오겠습니다."

그러자 오카자키 미나코는 녹음기를 손에 들고 다시 한번
재생을 시작했다. 작은 기계에서 도시아키의 콧노래가 들려
왔다. 귀를 기울이면서 그녀는 연신 고개를 갸웃거리고 있
었다.

도시아키는 앉아 있기가 거북해졌다. 저도 모르게 "미안합
니다, 너무 서툴러서"라는 말이 튀어나왔다.

사지 씨, 라고 오카자키 미나코가 이쪽으로 얼굴을 돌렸
다. "이게 전부 다예요?"

"그건 무슨 말씀이신지……."

"지난번에도 느꼈던 것인데 곡의 구성이 부자연스러워요. 갑작스럽게 중간부터 시작한 느낌이에요. 콧노래를 정확히 녹음해서 들어보면 이해가 될 줄 알았는데 역시 똑같은 느낌이네요. 그래서 곡이 이게 전부 다인지, 혹시 빠뜨린 부분은 없는지, 여쭤본 거예요."

도시아키는 놀랐다. 역시나 전문가는 다르다고 혀를 내둘렀다.

그녀의 지적은 정곡을 찌르는 것이었다. 아닌 게 아니라 도시아키의 콧노래는 원곡의 중간부터 시작하는 것이었다. 수 념 때마다 매번 곡의 첫 부분을 놓쳐버리기 때문이다.

정확한 말씀입니다, 라고 도시아키는 대답했다.

"실은 중간쯤부터 부른 거예요. 첫 부분을 제대로 못 들어서……."

"그랬군요. 어떻게 할까요, 이대로 곡으로 완성시킬까요? 제가 전주 부분을 만들어서 넣어도 되는데 그렇게 하면 원곡의 분위기가 상당히 달라져버릴 수도 있어요."

"아뇨, 조금 더 노력해보겠습니다. 다음에 올 때는 첫 부분부터 녹음해올 테니까요."

도시아키의 말에 오카자키 미나코는 의아한 듯 미간을 좁혔다.

"하지만 첫 부분은 못 들었다고 하셨지요? 그건 아무리 노력해도 생각나지 않을 텐데요?"

"그건 그렇지만……."

그녀의 의문은 당연한 것이었다. 열심히 노력해서 생각날 일이라면 진즉에 그렇게 했어야 하는 것이다.

"사실은 이게 얘기가 좀 다릅니다."

"다르다고요?" 오카자키 미나코가 고개를 갸우뚱했다. "뭐가 어떻게 다른데요?"

"사정이, 네, 사정이 다릅니다. 하야마에게 얘기했던 것과는 사실 조금……아니, 크게 달라요. 하지만 사실대로 말해도 믿어주지 않을 것 같아서 그만."

"형님이 만드신 곡을 재현하고 싶다, 라는 게 거짓말이었어요?" 오카자키 미나코의 표정이 약간 팽팽해졌다.

"아뇨, 그건 정말입니다. 옛날에 형이 연주했던 것을 들었고 그걸 지금도 기억하고 있다, 라는 얘기가 사실이 아니지요. 실제로 들은 건 최근이에요. 단, 테이프라든가 CD에 녹음된 것을 들은 것은 아니고요."

"그러면 형님이 직접 연주하는 것을 들었다는 건가요? 하지만 한참 전에 돌아가셨다면서요? 그것도 거짓말이에요?"

"아니, 형은 진즉에 돌아가셨어요. 그리고 녹음해둔 것도 없어요. 그런데 어떻게 그 곡을 들었느냐고 이상하게 생각하겠지만, 그런 방법이 있었어요. 다만 그게 너무 기상천외한 얘기라서 설명하기가 어렵고……."

오카자키 미나코가 의아하다는 얼굴을 했다.

"그런 식으로 말씀하시면 점점 더 궁금해지는데요?"

"그렇겠지요. 반대 입장이었다면 나도 그렇게 생각했을 거예요. 네, 그러면 우선 그 얘기를 하겠습니다. 도저히 믿을 수 없는 얘기겠지만……."

"네, 정말 듣고 싶군요."

"다만 다른 사람에게는 비밀로 해주셔야 합니다. 함부로 남에게 발설하면 안 된다는 규칙이 있어서요."

"뭐죠, 그게? 이건 더더욱 안 들을 수가 없네요. 네, 알겠습니다. 비밀 엄수, 약속합니다." 오카자키 미나코는 앉음새를 바로잡았다. 눈에는 호기심이 반짝거리고 있었다.

실은, 이라고 도시아키는 무거운 입을 열었다. 형이 기묘한 편지를 어머니에게 남겼다, 그 편지를 바탕으로 월향신사 녹나무를 찾아갔다, 그리고 녹나무 파수꾼이라는 노부인에게서 놀랄 만한 얘기를 듣고 도시아키가 직접 수념을 하게 되었다, 그 수념으로 형이 만든 곡이 내 머릿속으로 흘러왔다……

너무도 기상천외한 얘기였기 때문에 오카자키 미나코의 얼굴을 똑바로 쳐다보지 못하고 내내 고개를 숙인 채 말했다. 어떻게든 알아듣게 얘기해야 한다는 마음에 도시아키의 말투는 점점 더 열기를 더해갔다. 중간에 몇 번이나 침이 튀었다.

얘기를 끝내고 입가를 손등으로 닦으며 머뭇머뭇 고개를

들었다.

오카자키 미나코는 도시아키와 시선이 마주치자 몇 번이나 눈을 끔뻑거렸다. "신기한 얘기네요." 이윽고 차분한 톤으로 그렇게 말했다.

"미안합니다, 역시 믿지 못하겠지요. 정신 나간 아저씨가 망상에 빠졌거나 환청을 들었거나, 아마 그렇게 생각할 거예요. 나 역시 처음 그 얘기를 들었을 때는 반신반의라기보다 아예 믿지 않았어요. 하지만 녹나무 안에 들어갔더니 정말로⋯⋯." 거기까지 이야기한 참에 도시아키는 말을 멈췄다. 오카자키 미나코가 제지하듯이 오른손을 내밀었기 때문이다.

"신기한 얘기라고 했지, 믿지 못하겠다고는 하지 않았는데요."

사지는 양 무릎에 손을 얹고 몸을 내밀었다. "믿어지십니까?"

"사지 씨가 거짓말을 하리라고는 생각하지 않아요. 어쩌면 망상이나 환청일 수도 있겠지만, 그건 저와는 관계가 없습니다. 사지 씨가 머릿속에서 형님의 곡을 들었다고 하신다면 저는 그걸로 충분하니까요. 그 곡을 형태화하는 작업을 도와드리고 싶을 뿐이에요."

"그렇게 말해주시니 한결 마음이 놓입니다. 솔직하게 털어놓기를 잘했네요."

"사실대로 얘기해주셔서 저도 다행이에요. 그러면 사지

씨, 곡의 전주 부분도 언젠가는 콧노래로 불러주시는 것으로 생각해도 되겠지요?"

"그래요, 열심히 해보겠습니다."

"네에, 기다릴게요." 그렇게 말한 뒤에 오카자키 미나코는 잠시 생각에 잠긴 표정이 되었다.

"왜 그러십니까?" 도시아키가 물었다.

"방금 생각난 건데요. 수념이라고 했던가요? 그걸 하실 때 녹음기를 가져가면 어떨까요?"

"수념을 할 때?" 도시아키는 테이블에 놓인 녹음기로 시선을 돌렸다. "가져가서 어떻게 하면 되지요?"

"머릿속에 곡이 흐르기 시작하면 거기에 맞춰서 콧노래를 부르고 그 즉시 녹음을 하는 거예요. 그러는 게 리듬이나 음정이 훨씬 더 안정되고, 나중에야 기억을 더듬느라 고생하지 않아도 될 것 같아요."

"그렇군요. 그건 미처 생각을 못했네."

"해보시겠어요?"

"예, 해봐야지요. 귀숭한 충고, 고맙습니다."

맨션을 나오자마자 곧바로 야나기사와 치후네에게 연락해 다음 수념 날짜를 예약했다. 보름날 밤과 그다음 날 밤을 확보할 수 있었다.

"연달아서 오시는군요. 앞으로도 다달이 다녀가실 예정인가요?" 보름날 밤, 야나기사와 치후네가 도시아키에게 물었다.

"네, 그럴 만한 사정이 있어서요. 이게 설명하기가 상당히 어렵지만⋯⋯."

야나기사와 치후네는 짧게 고개를 저었다.

"설명 같은 건 안 하셔도 됩니다. 자주 찾아오시는 경우가 그리 드문 것도 아니에요. 자, 그럼 편한 마음으로 해주십시오." 호기심 따위, 털끝만큼도 보이지 않는 말투였다.

녹나무 안에 들어가 밀초에 불을 붙이자 도시아키는 녹음기를 꺼내 스위치를 켰다. 눈꺼풀을 감고 기쿠오에 대한 생각으로 마음을 집중했다.

지금까지와 마찬가지로 형의 간절한 심경이 밀려왔다. 도시아키는 그것을 흘려 넘기고 평소의 연주곡이 울려오기를 기다렸다.

이윽고 작은 소리의 선율이 암흑 밑바닥에서 기어오르는 것처럼 흘러왔다. 지금까지의 수념에서는 놓쳤던 전주 부분이었다. 웅숭깊고 기품 있는 멜로디다. 이런 아름다운 음색을 못 듣고 놓쳤었는가 하고 자신의 주의력 부족이 어이없을 정도였다.

흠칫했다. 음색에 취해 있을 때가 아니다. 콧노래로 따라 불러서 녹음해야 하는 것이다. 하지만 처음으로 알아들은 멜로디를 정확히 노래한다는 건 어려운 일이었다.

그다음 날 밤에도 마찬가지로 콧노래의 녹음에 뛰어들었

다. 이번에는 그나마 약간 나아졌지만 완벽한 것과는 아직 거리가 멀었다. 그래도 며칠 뒤 녹음기를 들고 오카자키 미나코를 만나러 갔다.

녹음된 노래를 듣고 그녀는 이제야 알겠다는 듯이 눈을 반짝였다.

"이런 거였군요. 드디어 이해가 되네요. 제가 생각했던 그대로예요. 이런 전주 부분이 있어야 비로소 성립되는 곡이었어요."

"뭔가 감이 잡혔어요? 내가 불렀지만 참으로 엉성하기 짝이 없는 콧소리라서 죄송했는데."

"아닌 게 아니라 좀 더 세세한 부분까지 파악했더라면 하는 아쉬움이 있어요. 그러니까 앞으로는 이렇게 해볼까요? 사지 씨는 계속해서 녹나무 안에서 콧노래를 녹음해주시고 그때마다 저한테 가져오시는 거예요. 저는 그걸 참고로 악보로 옮겨서 사지 씨에게 들려드리기로 하죠. 만나는 건…… 대략 2주일에 한 번 정도?"

오카자키 미나코의 제안을 듣고 도시아키는 눈이 둥그레졌다.

"그렇게 진행할 수만 있다면야 더할 나위 없이 좋지요. 하지만 괜찮겠어요? 오카자키 씨도 일이 있으신데 그렇게까지 이쪽 일을 봐줘도 되는지……."

"제가 하고 싶어서 그래요. 돌아가신 분이 만든 곡을 음원이나 악보가 전혀 없는데도 재현하다니, 이런 신기한 체험은 앞으로 두 번 다시 못할 테니까요."

"그렇게까지 말씀해주시니 마음이 든든합니다."

"그럼 그렇게 하는 것으로, 괜찮지요?"

"물론입니다. 잘 부탁드립니다." 도시아키는 자리에서 일어나 깊숙이 머리를 숙였다

그날 이후로 도시아키는 대략 2주일 간격으로 오카자키 미나코의 맨션에 드나들었다. 보름날 밤에 수념해서 콧노래를 녹음하고 그다음 날에 가져다준다. 그리고 약 2주일 뒤에 다시 맨션에 가서 오카자키의 연주를 듣고 느낌이나 의견을 주고받는 것이다.

이윽고 본격적인 녹음을 위해 스튜디오를 이용하기로 했다. 오카자키 미나코가 자주 다니는 스튜디오가 시부야에 있어서 그때부터는 거기서 만나기로 했다.

오카자키 미나코가 연주해주는 곡은 들을 때마다 완성도가 높아지는 것 같았다. 음악에는 아마추어인 도시아키도 그것만은 알 수 있었다.

"하지만 아직 아니야." 사지는 무선 스피커에 손을 얹으며 말했다. "꽤 비슷해지기는 했어. 이제 한 걸음만 더 가면 돼. 그런데 그 한 걸음이 오래 걸리고 있어. 곡이라는 게 멜로디뿐만 아니라 베이스라든가 코드라는 것도 있더라고. 찬찬히

들어보면 분명 그런 것도 귀에 들어와. 근데 아무리 해봐도 그게 콧노래로 불러지지를 않아. 어디가 어떻게 다른지 확실하게 알아내려고 오늘 밤에는 이런 것까지 가져와 비교해가며 들어봤는데 역시 잘 안 됐어. 콧노래도 녹나무 안에서 되풀이해서 연습해봤지만 소용없었어."

"그리고 보니 이 곡을 틀어놓는 것과 콧노래 부르는 것을 번갈아가며 하셨지요?"

응, 하고 고개를 끄덕이다가 사지는 의아한 얼굴로 레이토를 바라보았다. "그걸 어떻게 알았어? 그러고 보니 아까 유미가 갖고 있었던 그 기계는 뭐냐?"

"아빠, 그것도 내가 나중에 얘기할게." 유미가 말했다.

"허참, 너라는 녀석은 옛날부터 진짜……." 사지는 투덜투덜하면서 스피커를 종이가방에 챙겨 넣고 딸 쪽을 보았다. "내일 오후에 오카자키 씨를 만날 예정이야. 유미 너도 갈래?"

"응, 갈래." 유미가 즉각 답했다.

사지는 나갈 채비를 끝내고 자리에서 일어섰다. "내일 밤도 올 거야. 잘 부탁해."

"네, 준비하고 기다리겠습니다." 레이토는 머리를 숙였다.

도시아키는 딸과 함께 종무소를 나서서 나란히 경내를 걸어갔다. 두 사람의 대화가 들려왔다.

"그나저나 유미, 여기까지 어떻게 왔어?"

"회사 트럭으로."

"뭐라고? 그거 마음대로 타지 말라고 했지!"

"아빠도 회사 차 타고 다니잖아."

"난 사장이야."

"난 사장 따님이지."

"따님? 얘가 웃기고 있네."

온화한 대화 소리가 멀어져가고 이윽고 들리지 않게 된 참에 레이토는 종무소로 들어왔다.

어느샌가 가슴속이 따듯해진 것을 깨달았다. 아버지와 딸의 관계가 회복되었기 때문일까. 아니면 먼저 떠난 형님에 대한 사지 씨의 마음에 감명을 받았기 때문일까.

그나저나 녹나무의 힘은 대단하구나, 기념이란 참 멋진 것이구나, 라고 생각했다. 그게 어떤 것인지 어렴풋이 알아가던 참이었지만, 그렇게까지 대단한 것이라고는 상상도 못했다. 말로 표현할 수 없는 복잡한 감정이며 머릿속에서 만들어낸 음악까지도 전할 수 있다니, 그야말로 상상을 훌쩍 뛰어넘는 것이다.

새삼스럽게 이 역할이, 녹나무 파수꾼이라는 이 일이 얼마나 중대한 것인지 깨달았다. 나아가 이런 일을 맡겨준 치후네에게 진심으로 감사했다.

24

다음 날 오후, 레이토가 신전에서 양반다리를 틀고 앉아 낡은 방울을 닦고 있는데 치후네가 나와서 들여다보고는 눈이 둥그레졌다. "그걸 용케도 떼어냈네?"

"종무소 뒤꼍에 사다리가 있었어요. 이 방울, 때도 탔고 소리가 별로여서 싹싹 닦아주면 그나마 소리가 좋아질 것 같아서요."

치후네는 방울과 레이토의 얼굴을 견줘보듯이 시선이 오르내렸다. "그쪽도 조금쯤은 이곳에 애착이 생기기 시작한 모양이군요."

"이곳이라기보다 저 녹나무에, 라고나 할까요?"

"아무튼 좋은 일이에요. 역시 오늘 가져오기를 잘했군요."
치후네는 어깨에 걸고 있던 토트백을 가볍게 두드렸다.

"뭘 가져왔는데요?"

"가져오셨습니까."

"예?"

"뭘 가져왔는데요, 가 아니라 뭘 가져오셨습니까. 잠깐만 빈틈을 보이면 금세 말이 짧아지는군요. 조심하세요."

레이토는 턱을 쓱 내밀듯이 끄덕였다. "죄송합니다."

"방울을 다 닦고 나면 뭘 가져왔는지 알려드리지요. 나는 종무소에 가 있을 테니까 끝나는 대로 그쪽으로 오도록 하세요." 치후네는 빙글 등을 돌려 걸음을 뗐다.

방울을 닦아 원래 있던 자리에 매달고 사다리를 정리한 뒤에 종무소로 돌아갔다. 치후네는 수첩을 손에 들고 차를 마시고 있었지만 레이토를 보더니 당황한 기색으로 수첩을 덮어 가방 속에 넣었다.

"방울 손질은 끝났나요?"

"네, 그럭저럭."

"수고했어요." 치후네는 토트백에서 낡고 두툼한 노트를 꺼내 테이블에 내려놓았다. "내가 가져온 것입니다."

"좀 봐도 돼요?"

"물론이지요. 그러려고 가져왔으니까요."

레이토는 노트를 손에 들었다. 표지에 붓글씨로 '녹나무 파수꾼-준수사항'이라고 적혀 있었다. 넘겨보니 첫 장에는 '염원은 타인의 삶, 언급해서도 언급하게 해서도 안 되느니라'

라고 기재되어 있었다. 다시 한 장을 넘기자 '제1장 기념 희망자에의 대응 시 준수사항'이라는 제목이 보이고 그 밑으로 구체적인 주의 항목이 열거되어 있었다.

"조금 전에, 그래봤자 2시간 전쯤인데 사지 씨에게서 전화가 왔어요. 소소한 문의 전화였지만, 그 참에 어젯밤에 있었던 일을 들려주시더군요. 이번에 기념을 하게 된 연유에 대해 레이토에게 긴 얘기를 하셨다고 했습니다."

"아뇨, 그건 그러니까 이래저래 사정이 있어서." 레이토는 내심 초조해서 허둥거렸다. 혹시 유미와 결탁해 기념하는 장면을 도청한 것까지 들통이 난 것일까.

"사지 씨는, 딸이 레이토에게 무리한 부탁을 한 모양이라서 그걸 풀어가다 보니 자연스럽게 얘기를 하게 됐다고 하셨어요. 공연히 시시콜콜 파고드는 건 그리 바람직하지 않을 것 같아서 나도 더 이상은 여쭤보지 않았습니다. 그보다 나한테 중요한 것은 아무래도 레이토가 기념에 대해 차츰차츰 알아가고 있다는 점이지요. 사지 씨의 기념 이야기를 듣고 어떤 생각을 했시요?"

"그야 뭐, 대단하다고 할까, 진짜 대단하다고 할까, 엄청 대단하다고 할까, 진짜로 엄청나게 대단하다고 생각했죠."

치후네는 기가 막힌다는 듯이 미간을 좁히며 입 양끝을 쭉 늘어뜨렸다.

"뭡니까, 그게? 대단하다는 말 외에는 아는 단어가 없나요?"

죄송합니다, 라고 레이토는 자신의 머리에 손을 얹었다.

"하지만 진짜 놀라서 다른 단어가 떠오르지 않을 정도예요. 내가 직접 기념을 경험한 건 아니니까 아직 잘은 모르지만, 사람의 마음을 지배한다고 할까 압도한다고 할까, 아무튼 문답무용이라는 느낌이었어요."

"그렇지요. 문답무용입니다." 치후네는 만족스러운 듯 크게 고개를 끄덕였다. "머릿속에 떠오르는 것을 그대로 전하는 것이니까 언어에 의한 메시지와는 다르게 속일 수도 꾸밀 수도 없습니다. 예념한 사람의 진실한 마음이 그 형태 그대로 수념자에게 흘러듭니다. 따라서 이용하는 분들의 목적으로 가장 많은 것이 유언이에요. 유언장만으로는 충분히 표현할 수 없는 복잡하고 막연한 마음을 정확하게 전할 수 있으니까요. 야나기사와 가와 인연이 깊은 명문가 중에 당주의 이념이나 신념, 사명감을 후계자에게 전승하기 위해 녹나무의 능력을 이용하시는 댁이 적지 않습니다."

"아, 그러고 보니……."

레이토의 머릿속에 오바 소키의 얼굴이 떠올랐다.

"당주들의 가장 큰 바람은 집안이 대대로 이어지고 또한 번창하는 것이지요. 수념을 하는 후계자는 그 마음을 받아들여 실현할 수 있도록 노력합니다. 전임자의 꿈이 후임자에 의해 이루어지는 일도 많지 않습니까? 녹나무에 소원을 빌면 이루어진다는 것은 실은 그런 의미가 있는 거예요."

"아, 그렇군요." 레이토는 손바닥을 따악 쳤다.

"그런데 어느샌가 그 부분만 뚝 떨어져 저 혼자 돌아다니다가 파워스폿 취급을 당하게 된 것이지요. 하긴 그 덕분에 안성맞춤의 카무플라주가 되었어요. 소원을 빌면 이루어지는 신비한 녹나무, 라는 얘기를 실제로 믿는 사람은 없을 테니까요."

"정말 녹나무의 진짜 능력이 세상에 알려지면 난리가 날 거예요."

"그렇기 때문에 더더욱 야나기사와 가의 책임이 막중합니다. 이념이나 신념을 전할 수 있다고 했지만 염원이란 반드시 청정한 것만 있는 게 아닙니다. 의념(疑念), 괘념(掛念), 집념, 그리고 무념(無念)처럼 예념자가 품은 다양한 감정들도 포함됩니다. 그뿐만 아니라 잡념이나 사념도 녹나무는 고스란히 전하는 경우가 있어요. 예전에는 미워하는 사람의 죽음을 염원했던 일도 많았다더군요. 그건 다시 말하면 복수를 해달라, 라는 명령이기도 합니다."

그런 얘기를 누군가와 나눈 적이 있었는데, 라고 레이토는 생각했다. 잠시 기억을 더듬어보니 동네 목욕탕에서 이이쿠라 노인과 얘기했었다는 게 생각났다.

즉 그 노트는, 이라고 치후네가 레이토의 손맡을 보며 말했다.

"녹나무 파수꾼으로서 최선의 역할을 할 수 있도록 그 예법이며 마음가짐을 정리한 것입니다. 이른바 매뉴얼이지요. 대대로 전해 내려온 것에 내가 가필을 했습니다. 틈날 때마다 읽어두도록 하세요. 잘 모르는 부분이 있다면 물어봐도 좋아요."

지금까지는 아무것도 가르쳐주지 않았지만 이제부터는 달라질 모양이다.

"그럼 지금 바로, 한 가지 물어봐도 돼요?"

"그 노트를 제대로 읽어보지도 않고 벌써부터 질문인가요? 좋아요. 무엇이지요?"

"수념에 대한 건데요, 누구나 다 잘되는 건 아닌 것 같더라고요. 녹나무 안에 들어가 예념을 해준 사람을 열심히 생각해도 아무것도 감지하지 못하는 일도 있어요?"

치후네는 흐늘흐늘 고개를 위아래로 끄덕였다.

"그런 경우가 있습니다. 드문 일이 아니에요. 이를테면 혈연관계라고 해도 너무 먼 친척일 때는 수념이 어려워져요. 가능하면 3촌 이내, 4촌이면 아슬아슬하고 5촌까지 멀어지면 가능성이 희박하지요. 그리고 근친이라도 예념자와의 관계가 소원했을 경우, 염원이 전해지지 않는 일이 있습니다. 그 밖에도 다양한 요인이 있는 모양이라서 수념을 못했으니 돈을 돌려달라고 하는 일이 드물게나마 있습니다."

그야말로 오바 소키가 현재 직면한 상황이다. 레이토는 몸을 내밀며 다시 물었다.

"그런 사람들은 그다음에 어떻게 해요? 그걸로 그냥 끝? 아니면 몇 번씩이고 도전하는 사람도 있어요?"

"물론 있지요. 수념하지 못한 원인이 명확하지 않은 경우에는 특히 더 그렇습니다. 차마 포기하지 못하고 보름날마다 찾아오는 사람도 있어요."

"그래도 수념을 못하면 어떻게 해요?"

"사람에 따라 다르지요. 곧바로 포기하는 사람도 있고 오래 끄는 사람도 있어요."

"그래도 대략적인 기준 같은 건 있잖아요? 이를테면 다섯 번을 해봤는데도 안 되면 그때는 깨끗이 포기한다든가. 혹시 그런 규정이 있다면 알려주는 게 본인을 위해서도 좋을 것 같은데요."

"그런 걸 두고 오지랖이 넓다고 하지요. 녹나무 파수꾼은 기념자에 대해 이래라저래라 말할 입장이 아니에요." 나무라듯이 말한 뒤에 치후네는 냉철한 얼굴이 되어 레이토에게 탐색하는 눈빛을 던졌다. "왜 그런 걸 물어보는 건가요?"

"그건 그러니까, 내 나름대로 이레지래 생각해보다가⋯⋯." 웅얼웅얼 말끝을 흐렸다.

"뭡니까, 그 애매한 말투. 하고 싶은 말이 있다면 분명하게 말하도록 하세요."

"아뇨, 내가 하고 싶은 말이 아니고, 나한테 누가 그런 상담을 하더라고요."

"상담? 누가? 어떤 것을?" 치후네가 연속으로 질문을 날렸다.

"그게 실은⋯⋯." 별수 없이 오바 소키가 상담했던 것을 털어놓았다.

치후네는 짐작되는 게 있다는 표정이었다.

"오바 소키 씨가 그런 얘기를⋯⋯. 그러고 보니 내일 밤에도 기념을 예약했지요? 지난번에 잘 안 풀렸나 했더니만."

"소키 씨는 이미 포기한 상태여서 중단할 이유를 찾고 있는 것 같던데요."

"그렇습니까. 하지만 몇 번이나 말했듯이 우리 쪽에서는 어떤 얘기도 할 수 없어요. 기념을 신청하는 한, 응해드리는 것뿐이지요."

"역시 그렇지요? 좀 딱하긴 하지만, 별 뾰족한 수가 없겠네요."

"후계자 문제는 여기저기 어디나 힘든 것 같더군요. 명문가나 큰 조직일 때는 더욱더 어려워져요. 나야 이제 곧 밀려날 사람이니 관계없지만." 치후네는 그녀답지 않게 내던지는 듯한 투로 말했다.

"밀려나다니, 무슨 말이에요?"

"다음 임원회의에서 고문직을 퇴임해달라는 말이 나올 거예요. 그 뒤의 이사회나 내년 봄 주주총회 때 결의를 할 테니까 그때 정식으로 면직입니다."

"왜요? 야나기사와 그룹에는 아직 치후네 씨의 능력이 필요하잖아요."

레이토의 말에 치후네는 허를 찔린 듯 몇 번인가 눈을 끔뻑거렸다.

"뜻밖의 말을 하는군요. 그쪽이 야나기사와 그룹에 대해 얼마나 안다고?"

"그건 그러니까, 잘은 모르지만, 시부야의 호텔에서……."

"시부야? '야나쓰 호텔 시부야' 얘기인가요. 그곳에 뭔가 있었나요?"

"호텔 방에 있던 팸플릿을 봤어요. 사장님 인사 같은 게 적혀 있어서."

"아, 그거 말이군요. 그걸 읽어봤어요?"

"꽤 흥미로운 얘기가 적혀 있었어요."

"흐음, 그런가요……." 치후네는 생각에 잠긴 표정을 보였지만 곧바로 떨쳐버리듯이 입가를 누그러뜨렸다. "조직이란 끊임없이 신진대사가 필요합니다. 고문이나 상담역은 이제 시대에 맞지 않는 직힘이에요. 주주늘 역시 이해해주지 않지요. 그러니 내가 퇴임하는 건 괜찮아요. 다만 마음에 걸리는 것은 역시 '호텔 야나기사와' 건이지요."

"폐관하는 거예요?"

"나는 물러나더라도 그곳만은 지켜주고 싶었는데." 치후네는 오른손을 자신의 이마에 대고 먼 곳을 응시하는 눈빛이 되었다. 그러고는 갑자기 뭔가 생각난 듯 옆에 놓인 수첩을 펼치더니 펜으로 뭔가 써넣기 시작했다.

밤 10시가 지난 시각이다. 레이토가 종무소에 있는데 탁한 방울 소리가 들려왔다. 아무리 닦아도 역시 소리는 좋아지지 않을 모양이다.

종무소에서 나오자 사지와 유미가 나란히 서 있었다.

안녕하세요, 라고 레이토는 인사를 건넸다.

"이모님께 사정 얘기를 들었어요. 우선 유미 씨가 기념에 도전하기로 했다면서요."

"야나기사와 씨는 아무래도 어려울 거라고 하셨지만 뭐, 안 되더라도 일단 해보자."

레이토는 유미를 보았다. 그녀도 자신 없는 기색으로 겸연쩍은 듯 어깨를 움츠렸다.

셋이서 경내 가장자리를 향해 걸어가 녹나무 기념 입구 바로 앞에서 멈춰 섰다.

"그럼 다녀올게." 유미가 밀초 종이봉투를 손에 들고 온순한 얼굴로 말했다. "아빠 얘기로는 밀초에 불을 켜고 5분 안에 염원이 떠올랐다니까 나는 10분쯤 버텨보고 안 되면 돌아올 거야."

"알았어. 잘 다녀와."

정신 바짝 차리고, 라면서 사지도 딸에게 인사를 건넸다.

하지만 별로 기대하는 건 아닌지 목소리에 생기가 없었다.

사지가 치후네에게 했던 문의 전화는, 자기 대신 딸이 기념을 해도 되느냐는 것이었다. 긴요한 사정이 있어서 딸이 도전해봤으면 한다, 라고 말한 모양이었다.

치후네에게서 그 얘기를 듣자마자 딱 감이 왔다. 사지 기쿠오의 염원을 유미가 받을 수만 있다면 지난번에 얘기했던 선율 중에서 아버지 쪽은 판별하지 못했던 부분이 채워질지도 모른다고 생각했을 것이다. 유미는 음감에는 자신이 있다고 했었다.

"어떻게 될까. 역시 어렵겠지?" 사지는 바지 주머니에 두 손을 넣고 잘게 몸을 흔들면서 말했다.

"유미 씨는 큰아버지에 대해 아는 게 거의 없는데 그런 분을 머릿속에 떠올려보라는 건 좀 어려울 것 같긴 해요."

"일단 기쿠오 형님에 관한 것은 이것저것 얘기해줬어. 사진도 보여줬고."

예에, 라고 애매하게 대답하는 수밖에 없었다. 그 정도로 녹나무를 속일 수 있으리라고는 생각되지 않았다. 아마도 사지 본인도 반쯤은 포기하고 있을 터였다. 날씨가 추운데도 종무소 안에 들어가지 않고 이곳 기념 입구에서 기다리는 것이 그 증거였다. 유미가 금세 돌아올 거라고 예상한 것이다.

그리고 그 예상은 맞아떨어졌다. 잠시 뒤에 덤불숲 안쪽에서 유미가 나타났다.

"역시 안 돼. 전혀 떠오르는 게 없어." 유미는 흐린 표정으로 말했다. "촛불은 끄고 왔어."

"별수 없네. 자, 그럼 선수 교체." 그렇게 말하고 이번에는 사지가 덤불숲 안쪽으로 들어갔다.

레이토와 유미는 종무소에 가서 기다리기로 했다.

"오늘 시부야 스튜디오에서 오카자키 씨를 만났어." 코코아가 담긴 컵으로 두 손을 녹이면서 유미가 말했다.

"어떤 사람이었어?"

"정말 좋은 분이야. 예쁘고 착하고 재능이 풍부한 사람이었어. 아빠의 불륜녀라고 의심이나 하고, 진짜 미안해서 어쩔 줄을 모르겠더라." 유미가 진지한 얼굴로 말했다. 본심인 것이리라.

"악보 쪽은 어땠어?"

끄응 하고 유미는 신음했다.

"목적지가 바로 앞인데 난항을 거듭하는 느낌이랄까. 나는 이제 이 정도면 괜찮다, 충분히 좋은 곡이다, 라는 생각이 드는데 아빠가 듣기에는 아직도 뭔가 다르다는 거야. 미묘하게 음이 다른 부분이 있대. 그렇다면 어디가 어떻게 다른지 말해보라고 하면 그걸 말로 정확히 얘기할 수 없으니까 난감하다, 머릿속에서 울리는 곡을 말로 표현한다는 게 얼마나 어려운지 아느냐, 벌컥 화를 내는 거야. 미치겠다니까. 대체 이게 뭔지."

"사지 씨는 완벽한 것을 만들어내고 싶겠지, 원곡과 똑같이."

"잠깐 얘기를 들어보니까 아빠도 마음먹은 게 있었나봐."

"마음먹은 것이라니, 무슨 얘기야?"

"이 곡을 꼭 완성해서 할머니에게 들려드릴 거래. 원래 큰아버지가 할머니를 위해 만든 곡이니까. 실제로 피아노로 연주하면 할머니한테도 들려드릴 수 있잖아."

"근데 할머니는 인지증이잖아. 들어도 뭔지 모르는 거 아냐?"

"그래도 괜찮대. 아무튼 들려드리겠다는 거야. 게다가 이 곡이라면 지금의 어머니라도 분명 마음속에 가닿을 것이다, 그런 예감이 든다, 라고 했어. 그렇게까지 얘기하는데 나도 더 이상 반론을 할 수 없지. 아빠 속이 후련해질 때까지 마음껏 해보시죠, 라는 느낌."

"거참, 손이 많이 가는 일이네."

"진짜 번거로운 일을 시작한 것 같아. 하지만……." 유미는 고개를 갸우뚱하며 말을 이어갔다. "아빠를 약간 다시 보게 됐다고나 할까?"

가슴속에 환하게 불이 켜지는 듯한 한마디였다. 레이토는 저도 모르게 입을 다물고 빤히 바라보았다.

"그런 눈빛으로 쳐다보지 말아줄래?" 유미는 오른손으로 얼굴을 가렸다.

레이토는 그녀에게서 시선을 돌려 창문 너머로 하늘을 올려다보았다. 동그란 달이 뭔가를 축복하는 애드벌룬처럼 떠 있었다. 오늘 밤에는 구름도 걸리지 않았다.

25

오바 소키는 지난번과 마찬가지로 후쿠다와 함께 나타났다. 단 레이토를 향해 걸어오는 두 사람의 모습은 여전히 후쿠다 쪽이 소키를 억지로 끌고 오는 것처럼 보였다. 둘 다 표정이 시들했지만, 후쿠다에게는 아직도 진지함이 남아 있었다. 그에 비해 소키는 명백히 아무 의욕도 없는 얼굴이다. 검은 가죽코트 주머니에 두 손을 넣고 몸을 좌우로 흔들듯이 걸어오고 있었다.

어서 오십시오, 라고 레이토는 머리를 숙였다.

"예에, 지난달에도 왔었지만 이번에도 잘 부탁드립니다." 후쿠다가 말했다. 지난번에 레이토와 둘이 있을 때는 말투가 갑작스레 오만해졌었지만 어떻든 소키 앞에서는 정중한 말투를 써야 한다고 생각하는 모양이다.

"여기, 이거요." 레이토는 밀초가 든 종이봉투를 소키에게 내밀었다.

"밑져야 본전이니 일단 물어볼랍니다. 오늘 밤에는 제가 기념에 입회하는 것을 허락해주시면 안 될까요?" 후쿠다가 비굴한 웃음을 지으면서 말했다.

"죄송합니다만 그건 안 됩니다."

"그렇습니까." 후쿠다의 얼굴에서 그 즉시 웃음기가 사라졌다.

"그럼 안내해드리겠습니다." 레이토가 손전등을 켜고 발을 떼려고 했을 때였다.

"후쿠다 씨는 안 오셔도 돼요." 소키가 말했다. "차에 가서 기다리세요. 끝나면 거기로 갈 테니까."

"아니, 그래도……."

"그래도 괜찮을 것 같은데요?" 옆에서 레이토가 말했다. "여기서 주차장까지라면 소키 씨 혼자서도 갈 수 있겠지요. 미성년자도 아니고."

지난번에 후쿠다는 소키를 미성년자라고 했다. 그렇게 둘러대면 함께 기념을 하게 해줄지도 모른다고 생각했던 것이리라.

후쿠다는 못마땅한 표정을 보였지만 거짓말을 들킨 게 거북스러웠는지 소키에게 "그럼 차에서 기다리지요"라고 말하고 빙글 발길을 돌려 잰걸음으로 멀어져갔다.

흥, 하고 소키가 코를 울렸다.

"여기 오는 거, 나 혼자여도 괜찮다고 몇 번이나 얘기했어요. 혼자 갈 수 있다고. 근데 저 아저씨, 기어코 따라오겠다고 고집을 부린다니까. 내가 여기 안 오고 다른 데서 시간을 때울 거라고 의심하는 거예요."

"저분도 필사의 심정이겠지요. 어떻게든 소키 씨가 염원을 받기를 진심으로 빌고 있는 거 아니에요?"

"나를 떠메고 나선 이상, 이제 물러설 수 없을 테니까요. 근데 그딴 거, 내가 알 게 뭡니까."

둘이서 덤불숲을 향해 걸음을 옮겼다.

"그보다 지난번에 말한 건 알아봤어요? 몇 번을 해봐도 수념에 실패하면 포기할 수 있느냐는 거."

"이모님한테 물어봤는데 기념하는 분의 뜻에 따를 뿐이라고 하네요. 우리 쪽에서 관여할 수 없는 일이라서."

"역시 그런 거예요? 어휴, 미치겠네." 소키는 큰 한숨을 내쉬었다.

녹나무 기념 입구가 가까워졌다.

"추억할 게 없어요?"

"예?" 레이토의 질문에 소키는 발을 멈췄다. "무슨 말이에요?"

"아버님에 관한 추억이 별로 없는 건가 하고. 염원을 받으려면 예념하신 분에 대한 것을 머릿속에 또렷하게 떠올릴 필요가 있다고 하더라고요. 하지만 머릿속에 떠올릴 만한 경험 자체가 너무 적다면 그게 안 되겠죠. 소키 씨가 수념을 못하는 건 그런 이유 때문이에요?"

소키는 입가를 삐뚜름하게 틀면서 훌쩍 코를 들이켰다. 양쪽 손을 코트 주머니에 넣은 채 하늘을 올려다보고 다시 땅바닥을 내려다보더니 이윽고 레이토에게로 시선을 던졌다.

"그건 아니에요. 아버지에 대한 추억이라면 잔뜩 있어요. 함께 찍은 사진이 아마 백 장, 이백 장이 넘을 걸요?"

"귀하게 키워주신 모양이지요?"

"그렇죠. 내 입으로 말하기는 좀 창피하지만, 그야말로 애지중지했죠. 일단 50대에 겨우겨우 얻은 외아들이니까. 늙은 몸에 채찍질을 해가며 유치원 학부모 줄다리기에도 참석했던 거, 다 생각나요."

"그래요? 진짜 부럽네. 나하고는 너무 먼 얘기라서."

소키가 의아한 듯 레이토를 보았다. "댁은 아버지가?"

"없어요. 본 적도 없죠."

"어렸을 때 돌아가셔서?"

"아뇨. 실은 불륜 끝에 낳은 아이라서. 남자가 처자식 있는 사람이었거든요. 자식으로 인지도 안 해주겠다고 했다는데, 어머니까지 일찍 세상을 떠나버려서 이제 어디 사는 누가 아버지인지 알 수도 없어요."

소키의 얼굴에 음울한 빛이 내달렸다. "댁도 이래저래 문제가 많네……."

"어머니가 아직 젊은 편이었고 클럽에서 접대를 했기 때문에 내가 태어난 뒤에도 사귀던 남자는 많았던 모양이에요. 집에까지 오지는 않았지만 그중 몇 명은 나도 밖에서 만났어요. 아마 어머니는 재혼 상대로 생각하고 만났겠죠. 어떤 아저씨도 나쁜 사람으로 보이지는 않았는데, 그래도 나는 좋아지지 않더라고요. 이유는 간단해요. 그쪽에서 나를 별로 환영하지 않는다는 걸 알았으니까. 그걸 어떻게 알았느냐고 묻는다면 난감하지만, 아무튼 알았어요. 내가 그렇게 눈치를 본다는 걸 어머니도 알았는지 번번이 교제가 깨지는 경우가 많았어요. 그러니까 어머니는 자신의 남편이 아니라 내 아버지가 될 남자를 찾았던 거예요. 결국 찾지 못했지만. 근데 생각해보면 당연한 일이죠. 남자들은 여자로서의 어머니를 좋아한 거였고, 딸린 아들 따위는 그냥 방해물이에요. 다른 남자에게서 낳은 아이를 애지중지해주다니, 보통은 어려운 얘기죠. 그렇게 만나도 잘 산다는 가족이 오히려 대단한 거예요. 그렇잖아요?"

소키는 방어하려는 듯한 얼굴이 되었다. "이봐요, 무슨 말을 하고 싶은 건데요?"

"미안합니다, 얘기가 잠깐 옆길로 새버렸네. 아무튼 그래서 나는 아버지가 없어요. 그러니까 소키 씨에게 그런 훌륭한 아버님이 계셨다는 게 진심으로 부럽다는 거예요."

"그것뿐이에요?"

"그것뿐이죠. 그 밖에 뭐가 또 있어요?"

"아니, 그렇다면 됐고…….”

"그럼 잘 다녀오십시오. 오바 님의 염원이 녹나무에 전해지기를 진심으로 기원합니다." 레이토는 머리를 숙였다.

소키는 뭔가 말을 꺼낼까 말까 하는 얼굴이었지만, 결국 화가 난 듯 입을 꾹 다물고 덤불숲 안으로 들어갔다.

레이토도 우향우를 해서 종무소로 걸음을 옮겼다. 하지만 곧바로 등 뒤쪽에서 빛이 비춰지는 것을 느끼고 돌아보았다. 덤불숲 중간에 소키가 멈춰 선 채 손전등을 레이토 쪽으로 향하고 있었다.

"왜 그래요?" 레이토가 목소리를 높여서 물었다.

소키가 천천히 되돌아와서 레이토도 그쪽으로 다가갔다. 다시 한 번 "왜 그래요?"라고 물었다.

소키가 머뭇머뭇 입을 열었다. "댁도 같이, 어때요?"

"같이?"

"녹나무 안에 같이 들어가자는 거예요."

"왜요?"

"어차피 기념 같은 거, 아무리 해봤자 소용없어요. 나는 아버지의 염원을 절대 받을 수 없어요. 저런 곳에서 혼자 멍 때리고 있어봤자 따분할 뿐이라고요."

"그래도 그건…….”

"그쪽도 이미 다 알잖아요. 어째서 나는 수념할 수 없는지. 그래서 아까 그런 얘기를 한 거잖아요. 그렇죠?"

레이토는 입을 다물었다. 어떻게 대답해야 할지 알 수 없었다.

"내가 얘기할 게 있어요. 뭐, 싫다면 억지로 가자고는 않겠지만."

"나 같은 사람이라도 괜찮아요?"

"댁 말고는 털어놓을 수 있는 사람도 없어요."

소키의 얼굴은 진지했다. 그 눈을 마주 보며 레이토는 고개를 끄덕였다. "좋아요."

"근데 그 전에 물어봐야겠어요. 어떻게 알았어요?" 소키가 말했다. "내가 아버지의 친아들이 아니라는 거."

레이토는 눈썹 옆을 긁적였다. "그걸 설명하자면 얘기가 좀 길어지는데."

"그럼 저기서 듣죠." 그렇게 말하고 소키는 돌아서서 걸음을 옮겼다.

녹나무 동굴 안은 은근히 따듯했다. 소키는 촛대에 밀초를 꽂고 성냥으로 불을 붙이려고 했다. 잠깐만요, 라고 레이토가 제지했다.

"녹나무 안에 두 사람 이상이 있을 때는 촛불을 켜면 안 된다는 규칙이 있어요. 수념자는 항상 한 사람이어야 합니다."

"어차피 나는 수념을 못한다니까요?"

"그럴지도 모르지만 이건 규칙이라서. 미안합니다."

"뭐, 됐어요." 소키는 손전등을 켠 채 양반다리를 틀고 앉았다. "자아, 어떻게 알았는지 설명을 들어보죠."

레이토는 벽을 등지고 한쪽 무릎을 세우고 앉았다.

"소키 씨는 여기 처음 왔을 때부터 기념에 전혀 의욕이 없는 모습이었어요. 대개는 이런 신비한 체험을 하게 되면 들썽들썽하게 마련인데. 하지만 그런 기색은 전혀 없이, 기념이 안 된다는 걸 이미 확신하는 듯한 구석이 있었어요."

"좋아요, 그래서요?" 소키는 턱을 내밀며 다음 이야기를 재촉했다.

"수념에 성공하는 데는 두 가지 조건이 필요합니다. 첫째는 예념자와 한 핏줄이라는 것, 또 하나는 예념자에 관한 추억이 풍부하다는 것. 소키 씨는 그중 어느 쪽인가의 조건을 채우지 못했고, 그래서 처음부터 포기한 게 아닐까 하고 짐작했어요. 근데 아버지와 사이가 뜸했고 추억이 적었다면 후쿠다 씨에게 그렇다고 얘기해서 애초에 수념을 하러 오지 않았겠죠. 그렇다면 남은 건 한 가지, 한 핏줄이 아니라는 얘기가 돼요. 즉 소키 씨는 오바 도이치로 씨와 부인 사이에서 태어난 아이가 아닌지도 모른다……."

소키는 입술 한쪽 끝을 치켜드는 웃음을 짓고 몸을 잘게 흔들었다.

"그러니까 댁의 얘기는, 오바 도이치로의 아내는 바람을 피웠다. 그 끝에 아이를 가졌는데 어느 쪽 남자의 아이인지 알지 못했다. 바람 피운 것을 실토할 수 없어서 그대로 출산했다. 태어난 아기는 불륜 상대의 아이였지만 남편의 아이라고 우겨서 그대로 키웠다. 얼간이 같은 남편은 그 말을 딱 믿고 아내의 불륜 상대의 아이를 애지중지 키웠다. 그런 얘기?"

"아니, 나는 불륜과는 좀 다른 경우라고 생각했어요. 아마도 어쩔 수 없는 사정이 있었을 거라고."

"뭔 소리예요?"

"실례지만, 소키 씨의 부모님은 이른바 속도위반 결혼이었을 거예요. 원래 결혼할 예정이 없었는데 어머니 쪽의 임신 때문에 급하게 결혼을 결정한 것이죠. 어때요, 틀린 얘기인가?"

소키는 경계하는 눈빛을 보였다. "무슨 근거로 그렇게 생각했어요?"

"그렇게 생각하면 얘기가 맞아떨어지니까요. 소키 씨의 어미님은 오바 가의 가정부였냐고 했어요. 한 지붕 밑에 살면서 결혼을 결정하고 호적에 올릴 때까지 육체 관계가 전혀 없었다고 생각하는 건 부자연스러워요. 먼저 그런 일이 있었고 그 후에 임신이 밝혀졌기 때문에 결혼을 감행했다, 라고 생각하는 게 현실적이죠. 서른 살이나 어린 여자와의 결혼이라면 대부분 주위에서 반대하게 마련이지만, 아이를 가졌다면 아무도 반대할 수 없을 거고."

"오, 제법 예리한데요?"

"실제로는 어떻게 된 거예요?"

"댁이 말한 대로예요. 어머니가 임신을 했기 때문에 서둘러 호적에 올렸다고 하더라고요."

"역시."

"하지만 어머니를 임신시킨 건 아버지가 아닌 다른 남자였다. 즉 아버지는 어머니에게 감쪽같이 속았다, 라는 건가요?"

"아니, 그 시점에는 소키 씨의 어머님도 어느 쪽 아이인지 판단을 내릴 수 없었어요. 아버님과 남녀 관계를 가진 것은 이전 연인과 헤어진 직후였을 수도 있겠죠. 아이 아버지가 누구인지 여성 본인은 안다는 말이 있지만, 어머님의 경우에는 출산할 때까지는 확신하지 못했을 가능성이 높아요. 아버님을 속일 마음은 없었지만 결과적으로 그렇게 되어버렸다는 얘기예요."

말을 마친 뒤, 어쩌면 소키가 화를 낼지도 모르겠다고 생각했다. 방금 얘기한 추리는 듣기에 따라서는 그의 부모님에 대한 모욕인 것이다.

하지만 소키는 딱히 얼굴빛이 달라지는 일도 없이 "한 가지 물어봐도 돼요?"라고 말했다.

"어떤 것을?"

"지금 자기 마음대로 신나게 상상을 펼치셨는데, 일단 댁의 그 추측이 맞는다고 치고, 과연 나는 그런 일들을 알고 있었을까요?"

"만일 맞는 추리라면 소키 씨도 알고 있었을 거예요. 그런 일들을 알지 못했다면 아버님과 한 핏줄이 아니라는 것도 몰랐을 테니까……."

"좀 더 열의를 갖고 기념하러 왔을 것이다, 라는 얘기?"

예, 라고 레이토는 고개를 끄덕였다. "그렇죠."

"그렇다면 나는 어떻게 그런 일을 알게 됐을까요? 아, 혹시 어머니가 나한테 얘기했다고 생각했어요?"

"그건 아니겠죠. 하지만 진상을 알고 있는 사람이 한 명 더 있었어요. 소키 씨의 생물학상의 아버지. 그 사람은 옛 연인이 출산한 것을 알고 내 아이일 수도 있다는 생각에 어떻게든 사실을 확인하려고 했다. 그래서 그녀에게 찾아가 캐물었다. 아니면 그녀가 아이와 함께 있는 참에 불쑥 나타나 사실대로 말하라고 다그쳤다. 그런 장면을 어린 소키 씨는 가끔 목격했다. 어렸을 때는 무슨 일인지 잘 알지 못했지만 성장하면서 사정을 차츰차츰 파악했다. 이윽고 의심을 품게 되었다. 나는 아버지의 친아들이 아닌지도 모른다, 라고."

단숨에 말해버린 뒤 어때요, 라고 레이토는 물었다.

그러자 소키는 표정이 풀어지면서 하하하 소리 내어 웃었다. 게다가 손까지 마주쳤다.

"대단한 상상력이네. 당신, 머리는 나쁘지 않네요."

"고맙군요. 맞혔어요?"

"아니, 틀렸어요."

몸이 홱 젖혀졌다. "틀렸어요?"

"딱 맞힌 곳도 있는데 가장 중요한 부분에서 완전 틀렸어요. 재미는 있었지만."

"가장 중요한 부분이라면……."

소키는 양반다리로 앉은 두 무릎에 손을 짚고 레이토를 지그시 쳐다보았다. 그 눈에 결심이 담긴 빛이 맺혀 있었다.

"지금부터 내가 하는 얘기, 비밀로 해줄 수 있어요? 야나기 기사와 씨, 그러니까 댁의 이모님에게도?"

이건 중대한 고백이라고 레이토는 짐작했다. 세운 두 무릎을 양팔로 안고 있던 자세를 정좌로 바꾸었다. 단정하게 턱을 밑으로 당기면서 "좋아요, 약속합니다"라고 말했다.

소키는 한 차례 작은 헛기침을 한 뒤에 입을 열었다.

"댁의 상상력은 감탄할 만하지만, 안타깝게도 나는 생물학상의 아버지를 본 적이 없어요. 그럼직한 남자가 어머니를 찾아온 적도 없었고. 최소한 내 기억에는 없어요. 그렇다면 대체 누가 나한테 진상을 알려주었는가. 그건 다름 아닌 나의 아버지, 오바 도이치로 씨예요."

엇 하고 레이토의 입에서 놀란 소리가 튀어나왔다.

"네, 놀랄 만도 하죠. 근데 사실이에요." 소키는 씨익 웃더니 말을 이어갔다. "내가 중학교 2학년 때였어요. 아버지가 나를 불러 앉히고 지금부터 중요한 얘기를 하겠다, 라는 거예요. 근데 먼저 이렇게 물어보더라고요. 소키, 너는 아버지를 닮았다는 얘기를 들은 적이 있느냐. 별 이상한 걸 다 묻는다고 생각했지만, 고집 센 것이 닮았다는 얘기는 자주 듣는다고 대답했죠. 그랬더니 우리 아버지, 그건 그렇지, 라면서 아주 좋아라고 웃었어요. 진짜로 기분 좋았던 것 같아, 그때. 하지만 금세 심각한 표정으로 이렇게 말했어요. 성품이 아니라 얼굴이나 몸집은 어떠냐, 그런 걸로 아버지를 닮았다는 얘기를 들은 적이 있느냐. 나는 고개를 갸웃거렸죠. 생각해보니까 그런 얘기를 들어본 기억이 없었으니까. 그랬더니 아버지가 깜짝 놀랄 얘기를 했어요. 어쩌면 너는 나와 한 핏줄이 아닌지도 모른다, 라는 거예요. 처음에는 무슨 소린지도 몰랐어요. 장난인 줄 알았지. 근데 아버지의 눈빛이 진지함 그 자체였어요. 무서울 만큼 박력이 있었죠. 그 눈으로 나를 노려보면서 언젠가는 얘기하지 않으면 안 될 일이다, 너도 열네 살이 됐으니까 이제는 이해할 수 있을 것이다, 그래서 얘기하기로 했다, 라는 거예요. 솔직히 엄청 쏠았죠. 이건 틀림없이 무서운 얘기다, 라는 생각이 들어서 그 자리에서 도망치고 싶었어요."

"그래서 도망쳤어요?"

"도망치려고 했는데 발이 떨어지지 않았어요." 그때 일을 되짚어보는지 소키의 시선이 허공을 떠돌았다. "아버지 얘기는 나의 출생에 관한 것이었어요. 댁이 추리한 그대로예요. 아버지는 가정부였던 어머니에게 손을 대서 임신시켰다. 아이가 생긴 것을 알았을 때는 펄쩍 뛸 만큼 좋아했다더라고요. 어머니를 좋아했고 무엇보다 후계자를 학수고대하던 참이었으니까. 당장 결혼하자고 어머니를 설득한 모양이에요. 그런데 어머니는 고개를 가로저을 뿐만 아니라 이 아이를 낳을 수 없다고 한 거예요."

흠칫 놀라서 레이토는 눈이 둥그레졌다.

"다른 남자의 아이인지도 모른다, 라고 어머님이 직접 고백을?"

소키는 고개를 끄덕였다.

"당시 어머니는 교제하던 남자가 있었어요. 하지만 양다리였다고 비난하는 건 가혹한 일이에요. 사귀는 사람이 있다고 짐작했으면서도 반강제로 꾀어낸 사람은 아버지 쪽이었으니까. 게다가 어머니는 상대 남자를 밝히기 힘든 형편이었어요. 그쪽이 가정을 가진 사람이라서."

"아······." 레이토는 저도 모르게 얼굴을 찡그리며 눈을 질끈 감았다. 이 스토리에도 또 한 명, 몹쓸 남자가 등장하는 건가.

"그 말을 듣고 아버지가 어떻게 했을까. 놀랍게도 어머니에게 그래도 좋다, 결혼하자, 라고 했어요."

"뱃속의 아이는 내 아이다, 라는 자신감이 있었던 건가?"

소키는 고개를 저었다.

"그런 자신감이 있을 리가 없죠. 사실 아버지는 다른 선택지가 없었어요. 내 자식일 수도 있는데 지우게 할 수는 없다, 그리고 일단 낳는 이상, 결혼할 필요가 있다. 라는 것뿐이었죠."

"하지만 그랬다가 만일 태어난 아이가⋯⋯."

"내 아이가 아니라면 어떻게 하느냐? 근데 아버지에게는 그런 발상이 없었어요. 결혼한 아내가 낳은 아이니까 생물학적인 건 어찌됐든 내 자식으로 키우겠다고 결심을 한 거예요. 아버지가 나한테 이렇게 말하더라고요. 어차피 어떤 남자든 자기 아내가 낳은 아이가 내 자식인지 아닌지, 그런 건 모른다. 다들 그렇게 믿을 뿐이다. 그렇다면 나도 그걸로 좋다고 생각했다."

"그건 정말⋯⋯."

듣고 보니 맞는 말이었다. 하지만 실제로 그렇게 쉽게 결단을 내릴 수 있을까. 레이토는 아무래도 미심쩍었다. 하지만 오바 도이치로가 낙태를 원하지 않았던 심리는 이해가 되었나. 그로서는 자식을 가질 수 있는 처음이자 마지막 기회라고 생각했을 것이다.

"다만 어머니에게 사귀던 남자와는 확실하게 헤어져 달라고 부탁했대요. 그야 당연히 그래야죠. 그리고 그 점에 관해서는 아무 문제도 없었어요. 왜냐면 아버지와 깊은 관계가 된 시점에 어머니는 이미 그 남자와는 헤어졌으니까. 그래도 어머니는 이대로 아이를 낳아도 될지 어떨지, 어지간히도 고민했던 모양이에요. 하지만 결국은 아버지가 말하는 대로 했어요."

"그런 거였군요."

"그렇게 해서 나는 오바 가의 장남으로 태어나 애지중지 키워졌어요. 딱히 아무 문제도 없었어요. 하지만 아버지로서는 역시 불안했던 모양이에요. 장래에 나의 출생을 이유로 뭔가 다툼이 일어날 위험성이 없지 않다. 그때가 된 뒤에야 본인이 알게 되면 혼란에 빠져서 정상적인 판단을 하지 못할 우려가 있다. 그럴 바에야 차라리 지금 앞당겨 실상을 알려주는 편이 마음의 준비를 할 수 있고, 그래야 만일의 경우에도 적확하게 대응할 수 있다. 그런 생각에서 너에게 털어놓을 기회를 노리고 있었다, 라는 거예요."

"그래요? 뭐랄까, 오바 도이치로라는 분은 굉장히 담대한 분이었네요."

"나도 그렇게 생각해요. 냉철하고 호방했죠. 그런 이야기를 나한테 털어놓은 뒤, 아버지는 이런 말을 했어요. 어쩌면 앞으로 의학적인 근거에 의해 우리 부자간에 그리 달갑지 않은 일이 밝혀질지도 모른다. 설령 그렇게 되더라도 네가 내 아들이라는 마음에는 어떤 흔들림도 없다. 앞으로도 내 아들로 생각하고 너에게 가르쳐줄 것은 남김없이 가르치면서 기탄없이 단련시킬 테니 그런 줄 알아라. 그렇게 매듭을 졌어요. 그 이후로 그 일에 대해 둘이서 얘기한 일은 두 번 다시 없었어요. 그 몇 년 뒤에 아버지의 병세가 악화되는 바람에 그런 건 생각해볼 여유도 없었고."

소키는 후우 하고 짙은 한숨을 토해내더니, 할 얘기는 이걸로 끝이라고 말했다.

"그 뒤에 친자관계는 확인해보지 않았어요? DNA 감정이라든가."

소키는 흐흥 하고 쓴웃음을 지었다.

"유감스럽게도 일부러 그런 검사를 안 해도 같이 있으면 한 핏줄인지 아닌지는 다 알아요. 알고 싶지 않아도 알아버려요. 그걸 말로 어떻다고 설명할 수는 없지만." 그 말투에는 안타까운 마음이 담겨 있었다. 한 핏줄이기를 간절히 빌었는데도 눈앞의 실상을 깨닫지 않을 수 없는 일들이 여러 모로 불거졌던 것이리라.

"하지만 도이치로 씨는 소키 씨가 친아들일 가능성을 결코 포기하지 않았을 거예요. 그렇기 때문에 기념의 수념자로서 소키 씨 단 한 사람만 지정했겠지요."

"그게 이해가 안 되는 부분이에요. 한 핏줄이 아니라는 걸 나도 뻔히 알 정도였는데 아버지가 몰랐을 리 없어요. 그런데도 왜 기념 같은 걸 했을까. 도무지 이유를 모르겠어요. 어때요, 댁은 어떻게 생각해요?"

"나는……."

"의견을 말해봐요. 어떻게 생각하죠? 녹나무 파수꾼이잖아요. 지혜를 달라고요."

소키는 익살스럽게 웃는 얼굴을 만들면서 말했다. 하지만 그 이면에 복잡하고도 절실한 마음이 꽁꽁 억눌려 있다는 게 얼얼할 만큼 느껴졌다.

레이토는 대답할 말이 생각나지 않았다. "미안합니다, 아무 도움도 드리지 못해서." 힘없이 머리를 숙였다.

26

건반을 마주한 오카자키 미나코의 뒷모습은 만화 《블랙잭》
의 주인공처럼 보였다. 그는 무면허 천재 외과 의사로, 집도
하는 속도가 엄청나서 두 손을 대담하게 놀리는 모습이 항상
다이내믹하게 그려지곤 했다. 오카자키 미나코의 등은 그 주
인공 못지않은 기백이 넘쳤다.

하지만 피아노에서 흘러나오는 곡은 그런 용감함과는 정
반대의 것이있다. 물결 치듯이 이이지는 소리는 섬세히고도
농밀하고 중후했다. 팽팽히 당겨진 기척과 느긋하게 몸을 맡
기고 싶은 시간이 절묘한 리듬과 타이밍을 따라서 찾아왔다.
전체적인 분위기는 격조 있고 장엄하지만 경쾌하게 마음을
풀어주는 부분도 있었다.

레이토는 옆에 있는 유미의 옆얼굴을 살짝 살펴보았다. 그

녀는 눈꺼풀을 감고 있었다. 가만가만 리드미컬하게 몸을 흔들었다. 연주를 듣고 본능이 반응하는 것인지도 모른다.

유미 건너편에 있는 사지 도시아키도 눈을 감고 있었다. 딸과는 대조적으로 지그시 꼼짝도 하지 않는 모습이 뭔가를 명상하는 것처럼 보였다. 실제로 그의 뇌리에는 다양한 생각들이 오고가고 있을 게 틀림없었다. 세상 떠난 형에 대한 생각, 양로원에 계신 어머니에 대한 생각, 그리고 기념에 얽힌 일들.

레이토는 앞쪽으로 시선을 돌렸다. 오카자키 미나코의 연주는 절정에 접어든 것 같았다.

시부야의 스튜디오에 와 있었다. 문제의 그 곡을 한번 들어보지 않겠느냐고 유미가 불러준 것이다. 마침 보름날과 그믐날의 중간 기간이라서 기념 예약이 없었기 때문에 시간 여유가 있었다. 레이토도 몹시 궁금했던 일이고 무엇보다 유미가 불러주는데 거절할 이유는 없었다.

오카자키 미나코의 움직임이 멈췄다. 마지막으로 연주한 음의 잔향이 울리고 그것이 완전히 사라진 뒤에 그녀는 몸을 일으키고 세 명의 청중들 쪽으로 돌아섰다.

유미가 손을 마주쳤다. 레이토도 따라했다.

"정말 멋있어요." 유미는 흥분한 어조로 말했다. "전에 들었을 때보다 훨씬 좋아요. 감동이에요."

"네, 진짜 멋있네요." 레이토도 맞장구를 쳤다. "이전의 연주는 녹음된 것밖에 못 들었지만, 오늘의 연주는 훨씬 더 복잡하다고 할까, 공을 들였다고 할까, 진짜 장난 아니게 좋은데요." 적합한 말을 찾을 수 없어서 최대한 솔직한 느낌을 얘기했다.

"지난번에 사지 씨가 낮은 부분의 음을 세세하게 잡아오셨기 때문에 내 안에서 이미지가 어느 정도 자리를 잡았어요." 오카자키 미나코는 사지 쪽으로 얼굴을 돌렸다. "어때요, 이 정도면?"

질문을 받고 사지는 등을 바짝 세웠다. 그 얼굴은 만족한 것 같기도 하고 당황한 것 같기도 했다.

"저도 아주 좋았어요. 저절로 푹 빠져서 들었다고 할까, 나를 잊었다고 할까, 꿈꾸는 기분이었습니다."

"형님의 곡과 비교하면? 아직도 다른 부분이 있어요?"

그러자 사지는 다급하게 눈을 껌뻑거리더니 왜 그런지 유미와 레이토 쪽을 쳐다보고 다시 오카자키 미나코에게로 시선을 돌렸다.

"실은 잘 모르겠다는 게 솔직한 얘기예요. 거의 똑같아요. 다만 완전히 똑같으냐고 한다면 그건 자신이 없어요. 약간 다른 듯한 느낌이 있어서……."

"그게 어떤 부분인지는 모르시는 거군요?"

"모르겠어요. 요즘에는 항상 머릿속에 형님의 선율이 맴도는데 막상 이렇게 오카자키 씨가 연주를 해주면 갑자기 혼란스러워지고…….” 사지는 안타깝고 답답하다는 듯 얼굴을 일그러뜨리며 머리를 쥐어뜯었다.

“아빠, 진짜로 큰아버지의 곡을 제대로 기억하고 있어? 실은 희미하게 알고 있고, 그래서 제대로 비교를 못하는 거 아냐?” 유미가 의문을 입에 올렸다.

“무슨 소리야. 제대로 기억했으니까 이만큼 곡이 만들어졌지. 이제 정말로 한 발짝만 더 가면 돼.” 사지는 어이없다는 듯이 딸을 흘겨보았다.

“바로 그걸 모르겠다는 거야. 이제 한 발짝만 더 가면 된다는 건 아빠 혼자 생각이고, 사실은 전혀 다를 수도 있잖아.”

“아니, 이제 정말 한 발짝이야. 그것만은 틀림없어.”

“글쎄 그게 아빠의 착각이나 자기만족인지도 모른다니까.”

“무슨 소릴, 그럴 리가 있어?” 사지는 입을 툭 내밀었다.

“그렇다면 어떻게 다른지 얘기해봐.”

“아니, 그걸 모르니까 난감하다는 거잖아.”

“아니, 아니, 두 분 다 진정하시고요.” 오카자키 미나코가 의자에 앉은 채 양팔을 펼쳐 위아래로 흔들었다. “사지 씨의 기억은 틀림없을 거예요. 그러지 않고서는 이런 좋은 곡이 나왔을 리 없으니까요.”

“거봐.”

“어휴, 잘난 척은. 오카자키 선생님이 잘 만들어주신 것뿐인지도 몰라.”

"그럴 리가 있어? 허참, 내 머리를 가르고 뇌를 꺼내서 너한테 그 곡을 들려줄 수만 있다면 그러고 싶다." 사지가 자신의 머리를 툭툭 치면서 말했다.

말다툼에 지쳤는지 유미는 고개를 홱 돌려버렸다. 오카자키 미나코도 난처한 듯 고개를 숙였다. 묵직한 침묵의 시간이 흘러갔다.

바로 그때였다. 불현듯 레이토의 머리에 한 가지 생각이 떠올렸다.

저기요, 라고 손을 번쩍 들었다. "그걸 해보면 어떨까요?"

세 사람의 시선이 동시에 레이토에게로 쏠렸다.

"그거라니?" 사지가 물었다.

"유미 씨에게 들려주는 거예요. 사지 씨의 머릿속에 있는 곡을."

"말도 안 되지. 그걸 어떻게 할 수 있느냐고. 설마 정말로 머리를 갈라 뇌를 꺼내라는 건 아니지?"

"할 수 있잖아요. 사지 씨도 형님의 머릿속에만 있었던 노래를 들은 거예요."

오호, 하고 사지보다 먼저 탄성을 흘린 것은 유미였다. 그다음에야 사지는 흠칫한 표정을 드러냈다.

"나한테 녹나무에 기념을 하라는 건가?"

"그렇죠. 그믐날 밤에 사지 씨가 예념을 하고 그다음 보름날 밤에는 유미 씨가 그걸 받는 거예요. 그러면 유미 씨도 그 곡을 들을 수 있어요."

"와아, 굿 아이디어!" 유미가 레이토를 가리키며 말했다. "아빠, 해보자!"

"그게 잘될까?" 사지는 신중한 표정이었다.

"해보지 않고서는 모르지만, 일단 안 될 이유는 없어요. 적어도 시도해볼 가치는 있어요."

레이토는 스마트폰을 터치해 기념 예약 스케줄을 확인했다.

"돌아오는 그믐날 바로 전날이 비어 있어요. 이모님에게 얘기하면 예약이 가능할 겁니다."

끄응, 하고 사지는 팔짱을 꼈다. "녹나무에 그걸……."

"잠깐 저도 한 말씀 드릴까요?" 오카자키 미나코가 입을 열었다. "그 녹나무에 관해서 저는 잘 모르지만, 만일 유미 씨가 아버님의 머릿속에 있는 곡을 듣고 그에 대한 느낌을 말해준다면 크게 참고가 될 것 같아요. 세세한 것들이 아니라 대략적인 인상만이라도 좋아요. 지금 단계에서 필요한 것은 사지 씨 이외의 사람에 의한 객관성이니까요."

실제로 악보를 작성하고 곡을 만드는 당사자의 말인 만큼 강렬한 설득력이 있었다. 모두의 시선이 사지에게로 쏟아졌다.

"오카자키 씨가 그렇게 말씀하신다면 일단 시도는 해봐야 할 텐데……." 사지는 혼잣말처럼 중얼거렸지만 그 얼굴에는 여전히 망설임이 감돌았다.

그믐날을 하루 앞둔 밤하늘은 그믐날 밤에 지지 않을 만큼 깜깜했다. 하필 흐린 날씨여서 구름이 별까지 가려버렸기 때문이다. 날씨가 대낮부터 꾸무럭했다. 레이토는 그나마 비는 내리지 않기를 빌었는데 아무래도 그 소원은 들어주신 모양이다.

손목시계로 시각을 확인하고 레이토는 고개를 갸웃거렸다. 시곗바늘이 오후 10시를 10분 가까이 지난 자리에 가 있었다. 평소 같으면 사지 씨가 벌써 도착했어야 하는데 오늘 밤은 아직 방울 소리가 들려오지 않았다.

창문의 커튼을 젖히고 바깥을 살펴보았다. 어두운 경내에 인기척이라고는 없었다.

레이토는 스마트폰을 집어들고 사지에게 전화를 걸었다. 설마 그럴 리는 없겠지만 깜빡 잊어버렸는지도 모른다.

하지만 전화는 연결되지 않았다. 대체 어떻게 된 건가.

별수 없이 유미에게 연락해보기로 했다. 이쪽은 곧바로 연결되었다. 레이토가 아직 아무 말도 하지 않았는데 벌써 "웬일이야? 무슨 일 있었어?"라고 걱정스럽게 물었다. 오늘 밤에 사지가 기념할 예정이라는 건 물론 그녀도 알고 있다.

"사지 씨가 아직 안 오셨어."

"뭐?"

"설마 날짜를 잊어버린 건 아니겠지?"

"그럴 리가. 아까 함께 저녁 먹고 내가 얘기했었어. 드디어

오늘 밤이네, 라고. 아빠도 그렇다고 고개를 끄덕끄덕했고. 집에서 오후 9시쯤에 나갔어."

"그렇다면 진즉에 도착했어야 하는데? 전화해봤는데 연결이 안 되더라고."

"이상하다? 무슨 사고라도 났나?"

"아니면 오는 길에 다른 급한 일이 생겼다든가?"

"그랬다면 레이토 쪽에 못 간다고 연락을 했겠지."

"그렇지? 어머니는 뭔가 아시지 않을까?"

"아니, 엄마는 몰라. 오늘 밤의 기념은 엄마한테는 비밀로 했으니까."

"그래? 왜?"

"나도 모르지. 큰아버지가 만든 곡을 재현한다는 건 엄마한테 얘기한 모양인데, 이번에 나와 아버지 사이에서 염원을 주고받는다는 건 말하지 말라고 했어."

"왜 그러셨지?"

"녹나무 기념 같은 얘기, 믿어줄 리가 없대."

"그래도 언젠가는 설명해야 하는 거 아냐?"

"나도 그렇게 얘기했는데 지금은 너무 번거롭다느니 곡이 완성된 뒤에라도 늦지 않다느니, 혼자 중얼중얼하더라고."

"그렇구나."

"근데 지금 이런 얘기를 하고 있을 때가 아니야. 아빠 어쩌지? 전화가 안 되니까 어떻게 해볼 방법이 없네."

"혹시 사고 같은 거라면 이제 곧 집으로 연락이 갈 거야. 그런 거면 이쪽에도 알려줘. 나도 뭔가 소식이 들어오는 대로 연락할 테니까."

"알았어. 부탁할게."

전화를 끊은 뒤 레이토는 스마트폰을 들여다보며 고개를 갸웃거렸다. 대체 사지에게 무슨 일이 생긴 건가.

레이토는 손전등을 들고 종무소를 나섰다. 뭔가 이유가 있어서 사지가 레이토에게는 말하지 않고 혼자 마음대로 녹나무 쪽에 기념을 하러 갔을 가능성도 있다. 일단 확인해보자고 생각했다.

하지만 기념 입구로 향하려던 참에 발을 멈췄다. 시야 끝에서 뭔가 움직인 것처럼 느껴졌기 때문이다. 레이토는 시선을 집중해 경내를 둘러보았다.

흠칫 놀랐다. 도리이 아래 누군가 있었다. 몸을 웅크린 사람 그림자 같은 것이 눈에 들어왔다.

레이토는 머뭇머뭇 그쪽으로 다가갔다. 역시 누군가 있다. 차츰차츰 가까워지면서 이윽고 사지라는 것을 알았다. 도리이의 주춧돌에 앉아 있었다.

발소리와 불빛이 다가오는 것을 눈치챘는지 사지가 뒤를 돌아보았다. "아, 나오이 씨?" 이런 상황에 어울리지 않는 느긋한 목소리였다.

"거기서 뭐 하고 있어요?"

으응, 이라는 나지막한 대답이 들려왔다.

"여기 문 앞까지 왔는데 아무래도 망설여져서. 그래서 생각을 좀 하고 있었지." 그렇게 말하고 사지는 스마트폰을 껐다. "벌써 시간이 이렇게 됐어? 걱정할 만도 하네. 미안해."

"어떻게 된 거예요? 망설였다니, 무슨 말씀이세요?"

"응, 아냐……. 이런 걸 해도 괜찮을지, 아무래도 좀 불안해져서 그래."

"괜찮을지, 라니 뭐가요? 왜 불안해졌는데요?"

사지는 크게 한숨을 내쉬고 레이토를 올려다보았다.

"자네는 기념을 해본 적이 없다고 했지? 예념은 물론이고 수념도."

네, 라고 고개를 끄덕였다. "아직 없어요."

"그렇다면 잘 모르겠지만, 녹나무의 힘은 정말 엄청난 거야. 예념자의 머릿속에 있었던 것을 하나에서 열까지 샅샅이 전해주지. 형님은 그저 어머니에게 사죄하고 그 곡을 들려준 것뿐이었지만 실은 그 이외의 생각도 모조리 내 머리로 뛰어들었어. 그게 다 좋은 것만 있는 게 아니야. 좋지 않은 생각이라고 할까, 악감정이라고 할까, 그런 것도 죄다 뒤섞여서 들어오는 거야."

"그렇죠, 저도 이모님에게서 들었어요. 신념이나 이념처럼 번듯한 것만이 아니라 사념이나 잡념도 녹나무는 맡아두었다가 전해준다고."

"그렇지. 그래서 무서운 거야."

"무섭다고요?"

"내 머릿속에 있는 형님의 곡을 유미에게 들려준다는 건 좋은 아이디어야. 유미는 나하고는 달라서 음악 쪽에 해박해. 유미 정도라면 오카자키 씨가 연주하는 곡과 어떤 차이가 있는지 단박에 알아낼 거야. 하지만 그러려면 내 머릿속을 통째로 딸아이에게 드러내야 해. 과연 그렇게 해도 좋을지 어떨지, 아무래도 결심이 서지를 않아."

사지가 하려는 말이 뭔지 레이토도 조금 알 것 같았다.

"그건 그러니까, 유미 씨에게 숨기고 싶은 게 있다는 뜻이에요?"

"그야 당연한 거 아닌가? 인간이란 게 누구라도 노상 올바른 짓만 하면서 사는 건 아니야. 죄가 되지는 않더라도 도덕에 반하거나 남들에게 상처를 주는 일도 크든 작든 있게 마련이지. 나 역시 남들 비슷한 만큼은 그런 게 있어. 아니, 어쩌면 남들보다 더 많을지도 모르지. 그런 걸 죄다 내 딸이 알아버린다고 생각하니까 갑자기 부서워지더라고."

사지의 말을 듣고 레이토는 기념의 의미를 새삼 인식했다. 듣고 보니 맞는 말이었다. 무서워지는 게 당연하다. 레이토역시 머릿속에 있는 것을 누군가 죄다 알아버린다면 분명 도망치고 싶어질 것이다.

"예념하신 분들은 대부분 자신이 살아 있는 동안에는 녹나무 얘기를 자식들에게 말하지 않고 유언장에 글로 남겨둔 다고 하더라고요. 아마도 사지 씨와 똑같은 생각 때문이겠 네요."

"그렇지, 나도 그러고 싶어. 내가 죽어버린 다음에야 뭘 들 키건 상관없어. 이미 없는 사람에게 이러니저러니 따지지는 않을 테니까 말이야. 내 친구 중에 아버지 돌아가신 다음에 방 정리를 했더니 붙박이장 천장 위에서 성인 비디오며 야한 책들이 잔뜩 나왔다고 얘기한 자가 있었어. 그 아버지는 자 신이 죽기 전에 깨끗이 없애버리고 싶었을 텐데 워낙 많다 보 니 어쩔 수 없었던 모양이야. 그러니 최소한 살아 있는 동안 에는 가족들의 눈에 띄지 않게 숨겨뒀다는 얘기지. 그거하고 똑같은 거야."

"그러면 오늘 밤은 어떻게 하지요? 녹나무 파수꾼은 기념 을 하라고도 하지 말라고도 얘기할 권한이 없기 때문에 취소 하시겠다면 따를 수밖에 없습니다만."

사지는 앉은 자리에서 오른쪽 무릎을 받침대 삼아 턱을 괴 었다.

"조금만 더 생각해보게 해줄 수 있을까?"

"네, 알겠습니다. 다만 자정이 지나면 서서히 녹나무의 힘 이 약해지니까 그 점은 잊지 않도록 해주십시오."

"응, 알았어."

"그리고 유미 씨에게 지금 상황을 전해줘도 될까요? 아까 전화했으니까 지금쯤 크게 걱정하고 있을 텐데."

"유미에게 이걸 얘기한다고? 아, 그건 좀⋯⋯." 사지는 난색을 표했다.

"하지만 제가 연락하지 않아도 어차피 유미 씨가 어떻게 된 거냐고 전화를 할 거예요."

"하긴 그런가." 사지는 한숨을 내쉬었다. "별수 없네. 자네가 알아서 해줘."

"그럼 연락하겠습니다. 여기는 추우니까 괜찮으시면 종무소로 가시는 게 어떨까요?"

"아니, 여기가 좋아. 여기 이 컴컴한 게 딱 좋아서."

"그렇습니까. 네, 그러면."

레이토는 자리를 떠났다. 종무소로 돌아가면서 스마트폰으로 유미에게 전화를 걸었다. 내내 기다리고 있었는지 곧장 연결되었다. "어떻게 됐어?"

"사지 씨가 여기 와 있어. 근데 아직 기념할 결심을 못하신 모양이야."

"결심이라니, 뭔 소리야?"

레이토는 상황을 설명했다. 알아듣기 쉽게 얘기하려고 성인 비디오며 야한 책들을 숨겨둔 할아버지의 에피소드도 곁들였다.

"뭐야, 그게? 그런 시시한 걸로 망설이고 있어? 진짜 속 좁은 아저씨라니까. 성인 비디오나 야한 책쯤은 보건 말건 상관없어."

"아니, 아니, 아니, 사지 씨가 안고 있는 비밀은 아마 그런 수준이 아닌 것 같아. 그러지 않고서야 저렇게 고민할 리가 없지."

"혹시 옛날에 바람 피운 것이라든가?"

"그건 나로서는 뭐라고도 얘기할 수가 없지만⋯⋯."

"아, 그래서 오늘 밤 일은 엄마한테는 비밀로 하라고 했었구나. 혹시라도 그런 쪽의 일을 나한테 들킬 경우에도 내 입만 막으면 대충 넘어갈 수 있다고 생각한 거야."

유미의 지적은 타당해서 레이토도 동의할 수 있는 것이었다. 그런 만큼 언급을 조심했다.

"아무튼 그래서 사지 씨는 조금 더 생각할 시간이 필요하다고 하셨어."

"알았어. 지금 당장 나한테 전화하라고 아빠한테 얘기 좀 해줄래?"

"유미에게? 어쩔 생각인데?"

"내가 얘기해볼게. 그 결과, 아빠가 어떤 결론을 내릴지는 모르겠지만 일단 얘기는 해보려고."

아무래도 뭔가 생각하는 게 있는 모양이다. 알았다고 대답하고 전화를 끊었다.

사지가 앉아 있는 곳으로 돌아가 유미가 내린 지시를 전했다.

"유미가 그런 얘기를?" 사지는 스마트폰을 꺼내 전원 버튼을 눌렀다. 전화를 걸려다가 흘끗 레이토 쪽으로 시선을 던졌다. 통화 내용이 들릴까봐 신경이 쓰이는 모양이다.

저는 그럼 이만, 이라고 말하고 레이토는 걸음을 옮겼다.

종무소로 돌아와《녹나무 파수꾼−준수사항》을 읽어보면서 대기했다. 사지의 고민에 대응할 수 있을 만한 주의사항이 있는지 찾아봤지만 눈에 띄지 않았다.

노트를 덮고 눈꺼풀 위로 눈 마사지를 하고 있는 참에 절그렁절그렁 방울 소리가 들려왔다. 레이토는 급히 뛰쳐나갔다.

사지가 겸연쩍은 얼굴로 서 있었다.

"좀 늦어졌지만 지금부터 예념을 하고 올까 하는데, 괜찮을까?"

"물론입니다. 예념의 절차는 알고 계십니까?"

"응, 전하고 싶은 것만 집중해서 생각하면 되는 거지?"

"그렇습니다. 아, 잠깐만 기다려주세요. 밀초를 챙겨오겠습니다."

수념과 마찬가지로 예념에도 밀초가 필요하다.

밀초를 넣은 종이봉투를 사지에게 건네주었다.

"되도록 형님의 노래 이외의 것은 생각하지 않도록 하려고. 그걸로 효과가 있을지 어떨지는 모르지만."

"네, 잘 다녀오십시오. 사지 님의 기념이 녹나무에 전해지기를 진심으로 기원합니다."

사지는 한 손을 슬쩍 들어 보이고 덤불숲을 향해 걸어갔다.

약 1시간 뒤, 사지는 돌아왔다. 그 얼굴에 후련한 기운이 감도는 것을 알아보고 레이토는 한결 마음이 놓였다. 적어도 후회는 하지 않는 것 같았다.

"수고하셨습니다. 어땠어요?"

"응, 내가 할 수 있는 만큼은 다했어. 형님의 노래를 최대한 집중해서 머릿속에서 재생했으니까. 이제는 유미가 얼마나 많이 받아주느냐는 것만 남았어."

"틀림없이 잘될 거예요."

"그랬으면 좋겠는데."

자, 그럼, 이라면서 자리를 뜨려고 하는 사지를 레이토가 불러세웠다.

"아까 유미 씨하고는 어떤 얘기를?"

사지는 잠시 망설이는 몸짓을 보이다가 입을 열었다.

"유미가 이런 얘기를 하더라고. 설령 과거에 어떤 일들이 있었건 현 시점에서 가족에 대해 양심에 거리낄 만한 일이 없다면 예념을 하고 와줬으면 한다. 그 염원을 내가 받고서 혹시라도 예전의 나쁜 짓을 알게 되더라도 이번만은 눈감아주겠다, 앞으로도 그것에 대해서는 일절 언급하지 않겠다, 라는 거야. 하지만 만일 현재 어떤 형태로든 가족을 배신하고 있다면 아무것도 하지 말고 곧장 집으로 돌아오라고 했어. 허참, 자네 생각에는 어때?"

"유미 씨가 그런 얘기를……."

큭큭큭 하고 사지는 웃음을 내비쳤다.

"아무튼 여간내기가 아니라니까. 그렇게 얘기하는데 예념을 안 하고 집에 돌아가면 현재 우리 가족을 배신하고 있다는 얘기가 되잖아."

"진짜 그러네요. 기막히게 좋은 얘기를 생각해냈네."

"그래서 나도 얘기해줬지. 내가 숨겨둔 건 단순히 못된 장난뿐만이 아니다. 아예 모르는 게 좋을 일, 책임지지 않아도 될 일까지 네가 받아야 할지도 모른다. 그래도 괜찮겠냐, 라고. 그랬더니 유미가 뭐라고 한 줄 알아? ……전혀 아무렇지도 않다, 가족이니까."

"아, 이거, 진짜 흐뭇하셨겠네요."

사지는 겸연쩍은 듯 코 밑을 비볐다. "그러게 말이야. 자식은 부모가 모르는 사이에 어른이 된다더니만."

"그건 부모에 따라서 달라지는 거 아닐까요? 좋은 모범 사례가 가까이에 있지 않고서는 그렇게 안 될 것 같은데요."

레이토의 말에 사지는 뜻밖이라는 듯 눈이 둥그레지더니 피식 웃었다. "자네, 말솜씨가 보통이 아니야."

"진심입니다."

"뭐, 그런 걸로 해두자고."

사지는 한 손을 번쩍 들어 보이고 걸음을 뗐다. 레이토는 머리 숙여 그를 배웅했다.

27

빈틈없이 꼭 닫힌 대문을 올려다보며 이건 사극 드라마 촬영에도 쓸 수 있겠다, 라고 레이토는 생각했다. 세월이 느껴지는 목재를 줄줄이 대서 만든 문짝에 예스러운 품격이 감돌아서 그 안쪽에 투박한 빗장이 채워져 있는 모습을 떠올리게 했다.

대문 기둥도 굵직해서 거의 어깨 폭만큼이나 된다. 그 기둥 위쪽에 야나기사와라는 이름이 적힌 문패가 걸려 있었다.

대문 옆구리에 쪽문이 있었다. 우편함과 인터폰이 나란히 붙어 있다. 레이토는 인터폰 버튼을 눌렀다.

네, 라는 치후네의 목소리가 들렸다.

"저예요, 레이토."

들어와요, 라는 대답과 함께 덜컹 하고 잠금이 풀리는 소리가 났다.

레이토는 작은 문을 밀어 열고 안으로 들어갔다. 거대한 문짝 안쪽을 돌아보니 생각했던 대로 굵은 빗장이 가로질러 채워져 있었다.

징검돌을 따라가자 격자문이 달린 현관이었다. 레이토가 멈춰 서는 것과 그 격자문이 열리는 것이 거의 동시였다.

"어서 와요." 전통복 차림의 치후네가 말했다. "따라오세요."

실례합니다, 라고 말하고 레이토는 발을 들이밀었다.

보여줄 것이 있으니 집으로 오도록 하세요, 라는 치후네의 연락이 온 것은 어제의 일이었다. 사지 도시아키와 오바 소키 같은 이도 몇 번 드나든 모양이었지만, 레이토가 야나기사와 가에 온 것은 오늘이 처음이다.

다다미가 깔린 널찍한 방일 거라고 상상했는데 레이토가 들어간 곳은 서양식 거실이었다. 거대한 대리석 테이블과 그에 걸맞은 큼직한 가죽 소파가 나란히 놓였다. 벽 쪽으로 난로가 있고 그 위에는 액자에 담긴 풍경화를 장식했다. 옛날 외국 영화에 나올 것 같은 방이었다.

"기념을 신청하러 온 사람들도 여기서 만나는 거예요?"

"그렇습니다만, 그게 왜요?" 치후네가 티포트의 홍차를 잔에 따라 레이토 앞에 놓았다.

"아뇨, 좀 뜻밖인 것 같아서요. 집의 외관으로 봐서는 모두 다다미방일 거라고 생각했는데."

"요즘 세상에 다다미방뿐이어서는 이래저래 불편한 경우가 많아요. 특히 조부님은 서양 문화를 동경하던 분이라서 방을 이렇게 개축한 것도 그분이에요. 좀 더 대대적으로 다시 지으려고 했다는데 가옥 전체가 워낙 커서 거기까지는 미처 결단을 내리지 못하셨던 모양이에요."

"여기는 넓이가 어느 정도나 돼요?"

"글쎄요, 어느 정도였나. 자세한 건 잊었지만, 3백 평 이쪽저쪽은 되지 않겠어요?"

숫자를 들어도 얼른 감이 오지 않았다. 테니스 코트 몇 면, 이라는 식으로 알려주면 금방 알 텐데.

"만일 내가 죽는다면 이 집은 그쪽이 물려받게 될 거예요."

스르륵 흘러나온 치후네의 말에 레이토는 홍차를 마시다가 사레가 들릴 뻔했다.

"그, 그거 진짜예요?"

"농담으로 할 얘기가 아니지요. 나는 독신이라서 아이가 없고 부모님도 돌아가셨습니다. 그리고 유일한 자매인 나오이 미치에 씨, 즉 그쪽의 어머니도 사망했기 때문에 그 아들이 나의 유일한 상속인이에요."

레이토는 심호흡을 몇 차례 거듭한 뒤 다시 한번, 진짭니까 라고 중얼거렸다.

다만, 이라고 치후네는 말했다.

"상속하는 건 어디까지나 가옥뿐이에요. 토지 소유자는 야나기사와 그룹이고 나는 그걸 무상으로 사용해왔으니까요."

"아……. 그런 거예요?"

"지금 노골적으로 실망하는 얼굴을 했나요? 토지째로 상속받아 냉큼 팔아치울 생각을 한 건가요?"

"거기까지는 미처 생각을 못했지만……."

얼마쯤의 가치가 있을까, 라고 머릿속에서 계산해보려고 했던 것은 부정할 수 없다.

"이 집 안에 있는 물건들도 모두 상속할 생각이에요. 팔아 봤자 몇 푼 안 되는 잡동사니뿐인지도 모르지만, 나름대로 가치 있는 것도 적지 않아요. 모두 다 처분하면 웬만한 금액은 될 거예요. 기쁜 마음으로 기다리도록 하세요." 그렇게 말하고 치후네는 홍차를 입가로 가져갔다.

"예……."

저축해둔 돈은 얼마나 되는지 묻고 싶은 대목이었지만 역시나 그건 입을 다물었다.

치후네는 품속에서 작은 봉투를 꺼내 레이토 앞에 놓았다. "이걸 갖고 있도록 해요."

손에 들고 안을 확인해보니 열쇠가 들어 있었다.

"현관 열쇠입니다. 인터폰 센서에 가까이 대면 대문 쪽 잠금도 열 수 있어요. 오늘부터 이 집에의 출입을 자유(自由)로 합니다."

"마음대로 들어와도 된다고요?"

"그래요. 다만 내 방에는 무단으로 들어오지 마세요. 하긴 들어와봤자 별것도 없지만."

레이토는 열쇠를 호주머니에 넣었다. 태연한 척했지만 가슴속에 뜨거운 것이 번지고 있었다.

나를 신뢰해준다, 라는 실감이 들었기 때문이다. 지금까지의 인생에서 이런 대우를 받은 적은 한 번도 없었다.

어느샌가 치후네는 노란 수첩을 펼쳐놓고 뭔가 써넣고 있었다.

"그 수첩, 항상 갖고 다니시네요." 레이토가 물었다. "뭘 적는 거예요?"

"별거 아니에요. 자잘한 메모지요." 치후네는 수첩을 덮더니 그나저나, 라면서 레이토를 보았다. "사지 씨의 기념은 무사히 끝났나요? 며칠 전에 예념을 하셨다고 들었는데."

"네, 그럭저럭."

"사지 씨에게서 자세한 얘기를 들었어요. 형님이 만든 곡을 사지 씨의 염원을 매개로 따님에게 들려주자는 아이디어는 그쪽이 낸 것이라면서요?"

"예, 그건 뭐……. 근데 잘될지 어떨지는 아직 모르겠어요."

"제법 좋은 아이디어라고 생각했어요. 그쪽도 기념이라는 걸 이제 상당히 이해한 것 같군요."

"감사합니다." 레이토는 꾸벅 고개를 숙였다.

치후네는 찻잔에 손을 내밀어 홍차를 마신 뒤, 작게 호흡을 하고 진지한 눈빛을 던져왔다.

"아까 이 집 안의 물건을 처분하는 경우의 얘기를 했지만, 모두 다 처분해도 되는 것은 아니에요. 개중에는 그게 결코 허락되지 않는 것도 있습니다. 오늘 그쪽을 집에 부른 것은 그런 점에 대해 미리 설명해주고 싶었기 때문이에요."

"어떤 물건인데요?"

"지금 보여줄 거예요. 따라오세요." 치후네가 자리에서 일어섰다.

거실을 나와 길고 어둠침침한 복도 안으로 걸어갔다. 그 끝에서 왼편으로 꺾어들자 복도는 끝이 나고 맞은편 벽에는 수묵화가 걸려 있었다. 옆쪽으로는 장지문이 있었다.

그 장지문을 열고 들어가는 줄 알았는데 느닷없이 치후네는 맞은편 벽에 걸린 수묵화를 옆으로 밀었다. 그러자 그 밑에는 바둑돌 크기의 구멍 열 개가 세로로 줄지어 있었다.

"똑똑히 잘 보세요."

치후네는 검지를 한 개의 구멍에 넣었다. 달칵 하는 작은 소리가 들렸다. 검지를 빼더니 이번에는 다른 구멍에 넣었다. 다시 달칵 소리가 났다. 그리고 또 다른 구멍에 검지를 넣는다. 그런 일을 다섯 번 반복하자 덜컹 하고 뭔가가 풀리는 듯한 큰 소리가 벽 가장자리 쪽에서 들려왔다.

치후네는 수묵화를 걸어두었던 고리를 잡고 옆으로 힘을 주었다. 그러자 벽이 부드럽게 옆으로 이동했다. 그 너머에는 아래로 내려가는 계단이 있었다.

"우와, 대박!" 레이토는 저도 모르게 목소리를 높였다. "완전히 닌자의 집이잖아요. 이거, 비밀의 도주로예요?"

"도주로가 아닙니다. 어디로도 나갈 수 없으니까요. 하지만 비밀의 문이라는 건 확실해요." 그렇게 말하고 치후네는 벽을 원래대로 돌려놓았다. 덜커덕 하고 조금 전과는 다른 소리가 났다. "자, 열어보세요."

레이토는 그녀가 했던 대로 고리를 잡고 옆으로 밀어보려고 했다. 하지만 벽은 꿈쩍도 하지 않았다.

"안 움직이는데요?"

"일단 닫으면 자동으로 열쇠가 잠기는 구조예요. 그걸 풀기 위해서는 다시 구멍 속에 있는 스위치를 눌러야 합니다. 구멍이 열 개가 있지만 그중 다섯 개는 가짜예요. 진짜 스위치는 나머지 다섯 개. 게다가 누르는 순서가 틀리면 잠금이 풀리지 않아요."

한번 해보세요, 라고 치후네가 말했다.

"제가요?"

"그렇죠. 아까 내가 하는 것을 봤잖아요."

"그야 보긴 했지만……."

멍하니 쳐다보고 있었기 때문에 순서 같은 건 외우지 못했다. 희미한 기억을 더듬어서, 하지만 실제로는 그냥 어림짐작으로 다섯 개의 구멍을 골라 차례차례 눌렀다.

아니나 다를까, 잠금이 풀리는 소리는 들리지 않았다. 일단 고리를 잡고 옆으로 힘을 줘봤지만 벽은 꿈쩍도 하지 않았다.

"안 되는데요."

"당연히 안 되지요."

치후네는 무표정하게 손을 내밀어 익숙하게 다섯 개의 구멍에 차례로 검지를 넣었다. 레이토는 시선을 집중해 그녀의 손끝을 지켜보았다.

덜컹 하고 잠금이 풀리는 소리를 확인하고 치후네는 조금 전처럼 벽을 열고 레이토 쪽을 돌아보았다. 이번에는 순서를 외웠느냐, 라고 묻는 얼굴이었다.

"너무 어려워요." 레이토는 백기를 들었다. "한 번에는 도저히 다 못 외우겠어요."

"그럴지도 모르지요. 거의 3만 가지의 조합이 있으니까요."

"암호 번호라는 거군요. 전기 장치는 아닌 것 같고, 어떤 구조인지 모르겠네요."

"옛 장인들의 지혜에는 저절로 머리가 숙여지지요. 실은 구조에 대해서는 나도 알지 못합니다. 그래서 순서를 변경할 수도 없고 잊어버렸다고 리셋을 할 수도 없습니다. 현재, 정확한 순서를 알고 있는 건 나 한 사람뿐이에요. 그쪽에게는 차차로 가르쳐주겠지만, 결코 그 순서를 누구에게도 발설해서는 안 됩니다. 알겠지요?"

"그런 중요한 것을 저한테 가르쳐주셔도 돼요?"

"그쪽밖에 없습니다. 이것 또한 그쪽이 상속받아야 하는 것이니까요." 그렇게 말하고 치후네가 비밀의 문 앞의 스위치를 누르자 천장에 달린 전기불이 켜졌다.

계단을 내려가자 거기에도 미닫이문이 있었다. 치후네가 그 문을 열고 안에 들어가 불을 켰기 때문에 레이토도 따라 들어갔다.

그곳은 천장이 낮은 4평 정도의 방으로, 벽 한 면 전부가 선반이었다. 거기에 두툼한 파일이며 끈으로 철한 한지 책, 납작한 나무상자 등이 줄지어 정리되었다. 모두 다 해묵은 물건 같았다.

"이게 다 뭐예요?"

"기념의 기록입니다."

"이게 전부 녹나무 기념 기록이라고요?" 레이토는 킁킁 냄새를 맡았다. "진짜 녹나무 향기가 나네요."

치후네는 어이없다는 듯 미간을 찌푸렸다. "네, 냄새가 나지요, 장뇌 냄새. 방충제입니다."

"아, 방충제……."

"여기 있는 것들은 대대로 녹나무 파수꾼이 지켜온, 이른바 야나기사와 가의 숨겨진 재산입니다. 내가 확인한 바로는 가장 오래된 게 150여 년 전 기록이었어요. 찾아보면 좀 더 오래된 기록도 있을지 모르지요."

"150년? 우와."

레이토는 선반 앞으로 다가가 비교적 새것인 듯한 파일의 등 표지를 보았다. 1977년, 이라는 표기를 확인할 수 있었다. 이것도 벌써 40년도 더 된 것이다.

"이런 기록물이 여기에 보관된 것을 아는 사람은 녹나무 파수꾼뿐이에요. 야나기사와 일족 중에서도 나 이외의 사람은 아무도 알지 못합니다. 하지만 오늘부터는 그쪽도 그걸 아는 사람이 되었어요. 내가 죽은 뒤에는 그쪽이 맡아서 이곳을 관리해야 합니다."

"제가요?" 레이토는 저절로 허리가 뒤로 젖혀졌다. "그야 방충제를 교환해주는 정도라면 할 수 있지만······."

"여기 있는 것들은 단순한 종이쪽이 아니에요. 언제 어디 사는 누가 녹나무에 염원을 맡겼는지, 그것을 누가 받았는지, 그 모든 기록이 보관된 것이지요. 말하자면 한 사람 한 사람의 역사이자 한 집 한 집의 역사이기도 합니다. 따라서 취급에는 충분히 주의를 기울여야 합니다. 절대로 다른 사람을 이 방에서 들여서도 안 되고 이곳에 있는 것들을 보여줘서도 안 됩니다. 그 점을 특히 명심하도록 하세요. 알겠지요?"

"아, 잠깐만요." 레이토는 두 손을 앞으로 내밀었다. "이건 제가 감당하기에는 너무 힘든 일이에요. 누구 다른 사람이 대신 맡아주면 안 될까요?"

"몇 번이나 똑같은 말을 해야 하지요? 상속인은 그쪽밖에 없어요. 녹나무 파수꾼 일을 받아들인 이상, 도망칠 수는 없습니다. 각오하세요."

받아들인 것이 아니라 받아들일 수밖에 없었던 것 아닙니까, 라고 내심 투덜거리면서도 레이토는 네, 라고 얌전히 대답했다.

"또 한 가지, 중요한 것이 있습니다." 그러더니 치후네는 웅크려 앉았다. 선반 맨 아래 칸을 차지한 큼직한 서랍의 손잡이를 두 손으로 잡고 앞으로 당겼다.

레이토는 엇 하는 소리를 흘렸다.

서랍 안에 있는 것은 밀초였다. 기념할 때 쓰는 것이다. 종무소에도 여러 개 보관되어 있어서 레이토는 그걸 기념자들에게 건네곤 했는데 그 공급원이 바로 이곳이었는가.

"이 밀초가 없어서는 기념을 할 수 없어요. 그리고 이 밀초의 제조법은 야나기사와 가에만 전해 내려온 것입니다. 이른바 비전(秘傳)의 기술이지요. 가까운 시일 내에 그쪽에게도 가르쳐줄 테니 그런 줄 알고 기다리세요."

레이토는 말없이 고개를 끄덕였지만 점점 우울해지지 않을 수 없었다. 책임져야 할 것이 하나 더 불어나는 건가. 망연한 마음으로 밀초를 내려다보았다.

저녁은 치후네가 초밥을 배달시켜줘서 응접실 소파에서 둘이 마주 앉아 먹었다. 야나기사와 가가 예전부터 단골로 이용하는 초밥집이라더니, 역시 값싼 회전 초밥과는 재료의 맛부터가 다르다는 것을 그야말로 회전 초밥밖에는 먹어본 적이 없는 레이토는 잘 알 수 있었다.

치후네가 손에 든 젓가락을 멈추고 레이토 쪽을 보았다.

"다음 달에 임원회의가 있습니다. 전에도 말했지만 거기서 나의 고문직 해임이 결의될 예정이에요. 그렇게 되면 좀 한가해질 테니까 아까 얘기한 밀초 제조법을 전수하도록 하지요."

"네, 잘 부탁드립니다."

지금 이 자리에서 굳이 그런 얘기를 할 건 뭐야, 라고 생각했다. 오랜만에 먹어보는 초밥인데 맛도 없어지는 것 같았다.

"그게 끝나면 잠시 여행을 떠날까 합니다."

그 말에 레이토는 젓가락을 멈추고 고개를 들었다. "혼자서 여행을?"

"그럴 생각이에요."

"어디로 가시는데요?"

"이제부터 검토해보겠지만, 일정을 딱 정해놓고 떠나는 답답한 여행을 할 생각은 없습니다. 그닐그닐 기분 나는 대로 가고 싶은 곳에 가고 머물고 싶은 곳에 머물 생각이에요."

"오, 좋은데요? 언제쯤까지?"

"그것도 정하지 않았어요. 마음에 드는 곳이 있으면 장기 체류를 할지도 모르지요."

"럭셔리하시네요." 진심으로 그렇게 생각했다. 일반 서민으로서는 할 수 없는 여행이다.

"그래서 여행 동안에 이 집의 관리를 그쪽에게 부탁하려는 거예요. 내가 떠나기 전에 집 안의 이런저런 것들을 미리 익혀두도록 하세요. 그러려고 열쇠를 건네줬으니까."

"알겠습니다."

레이토는 실내를 둘러보았다. 이런 넓은 집에서는 살아본 적이 없다. 과연 자신이 이 집을 제대로 관리할 수 있을지, 마음이 점점 무거워졌다.

후우, 하고 치후네는 숨을 토해내고 자신의 초밥 그릇을 레이토 쪽으로 밀어주었다.

"더 못 먹겠네. 이거, 괜찮으면 먹도록 하세요."

오징어와 참치뱃살 초밥이 남아 있었다. 잘 먹겠습니다, 라고 신이 난 목소리를 올렸다.

치후네는 찻잔을 입가로 가져가며 레이토를 지그시 바라보았다.

"녹나무 파수꾼 일에도 웬만큼 익숙해진 것 같아서 잠깐 물어볼까 하는데, 장래는 어떻게 할 생각인가요?"

갑작스러운 질문에 레이토는 당황했다. "……장래요?"

"언젠가 파티 자리에서 마사카즈 씨의 질문을 받았었지요, 이대로 녹나무 관리만으로 평생을 보낼 거냐고. 어지간히도 심술 사나운 질문이라고 생각하면서 조용히 듣고 있었지만, 정곡을 찌르는 말이었던 것은 사실이에요. 그에 대해 그쪽의 답변은 흐름에 몸을 맡기고 살아갈 것이다, 라는 것이었지요. 그 뒤로도 그 생각은 바뀌지 않았습니까?"

레이토는 젓가락을 내려놓고 머리에 손을 얹었다. "그 생각을 바꾸지 않으면 별로 안 좋을까요?"

"그게 안 좋을지 어떨지는 그쪽 스스로 판단할 일이지요. 지금 이대로도 괜찮다고 생각한 것이라면 나는 아무 말 않겠습니다."

"그럼 우선은 지금 이대로, 라는 걸로 하겠습니다."

"현재에 만족하고 있다는 말인가요?"

"딱히 불만은 없습니다. 살아갈 수만 있으면 그걸로 좋아요. 어차피 그리 대단한 인생도 아니고."

치후네의 입가가 삐뚜름해졌다. 그에 따라 주름살도 깊어졌다. "어지간히도 염세적이군요."

"염세적?"

"세상에 절망했다는 뜻이에요. 왜 그런 식으로 생각하지요?"

"왜냐니, 나라는 인간은 이 세상에 태어난 것부터가 어이없는 일이었어요. 호스티스가 남의 남편과 불륜을 저질러 낳았잖아요. 치후네 씨도 어머니가 아기였던 나를 안고 있는 걸 보고 왜 저런 바보짓을 했느냐고 어이없어 했잖아요. 나 때문에 그때 자매의 인연까지 끊었잖아요. 그러니까 나라는 인간은 애초에 태어나지 말았어야 했어요. 그런 인간에게 뭔 장래가……."

타앙, 하고 치후네가 큰 소리를 냈다. 손에 든 찻잔으로 테이블을 내리친 것이다. 레이토는 깜짝 놀라서 하려던 말들이 머릿속에서 날아가버렸다.

치후네의 뺨이 가늘게 떨렸다. 어금니를 악물고 있는 것 같았다. 이윽고 그녀는 눈꺼풀을 감고 천천히 가슴을 들먹였다. 숨을 가다듬는 것이다.

감겼던 눈꺼풀이 열렸다. 치후네의 눈을 보고 레이토는 가슴이 덜컥했다. 붉게 충혈되어 있었기 때문이다.

"레이토의 삶의 방식에 참견은 하지 않겠어요." 그녀는 감정을 억누르는 목소리로 조용히 말했다. "다만 한 가지 충고를 하자면, 이 세상에 태어나지 말았어야 할 인간이라는 건 없습니다. 어디에도 없어요. 어떤 사람이든 이 세상에 태어난 이유가 있습니다. 그것만은 똑똑히 기억해두도록 하세요."

반론을 허락하지 않는 무언의 압력을 레이토는 느꼈다. 침을 꿀꺽 삼키고 가까스로 네, 라고 대답했다.

치후네는 자리에서 일어나 빙글 등을 돌렸다.

"나는 이만 가서 쉬어야겠어요. 밥 다 먹으면 그릇은 그대로 두고, 언제든 원하는 시간에 돌아가도록 하세요. 나갈 때는 문 잠그는 것을 잊지 말고."

"……알겠습니다."

치후네는 오른손으로 눈가를 가리고 응접실을 나갔다.

야나기사와 저택에 작별 인사를 한 뒤에 레이토는 늘 다니던 동네 목욕탕으로 갔다. 욕조에 몸을 담그고 치후네와의 대화를 되돌아보았다.

장래니 꿈이니 하는 말은 옛날부터 좋아하지 않았다. 학교 작문시간에 그런 주제가 나오면 너무 지겨웠다. 의사, 정치가, 변호사……. 친구들이 그런 얘기를 하면 싸늘한 기분으로 내심 비웃곤 했다. 가난한 집에 태어난 시점에 이미 이루어질 수 없는 꿈들이다. 스포츠선수나 연예인, 예술가라면 어떤가. 아니, 그건 더 어렵다. 웬만큼 발군의 재능이 아니고서는 그쪽에서도 성공하기 어렵다는 건 어린애라도 다 안다.

어떤 사람이든 이 세상에 태어난 이유가 있습니다—.

치후네의 말이 머릿속에서 왕왕 울렸다.

이해가 안 된다. 내가 태어난 건 어머니가 바보였기 때문이다. 남의 남자의 아이를 가졌지만 먹고사는 걸 돌봐준다는 말을 바보같이 딱 믿고서 나를 낳았다. 그게 전부다. 그 밖에 또 어떤 해석이 가능하다는 건가.

멍하니 그린 생각들을 하고 있는데 레이도에게 밀을 건네는 사람이 있었다. "어, 또 만났네?" 바짝 여윈 노인이 욕조 안으로 들어오는 참이었다.

"아, 안녕하세요?"

전에 만났던 이이쿠라라는 노인이었다.

"그 뒤로 좀 어때? 녹나무 파수, 할 만해?"

"그냥 그럭저럭 하고 있어요."

"그렇구먼. 전에 만났을 때 기념을 잘 모른다고 했는데, 이 제 좀 알 것 같아?"

"예, 꽤 알게 된 것 같습니다."

"거, 다행이네. 나도 예념을 해둔 사람이라서 파수꾼이 언 제까지고 견습 중이면 좀 조마조마하거든." 노인은 하하하 입을 벌리고 웃었다. 앞니가 없었다.

"그러고 보니 이이쿠라 씨, 얼마 전에도 기념을 하러 오셨 지요?"

레이토의 말에 이이쿠라는 의아한 듯 미간을 좁혔다. "응? 뭔 소리랴?"

"지지난 번 그믐날 밤이에요. 기념을 예약하셨는데 그날 밤에는 제가 아니라 이모님이 파수를 맡으셨어요."

레이토가 '야나쓰 호텔 시부야'에서 숙박한 날 밤이다.

그런데 이이쿠라는 입을 헤벌린 채 고개를 저었다.

"아니야, 난 안 갔어. 나는 작년에 기념을 하고는 그걸로 끝이야. 자네가 뭘 잘못 알고 있는 거 같아."

"아니, 그럴 리가……."

없다, 라고 말하려다가 레이토는 입을 다물었다. 이이쿠라 가 거짓말을 할 이유는 없다. 간 적이 없다고 한다면 그게 맞 는 말일 것이다.

"아저씨 이름이 이이쿠라 고키치 씨라고 하셨지요?"

"그래, 고키치. 한자로는 효도 효에 길할 길이야."

레이토는 기억을 더듬어보았다. 치후네가 직접 녹나무 파수꾼을 맡겠다고 해서 누가 기념을 하러 오는지, 예약 기록을 찾아봤던 게 생각났다. 이이쿠라 고키치의 이름을 확인하고 치후네에게 그렇게 특별한 인물이었는가, 하고 약간 놀랐었다.

동성동명인 걸까. 아니, 그런 우연은 생각하기 어렵다.

"왜 그러지? 내가 거기 안 갔던 게 무슨 문제가 되나?" 이이쿠라가 걱정스러운 기색으로 물었다.

"아뇨, 그런 거 아니에요." 레이토는 자리에서 일어나 욕조 밖으로 나왔다.

어떻게 된 것인가. 머리를 감으면서 생각했다. 이이쿠라가 예약을 하지 않았다면 그날 밤은 대체 누가 기념을 한 것인가.

생각할 수 있는 것은 한 가지밖에 없었다. 이이쿠라가 아니라 다른 누군가가 녹나무에 들어가 기념을 한 것이다.

28

보름날이 다가오면 별이 보이지 않는다더니 정말 그렇구나, 라고 레이토는 하늘을 올려다보며 생각했다. 오늘 밤은 날씨가 맑아서 구름이 거의 없을 텐데도 육안으로는 별이 하나도 확인되지 않았다. 그 대신 동그란 달은 더욱 또렷하게 빛났다.

시계를 보니 이제 곧 자정이었다. 슬슬 나올 때쯤이 됐다. 레이토는 의자에서 일어나 덤불숲 쪽으로 갔다.

녹나무 기념 입구에서 기다리고 있자 덤불숲 안에서 빛이 다가오는 게 보였다. 상대는 레이토를 알아봤는지 일단 발을 멈췄다가 다시 걸어왔다.

얼굴이 확인되는 곳까지 가까워졌을 때 레이토는 수고했어, 라고 말을 건넸다. "어땠어?"

사지 유미는 곧장 대답하지 않고 자신의 기분을 확인하려는 듯 고개를 갸우뚱했다. 그 표정은 약간 딱딱해서 긴장한 기색이 온몸에서 퍼지는 것 같았다.

"아버지의 염원, 받았어?" 레이토는 말을 바꿔서 다시 한 번 물어보았다.

유미의 눈은 레이토가 아니라 어딘가 먼 곳을 보고 있었다. 그대로 심호흡을 한 차례 하더니 그제야 레이토 쪽을 보았다.

"너…… 대단하다."

예상하지 못한 말에 레이토는 당황했다.

"내가 왜?"

"너, 저 녹나무의 파수를 맡았잖아. 그거, 대단한 거야. 진짜 대단한 거 같아."

레이토는 쓴웃음을 지으며 두 팔을 펼쳤다.

"나는 그냥 안내하는 역할일 뿐이야. 아무튼 그런 말을 하는 걸 보니 염원을 잘 받은 모양이지?"

"응, 진짜로." 유미의 눈은 다시 초점이 어긋났다. 기념 때문에 몸에서 빠져나간 혼이 아직 완전히 돌아오지 않은 건가, 라는 생각까지 들었다.

"그 노래는? 기쿠오 씨의 그 노래, 들렸어?"

유미의 눈이 한순간 큼직해졌다. 그다음에 머리가 천천히 위아래로 움직였다.

"들렸어. 똑똑히 들렸어." 두 손을 자신의 가슴에 댔다. "감동했어."

"오카자키 씨가 연주했던 곡과 어떻게 다른지, 알았어?"

응, 하고 유미는 크게 고개를 끄덕였다. "알았어. 전혀 달라."

"엇, 전혀 달랐어?"

유미는 두 손을 뺨에 댔다.

"전혀, 라는 건 지나친 말이겠지만, 오카자키 씨의 연주에는 아주 중요한 게 재현이 안 됐어. 원래의 곡은 아버지 머릿속에서는 그런 식으로 울렸던 거야. 그러니 딜레마였겠지."

"너는 그 중요한 것을 오카자키 씨에게 잘 전할 수 있을 것 같아?"

"글쎄, 해봐야 알겠지? 근데 가능할 것 같긴 해." 신중한 말투였지만 그게 오히려 자신감의 표현으로 들렸다.

"그래, 잘했어."

후우 숨을 토해낸 뒤, 유미는 스마트폰을 꺼내 화면을 흘끗 보았다. "벌써 시간이 이렇게 됐네? 얼른 집에 가야겠어."

"차 있는 데까지 데려다줄게."

"고마워."

나란히 함께 걸었다.

"그 노래 말고 다른 건 어땠어?" 레이토는 궁금했던 것을 물어보았다. "아버지의 생각들도 전해졌을 텐데."

"아, 그거? 받았지." 의미심장하게 말한 뒤, 한 호흡 멈췄다가 유미는 뒤를 이었다. "역시 그렇다, 라는 느낌이었어."

"뭐가?"

"뭐랄까, 생각했던 대로, 선량하기만 한 사람은 아니었어."

"그렇구나……."

"근데 전혀 뜻밖인 건 아냐. 요즘 세상, 좋은 일만 하면서 살아갈 수 있을 만큼 만만하지 않잖아. 가족들 먹여 살리고 직원들 월급 제때 챙겨주려면 남의 약점을 파고들고, 남을 밀쳐내지 않으면 안 될 때도 있어. 깨끗하게 올바르게 아름답게, 라는 건 환상이지. 우선 나부터도 그래. 지금 누군가 내 머릿속을 들여다보는 거? 절대 안 돼. 시기하고 삐딱하고, 그런 못난 생각들이 가득하니까. 그래서 내가 생각해보니까 예념을 하는 사람은 자기 스스로에 대해 진짜 자신이 있는 사람이야. 엉터리로 살아온 사람에게는 예념을 할 용기 따위, 없어."

"그러면 예념을 한 것만으로도 유미 아버지는 존경해드릴 만하네."

"그치, 그치?" 유미는 힘이 담긴 목소리를 냈다. "진짜 맞는 말이야. 하긴 뭐, 사전에 내가 조곤조곤 몰아붙여준 것도 좀 있었지."

"그 얘기, 나도 사지 씨한테 들었어. 가족에게 떳떳하지 못한 짓을 했다면 기념은 하지 말고 곧장 집으로 돌아오라고 했다면서? 그런 말을 듣고 응, 알았다, 하고 끄덕끄덕 집에 들어갈 수는 없지, 당연히."

"기념을 하는 사람들 중에는 그런 식으로 어쩔 수 없이 하는 경우도 꽤 많을 것 같아. 하고 싶지는 않지만 기념이 그집안의 오랜 관습인데 그걸 자꾸 안 한다고 했다가는 주위에서 뭔가 뒤가 구린 거 아니냐고 의심할까봐서. 거꾸로 말하면, 당당하게 기념을 하면 지금까지의 내 인생에는 어떤 거짓도 거리낄 것도 없다고 주위에 과시하는 일이 돼."

"오호, 그런 효과도 있었네."

지금까지 레이토의 머릿속에는 없었던 생각이다. 눈을 가리고 있던 것이 툭 떨어진 듯한 느낌이었다.

계단을 내려가자 공터 한쪽에 대형 세단이 있었다. 오늘은 아버지 차를 빌려 타고 온 모양이다.

"그럼 잘 자." 차 문을 열고 운전석에 앉으면서 유미가 말했다.

"응, 잘 자. 수고하셨습니다." 레이토는 잠깐 머리 숙여 기념의 예를 갖췄다.

엔진 시동이 걸리고 헤드라이트가 켜졌다. 지이익 땅을 누르는 소리를 내며 차가 출발했다. 운전석의 유미가 웃는 얼굴로 고개를 끄덕여서 레이토도 입가를 풀며 손을 흔들었다.

방향 지시등을 깜빡거리면서 차는 길로 나갔다. 차체가 보이지 않게 된 뒤에 레이토는 돌아섰다.

하지만 문득 한 가지 생각이 떠올라서 발을 멈췄다.

당당하게 기념을 하면 지금까지의 내 인생에는 어떤 거짓
도 거리낄 것도 없다고 주위에 과시하는 일이 된다──. 유미
의 그 말을 곰곰 되새겨보았다.

　그런가, 그런 건가.

　지금까지 보이지 않았던 것이 갑작스럽게 환히 보이는 듯
한 기분이었다.

29

하늘에 떠 있는 것은 완벽한 보름달이다. 레이토가 밀초가
든 종이봉투를 들고 종무소 앞에서 기다리고 있으려니 사람
그림자가 도리이 너머에서 다가왔다. 키도 크고 몸집도 큰
것을 보니 오바 소키다. 오늘 밤도 영 내키지 않았는지 발걸
음이 무겁기만 했다.

레이토는 자리에서 일어나 소키를 맞이했다.

"안녕하십니까. 준비하고 기다렸습니다."

"지금 비웃었죠?" 소키가 입술 끝을 비죽거리며 말했다.
"지겹지도 않은지 또 왔구나 하고."

"그럴 리가요."

"거짓말. 뭐, 당연히 그렇게 생각할 만해요. 내가 그쪽 입
장이라도 코웃음을 쳤을걸."

"코웃음 치지 않았습니다. 그나저나 후쿠다 씨는?" 레이토는 소키의 등 뒤로 시선을 던졌다.

"차 안에서 기다린대요."

"그래요? 마침 잘됐네."

"뭐가요?"

"지난번에 소키 씨는 나한테 모든 것을 털어놓은 뒤에 이런 말을 했어요. 녹나무 파수꾼이라면 어떻게든 해봐라, 뭔가 지혜를 짜내라."

"그랬죠. 아, 그래서요?" 소키의 눈이 날카로워졌다. "뭔가 생각난 거 있어요?"

"있습니다. 그야말로 간단한 일이었어요."

"어떻게 하면 되는데요?"

"이따가 차로 돌아가서 후쿠다 씨에게 이렇게 말하면 됩니다. 항상 하던 대로 밀초에 불을 켜고 녹나무 안에서 아버지 생각을 했다. 그랬더니 여태까지 감지되지 않던 아버지의 염원이 오늘 밤에는 똑똑히 내 머리에 들어왔다……." 그리고 레이토는 입기를 풀고 소키의 일굴을 지그시 바라보았다. "어떻습니까."

"뭐요?" 소키의 입이 떡 벌어졌다. "지금 제정신으로 얘기한 거예요?"

"제정신입니다."

"말도 안 돼. 어떻게 그럴 수가 있어!"

487

"왜 안 됩니까?"

"왜냐니, 그딴 거짓말은 당장 들켜버려요."

"왜 들킵니까? 소키 씨가 입을 다물면 절대로 들킬 일이 없어요. 왜냐면 소키 씨 외에 어느 누구도 수념을 할 수 없으니까요."

"들킨다니까요. 이봐요, 나도 그런 생각을 안 해본 게 아니에요. 너무 답답해서 아예 기념이 잘됐다고 거짓말을 해버릴까, 하고. 근데 아버지의 염원을 받았다고 하면 그게 어떤 것이었느냐, 당연히 꼬치꼬치 물어볼 거예요. 그러면 내가 뭐라고 대답해야 되죠? 나만의 비밀이라고 버티기라도 할까요?"

"그렇게 하면 되잖습니까. 수념한 내용은 비밀이라고 하면 되는 거예요. 왜 안 됩니까?"

"그게 통할 리가 없죠!" 소키는 두 손을 크게 위아래로 내저었다. "당신, 녹나무 파수꾼이라면서 기념의 의미도 몰라요? 당주가 자신의 이념이나 신념을 후계자에게 전하는 게 본래의 목적이에요. 우리 회사를 예로 들면, '다쿠미야 본점'의 경영을 앞으로 어떻게 할 것이냐, 같은 거. 그것에 대해 아버지가 어떤 식으로 생각했는지, 회사 임원들이 물어보면 어쩔 건데요. 지어낸 얘기를 할 수도 없잖아요."

"지어낸 얘기는 안 좋지만, 소키 씨가 상상해서 말하는 건 괜찮잖아요."

"상상해서?" 소키는 미간의 주름이 깊어졌다. "어떤 걸?"

"물론 아버님의 생각을. 만일 오바 도이치로 씨가 살아계셨다면 이런 때 어떻게 했을까, 이런 때 어떻게 생각했을까, 그걸 상상해보는 거예요. 소키 씨라면 할 수 있어요."

소키는 맥 빠진다는 얼굴로 고개를 홱 돌렸다.

"무책임한 소리를 하시네. 댁이 나에 대해서 뭘 얼마나 안다고?"

"잘은 모르죠. 하지만 지난번에 소키 씨는 내게 많은 얘기를 들려줬어요. 아버님이 이런 말씀을 하셨다고 했지요? 설령 한 핏줄이 아닌 것이 밝혀지더라도 소키 씨를 친아들로 생각하는 마음에는 어떤 흔들림도 없다. 앞으로도 친아들로 생각하고 가르쳐줄 것은 남김없이 가르치면서 기탄없이 단련시키겠다……. 만일 그 말씀이 사실이라면 아버님의 이념이나 신념은 이미 소키 씨의 몸에 속속 스며들어 있습니다. 예념이니 수념이니 하는 절차는 필요가 없어요. 적어도 아버지 오바 도이치로와 아들 오바 소키 사이에서는."

레이토의 말에 소키는 허를 찔린 듯한 얼굴이 되었다. 지금까지 전혀 머릿속에 없었던 생각을 듣고 큰 사극을 받았다는 건 분명했다.

하지만 잠시 뒤에 소키는 얼굴 옆에서 손을 내저었다.

"과대평가예요. 내가 아버지를 대신할 수 있을 리 없어요."

"그럴까요? 그렇다면 왜 아버님은 소키 씨가 수념할 수 없다는 것을 알면서도 소키 씨 외의 다른 사람에게는 수념을 허락하지 말라고 유언장에 지정해뒀을까요. 혈연관계인 다른 사람이 있는데도.”

“그건……..”

“아버님은 믿으셨던 거예요. 설령 염원이 전해지지 않더라도 내 아들이라면 자신의 모든 생각을 이어가줄 것이라고.”

소키는 입을 꾹 다물었다. 코트 주머니에 두 손을 넣고 지그시 땅바닥을 응시하고 있었다.

휘이익 차가운 바람이 불었다. 레이토는 귀가 시려왔다.

“그다음 얘기는 종무소에 가서…….”

레이토가 거기까지 말했을 때 소키가 오른손을 툭 내밀었다. “밀초 줘요.”

“어떻게 할 건데요?”

“녹나무에게로 갑니다. 그리고 아버지를 생각할 거예요.”

“일단 오늘 밤에도 기념을 시도해보겠다는?”

소키는 고개를 저었다.

“그건 안 되는 거, 알고 있어요. 어차피 염원은 전달을 못 받아요. 그러니 아버지가 나한테 가르쳐준 것을 찬찬히 생각해내서 그걸 되새기고 헤아려서 받아보려고.”

“그러시다면.” 레이토는 밀초가 든 종이봉투를 건넸다.

“오늘 밤은 다른 때보다 시간이 훨씬 더 길어질 수도 있어요.”

“알겠습니다.”

"끝나면 그냥 혼자 갈 테니까 파수꾼은 필요 없어요. 불 단속은 확실하게 하고 갈게요."

"잘 알겠습니다."

녹나무에서 나왔을 때, 어떻게 할 생각이냐는 질문은 받고 싶지 않은 것이리라. 레이토는 그렇게 해석했다.

어둠을 향해 걸음을 옮기는 소키의 등 뒤에 "잘 다녀오십시오"라고 인사를 건넸다.

후쿠다 모리오가 월향신사에 나타난 것은 레이토가 녹나무 주위를 빙 돌아가며 낙엽을 쓸고 있을 때였다. 사람 그림자가 시야 끝에 들어왔지만 구경하러 온 사람이겠거니 했다. 그래서 귀에 익은 목소리가 건넨 "어젯밤에는 수고가 많았지요?"라는 인사에 흠칫 놀라 얼굴을 들었다.

후쿠다는 비즈니스 스마일을 지어가며 다가왔다. "아, 지금 잠깐 괜찮을까?"

"괜찮습니다만, 무슨 일이시죠?"

"당신에게 확인힐 게 좀 있어서. 아니, 상의할 일이라고 하는 게 맞으려나. 어쨌든 잠깐 시간을 좀 내줬으면 하는데."

"아, 그러십니까."

"단것은 좋아하나?"

"단것?"

"이거야, 붕어빵. 역 앞에서 사왔어." 후쿠다는 흰 비닐봉투를 들어 보였다. "함께, 어때?"

"그러시면 장소를 바꿀까요."

후쿠다를 종무소로 안내한 뒤 레이토는 찻잔 두 개에 호지차를 내렸다.

"내가 술이라면 젬병이야. 그 대신이라면 이상하지만 아무튼 단것이라면 사족을 못 쓴다니까." 후쿠다가 비닐봉투에서 꺼낸 종이봉지를 뜯어 테이블 위에 펼쳤다. 갈색으로 잘 구워진 붕어빵 두 개가 들어 있었다.

그럼 잘 먹겠습니다, 라고 말하고 레이토는 손을 내밀었다. 베어 먹었더니 마침맞은 달콤함이 입안에 퍼졌다. 단팥 앙금을 먹는 건 오랜만이다.

후쿠다는 붕어빵을 떼어 입에 넣었다. 우물우물 꿀꺽 삼키고 고개를 끄덕였다. "오, 제법 먹을 만하네."

"차도 드시죠."

"고마워. 잘 마실게." 후쿠다는 찻잔을 손에 들고 사무 책상 쪽을 보았다. "오늘 밤에도 기념이 있는 모양이지?"

사무 책상 위에는 촛대가 놓여 있었다. 게다가 이미 초가 세팅되어 있다.

"그건……."

"아주 훌륭한 밀초네. 오늘 밤에 기념하는 이는 특별한 사람인가?"

"죄송합니다만 다른 사람의 기념에 대해서는 말할 수 없어요."

"아차, 그렇지? 실례했네." 후쿠다는 차를 후루룩 마시고 찻잔을 테이블에 내려놓더니 긴 숨을 후우 내쉬고 레이토 쪽을 보았다. "어제 소키 씨가 여기서 돌아와서는 나한테 얘기하더라고. 드디어 됐다, 아버지의 염원을 받았다, 라고 말이지."

"그래요? 그거, 다행이네요."

후쿠다는 탐색하는 듯한 눈빛을 던졌다. "어째 별로 놀라지도 않네?"

"그런 건 아니고요. 수념을 못하던 사람이 여러 번 도전한 끝에 성공했다는 건 자주 들은 얘기라서."

"소키 씨가 그런 경우라고?"

"그런 거 아니에요?"

후쿠다는 일단 시선을 숙였다가 다시 레이토 쪽을 보았다.

"소키 씨에게 물어봤어. 어떤 염원을 받았느냐고. 소키 씨의 대답은, 말로 하는 건 어렵다, 라는 거였어. 막연한 이미지 같은 것이라 제대로 전달할 수 없다면서. 다만 아버지가 어떤 것을 꿈꿨는가, 아들이 어떻게 살기를 바랐는가, 라는 건 잘 알았으니까 그 소원을 들어줄 수 있도록 열심히 해보고 싶다고 했어."

"아주 잘됐는데요? 일단 마음이 턱 놓이셨겠네요."

그러자 후쿠다는 의미심장한 웃음을 지으며 느릿느릿한

동작으로 붕어빵을 한 입 먹었다.

"그거, 당신이 살짝 알려줬지?"

"예? 무슨 말씀이에요?"

"에이, 시치미 떼지 말고. 어젯밤에도 소키 씨는 여기 오는 걸 전혀 내켜하지 않았어. 이래서는 오늘 밤도 글렀구나, 나도 포기했을 정도야. 그런데 갑작스럽게 돌변해버린 거야. 그런 거짓말이 갑작스레 생각났을 리는 없고 누군가 살짝 알려준 게 틀림없지. 그렇다면 그럴 사람은 당신밖에 없어."

"거짓말이라니, 뭐가요? 저는 뭐가 뭔지 도통."

"시치미 뗄 거 없다니까. 내가 다 알고 있어. 소키 씨는 수념이 안 된다는 것도. 어쨌든 세상 떠난 회장님하고는 40년을 함께 부대껴온 사이야. 이래저래 깊은 속내도 털어놓으셨지."

생각지도 못한 고백에 레이토는 잠깐 혼란스러웠다.

"수념이 안 된다는 걸 다 알면서 여태까지 소키 씨를 여기에 데려오셨어요?"

"어쩔 수 없었어. 소키 씨가 회장님 핏줄이 아니라는 건 나는 모르는 일로 해뒀으니까. 유언장에 소키 씨에게 기념을 시키라고 적혀 있는 이상, 생전에 회장님에게서 후견인 역할을 떠맡은 내가 데려오지 않을 도리가 있나."

"소키 씨에게 얘기하시면 되잖아요. 후쿠다 씨는 진상을 알고 있다고."

"그럴 수 있다면야 내가 왜 그런 고생을 했겠나. 그럴 수가 없었어. 회장님이 부탁하신 일이라서."

"소키 씨의 아버님이?"

"그래. 소키의 출생의 비밀에 대해서는 평생 본인 혼자 떠
안고 가게 하라고 하셨어. 회장님 말씀으로는 진상을 아는
사람이 또 있다는 걸 알게 되면 분명 언젠가는 우는소리를 하
게 된다는 거였어. 힘들어졌을 때, 미주알고주알 털어놓고
편해지고 싶은 건 인간의 본능이다. 하지만 큰 조직의 리더
가 그런 식이어서는 곤란하다, 라는 거야. 그러니 더더욱 내
가 기념에 매달렸지. 내가 냉큼 포기해버리면, 아, 혹시 후쿠
다는 진상을 알고 있는지도 모른다, 하고 소키 씨가 의심할
수 있잖아."

"첫날 기념에 동행하려고 하신 것도 그런 생각 때문이었
어요?"

"그것도 있지만, 소키 씨가 이 기념이라는 지긋지긋한 것
을 어떻게든 하지 않으면 안 된다고 생각하게 하고 싶었어.
빠른 말로, 아버지의 염원을 받았노라고 연극을 해줬으면 한
거야. 그런데 소키 씨가 저래 봬도 아주 착실한 데가 있어서
거짓말을 한다는 발상 자체가 아예 없어. 솔직히 참말로 애
가 탔네. 소키 씨도 마음이 무거웠겠지만 나도 대체 언제까
지 이 짓을 계속해야 하나, 진짜 정신이 아득하더라고. 그런
데 어젯밤 갑작스럽게 그 얘기를 꺼내는 거야. 아까도 말했
다시피 이곳에 오기 전에는 평소와 똑같아서 전혀 의욕이라

고는 없었다고. 아하, 그렇다면 이건 누군가 살짝 알려줬겠구나, 하고 눈치챈 거야."

그런 거였구나, 하고 이해가 되었다.

"지난번에 기념을 하러 오셨을 때, 소키 씨가 이래저래 털어놨어요. 사정 얘기를 듣고 내가 이상하게 생각했던 것은 왜 소키 씨의 아버님, 즉 오바 도이치로 씨는 기념을 했는가 하는 것이었어요. 집안에 대대로 내려오는 관습이라서 별수 없이 그랬는지도 모르지만, 당주였으니까 뭔가 이유를 달아서 기념을 안 하는 방법도 있었을 거예요. 그런데도 기념을 했다. 그뿐만 아니라 수념자를 소키 씨로 한정했다. 이건 대체 무엇 때문일까 하고 내 나름대로 생각을 해봤어요."

"그래서? 답이 나왔어?"

"나왔습니다. 답은 실로 간단했어요. 기념을 하는 것으로 자신의 인생에는 거짓이 하나도 없노라고 주위에 보여주고 싶었던 거예요. 내 상상이지만, 소키 씨가 도이치로 씨의 친아들이 아닐지도 모른다고 의심하는 사람들이 적잖이 있었을 거예요. 하지만 기념을 해두면 최소한 도이치로 씨 본인은 아들과 한 핏줄이라는 것에 어떤 의문도 갖지 않았다는 얘기가 되죠. 그리고 소키 씨가 수념을 했다고 하게 되면 그런 모든 의심을 씻어낼 수 있어요. 아무도 이러니저러니 할 수 없죠. 진짜 그런 거라면 도이치로 씨가 소키 씨에게 바랐던 것은 단 한 가지, 수념한 척해달라는 거예요."

후쿠다는 만족스러운 듯 응응 하고 고개를 끄덕였다.

"생각했던 대로 당신, 아주 머리가 좋아. 하지만 소키 씨가 수념한 척하게 되면 나중 일을 감당하기가 힘들어진다는 건 회장님이 생각을 안 하셨을까?"

"아뇨, 회장님은 아들을 믿으셨어요. 설령 염원이 전해지지 않더라도 뭔가 다른 형태로 내 생각이나 신념은 모조리 내 아들에게 전해졌다, 라는 분명한 믿음 같은 게 도이치로 씨에게는 있었던 거예요."

레이토의 말에 후쿠다는 진지한 표정이 되었다.

"실은 오늘 아침에 소키 씨에게 물어봤어. 회사의 후계자 문제에 대해 회장님의 본심은 어떻더냐고. 그랬더니 소키 씨가 이렇게 말했어. 아버지는 우선은 현재 사장님의 아들 다쓰히토 씨를 첫 번째 후보로 생각하고 있다. 아들인 소키는 평직원으로 제조 현장에서부터 영업까지 모든 과정을 수습 사원으로 경험하게 한다. 후계자 후보에 올릴지 말지는 그 근무 태도를 보고 임원들과 협의해서 결정한다……. 자신감이 넘치는 말투였어."

"그 말을 듣고 어떻게 생각하셨어요?"

"회장님의 뜻이 참말로 제대로 이어졌구나, 했지. 이제 걱정할 게 하나도 없어."

"어떤 의미에서는 기념이 성립된 것이네요. 회장님의 소원이 이뤄진 거예요."

"자네 덕분이야." 후쿠다가 자리에서 일어나 오른손을 내밀었다. "역시나 녹나무 파수꾼이야."

"아직 견습 딱지를 못 뗐는데요." 그렇게 말하고 악수에 응했다.

오후 10시, 레이토는 큼직한 종이봉투를 들고 종무소를 나섰다. 손전등으로 앞쪽을 비추면서 갔다. 이따금 빛을 좌우 양옆으로 비춰보았다. 설마 그럴 리는 없겠지만, 한밤중에 참배를 하러 오는 사람이 있을지도 모른다. 지금부터 하려는 일은 가능하면 어느 누구의 눈에도 띄고 싶지 않았다.

기념 입구에 도착했을 때 일단 발을 멈추고 심호흡을 했다.

아무래도 망설임이 지워지지 않았다. 이런 건 안 하는 게 좋지 않을까, 하는 머뭇거림이 여전히 마음속에 걸려 있었다. 하지만 레이토는 한 걸음 한 걸음 내밀었다. 덤불숲으로 에워싸인 가느다란 길을 천천히 나아갔다.

잠시 뒤, 녹나무 앞으로 나섰다. 낮에 깨끗이 청소를 했기 때문에 주위에 뒹구는 낙엽은 거의 없었다.

심장이 점점 더 크게 뛰었다. 긴장감 때문인지 죄책감 때문인지는 알 수 없었다. 어쩌면 기대감이 큰 것인지도 모른다. 호기심으로 가슴이 설레는 것을 억누르지 못하는 건 분명하다.

발밑을 조심해가면서 녹나무로 다가갔다. 기념하는 사람

들을 응대할 때와는 마음이 고양되는 게 전혀 달랐다.

　나무 기둥 안으로 들어갔다. 종이봉투에서 촛대를 꺼내 항상 놓는 자리에 앉혔다. 이미 밀초는 꽂혀 있다. 후쿠다가 말했던 대로 가장 큰 밀초다. 성냥으로 불을 켠 뒤에 손전등 스위치를 껐다. 장뇌 향기를 풍기는 공간 속에서 밀초의 불꽃이 흐늘흐늘 흔들렸다. 독특한 향기가 흘러나와 나무 기둥 안을 서서히 채워갔다.

　레이토는 정좌하고 눈꺼풀을 감았다. 머릿속에 떠올려야 할 인물은 단 한 사람—.

30

인터폰 차임벨을 누르자 몇 초 뒤에 네에, 라는 응답이 있었다.

"안녕하세요, 레이토예요." 마이크에 얼굴을 가까이 대고 말했다.

엇, 하고 당황한 듯한 목소리가 스피커에서 들려왔다. "웬일이지요?"

"아뇨, 별일은 아니고요, 마침 근처에 온 김에."

"그래요?"

"지금, 별로인가요?"

"아니, 그런 건 아닌데…… 응, 들어와요."

덜컹 하고 잠금이 풀리는 소리가 울렸다.

레이토는 문을 열고 징검돌을 따라 저택으로 다가갔다. 현관문을 밀어보니 잠겨있지 않았다.

레이토가 안으로 들어가자 복도 안쪽에서 치후네가 나왔다. 회색 정장 차림이었다.

"갑작스럽게 죄송합니다. 역 앞에서 이걸 충동 구매하는 바람에 함께 먹을까 하고." 레이토는 흰 비닐봉투를 내보였다. "붕어빵이에요. 단거, 좋아하시죠?"

"그래요? 고맙군요." 치후네는 레이토의 손과 얼굴 사이에서 시선이 오락가락했다. "하지만 미안한데 내가 조금 이따가 나가봐야 합니다."

"그래요? 회사에?"

"응, 그 임원회의."

"아, 오늘이구나."

"최종 통보를 받으려고 일부러 나가는 것도 번잡스럽지만, 그렇다고 결석 재판을 당하는 건 더 밸이 꼬이니까."

"그건 그렇죠."

"그런 형편인데 지각을 할 수는 없지요."

치후네는 우향우를 해서 종종걸음으로 안으로 향했다. 레이토는 구두를 벗고 그녀 뒤를 따라 거실로 들어갔다.

큼직한 테이블 위에 파일이며 서류 등이 올라와 있었다. 치후네는 선 채로 그것들을 들여다보기 시작했다.

"치후네 씨, 이거 어떻게 할까요?" 레이토는 붕어빵이 든 비닐봉투를 치켜들었다.

그녀는 흘끗 쳐다보더니 고개를 저었다. "아쉽지만 지금은 먹을 여유가 없어요." 그러고는 손에 든 서류로 다시 시선을 돌렸다.

"그럼 저만 먹어도 돼요?"

"그러시든지. 냉장고에 페트병 차 있어요."

"네, 잘 먹겠습니다."

레이토는 주방으로 나가 페트병 녹차를 잔에 따라 들고 거실로 돌아왔다. 치후네는 변함없이 서류를 부지런히 읽고 있었다. 그 모습을 바라보며 레이토는 봉투에서 붕어빵을 꺼내 먹기 시작했다.

치후네는 얼굴을 들더니 옆에 있는 큼직한 토트백에 파일이며 서류를 차례차례 넣었다. 그리고 곁의 핸드백에서 수첩을 꺼내 심각한 표정으로 페이지를 넘겼다.

이윽고 스스로를 납득시키듯이 한 차례 고개를 끄덕인 뒤, 수첩을 핸드백에 챙겨 넣었다. 그 핸드백을 그대로 토트백 안에 집어넣고 있었다.

좋아, 라고 치후네는 작은 소리로 말했다. "그럼 가볼까."

네, 라고 대답하고 레이토는 남은 붕어빵을 입에 몰아넣고 잔의 녹차로 꿀꺽 삼켰다.

"아니, 레이토는 찬찬히 놀다가 가도록 해요. 여기 열쇠는 갖고 있지요?"

"아뇨, 들고 나온다는 걸 깜빡했어요. 역까지 함께 가시죠.

자전거를 역 앞 주차장에 세워뒀거든요." 레이토는 자리에서 일어섰다. "남은 붕어빵은 테이블에 놔둘까요?"

"그렇게 해요. 이따 돌아와서 먹을 테니까."

치후네는 스탠드행거로 다가가 그곳에 걸려 있던 코트를 꺼냈다. 그 동안에 레이토는 소파 위의 토트백을 들었다.

코트를 걸친 치후네가 고마워요, 라면서 그 토트백을 받아들려고 했다.

"역까지 제가 들어다드릴게요."

"어라, 신사분이시네. 아니면 경로 우대?"

"양쪽 다예요."

치후네는 미간을 좁히며 살짝 고개를 가로저었다.

"그런 때는 예의니까요, 라고 대답해야 합니다. 기억해두도록 하세요."

"네에. 죄송합니다." 레이토는 고개를 움츠렸다. 소소한 말실수로 꾸지람을 듣는 것에는 이미 익숙해졌다.

치후네는 코트 주머니에서 장갑을 꺼내 손에 끼면서 현관으로 향했다. 레이토는 토트백을 들고 그녀를 따라갔다.

집을 나와 역을 향해 걸어갔다. 야나기사와 저택에서 역까지는 도보로 5분 정도다. 발밑에서 낙엽이 춤추고 있었다.

"이제 완연한 겨울이네. 북녘에는 눈이 내리려나." 치후네가 코트 깃을 여몄다.

"홋카이도는 눈이 내린다고 하던데요. 혼자 여행, 북쪽에서부터 하실 거예요? 뜨거운 온천물에 몸을 푹 담그고 설경을 즐기는 건 어때요?"

"그것도 나쁘지 않겠네. 생각해볼게요."

레이토는 치후네의 옆얼굴을 살펴보았다. 그녀의 눈은 지 금 시 앞을 향하고 뭔가 딴생각에 빠진 것처럼 보였다.

역에 도착하자 둘이서 시각표를 확인했다. 약 10분 뒤에 신주쿠행 급행열차가 도착하는 모양이다. 물론 치후네는 사 전에 알아보고 그 시간에 맞춰서 집을 나선 것이다.

대합실 의자에 앉자 치후네가 "핸드백 좀 줄래요?"라고 오 른손을 내밀었다. 레이토는 옆에 선 채로 핸드백을 그녀에게 건넸다.

치후네가 핸드백에서 교통카드를 꺼내 코트 호주머니에 넣었다. 레이토가 그 핸드백을 받아 다시 토트백에 넣었다.

"그럼 이제 회사에는 안 나가시는 거예요?"

"전혀 안 갈 수는 없겠지요. 정리할 일이 조금 남았으니까. 하지만 최대한 피할 생각이에요. 잘린 사람이 언제까지고 회 사에 드나들면 직원들도 눈에 거슬릴 것이고."

"송별회 얘기는 없었어요?"

"설마." 치후네가 피식 웃었다. "그렇게까지 아쉬워해줄 사 람, 이 회사에는 없어요. 애초에 나는 직원이 아니라 외부인 사예요. 책상도 의자도 없어요."

"진짜요?"

"고문이라는 직책이 원래 그런 거예요." 손목시계를 들여다보고 치후네가 자리에서 일어섰다. "그럼 슬슬 가보도록 하지요. 가방 이리 주세요."

"개표구까지 배웅해드릴게요."

치후네는 레이토의 얼굴을 올려다보았다. "오늘 유난히 착하게 구는군요. 동정해주는 거?"

"예의입니다."

흐흥, 하고 치후네가 코로 웃었다. "좋아요, 합격. 그렇게 하면 됩니다."

둘이 나란히 걸음을 뗐다. 개표구 바로 앞에서 레이토는 토트백을 치후네에게 건넸다.

"힘내세요!"

"이제 새삼 무슨 힘을 내나요?" 치후네는 토트백을 어깨에 걸었다. "데려다줘서 고마워요."

"잘 다녀오십시오." 레이토는 두 팔을 반듯하게 펴서 다리 옆에 붙이고 머리를 숙였다.

잠시 뒤 열차가 플랫폼에 들어왔다. 치후네는 레이토에게 손을 흔들고 씩씩하게 플랫폼을 가로질러갔다. 그녀가 차에 오르고 문이 닫히는 것을 지켜본 뒤에 레이토는 개표구 옆을 떠났다.

대합실 의자에 앉아 역사의 시계로 시각을 확인했다. 출근 시간대가 아니라서 분명 열차 안에는 사람이 많지는 않을 것이다. 치후네는 빈자리를 찾기 위해 차량 안을 이동하리라. 이윽고 찾아낸 쾌적해 보이는 자리에 앉으면 가장 먼저 뭘 할까. 스마트폰으로 메시지나 메일을 체크하지 않을까. 뭔가 들어온 게 있다면 답신 글을 쓰고 그걸 송신할지 말지 결정할 것이다. 거기까지 어느 정도나 시간이 필요할까.

그런 생각들을 더듬고 있는데 스마트폰이 부르르 울렸다. 치후네의 전화였다. 급행열차가 역을 떠난 지 아직 5분도 안 지났다. 생각했던 것보다 빠르다.

숨을 가다듬고 스마트폰을 터치했다. "네, 레이토예요. 무슨 일이십니까?"

"수첩이 없어." 치후네가 불쑥 말했다.

"예?"

"수첩이 안 보여. 분명 가방에 넣었던 것 같은데 없어. 어떻게 된 거예요?" 주위에 신경을 쓰는지, 나지막하게 억누른 목소리로 물었다.

"어? 아뇨, 저는 모르겠는데요."

"그럴 리가 없어. 가방을 내내 그쪽이 들고 있었잖아요."

"그건 그렇지만…… 아하, 혹시?"

"뭐지요?"

"아까 치후네 씨가 교통카드를 꺼냈었지요? 그때 핸드백에서 빠졌는지도 모르겠네요."

"그랬으면 내가 금세 알았겠지요."

"하지만 분명 가방에 넣으셨다면 그거 말고는 생각할 게 없잖아요. 일단 제가 한번 찾아볼게요. 아직 역 근처에 있으니까요."

치후네는 침묵했다. 그 대신 거친 숨소리가 들려왔다.

알았어요, 라고 그녀는 말했다. "그럼 연락 기다리지요."

"네, 제가 잘 찾아볼게요."

전화를 끊고 의자에서 일어나 레이토는 바지 주머니를 뒤적이며 빠른 걸음으로 역사 안을 이동했다. 구석에 코인 로커가 나란히 놓인 코너가 있다. 그 앞에서 멈춰 섰다.

주머니에서 열쇠 하나를 꺼내 오른쪽 가장자리 맨 밑 로커의 문을 열었다. 안에 양복 커버와 종이가방이 들어 있다. 그걸 모두 꺼내 이번에는 화장실로 향했다.

화장실에는 다행히 아무도 없었다. 개인실도 비어 있었다. 잽싸게 들어가 잠금 표시로 돌렸다. 문 뒤편에는 상의 등을 걸 수 있게 고리가 달려 있다. 거기에 양복 커버를 걸고 지퍼를 열었다. 정장과 와이셔츠와 넥타이까지 모두 치후네가 사준 나들잇벌이다. 그리고 종이가방에는 그날 같이 사준 가죽 구두가 있다.

빠뜨린 것은 없는지 확인한 뒤, 스마트폰으로 치후네에게 전화를 걸었다. 초조하게 기다리고 있었는지 곧장 받았다.

"레이토? 어떻게 됐지요?"

"기뻐하십시오. 찾았습니다. 역시 그때 빠뜨린 것 같아요.

대합실에 있었어요." 레이토는 마운틴 파카 주머니에서 노란 수첩을 꺼냈다. 개표구로 향하기 직전에 핸드백에서 몰래 빼낸 것이다.

"그래요? 그럼 내가 다음 역에서 내릴 테니까 미안하지만 거기까지 가져다줄래요?"

"아뇨, 그러시면 회의에 지각하게 되죠. 치후네 씨는 그대로 회사로 가세요. 제가 회사까지 갖고 갈 테니까."

"레이토가? 본사까지?"

"네, 제가 갖고 갈게요."

치후네는 침묵했다. 총명한 분이다. 이게 단순한 실수가 아니라는 건 눈치챘을 터였다. 그런 상태에서 어떻게 해야 할지 숙고하고 있는 게 틀림없었다.

알았어요, 라고 그녀는 차분한 목소리로 말했다.

"그럼 기다리지요. 회사에 도착하면 접수처에 이름을 말하세요. 미리 얘기해둘 테니까."

"알겠습니다."

레이토는 전화를 끊으려고 했지만 아, 그리고, 라면서 치후네가 말했다.

"수첩 안은 절대로 보면 안 됩니다. 사생활 침해니까요."

"네, 알고 있습니다."

"혹시라도 봤다가는 인연을 끊을 테니 그리 아세요." 그 말투에 실제로 오싹해지는 기운이 있었다.

"명심하겠습니다."

"그럼 그렇게 알고, 잘 부탁합니다." 치후네의 말투는 마지막까지 딱딱했다.

햇빛을 받아 은색으로 빛나는 빌딩을 올려다보며 레이토는 심호흡을 했다. '야나쓰 코퍼레이션' 본사에 와본 것은 물론 오늘이 처음이다. 전차 안에서는 느슨하게 해둔 넥타이를 다시 바짝 졸라매고 정면 현관으로 향했다.

자동 유리문을 지나자 넓은 로비 안쪽에 접수 카운터가 보였다. 엄청 미인이라고 할 정도는 아니지만 기품 있는 용모의 여자 두 명이 나란히 앉아 있었다. 레이토가 다가가자 왼편의 동그란 얼굴의 여자가 웃음을 띠며 자리에서 일어섰다.

"나오이라고 합니다. '야나쓰 코퍼레이션' 고문님이신 야나기사와 치후네 씨께 전해드릴 것이 있어서 왔습니다."

미리 얘기해뒀는지 접수처 직원은 손 밑의 메모를 들여다보더니 곧바로 고개를 끄덕였다.

"네, 말씀 들었습니다. 이거 받으시고 저쪽에 가서서 잠시만 기다려주세요." 그렇게 말하고 끈이 달린 카드를 내밀면서 다른 한쪽 손으로 소파가 놓인 공간을 가리켰다. 카드에는 '방문객'이라고 찍혀 있었다.

레이토는 그 방문객 카드를 목에 걸고 소파에 자리를 잡았다. 접수 카운터를 보니 여직원이 어딘가에 전화를 걸고 있었다.

그 바로 뒤에 레이토의 스마트폰이 울렸다. 치후네였다.

"네, 레이토예요."

"레이토, 대체 노리는 게 뭐예요?" 목소리를 낮추고 있었다. 회의 중간에 빠져나왔는지도 모른다.

"노리다니, 제가 뭘요?"

후우 숨을 내쉬는 소리가 들렸다.

"시간이 없으니까 얘기는 나중에 해요. 사람을 보낼 테니까 그이에게 수첩을 내주세요."

"아뇨, 중요한 물건인데 제가 직접 전해드려야죠."

다시 한 호흡, 틈이 벌어졌다.

"역시 그런 거였군요."

"뭐가요?"

"얘기는 나중에 하자고 했지요? 어쨌든 3층 301 회의실로 올라오세요. 갑작스럽게 문을 열어서는 안 됩니다. 반드시 노크를 하도록 하세요."

알겠습니다, 라고 레이토가 대답했을 때, 이미 전화는 끊겨 있었다.

접수 카운터에서 301 회의실의 위치를 문의했다. 접수처 직원은 엘리베이터 홀을 알려주었다. 3층에 도착하면 바로 알 수 있는 모양이었다.

엘리베이터로 3층에 올라가자 벽에 배치도가 있었다. 301

회의실은 복도 가장 안쪽이다.

바닥이 반들반들 닦인 복도를 레이토는 천천히 걸어갔다. 사람 하나 없이 고요히 가라앉아 있었다. 오른손으로 가슴팍을 눌렀다. 긴장으로 박동이 빨라져 있었다. 게다가 목까지 말라왔다. 지금부터 자신이 하려는 일을 생각하니 지레 겁이 났지만 여기서 도망칠 수는 없다고 애써 스스로를 질타했다.

마침내 301이라는 표시가 내걸린 문 앞에 섰다. 레이토는 몇 차례 심호흡을 거듭한 뒤에 문을 두드렸다.

곧바로 문이 살짝 열리고 좁은 틈새로 안경을 쓴 남자가 얼굴을 내밀었다.

"치후네 씨, 야나기사와 치후네 씨께······."

전해드릴 물건이 있습니다, 라고 하기도 전에 남자는 말하지 않아도 안다는 듯이 손을 슬쩍 올렸다. 치후네에게서 얘기를 들은 모양이다.

"야나기사와 고문님, 심부름 오신 분입니다." 남자는 실내를 향해 말했다.

누군가 허락을 해줬는지 남자는 레이토를 향해 고개를 까딱하고 문을 조금 더 열었다.

레이토는 안으로 발을 들였다. 실내를 둘러보고 움찔했다. 좁고 긴 테이블을 끼고 20여 명의 나이 지긋한 인물들이 앉아 있었다. 거의 대부분이 남자다.

치후네는 앞쪽에서 세 번째 자리에 앉아 있었다. 레이토는 잰걸음으로 다가가 수첩을 내밀었다.

치후네는 날카로운 눈빛으로 레이토를 쏘아보고 고마워요, 라면서 받아들었다.

레이토는 치후네 뒤쪽으로 물러섰다. 하지만 출입구로 향하지 않고 벽을 등지고 그 자리에 섰다.

"거기서 뭐 하고 있나?" 그렇게 물은 것은 앞 자리의 야나기사와 가쓰시게였다. 그 옆에는 사장 야나기사와 마사카즈가 앉아 있었다. "볼일 끝났으면 나가봐."

레이토는 한 호흡 틈을 둔 뒤, 입을 열었다. "여기 있으면 안 되겠습니까?"

참석자 전원이 놀란 듯이 레이토 쪽을 향했다.

"뭐라고?" 가쓰시게가 눈을 부라리며 노려보았다.

"여기서 이야기를 듣고 있으면 안 되겠느냐고 여쭈었습니다."

"무슨 얼토당토않은 소리야? 당연히 안 되지. 얼른 나가봐." 파리를 쫓는 듯한 몸짓을 했다.

"방해는 하지 않겠습니다. 그저 이야기를 듣고 싶을 뿐입니다."

"안 된다면 안 되는 줄 알아. 여기는 자네 같은 사람이 있을 자리가 아니야. 어서 나가."

"부탁드립니다." 레이토는 깊숙이 머리를 숙였다.

가쓰시게는 어이없다는 듯 얼굴을 일그러뜨리더니 시선을

옮겼다. "치후네 씨, 어떻게 좀 해주셔야죠."

치후네는 몸을 틀어 레이토 쪽을 돌아보았다. 뭔가 생각하듯이 침묵한 뒤, 가쓰시게와 마사카즈에게로 얼굴을 돌렸다.

"나도 부탁드리지요. 이 아이를 동석하게 해주시겠어요?"

가쓰시게가 입을 떡 벌렸다.

"뭐요? 치후네 씨, 대체 어쩔 생각입니까?"

"딱히 문제될 건 없다고 생각하는데요."

"천만에요, 문제가 있어도 아주 크게 있죠. 임원회의에는 서기와 진행 직원을 빼고는 원칙적으로 임원이 아닌 사람은 참석할 수 없어요."

"그건 그쪽 회사의 규칙이지요? 그런데 나는 이 회사 사람이 아니에요. 애초에 임원도 아니지요. 그리고 이 아이는 내 부하 직원이에요. 내 부하 직원의 동석을 다름 아닌 내가 원하는 것입니다."

"그런 엉터리 같은 얘기가……."

"아니, 딱히 안 될 것도 없어." 가쓰시게의 말을 가로막은 깃은 마사카즈였다. "방해하지 않겠다고 했으니까 동석하게 해주자고. 공식적인 이사회와는 성격이 다른 자리니까. 어때요, 반대하시는 분, 있어요?" 다른 참석자들에게 물었다.

하지만 발언을 하는 사람은 없었다.

마사카즈는 치후네와 레이토에게 고개를 끄덕였다. "여기 계신 분들도 이의가 없는 모양입니다."

감사합니다, 라고 레이토는 큰 소리로 인사했다.

"그런데 거기에 서 있으면 아무래도 신경이 쓰이지. 거기 누구, 저 친구에게 의자 좀 준비해주세요."

조금 전의 안경 쓴 남자가 파이프의자를 들고 왔다. 레이토는 감사 인사를 하고 앉았다.

"그러면 계속할까요?" 마사카즈가 가쓰시게를 보았다. "기왕 이렇게 됐으니 하코네 얘기를 먼저 하는 게 어떨까. 지난번 그 건도 포함해서. 그 얘기를 들으면 저 친구도 이해하고 물러가겠지." 흘끗 레이토를 눈으로 가리키며 말했다.

"그건 그럴지도 모르겠네요. 그럼 저부터." 가쓰시게는 참석자들 쪽으로 몸을 돌렸다. "자료의 5페이지를 봐주십시오. 아까 사카타 이사의 보고에서도 나왔던 것처럼 하코네의 리조트 프로젝트는 순조롭게 진행되고 있습니다. 예정대로 내년도에는 착공할 것입니다. 그에 따른 현안 사항으로서 '호텔 야나기사와'를 앞으로 어떻게 처리할 것이냐는 안건이 있습니다. 이것에 대해서는 지금까지 여러 차례 회의를 거듭해왔습니다만, 내년도 말까지 폐관 폐업한다는 의견이 압도적 다수였고, 주목할 만한 반대 의견은 없었습니다. 그러나 혹시라도 그 방침에 이의가 있는 분이 계시다면 지금 이 자리에서 말씀해주시기 바랍니다. 안 계시다면 예정대로 차기 이사회에서 결의하여 3월 주주총회에 보고하고자 합니다."

레이토는 치후네의 등을 보았다. 어쩌면 그 오른손이 올라갈지도 모른다고 기대했다. 가쓰시게도 그녀의 움직임에 신경을 쓰는 것 같았다. 마사카즈는 똑바로 앞만 보고 있었지만 그 역시 시야 끝으로 치후네를 의식하지 않았을 리 없다.

하지만 치후네는 조용히 앉아 있을 뿐이었다. 가쓰시게가 크게 안도하는 기색인 것을 레이토는 감지했다.

"그러면 이의가 없으신 것으로 알고 이것으로 결정……."

가쓰시게의 말을 마사카즈가 손을 들어 제지했다. 그리고 "야나기사와 고문님"이라고 치후네를 바라보았다.

"아마도 고문님의 다음 이사회 참석은 보류하시도록 할 것 같은데요. '호텔 야나기사와'의 처리에 관해 혹시라도 의견이 있으시다면 지금 말씀해주십시오."

하고 싶은 말이 있다면 일단 들어주겠다, 다만 들어줄 뿐 일절 고려는 안 하겠다, 라고 선고하는 것처럼 레이토에게는 들렸다.

치후네가 마사카즈 쪽을 향했다.

"배려해주셔서 고맙군요. 하지만 괜찮습니다." 느긋한 목소리로 말했다. 레이도가 앉은 위치에서는 그녀의 얼굴이 보이지 않았지만, 동정은 필요 없다는 의연한 표정이 눈에 선하게 떠올랐다.

"알겠습니다." 마사카즈는 가쓰시게에게 눈짓으로 진행을 권했다.

"그러면 '호텔 야나기사와' 건에 대해서는 이것으로 결정하겠습니다. 그리고 이번 건과 관련하여 말씀드리자면 '호텔 야나기사와'는 야나기사와 고문께서 착수하신 다수의 상업시설 중에서 그 시스템이 현존하는 마지막 시설입니다. 즉 그곳의 폐관과 동시에 앞으로 우리 그룹이 야나기사와 고문의 지혜나 경험에 의존할 필요도 없게 됩니다. 그에 따라 고문님 본인과 상의한 결과, 본년도를 기해 퇴임하시기로 하였습니다. 이 자리를 빌려 보고 드립니다. 야나기사와 고문님, 오랫동안 수고 많으셨습니다."

그러자 그것을 신호로 약속이라도 한 듯이 다른 임원들도 수고하셨습니다, 라고 입을 맞춰 말했다. 이미 전원이 알고 있었는지 놀람의 목소리는 일절 나오지 않았다.

마사카즈가 자리에서 일어나 천천히 치후네의 자리로 다가와 "수고하셨습니다"라고 오른손을 내밀었다. 최소한의 예를 갖추겠다는 것인가.

치후네도 의자에서 일어나 악수에 응했다. "뒷일을 잘 부탁합니다."

그 옆얼굴은 냉정한 것 같기도 하고 모든 것을 달관한 것 같기도 했다.

마사카즈는 자기 자리로 돌아갔다. 앉기 전에 아, 그렇지, 라고 치후네를 보았다.

"이제 다른 안건은 별다른 게 없습니다. 고문님께 들려드릴 만한 것도 아니에요. 고단하실 테니 이쯤에서 일어서셔도 괜찮습니다만."

볼일이 끝났으니 얼른 나가라는 얘기인 모양이다.

알겠습니다, 라고 치후네는 조용한 어조로 말했다.

"그럼 이만 실례하도록 하지요. 여러분, 늘 건강하시기 바랍니다."

그녀는 의자를 돌려놓고 가방을 손에 들었다. 하지만 문으로 걸어가려던 참에 이변을 알아본 모양이다. 회의실을 둘러보다가 그 시선이 뒤쪽으로 날아왔다.

그녀가 알아본 이변은 참석자들의 눈이 일제히 치후네의 등 뒤로 향하고 있다는 것이었다. 그들의 반응은 당연했다. 레이토가 오른손을 번쩍 들었기 때문이다.

"여러분, 이걸로 괜찮습니까?" 레이토는 배에 힘을 꾹 넣고 임원들을 보면서 말했다. "정말 이걸로 괜찮은 거예요? 염원이 끊겨버리는데?"

"레이토, 그만두세요." 치후네가 나무라듯이 말했다. 하지만 그 눈은 그다지 날카롭지 않았다.

이봐, 라고 가쓰시게가 위협하듯이 큰 소리를 냈다. "방해는 안 하겠다고 했잖아."

"방해하는 게 아니라 의견입니다. 야나기사와 그룹을 위한 제언이에요."

"새파랗게 젊은 친구가 어디서 건방진 소리를. 당신은 외부인이야."

"외부인이 아닙니다. 치후네 씨 대신, 여기 야나기사와 고문님 대신 발언하려는 겁니다."

"이봐, 적당히 하라고!"

"잠깐잠깐." 여기에서도 마사카즈가 중재에 나섰다. 여유 있는 동작으로 의자에 앉아 팔짱을 꼈다. "고문님 대신에 하는 발언이라면 무시할 수는 없겠지. 얘기를 들어볼까. 자네, 방금 염원이 끊긴다고 했나? 그건 무슨 뜻이지?"

"그 말 그대로예요. '야나쓰 코퍼레이션'을 중심으로 하는 야나기사와 그룹의 경영이념은 대대로 야나기사와 가에 전해 내려온 염원이 그 밑바탕이 되었습니다. 그 염원이란 세 가지 개념으로 구성된 것입니다. 그 세 가지는." 레이토는 오른쪽 손가락 세 개를 들었다. "노력, 협력, 검소의 세 가지입니다. 사장님도 잘 알고 계시지요?"

"물론 알고 있지. 노력을 게을리 하지 마라, 남과 협력하라, 검소하라. 부친에게 수없이 들은 얘기야."

"네, 분명 그런 얘기를 들으셨겠지요. 하지만 염원은 원래 언어만으로는 다 표현할 수 없는 것입니다. 염원은 혼이자 삶의 기본 태도입니다. 대대로 지도자들은 사업이나 직업이라는 형태로 그것을 후대에 전해왔습니다. 야나기사와 일가 중 유일하게 녹나무를 매개로 그 염원을 수념한 치후네 씨도 지금껏 그것을 실천해왔습니다. 그 상징이 바로 '호텔 야나기사와'인 거예요. 그곳에는 치후네 씨의 신념과 이념이 결정체로 남겨져 있습니다. 그것은 결코 낡아지는 일 없이 미래에의 지표로서 큰 도움이 될 것입니다. 실제로 지금도 야나기사와 그룹을 받쳐주고 있었어요."

레이토는 임원들을 한 차례 둘러본 뒤에 마사카즈에게로 시선을 되돌렸다.

"얼마 전에 저는 '야나쓰 호텔'을 이용했습니다. 아주 좋은 호텔이라고 생각했습니다. 다만 건물의 분위기나 방 크기 등은 '호텔 야나기사와'와 전혀 달랐습니다. 이용하는 고객의 타입도 전혀 다르겠지요. 하지만 저는 그 밑바탕에 흐르는 이념은 똑같다고 느꼈습니다. 이를테면 소리입니다. '호텔 야나기사와'의 방은 아주 조용합니다. 눈을 감고 귀를 기울여도 작은 소음 하나 들리지 않았어요. 예전에 벽시계 소리가 귀에 거슬린다는 클레임이 들어오자 초침이 없는 시계로 교체했던 것이 계기였어요. 그 이후 '호텔 야나기사와'는 정적에 감싸이게 됐으니까요. 객실에 어떤 잡음들이 있는지 철저히 파악해 형광등, 냉장고, 에어컨 등이 발생원인이라는 게 밝혀지자 그에 대한 대책이 취해졌습니다. '야나쓰 호텔'의 냉장고에 전원 스위치가 따로 달려 있었던 것은 '호텔 야나기사와'의 그런 경험을 바탕으로 한 것이에요. 또한 '호텔 야나기사와'의 객실은 침실과 거실이 별도의 큼직한 공간으로 나뉘어져 있지만, 침실 쪽은 적당히 콤팩트해야 오히려 고객이 좋아한다는 것이 밝혀졌습니다. 인간이란 일단 자리에 누우면 다시 일어나기 싫어지게 마련이니까요. 그 경험을 살려서 '야나쓰 호텔'에서는 각 방마다 침실 면적을 줄이고 침대 크기를 키워서 숙박객이 자리에 누운 채 손만 뻗어 다양한 기기를 쓸 수 있게 설계했습니다. 지역 선정에 있어서도 '호텔 야나기사와'의 경험이 반면교사가 되어 그것을 살려나가고 있습니다. 관광호텔이라면 중시할 수밖에 없었던 주위 경관이나 교통 편, 토지 형태 등을 '야나쓰 호텔'에서는 과감하게 털어버린 것입니다. 그 결과, 토지 매입이 용이해졌습니다. 그 영향으로 객실 형태가 직사각형이 안 나오기도 했지만, 이용자에게는 불편이 없다는 것으로 밀어붙였어요. 그 밖에도 '호텔 야나기사와'가 야나기사와 그룹의 호텔사업 전개에 끼친 영향은 일일이 말할 수 없을 만큼 많습니다. 하지만 가장 잊어서는 안 되는 것은, 제가 이 자리에서 가장 말씀드리고 싶은 것은……."

레이토는 한 걸음 앞으로 나아가 치후네 옆에 섰다.

"그런 아이디어 대부분이 여기 계신 야나기사와 치후네 씨에 의한 것이라는 점입니다. '야나쓰 호텔'에 비치된 팸플릿에는 현 사장님이나 전무님이 중심이 되어 개혁을 추진한 것처럼 적혀 있었지만, 치후네 씨의 조언 없이는 그건 불가능했을 것입니다. 우선 호텔 이름에 외국어를 넣기로 결정한 것부터가 치후네 씨가 마사카즈 사장님에게 진언한 것이니까요. 그 팸플릿에는 '사장님 세트'라는 것도 실려 있었습니다. '야나쓰 호텔' 안의 카페에서 먹을 수 있는 조식 세트예요. 작은 하이라이스에 샐러드와 커피를 합해 한 세트에 5백 엔이었어요. 원래는 업무에 쫓기던 현 사장님이 즐겨 드시던 메뉴였다고 하더군요. 우리가 맛있게 먹은 것을 고객에게도 대접한다, 내가 받고 싶은 것을 고객에게도 해드린다, 그것이 서비스의 기본이다, 라는 것들이 적혀 있었습니다. 하지만 그것과 완전히 똑같은 말씀을 저는 치후네 씨에게서 들었습니다. '호텔 야나기사와'의 '아침형 카레'를 먹으면서 들었어요. 우연의 일치가 아니에요. 사장님은 치후네 씨의 영향을 받았던 것입니다. 그토록 큰 공적을 여러분은 잊어버리려고 하고 있어요. 없었던 일로 하려고 하고 있어요. 물론 세대교체는 어쩔 수 없습니다. 인간은 모두 언젠가는 나이 들어 늙습니다. 하지만 공로자가 남긴 공적까지 지워버리는 것이 과연 현명한 일일까요? 야나기사와 가의 염원이 후대에 전해지지 않아도 괜찮습니까? 그걸로 야나기사와 그룹이 앞으로도 번창할 수 있을까요? 다시 한번 여쭙겠습니다. 정말로 그래도 괜찮습니까?"

단숨에 말을 쏟아낸 뒤, 레이토는 눈꺼풀을 꾸욱 감았다. 겨드랑이가 땀으로 흠뻑 젖었다. 관자놀이에서도 땀이 흐르고 있었다.

눈꺼풀을 뜨고 머뭇머뭇 치후네를 보았다. 그녀는 연거푸 눈을 끔벅거렸다. 그 눈이 붉게 충혈되어 있었다.

회의실은 고요히 가라앉아 있었다. 그들이 어떤 식으로 자신을 바라보는지, 두려워서 얼굴을 들어 확인할 수 없었다.

짝짝짝, 하는 마른 소리가 울렸다. 레이토는 소리 나는 쪽을 돌아보았다. 마사카즈가 손을 마주치고 있었다. 하지만 그 얼굴은 차가웠다.

"그래, 잘 들었어. 수고했네. 이제 만족했나?" 내던지는 듯한 퉁명스러운 말투였다.

뭡니까, 그 말투는, 이라고 대들려고 했다. 하지만 레이토, 라고 치후네가 이름을 불렀다. "갑시다."

레이토는 다른 사람들을 살펴보았다. 하나같이 딱하다는 듯한 눈빛이었다. 그 즉시 허탈함이 밀려들었다.

문으로 향하는 치후네의 뒤를 말없이 따라갔다.

"가방에서 수첩을 빼내간 목적이 이거였나요?" 회의실을 나와 복도를 걸어가면서 치후네는 말했다.

"죄송합니다. 어떻게든 임원회의에서 한마디 하고 싶어서."

"왜죠?"

"치후네 씨는 틀림없이 아무 말도 안 할 것 같았기 때문이죠. 사실은 이래저래 원통하다고, 하고 싶은 말이 엄청 많으면서."

"원통하다? 그래, 녹나무는 원통한 마음도 전해버리지." 치후네는 발을 멈췄다. "레이토, 대체 어느 틈에 수념을 했지요?”

“이번 보름날 하루 뒤에. 다행히 예약 들어온 게 없었어요.”

“내가 녹나무에 예념했다는 건 어떻게 알았어요?”

“저한테 시부야 호텔 숙박을 지시하고 치후네 씨가 녹나무 파수를 대신 맡은 날 밤은 예약자가 이이쿠라 고키치 씨 이름으로 되어 있었어요. 근데 그 뒤에 이이쿠라 씨를 우연히 만나서 물어봤더니 기념하러 간 적이 없다고 했습니다. 그래서 눈치챈 거예요. 그날 밤에 치후네 씨가 직접 예념을 했다는 거.”

치후네는 놀란 듯 눈을 깜작거렸다. “이이쿠라 씨하고 아는 사이였어요?”

“동네 목욕탕에서 자주 만났죠. 언젠가 치후네 씨에게도 얘기했었는데.”

“그래요? 나는 기억이 안 나는데. 아, 들었는데 잊어버린 모양이군요.” 치후네의 얼굴 표정이 침울해졌다.

“죄송해요. 몰래 수념을 한 것은 사과드릴게요. 치후네 씨가 어떤 염원을 맡겼는지, 꼭 알고 싶어서…….”

“그랬나요. 레이토에게는 그 염원을 나중에나 전하려고 했는데, 어쩔 수 없군요.” 치후네는 다시 걸음을 옮기다가 금세 발을 멈췄다. “그렇다면 알고 있었잖아요? 고문 퇴임은 내가 먼저 꺼낸 얘기라는 거.”

네, 라고 레이토는 고개를 끄덕였다. “그 이유도 알고 있어요."

"그런데도 아까 그런 긴 연설을 했어요?"

"그렇기 때문에 일부러 한 거예요. 제가 치후네 씨 대신 꼭
전해야 한다는 생각이 들어서."

치후네는 시선을 떨구고 입을 한일자로 당겼다. 그 입술이
잠깐 움직이려다가 결국 아무 말 없이 걷기 시작했다.

31

유미에게서 곡이 완성되었다는 문자메시지가 들어온 것은 크리스마스를 1주일 앞둔 날 오후였다. 레이토는 당장 전화를 걸었다.

"오, 대단한데? 어떤 곡이 나왔어?"

유미는 전화기에 대고 끄응 신음했다.

"그건 내 입으로는 설명 못해. 직접 듣는 게 가장 좋아."

"그야 들어봐야지. 녹음했지? 여기로 가져올 수 있어?"

"그것도 괜찮지만, 가능하면 직접 연주하는 것으로 듣는 게 좋겠어."

"물론 그럴 수만 있다면 나도 연주하는 걸 듣고 싶지. 언제 어디로 가면 돼? 또 그 시부야의 스튜디오?"

"아니, 어쩌다 보니 이번 크리스마스이브에 할머니 계신 요양원에서 연주회를 열기로 했어."

"엇, 요양원에서?"

"요양원 시설 안에 조촐한 음악 홀이 있더라고. 가끔씩 아마추어 음악가들이 위문공연을 하는가봐."

"그러고 보니 사지 씨도 어머님께 꼭 들려드리겠다고 했었지?"

"응, 맞아. 그러려고 이 곡을 만든 거니까."

"알았어. 크리스마스이브라고? 나도 꼭 갈게. 시간과 자세한 장소 알려줘."

"나중에 문자메시지로 보낼게. 아, 그리고 아빠가 가능하면 야나기사와 씨도 참석해주시면 좋겠다고 하던데."

"이모님?"

"그동안 기념도 여러 번 했고, 이래저래 신세진 게 많다고."

아닌 게 아니라 사지 씨의 기념은 레이토보다 치후네가 대응해준 횟수가 더 많다.

"알았어. 이모님에게 얘기할게."

"잘 부탁해. 아빠도 좋아할 거야."

유미에 의하면 그 요양원은 조후 시에 있다고 한다.

통화를 끝내고 신전 청소를 하고 있는데 때마침 치후네가 나타났다. 오늘은 밀초 제조법을 가르쳐주기로 했던 것이다. 레이토는 연주회 얘기를 전했다.

"그런가요. 어머님을 위해 형님이 만들었던 곡을……. 하

지만 어머님은 인지증을 앓고 계시다고 했지요? 그 상태에
서 곡을 듣고 이해할 수 있을까요?"

"뭐든 조금이라도 전해지면 된다, 라는 게 사지 씨의 생각
인 것 같아요. 만일 그렇다면 정말 멋진 일이잖아요. 치후네
씨도 동감이시죠?"

"그건 물론 그렇지만……."

"우리도 연주회에 가요. 곡이 완성되는 과정에는 녹나무의
기념이 얽혀 있잖아요. 파수꾼으로서의 책임도 있고, 무엇보
다 어떤 곡이 나왔는지 진짜 궁금해요."

그러자 치후네는 입가를 풀고 웃으면서 의미심장하게 실
눈을 뜨고 레이토를 올려다보았다.

"왜요? 제가 또 뭔가 이상한 말을 했어요?"

아니, 라고 그녀는 얼굴을 좌우로 움직였다.

"어느 틈에 이렇게 제몫을 해내는 사람으로 커버렸나, 하고
생각했습니다. 이 정도면 녹나무를 맡겨도 괜찮겠구나 하고."

"아, 그렇습……아니, 고맙습니다."

치후네에게 이토록 칭찬을 받아본 적이 있었던가. 얼굴이
붉어지는 것을 스스로도 느꼈다.

"알겠습니다. 그 곡, 나도 들어보고 싶군요. 찾아뵙겠다고
그쪽에 전해주세요."

"네, 잘 전하겠습니다."

레이토는 작무의 품속에서 스마트폰을 꺼냈다. 메시지를

쓰면서 옆 눈으로 흘끔 치후네를 보았다.

치후네는 어딘가 먼 곳을 응시하는 것 같았다. 그 옆얼굴에 저녁 해가 와닿고 있었다.

크리스마스이브 날은 아침부터 날씨가 맑았다. 레이토는 평소와 다름없이 경내를 청소하고 녹나무를 손질했다.

점심을 먹고 자전거 페달을 밟아 야나기사와 저택까지 갔다. 저택 앞에 검은색 대형 세단이 서 있고 그 옆에 운전기사인 듯한 남자가 있었다. 레이토를 보고 인사를 건네서 똑같이 머리 숙여 응했다.

안에 들어가 치후네의 얼굴을 보자마자 차에 대한 것부터 물어보았다. "혹시 저거, 콜택시예요?"

"그래요. 요양원까지 교통편을 알아보니 전차로 가기는 너무 힘들 것 같아서 내가 불렀어요." 치후네는 별일 아니라는 말투였다.

"고급 콜택시는 난생처음 봤어요. 나도 같이 타도 돼요?"

"물론이죠. 굳이 따로따로 갈 필요가 있나요?"

"아뇨, 저는 야나기사와 그룹 직원도 아닌데……."

"그건 염려할 거 없어요. 회사 명의가 아니라 개인적으로 예약했으니까요."

야호, 라고 레이토는 양손으로 V자를 그렸다. "아, 이럴 줄 알았으면 좀 더 근사한 옷을 입고 올걸. 실수했네."

오늘도 항상 입는 마운틴 파카다. 나름 나들잇벌인데 어쩌다 보니 이제는 평상복이 되어버렸다.

"그 정도면 충분해요. 오늘의 주인공은 레이토가 아닙니다. 콜택시 정도에 기가 죽어서는 안 되지요."

치후네의 얄짤없는 꾸지람에 네에, 라고 레이토는 목을 움츠리며 혀를 쏙 내밀었다. 이상하게 요즘에는 그녀에게서 칭찬을 듣는 것보다 꾸지람을 들어야 마음이 놓인다.

둘이서 저택을 나서자 운전기사가 차 문을 열어주었다. 치후네의 뒤를 이어 레이토도 차에 탔다. 문을 닫아주는 것도 운전기사다. 이런 대우도 물론 난생처음이었다.

고급 세단 콜택시는 승차감이 기막히게 좋았다. 좌석 옆에 다양한 스위치가 있어서 등받이 각도와 좌석 위치도 자유자재로 바꿀 수 있었다. 게다가 기사님의 운전이 아주 신중했다. 자칫하면 스르르 잠이 들 것 같다.

"굉장하네요. 지난번 임원회의에 참석했던 사람들은 다 이런 차를 타는 거잖아요. 사는 세계가 다르다는 느낌이에요."

"부럽습니까?"

"흠, 글쎄요, 이럴 돈이 있으면 어딘가 다른 곳에 쓰고 싶기는 한데."

"다른 곳에 충분히 쓰고도 여전히 남아서 이런 곳에 쓰는 것이라면 어떻지요?"

"진짜 그런 거예요? 거기까지 가버리면 나는 상상도 못하겠어요. 항복!"

"그런 말 말고 상상을 해보도록 하세요. 이 세상은 피라미드고 사람은 그것을 형성하는 돌멩이 하나하나예요. 피라미드 전체의 모습을 머릿속에 떠올리고 나는 지금 어느 위치에 있는지 상상하는 거예요. 모든 것은 거기서부터 시작됩니다. 위를 향하는 것도 아래로 떨어지는 것도 레이토 하기 나름, 레이토의 자유예요." 거기까지 말한 참에 치후네는 미간을 좁혔다. "왜 그러지요? 내 얼굴에 뭔가 묻었나요?"

아뇨, 라고 레이토는 손을 저었다. 저도 모르게 그녀의 얼굴을 빤히 바라본 모양이다.

"정말 치후네 씨는 그걸 파악하고 계시죠. 머릿속에 장대한 피라미드가 있고, 항상 자신의 자리를 확인하고 있어요."

후우 하고 치후네는 숨을 내쉬었다.

"그렇군요, 레이토는 이미 내 염원을 받았지요. 새삼 언어로 누누이 설명하는 바람에 썰렁했나요?"

"아뇨, 수념을 했어도 도저히 치후네 씨의 모든 것을 이해했다고는 할 수 없어요. 앞으로도 많이 가르쳐주십시오."

"그거, 진심으로 하는 말인가요?"

"물론입니다. 인생에 대해 좀 더 공부하고 싶어요. 치후네 씨와 함께 있으면 전부 다 공부가 되니까요. 잘 부탁드립니다."

치후네는 표정이 누그러들어서 고개를 휘휘 저었다. "레이토, 말은 아주 잘해요."

"고맙습니다."

"칭찬한 게 아니에요!"

"엇, 그렇습니까?"

"농담쯤은 분간하도록 하세요."

"네에, 또 한 가지 배웠습니다."

무심코 룸미러를 보니 운전기사의 눈이 웃고 있었다.

1시간여 만에 요양원에 도착했다. 주위가 온통 녹음으로 둘러싸인 저층의 새 빌딩이었다. 정면 현관에서 유미에게 전화를 했더니 얼른 내려가겠다고 말했다.

잠시 뒤에 유미가 나타났다. 레이토는 치후네에게 그녀를 소개했다.

"매번 아빠를 도와주셔서 감사합니다." 유미는 가슴 앞에 두 손을 맞대고 말했다.

"우리는 항상 하는 일일 뿐이에요. 그보다 타계하신 형님이 머릿속에만 그렸던 곡을 재현하다니, 참으로 훌륭하군요. 기념에 관여해온 지 수십 년째지만 이런 경험은 처음이에요."

"그렇게 말씀해주시니 아빠도 흐뭇해하실 것 같아요."

유미가 연주회장까지 안내해주었다. 요양원 시설 2층에 자리한 홀이다. 유미에 의하면 이따금 영화 상영회도 여기서 한다고 했다.

홀 안은 100명 정도는 앉을 수 있는 공간으로, 파이프의자가 줄지어 놓였다. 벌써 반쯤 자리가 채워졌다. 잠깐 둘러보니 주로 요양원에 입주한 노인들인 것 같았다. 앞쪽에 무대가 설치되고 거기에 그랜드피아노가 있었다. 옆에는 '크리스마스 특별 연주회'라는 입간판이 세워졌다.

"모처럼의 연주회라서 다른 입주자 분들께도 들려드리기로 했어." 유미가 말했다. 어지간히 자신 있는 작품인 모양이다.

자리 지정은 따로 없었지만 유미에 의하면 한가운데쯤이 가장 소리가 좋다고 했다.

어디에 앉을까 망설이고 있는데 입구 쪽에서 사지 도시아키가 나타났다. 뒤따라오는 여자는 부인인 것 같았다. 유미와 꼭 닮은, 승부욕 강한 얼굴이었다.

"야나기사와 씨, 먼 길에 이렇게 와주셔서 고맙습니다." 사지가 치후네를 향해 머리를 숙였다.

"천만의 말씀이세요. 기대하고 있었습니다."

"그렇게 말씀해주시니 감사합니다. 아, 나오이 씨도 바쁠 텐데, 고마워."

"저도 꼭 듣고 싶었어요. 근데 어떻습니까, 곡의 완성도는?"

"그건…… 들어보면 알 거야." 사지는 감정을 억누르는 말투였다. 쓸데없는 얘기는 할 필요가 없다, 라는 뜻인 모양이다.

"아, 할머니다." 유미가 입구 쪽을 보며 말했다.

레이토가 돌아보니 흰옷의 간호사들에게 부축을 받으며 한 노부인이 들어오는 참이었다. 자그마한 몸집에 안경을 쓰고 있었다. 꽃무늬 카디건을 걸치고 한 걸음 한 걸음 지팡이를 짚었다. 사지 다카코라는 이름을 유미가 다시금 알려주었다.

사지 씨와 부인이 달려가 손을 거들었다. 다카코는 부축을 받으며 천천히 걸음을 옮겼다. 그 얼굴은 무표정하고 눈의 초점도 맞지 않았다.

모두의 안내를 받아 다카코가 레이토 일행 옆으로 왔다. 의자에 앉으면서 뭔가 혼자 중얼중얼하고 있었다. 학교라느니 급식이라느니 하는 말이 귀에 잡혔다.

"할머니가 평소에는 좀체 자기 방에서 나오지 않아." 유미가 레이토의 귓가에 대고 말했다. "근데 소풍이나 운동회라고 하면 좋아라고 나설 채비를 하신대. 아마 학교 다니던 시절이 떠오르는가봐. 하긴 전에 왔을 때, 나한테도 선생님이라고 했어."

다카코의 자리가 정해지자 그녀를 중심으로 양옆에 사지와 부인이 앉았다. 유미는 사시의 왼편이나. 레이토와 치후네는 다시 그 옆으로 나란히 앉았다.

다른 입주자들도 속속 들어왔다. 문득 둘러보니 좌석이 대부분 채워져 있었다.

이윽고 시간이 되었다. 요양원 직원인 듯한 중년 여성이 무대에 올랐다.

"지금부터 크리스마스 특별 연주회를 시작하겠습니다. 피아노를 연주해주실 분은 피아노 강사이자 음악 평론가이신 오카자키 미나코 씨입니다. 자, 그럼 오카자키 씨, 부탁드립니다."

왼편 윙에서 빨간 드레스를 입은 오카자키 미나코가 나타났다. 오늘을 위해 머리스타일도 화사하게 다듬고 온 모양이다. 화장도 화려하지만 기품이 있었다. 그녀가 웃는 얼굴로 관객석을 향해 머리를 숙이자 박수 소리가 끓어올랐다.

오카자키 미나코는 피아노 쪽으로 몸을 돌렸다. 그 얼굴에서 웃음은 사라졌다. 그와 동시에 박수 소리도 멎었다. 그녀는 천천히 피아노로 다가가 의자에 앉았다.

한순간의 정적 뒤, 오카자키 미나코의 두 팔이 움직이면서 힘찬 피아노 소리가 울려 퍼졌다.

연주가 시작되고 잠시 뒤에 레이토는 전혀 다르다, 라고 생각했다. 물론 곡 자체는 이전에 시부야의 스튜디오에서 들은 것과 동일하다. 하지만 음의 중첩이나 구성의 복잡함, 그리고 섬세함은 그때의 것과는 비교도 안 될 만큼 전체적인 인상에서 전혀 질이 달랐다. 단순한 무지 천과 정교한 무늬가 들어간 태피스트리 정도만큼 차이가 난다.

귀를 뚫고 들어온 선율은 몸속 저 깊은 곳까지 울렸다. 그 잔향을 음미하는 참에 다시금 새로운 음의 전개가 더해진다. 자신의 몸이 호응하는 감각에 레이토는 도취되었다. 언제까지고 그 선율에 몸을 맡기고 싶었다.

명상과도 같은 경지에서 레이토를 현실로 다시 끌어낸 것은 뜻밖의 것이었다. 쥐어짜내는 듯한 가녀린 소리가 귀에 들어왔던 것이다. "쿠오……쿠오……"라고 들렸다. 그건 오른편에서 나오는 소리였다.

레이토가 옆을 돌아보니 유미도 마찬가지로 그쪽으로 고개를 돌리고 있었다. 그 앞의 사지의 기척이 뭔가 좀 이상했다.

느닷없이 누군가 일어섰다. 유미의 할머니, 사지 다카코였다. 소리를 내는 것은 그녀였다. "쿠오……쿠오……."

이윽고 레이토도 그녀가 어떤 말을 하는지 알아들었다. '기쿠오'라고 하는 것이다.

"기쿠오……기쿠오 피아노……기쿠오……." 뭔가에 들씌운 것처럼 그 말을 되풀이하고 있었다.

어머니, 라면서 사지가 자리에서 일어섰다.

"기쿠오가 치는 거. 기쿠오야. 아아, 기쿠오. 아아, 기쿠오, 아아……." 다카코는 두 손으로 입가를 가렸다. 이윽고 그녀의 눈에서 주르륵 눈물이 흘렀다.

사지가 어머니의 어깨에 손을 얹었다.

"맞아요, 형님 노래예요. 어머니, 형님 노래야. 형님이 어머니를 위해 만든 노래야. 귀도 안 들리는 사람이 머릿속으로, 머릿속에서만, 만든 노래야. 어머니, 하나도 놓치지 말고 잘 들어주세요."

오카자키 미나코의 연주는 절정에 접어들고 있었다. 힘차게 피아노를 두드리는 뒷모습을 레이토는 숨을 죽인 채 지켜보았다.

유미가 치후네와 레이토를 배웅하기 위해 정면 현관까지 나와주었다.

"아빠가 꼭 감사 인사 전해드리라고 했어요." 유미가 치후네에게 말했다. 사지 부부는 다카코를 방까지 모시고 간 모양이었다.

"아주 훌륭했습니다. 이런 좋은 음악을 듣게 해줘서 고마워요. 할머님도 행복해보이시고, 분명 천국의 아드님께서도 이제 만족하셨을 거예요."

"저도 그렇게 생각했어요. 연주를 듣는 동안 할머니는 예전의 할머니로 되돌아오신 것 같았습니다. 단순히 제 착각인지도 모르지만요."

"그럴 리가요. 분명 유미 씨의 생각이 맞습니다. 할머님은 행복하신 분이에요."

유미는 고개를 끄덕인 뒤, 레이토 쪽을 향했다.

"이래저래 고마워. 아빠가 말했었어. 나오이에게 정식으로 인사하고 싶다고."

"에이, 됐어."

그런 것보다, 라고 레이토는 뒤를 잇고 싶었다. 다시 한번 유미와 둘이서 식사 데이트를 하고 싶다……. 하지만 입 밖에 내지 못했다. 아직은 당당히 그런 말을 할 만큼 제몫을 하지는 못하고 있다고 생각했기 때문이다.

"레이토, 이만 돌아갈까요." 치후네가 말했다.

네, 라고 대답하고 유미를 보았다. "자, 그럼."

"또 가도 돼? 그 녹나무를 보러."

유미의 물음에 크게 고개를 끄덕였다. "물론이지. 기다릴게."

고마워, 라면서 그녀는 웃었다. 그 얼굴을 보고 오늘은 이정도로도 충분하다고 레이토는 생각했다.

돌아오는 콜택시 안에서는 자는 척했다. 치후네와 얘기하고 싶었지만 운전기사의 귀가 있었다. 눈을 감고 있었기 때문에 그녀가 차 안에서 무엇을 했는지는 알지 못했다. 아마 그 수첩을 들여다보거나 아니면 바깥 경치를 바라보며 방금 전의 일을 되짚고 있지 않았을까.

차가 야나기사와 저택 근처에 온 것 같아서 잠이 깬 척 했다. 얼굴을 비벼가며 두리번두리번 해봤다. "이, 여기가 이디지?"

"이제 다 왔습니다." 운전기사가 말했다. 치후네는 침묵하고 있었다.

저택 앞에서 콜택시가 멈췄다. 여기서도 운전기사가 문을 열어주었다. 내리자마자 레이토는 크게 기지개를 켰다. "와아, 잘 잤다."

콜택시가 달려가는 것을 지켜본 뒤에 치후네는 가방에서 열쇠를 꺼내 대문으로 다가갔다. 하지만 열쇠를 대기 전에 뒤를 돌아보았다. "레이토는 어떻게 할 건가요. 차라도 한잔 마시고 갈래요?"

"흠, 어떻게 할까요."

정말로 망설였다. 치후네와 얘기는 하고 싶었다. 하지만 방에서 얼굴을 마주한 채 얘기한다는 건 아무래도 망설여졌다.

"아뇨, 오늘은 이대로 돌아갈게요."

"그래요?" 치후네는 한 차례 눈을 숙인 뒤 다시 레이토를 보았다. "오늘은 덕분에 귀중한 경험을 했습니다. 감사하다는 인사를 드리지요."

"그런 인사는 됐고요. 그냥⋯⋯." 고개를 숙이고 입에 침을 바르고서야 정식으로 얼굴을 들었다. "치후네 씨는 어떻게 생각하셨는지 마음에 걸려요. 그 할머니를 보고 어떤 느낌이 었는지, 얘기를 듣고는 싶은데⋯⋯."

"어떤 느낌이었는지?"

"네. 이를테면 불쌍하다고 생각했는지, 아니면 부럽다고 생각했는지⋯⋯."

치후네는 입술을 깨물었다. 대답을 찾고 있는 것처럼 보였다.

치후네 씨, 라고 레이토는 말했다. "그렇게 나쁜 것만은 아닐 수도 있어요."

무슨 얘기인지 알지 못했던 것이리라, 치후네는 의아한 듯 고개를 갸우뚱했다.

"잊어버리는 거요. 그게 꼭 그렇게 나쁜 건가요? 불행한 건가요? 기억력이 떨어져서 평소에 알았던 것들을 외우지 못한다고 해도 뭐, 딱히 안 좋을 것도 없잖아요."

치후네는 체념한 듯한 웃음을 지었다.

"역시 들키고 말았군요. 예념할 때, 어떻게든 그건 생각하지 않으려고 무진 애를 썼는데, 역시 녹나무를 속여 넘기는 건 안 될 일이었던 모양이지요."

"녹나무는 모든 것을 전한다, 라고 가르쳐주신 건 치후네 씨예요."

"그랬지요. 그렇기 때문에 더더욱 예념을 했다는 건 비밀로 했었어요. 하지만 레이토는 수념을 해서 모든 것을 알아버렸군요." 치후네는 한숨을 내쉬고 레이토를 지그시 바라보았다. "내가 인지장애를 앓고 있다는 것도."

"확신한 것은 수념했을 때였어요. 하지만 그 전에도 전혀 눈치를 못 챘던 건 아니에요."

치후네의 오른쪽 눈썹이 꿈틀 움직였다. "그래요?"

"내 정장, 즉 나들잇벌을 사러 갔을 때, 내 이름을 얼른 말하지 못하셨어요. 뒤에 붙일 호칭을 어떻게 할지 망설였다고 하셨지만, 그게 아닌 듯한 느낌이 들었거든요."

"그건…… 네, 그래요."

"그리고 사은회 행사 날, 이발소에 다녀오라고 전화를 해 주셨죠. 그 전날 얘기한다는 걸 깜빡 잊었다면서. 하지만 그 거, 깜빡하지 않으셨어요. 그 전날 틀림없이 저한테 얘기하 셨거든요. 머리도 단정하게 하고 오라고. 그래서 그 전화를 받았을 때 나는 이미 머리를 깎은 뒤였어요. 역시 뭔가 이상 하다, 혹시 건망증이 심해지셨나, 하고 생각하기 시작한 건 그때부터였어요."

"그때 머리 얘기를…… 아, 그랬군요."

"'호텔 야나기사와'에 갔을 때도 비슷한 일이 있었어요. 내 가 깜빡 졸다가 저녁 식사 시간에 늦어버렸었죠. 하지만 치 후네 씨는 아무 말도 안 하셨어요. 치후네 씨도 약속했던 것 을 잊어버렸던 거예요. 그렇지요?"

"맞는 말이에요. 레이토가 죄송하다고 해서 그제야 알았지 요. 아무래도 저녁 식사를 약속했었던 모양이구나, 하고."

"수첩에 메모를 안 했기 때문에 잊어버렸던 것이지요?"

치후네는 눈을 가늘게 뜨고 고개를 끄덕였다. "응, 그랬겠 지요."

그 노란 수첩은, 이라고 레이토는 치후네의 핸드백을 가리 켰다.

"치후네 씨의 기억 그 자체였어요. 엄밀히 말하자면 단기 기억이죠. 옛날 일은 잘 기억하지만, 최근의 일은 잊어버리

는 경우가 많은 거예요. 그래서 절대 잊어버려서는 안 될 것
은 바로바로 적어두셨죠. 누군가를 만나기 전에, 때로는 한
창 만나는 중에도 수첩에 적힌 내용을 때때로 확인해서 커뮤
니케이션에 지장이 없도록 하셨어요. 그리고 실제로 정말 놀
랍도록 잘 숨기셨어요. 어렴풋이 눈치챘다고 말했지만, 저도
병이라고 할 만큼 중한 건 아니라고 생각했으니까요. 단순히
연세가 있으셔서 깜빡깜빡하시는 거라고만 생각했어요. 근
데 실은 수첩의 활용과 순간적인 적응력으로 그걸 다 뛰어넘
었던 거예요."

치후네가 핸드백을 열고 수첩을 꺼냈다.

"내가 이상하다는 걸 알게 된 것은 1년 전쯤입니다." 조용
히 말하기 시작했다. "약속을 잊어버리고, 똑같은 상품을 몇
번씩 사들이고, 그런 일이 부쩍 많아졌어요. 망설이다가 병
원에 가서 상담해봤더니 가벼운 인지장애라는 진단이 나왔
습니다. 즉 인지증 예비군이지요. 그중에서도 가장 많은 알
츠하이머 형이라는군요. 어느 정도는 진행을 늦출 수는 있지
만, 막는 건 불가능해서 앞으로 섬섬 승세가 악화될 거라고
했어요. 그래서 나는 어느 정도 지장 없이 생활이 가능한 동
안에 미리 손을 써둘 필요가 있었어요. 회사와 관련된 것은
고문직을 사직하면 해결될 일이지요. 가장 걱정스러웠던 것
은 기념이었습니다. 녹나무 파수꾼 일은 어떻게 할 것인가.
한시바삐 후계자를 결정해야 했어요."

"그래서 나한테?"

"그때 당장 레이토로 정했던 것은 아니지요. 물론 나와 가장 가까운 혈연이지만 벌써 몇 년째 연락한 적도 없었고 어떤 인물로 자랐는지도 알지 못했으니까요. 하지만 다른 혈연이라면 마사카즈 씨나 가쓰시게 씨 쪽 자녀들이고, 그렇게되면 5촌을 넘어버려요. 아무리 그래도 너무 멀지요. 어떻게해야 할지 난감해하던 참에 마침 후미 씨에게서 레이토가 경찰에 잡혀갔다는 소식이 들어온 거예요."

"크게 실망하셨겠네요. 몹쓸 놈이 되어 있어서."

"실망하지 않았다고 하면 거짓말이 되겠지요. 우수하지는않더라도 좋으니 남에게 해 끼치지 않고 착실히 살아가는 젊은이였으면 했다, 라는 게 본심입니다."

그건 그럴 것이라고 레이토도 동의하지 않을 수 없었다. 자신이 치후네 입장이었더라도 그런 바람을 가졌을 게 틀림없다.

"그런데도 저에게 물려주기로 하셨군요."

"그래요. 그 이유는 이미 알고 있지요? 내 염원을 받아갔으니."

"……우리 어머니에 대한 속죄."

"내 입으로 이런 말을 하는 건 민망하지만, 나름대로 후회없는 인생을 살아왔습니다. 결혼하지 않고 아이도 낳지 않고, 결국 가정이라고 할 만한 것은 꾸리지 못했지만 그것을 대신할 만큼 많은 것을 쌓아올렸다는 자부심도 있어요. 하지만 단 한 가지, 아무래도 나 자신을 용서할 수 없는 일이 있었습니다. 그건 하나뿐인 여동생에게 언니다운 일을 하나도 해주지 못한 것이에요. 나는 참으로 어리석었어요."

치후네는 크게 숨을 토해내고 턱을 들었다. 그 눈이 붉어지고 눈가로 눈물이 흐르기 시작했다.

레이토는 아무 말도 할 수 없었다. 그녀의 고뇌는 수념을 통해 충분히 알고 있었다.

치후네의 후회는 부친 나오이 소이치가 재혼했을 때까지로 거슬러 올라갔다. 왜 그때 순수하게 축하해주지 못했던가 하고 아직도 자신을 질책하고 있었다. 자신이 고집스럽게 마음의 문을 닫아버리는 바람에 소이치는 숨을 거둘 때까지 끝내 한 가족이 되지 못한 것을 한스럽게 생각했을 터였다. 소이치가 진심으로 원했던 것은 어머니가 다르더라도 두 딸이 사이좋게 지내는 것이었다.

그리고 그것은 치후네 자신의 바람이기도 했다. 재혼한 아버지에게 아이가 생겼다는 말을 들었을 때는 충격을 받았지만, 태어난 아기를 처음 봤을 때는 뇌 안쪽에서 뭉클한 뭔가가 느껴졌다는 건 부정할 수 없었다. 이 아기는 내 여동생이다, 이 세상에 단 하나뿐인 자매간이다…….

그때 꼭 끌어안았더라면, 이라고 몇 번을 후회했는지 모른다. 그렇게 하지 못하는 바람에 자매라는 인연의 끈을 잡지 못하고 말았다.

게다가 그 아이를 내팽개쳤다. 단순히 연락이 뜸해진 것이
아니다. 연을 끊자는 미치에의 말에 제대로 반론조차 하지
않고 그대로 관계를 끊어버렸다. 처자식 있는 남자의 아이를
낳은 그녀 앞에 결코 평탄치 않은 길이 가로놓일 것을 뻔히
알면서도. 그 여동생과 다음에 다시 만난 것은 그녀가 망해
가 된 뒤였다.

나는 얼마나 어리석었는가, 라고 한탄하지 않을 수 없었
다. 어느 누구도 대신해줄 수 없는 유일한 여동생에게 손을
내밀지 않았다. 싫어했던 것도 아니고 성가셨던 것도 아니
다. 사실은 사랑해주고 싶었다. 언니와 여동생답게 함께 어
울리고 싶었다. 어린 여동생의 옷을 골라 입히고 머리스타일
도 다듬어주고 싶었다. 자신의 취향대로 예쁘게 차려입은 그
녀와 거리를 돌아다니며 맛있는 것을 먹고 즐거운 일을 함께
하면서 둘이서 마음껏 웃고 싶었다.

못했던 것이 아니라 안 했던 것이었다. 별것도 아닌 자존
심이며 하잘 것 없는 고집 때문에 자신의 마음에 거짓말을 했
다. 그런 건 아무 가치도 없는 것이었는데. 그렇다는 것도 잘
알고 있었는데.

미치에의 죽음은 치후네의 마음속에 깊은 상처를 남겼다.
오랫동안 애써 그 상처를 들여다보지 않으려 해왔다. 여전히
자신을 속이고 또 속였던 것이다.

하지만 레이토의 존재를 알고는 가만히 있을 수 없었다. 지금이야말로 미치에에게 해주지 못한 것을 할 때라고 생각했다.

"이미 알고 있겠지만, 사실은 일석이조였어요." 눈가를 손등으로 훔치며 치후네는 말했다. "레이토를 데려와 당당히 제몫을 하는 사람을 만드는 것으로 미치에에게 사죄한다. 동시에 녹나무 파수꾼의 후계자를 키워내는 문제도 해결한다."

"하지만 그 목적은 전혀 달성되지 않았어요." 레이토는 두 팔을 펼치며 말했다. "보시다시피 저는 반사람 몫밖에 못하고 있고, 녹나무 파수꾼은 견습도 못 뗐어요. 아직 한참 더 치후네 씨의 힘이 필요해요."

"내 힘 따위……." 치후네는 조용히 고개를 저었다. "지금의 나에게는 아무 힘도 없어요. 별 도움도 안 되는 노인네일 뿐이지요. 사은회 행사 뒤의 비공식 임원회의, 그쪽에서 나를 따돌렸던 게 아니었어요. 그날 저녁에 무슨 일이 있었는지 레이토는 알고 있지요?"

네, 라고 레이토는 대답했다. "잊어버리셨어요."

"그래요. 행사가 끝난 뒤에 임원회의가 있다는 것을 잊어버렸습니다. 그날 저녁, 행사장을 나온 뒤, 나는 어쩔 줄 모르고 있었어요. 이다음에 내가 무엇을 해야 하는지 알 수 없었기 때문이지요. 레이토는 곁에 없고, 수첩에는 아무것도 적어둔 게 없고, 호텔 안을 우왕좌왕하다가 현관 앞으로 나온 참에 다행히 레이토가 나를 알아봐줬어요. 그리고 레이토가 그때 물어봐준 덕분에 임원회의가 있다는 걸 알았어요. 생각난 게 아니에요, 그때 처음 알았던 거예요. 그 기억은 완전히 빠져나가고 없었습니다. 하지만 그런 경우에 대처하는 방법에는 꽤 익숙해졌었죠. 졸지에 거짓말을 둘러대고 그 자리를 넘겼습니다. 그 바람에 나는 '호텔 야나기사와'를 구해낼 방도를 영원히 잃고 말았어요."

"그 뒤에 저도 엘리베이터 홀에서 마사카즈 사장님 일행을 만났어요. 치후네 씨를 왜 따돌렸느냐고 사장님에게 따졌어요. 하지만 사장님은 어른들만의 사정이 있다, 라고만 하셨어요."

"내 병에 대한 것은 마사카즈 씨에게만 알렸으니까요. 만에 하나 폐를 끼치는 일이 있어서는 안 되니까요. 그래서 그때 마사카즈 씨는 어떻게 된 일인지 한순간에 짐작했을 거예요. 그 사람은 레이토가 생각하는 것보다 훨씬 더 큰 인물이에요. 녹나무의 힘을 빌리지 않고서도 야나기사와 가의 염원을 똑똑히 이어가고 있습니다."

그게 사실이라면 분명 대단한 인물이라고 레이토는 생각했다. 자신 따위는 도저히 맞상대가 되지 않는다.

"그 사은회 행사 날 밤이 결정타가 됐어요. 그걸로 나는 결심을 할 수 있었습니다. 이제 그만 막을 내리자고. 때마침 녹나무를 마음 놓고 맡길 수 있는 사람도 찾았으니."

"아뇨, 저는 아직 멀었어요."

"괜찮습니다. 레이토는 혼자서 할 수 있어요. 게다가 내가 지난번에 말했었지요? 여행을 떠날 예정입니다. 그 동안 집 관리도 맡아서 하도록 하세요."

레이토는 등을 꼿꼿이 세우고 치후네의 얼굴을 정면으로 마주 보았다.

"여행을 떠나시는 건 괜찮아요. 집도 관리해드릴게요. 하지만 그 대신 꼭 약속해주세요. 반드시 돌아온다고. 틀림없이 돌아온다고 약속해주셔야 합니다. 아, 그리고 불단 서랍에 들어있던 작은 병 말인데요. 그 병은 못 가져가십니다. 그 병에 들어 있던 하얀 가루는 치후네 씨가 집을 비우신 동안에 제가 없애도록 할게요."

하얀 가루의 정체는 극약, 아비산이었다. 어딘가 멀고 낯선 땅에서 그 하얀 가루를 입에 넣는 이미지가 치후네의 사념(思念) 한 귀퉁이에 있었다. 그것을 레이토는 녹나무를 통해 감지했던 것이다.

치후네는 서글픈 눈빛을 던져왔다.

"레이토는 이해를 못하겠지요. 젊은 레이토는. 기억해두고 픈 것들, 소중한 추억들, 그 모든 것이 손가락 사이로 모래가 흘러내리듯이 사라져가요. 그것이 얼마나 무서운지 알겠어요? 친하게 지내던 이들의 얼굴마저 차례차례 잊어버립니다. 언젠가 분명 레이토도 잊어버리겠지요. 그뿐만이 아니라 잊어버렸다는 자각마저 없어져요. 그게 얼마나 슬픈지, 얼마나 괴로운지, 레이토가 알겠어요?"

"네, 저는 알지 못합니다. 하지만 그곳이 과연 어떤 세계인지, 치후네 씨도 아직은 알지 못하잖아요. 잊어버렸다는 자각도 없다면 그곳은 절망의 세계 같은 게 아니죠. 어떤 의미에서는 새로운 세계예요. 데이터가 차례차례 삭제된다면 새로운 데이터를 자꾸자꾸 입력하면 되잖아요. 내일의 치후네 씨는 오늘의 치후네 씨가 아닐지도 모르지요. 하지만 뭐, 그래도 좋잖아요? 나는 받아들입니다. 내일의 치후네 씨를 받아들일 거예요. 왜요, 그러면 안 됩니까?"

치후네는 눈을 반짝인 뒤, 지그시 레이토를 보았다. 이윽고 후후 입술을 풀며 웃었다.

"지금 내가 무슨 생각을 하고 있나요?"

"나야 모르죠. 어떤 건데요?"

"미치에가 부럽다고 생각했습니다. 진심으로 샘이 나는군요. 짧은 인생이나마 이런 멋진 아들과 함께 살 수 있었다니, 참 얼마나 충실한 하루하루였을까."

"치후네 씨……."

"눈물 짜는 얘기만 해버렸군요. 한 가지, 보고할 것이 있습니다. 이제 나와는 상관없는 일이 됐지만 일단 알려드리도록 하지요." 치후네는 수첩을 펼쳤다. "'야나쓰 코퍼레이션'에서 연락이 왔습니다. '호텔 야나기사와'의 존폐에 대한 안건은 1년 동안 기한을 연장해 다시 협의하기로 했다는군요. 레이토의 뛰어난 연설이 결실을 맺은 모양이지요?"

"그 호텔이? ……그렇습니까."

치후네는 수첩을 탁 덮었다.

"레이토에게 묻습니다. 내가 앞으로 조금 더 살아도 괜찮을까요. 그럴 가치가 있나요?"

어떻게 대답해야 좋을지 알 수 없었다. 답답해서 오른쪽 주먹을 세게 휘둘렀다.

"지금의 내 기분을 예념하고 싶네요. 언어 같은 걸로는 안 돼요. 녹나무를 통해 치후네 씨에게 전하고 싶다고요."

"고마워요. 하지만 녹나무의 힘은 필요 없어요. 방금 처음으로 알았습니다. 이렇게 마주하고 있는 것만으로도 전해져 오는 게 있다는 걸."

치후네가 오른손을 내밀었다. 그 여윈 손을 레이토는 두 손으로 감쌌다.

치후네의 마음이, 염원이, 전해져오는 듯한 마음이 들었다.

기어코 찾아낸 인간의 선한 본성

그 동안 히가시노 게이고의 작품 20여 편을 번역해왔고 그 하나하나가 모두 귀한 경험이었지만 《녹나무의 파수꾼》에는 특별한 의미가 더해졌다. 번역은 그 나라에서 이미 출간된 책을 텍스트로 삼는 것이 일반적이다. 그런데 이번 소설은 한국, 일본, 중국, 대만 등에서 동시에 출간한다는 프로젝트에 따라 작업이 진행된 것이다. 이제 막 작가의 펜 끝에서 떨어진 원고가 현지 출판사와 한창 교정 작업 중인 상태에서 번역자에게로 날아왔다. 작품 내용이 외부에 유출되지 않도록 하라는 삼엄한 비밀 유지의 조건이 붙어 있었다. 그야말로 따끈따끈한 원고였다. 책이 아닌 원고를 텍스트로 번역 작업을 한 것은 이번이 처음이다. 집중력을 최대치로 끌어올리는 긴박한 하루하루였지만, '바로 지금의 히가시노 게이고'가 발하는

념(念)을 번역 내내 생생하게 감지할 수 있었다. 당연히 우리 독자들에게도 그 생생함이 전달될 것이다. 이건 정말 흔치 않은 경험이다.

히가시노 게이고는 1985년에 《방과 후》로 등단하여 이제는 일본 추리소설계의 거장으로 손꼽히고 있다. 그런 그도 등단 후 10여 년 동안, 주목받지 못하는 무명작가의 기간을 거쳤다. 작품을 알아본 눈 밝은 이들이 서서히 마니아층을 형성해가는 가운데, 해마다 문학상 후보에 오르면서도 열다섯 번을 낙선했다는 이력을 갖고 있기도 하다. 인기에 불이 붙은 것은 1998년의 《비밀》 간행 때부터였다. 최근 10여 년 사이에는 《나미야 잡화점의 기적》으로 아시아권에까지 널리 이름이 알려지게 되었다. 그에 따라 이전 작품들의 진가가 국외에서도 속속 재평가되고 있다. 작가 생활 35년째에 접어든 그의 노고가 마치 감춰진 보석처럼 차례차례 발굴되어 단기간에 집약적으로 출간되는 현상이 일어났다. 그 바람에 '너무 많이 써내는 것 아니냐'는 오해까지 받고 있다.

하지만 그의 작품 목록을 살펴보면 결코 다작을 하는 작가가 아니다. 지난 35년 동안, 무명일 때도, 유명해진 뒤에도, 1년에 2,3권이라는 일정한 페이스를 놀랍게도 지금까지 유지해오고 있다. 어떤 작품이든 발굴해낼 때마다 태작(駄作)이 없이 매번 독자들의 찬사를 받는 데는 그만한 성실함이 밑바탕에 있었기 때문이 아닌가 하고 저절로 고개가 끄덕여진다.

히가시노 게이고가 최근 3년 이내에 발표한 소설 중에서 우리나라에 번역 출간된 작품은 2018년 《매스커레이드 나이트》, 2019년 《마력의 태동》, 그리고 이번에 세계를 향해 동시 출간하게 된 바로 이 책, 《녹나무의 파수꾼》뿐이다.

제목에서도 알 수 있듯이 이 이야기의 주요 소재로 등장하는 것은 녹나무다. 따뜻하고 습기 많은 토양에서 자라는 상록 활엽수로, 키 20미터에 기둥 둘레 8미터 이상까지 자라서 일본에서 가장 큰 나무로 알려져 있다. 수령 수백 년의 거목이 간토 지방 이남의 각지에 분포할 만큼 장수하는 나무다.

실제로 가고시마의 가모신사 녹나무는 수령 1천5백 년으로 추정되고 나무기둥 안에 넓이 약 13제곱미터의 빈 공간이 있다고 한다. 독특한 향의 정유 성분이 있어서 방충제, 심장 약, 향료 등의 원료로 쓰인다. 이 성분이 방부, 방충 역할을 해주고 목질이 치밀해서 목조 불상, 악기, 고급가구의 재료가 되기도 한다. 우리나라 전남 지역의 녹나무는 거북선의 내장재로 쓰였다는 고증이 전해진다. 애니메이션 영화 〈이웃집 토토로〉에서 소원을 비는 큰 나무, 토토로가 선물해준 씨앗에서 밤새 쑥쑥 자라는 인상적인 장면의 바로 그 나무다. 또 다른 애니메이션 〈학교괴담〉은 숲이 파괴되면서 학교 뒤 녹나무에 봉인되었던 다양한 요괴들이 풀려나면서 벌어지는 얘기를 다루고 있다.

인간의 유한한 삶을 훌쩍 뛰어넘는 자연물에는 신이 깃드는 것일까. 아니면 인간의 깊은 염원이 그곳에 신을 불러들이는 것인가. 수령을 짐작하기 어려운 녹나무를 중심으로 이야기가 펼쳐진다. 노력하지 않은 것도 아닌데 어쩌다 보니 일그러져버린, 실패한 삶에 대한 한없는 회한을 기억해주는 장소가 있다면 참으로 좋을 것 같다. 어이없이 놓쳐버린 삶을 끝까지 지켜봐준 이에 대한 감사의 마음을 담아 어떻게든 몸부림치며 남겨놓으려 했던 실낱같은 흔적의 선율 이야기가 특히 가슴을 쳤다. 그 선율은 이 세상 모든 기쿠오, 그리고 그의 어머니에게 바치는 진혼곡인지도 모른다.

태생의 비밀을 안고 있는 자식에 대한 호방한 부친의 정은 자연의 영험을 뛰어넘는 인간의 능력일 것이다. 부모도 없고 학력도 없고 특기도 없고, 싸움에 나설 무기라고는 전혀 가진 게 없는 한 젊은이의 성장 판타지가 별다른 무리 없이 흐뭇하게 받아들여지는 것도 재미있다. 받아들이기 힘든 운명을 '각오'해버리는 인간의 능력은 녹나무처럼 천 년을 버텨주는 장구한 세월의 힘이 되는지도 모른다. 그러고 보니 한 세대가 그다음 세대에게 간절히 전해주고 싶은 것, 영구히 끊이지 않고 이어가는 것이 발하는 힘이 이야기 전체에 흐르고 있다. 레이토와 치후네의 명랑한 티격태격이 주는 재미는 덤으로 따라온다.

인간의 본성에 잠재한 악에 대한 이야기는 많은데 왠지 그 안의 선을 묘사하는 작품은 그리 눈에 띄지 않는 것 같다. 선함은 재미있게 묘사하기가 어렵기 때문인지도 모른다. 그래서 이 책의 독후감이 좋았다. 첫 인상이 그리 좋지 않은 등장인물들을 끝까지 추적해 기어코 그 밑바닥에 깊이 숨어 있는 선함을 찾아내고 있는데도 전혀 착한 척하는 지루함이 없다. 추리의 트릭을 이런 식으로 쓸 수도 있구나 하고, 대가의 어깨 힘을 뺀, 무한히 넓은 관용의 경지에 가슴이 훈훈해졌다.

편한 마음으로, 때로는 웃어가며 이 한 권을 다 읽고 나면 그만 고민 끝내고, 앞뒤 재는 일 없이, 어떤 영험을 믿고 장대한 삶의 연쇄에 거침없이 첫 발을 내딛는 힘이 생길 것 같다. 작가 생활 35년차, 바로 지금의 히가시노 게이고가 그려낸 신비한 세계의 진한 향기를 좀 더 많은 독자들과 함께 누릴 수 있기를 빌어본다.

양윤옥

녹나무의 파수꾼 무선특별판

2024년 7월 10일 1판 1쇄 발행
2024년 8월 12일 1판 2쇄 발행

지 은 이	히가시노 게이고
옮 긴 이	양윤옥
발 행 인	유재옥

이 사	조병권
출판본부장	박광운
편 집 1 팀	박광운
편 집 2 팀	정영길 조찬희 박치우 정지원
편 집 3 팀	오준영 이소의 권진영
디 자 인 랩 팀	김보라
디지털사업팀	박상섭 김지연 윤희진
라이츠사업팀	김정미 맹미영 이윤서
영업마케팅팀	최원석 박수진 이다은
물 류 팀	허석용 백철기
경 영 지 원 팀	최정연
발 행 처	(주)소미미디어
인 쇄 제 작 처	코리아피앤피
등 록	제2015-000008호
주 소	서울시 마포구 토정로 222, 502호(신수동, 한국출판콘텐츠센터)
판 매	(주)소미미디어
전 화	편집부 (070)4164-3960, 기획실 (02)567-3388
	판매 및 마케팅 (070)8822-2301, Fax (02)322-7665

ISBN 979-11-384-8365-0 (03830)